古典文學研究輯刊

二五編

曾永義 主編

第 **7** 冊

《西遊記》詩作之用韻及泰譯研究

劉小慧 著

國家圖書館出版品預行編目資料

《西遊記》詩作之用韻及泰譯研究／劉小慧 著 -- 初版 -- 新北
市：花木蘭文化事業有限公司，2022〔民 111〕
目 2+298 面；19×26 公分
（古典文學研究輯刊 二五編；第 7 冊）
ISBN 978-986-518-789-7（精裝）
1.CST：西遊記 2.CST：詩韻 3.CST：文學評論
4.CST：研究考訂
820.8   110022413

ISBN-978-986-518-789-7

9 789865 187897

古典文學研究輯刊
二五編　第 七 冊　　　　　ISBN：978-986-518-789-7

《西遊記》詩作之用韻及泰譯研究

作　　者　劉小慧
主　　編　曾永義
總 編 輯　杜潔祥
副總編輯　楊嘉樂
編輯主任　許郁翎
編　　輯　張雅淋、潘玟靜、劉子瑄　美術編輯　陳逸婷
出　　版　花木蘭文化事業有限公司
發 行 人　高小娟
聯絡地址　235 新北市中和區中安街七二號十三樓
　　　　　電話：02-2923-1455／傳真：02-2923-1452
網　　址　http://www.huamulan.tw 信箱 service@huamulans.com
印　　刷　普羅文化出版廣告事業
初　　版　2022 年 3 月
定　　價　二五編 19 冊（精裝）台幣 48,000 元
版權所有·請勿翻印

《西遊記》詩作之用韻及泰譯研究

劉小慧　著

作者簡介

劉小慧

女

生日：1995 年 09 月 28 日

國籍：泰國

學歷：臺灣國立政治大學中國文學系博士（就讀中）

臺灣天主教輔仁大學中國文學系碩士

Bachelor of Arts (First-Class Honors with Gold Medal Award), Faculty of Humanities,

Ramkhamhaeng University, Thailand

研究領域：漢泰文學翻譯、漢泰比較文學

研究成果：

2019/05/25 嘉南藥理大學── 2019 儒學與文化兩岸研究生學術研討會：〈兩種泰國《三字經》
譯本之研究〉

2020/10/23 文澡外語大學── 2020 WENZAO Ursuline ICSEAS（2020 年文藻東南亞國際學術
研討會）：〈《西遊記》詩作在泰譯本中之文化移植〉

2021/01/15 輔仁大學──文華初綻──中文系優秀研究生暨《輔大中研所學刊》：〈《鈍吟雜錄》
中對小學的論見及評述〉（已通過第二次審查，待刊登於《輔大中研所學刊》，第 42 期）

提　要

　　《西遊記》為明代吳承恩所著的一部長篇章回小說，後人列為中國古代四大小說名著之一。
除了在中國家喻戶曉外，在海外的流傳與傳播也廣，並出現了英、俄、德、日、韓、法、意、泰、
越、印尼等多種語言譯本。

　　本文研究以 2016 年泰譯本《西遊記》中之詩作為對象，由於詩是講求格律的文體，文化
內涵豐富，明代如何押韻？韻部是否已有變化？極可注意；筆者也從文化移植角度，探討漢泰
文化間的轉譯，以及深究譯者對其文本誤譯的原因。

　　本論文之架構，首章為緒論，介紹《西遊記》在泰國之流傳與翻譯。第二章為分析《西遊記》
詩作多的樣性及押韻相關問題。第三章為韻文可譯性之探討及重譯的必要，及泰譯本《西遊記》
詩作翻譯之文本誤譯，分析產生文本誤譯之原因、類型及例證。第四章承續第三章的內容，探討
泰譯本《西遊記》詩作中因文化移植而導致誤譯的現象。

目

次

第一章　緒　論

　　中、泰二國互不接壤、語言亦不相通，但素有交往。兩國之間的關係，可追溯自元朝時期。對於了解不同語言國度的文化或民情，文字翻譯是一不可或缺的工具與管道。而文學上小說的翻譯，對於文化交流與異國相互了解，是非常重要的環結。《西遊記》的泰文翻譯，到目前為止有數種譯本，但是在翻譯上，因為語文的隔閡，加上翻譯者本身的知識背景，導致無法達到「信、達、雅」的地步。本章將先介紹研究之動機與目的、《西遊記》在泰國之流傳與翻譯、研究範圍及方法，並綜述前人對相關主題之研究成果。

第一節　研究動機與目的

　　《西遊記》為明・吳承恩所著的一部長篇章回小說，列入中國古典小說四大名著之一。除了在中國家喻戶曉外，在海外的流傳與傳播也廣，出現了英、俄、德、日、韓、法、意、泰、越、印尼等多種語言的譯本。

　　中國古典小說之泰譯本，最早出現於拉瑪一世皇時期，為《三國演義》及《西漢通俗演義》的譯本，確切產生時間不詳，約拉瑪一世在位期間，即1782 年至 1809 年間，多為兵法、戰策、歷史演義等著作，用途偏於政治。《西遊記》之譯本晚至 1906 年拉瑪五世皇時期，這時期所譯書籍則偏向了娛樂。

　　對《西遊記》譯本的探討，最早為謝玉冰先生《《西遊記》在泰國的研究》，論文指出，十九到二十一世紀，《西遊記》泰譯本分為全譯本、節譯本、兒童連環畫三種。目前全譯本一共有二種，一為 1906 年丁先生譯（นายติ่น）、天彎

（เทียนวรรณ)潤筆，〔註1〕以及 2016 年<u>威哇把差翎衛</u>先生(วิวัฒน์ ประชาเรืองวิทย์)譯之《西遊記》。1906 年<u>丁</u>先生之譯本，來自<u>類</u>先生僱<u>丁</u>先生譯《西遊記》，〔註2〕但<u>丁</u>先生譯文不順、不清楚，出現用詞艱澀的狀況，故<u>類</u>先生再另僱<u>天彎</u>修潤艱澀的句子，譯文之名詞音譯以潮州音為主，譯文多用增、省、分、合、轉等譯巧。二則為 2016 年<u>威哇把差翎衛</u>先生近年出版的譯本，也是百年來最完整之譯本，其角色名字以現代普通話音譯，其譯文以直譯為主，用詞多為梵文及巴利文中的雅詞，完全按照原文翻譯，沒有絲毫潤色與增減。

　　《西遊記》一著多有詩、詞、歌、賦等各式韻文。王澤穎在《《西遊記》中的詩詞研究》指出，《西遊記》引用的詩歌數量高達 741 首，《三國演義》約 200 首、《水滸傳》約 580、《紅樓夢》約 280 首，與其它三大名著相比，《西遊記》的韻文在四大名著中數量最多。〔註3〕其中豐富了「畢竟不知那……且聽下回分解」的說書風格。而對於「詩」的創造，讀書人往往以近體詩為宗，但《西遊記》中「詩作」不乏出現不符近體詩的用韻規範，其原因涉及音變的緣故，此現象非常值得探討，筆者將在第二章進行論述。

　　而創作於固定格式及受字數限制條件之下的詩篇，往往在這寥寥無幾的文字中，透露出文化中精華與智慧。因筆者閱讀詩文翻譯部分，發覺譯文往往有誤譯或未能夠正確地表達其中涵義，故欲從泰譯本詩作翻譯中考察其文本誤譯及文化移植現象。因 1906 年泰譯本中，省譯了許多詩作的翻譯，故本文將鎖定範圍在 2016 年譯本。

　　由於本文第三章及第四章所述內容涉及了一些翻譯理論，故筆者先在此作簡單敘述以方便論文解說。下文以譯策、譯法、譯巧之概念混合，及翻譯理論與實踐之間的衝突兩個部分做一敘述。

一、譯策、譯法、譯巧之概念混合

（一）翻譯策略

　　簡稱譯策。對於翻譯策略的定義，熊兵在〈翻譯研究中的概念混淆〉中

〔註1〕丁先生為《西遊記》1898 年譯本譯者，丁為名之音譯，非姓氏。以下音譯姓名畫底線，以便於閱讀。

〔註2〕類先生為出佣金僱丁先生翻譯《西遊記》的出版社老闆，類為名之音譯，非姓氏。

〔註3〕王澤穎：《《西遊記》中的詩詞研究》，安徽大學漢語言文學碩士學位論文，2015 年，頁 20。

說：「翻譯策略是翻譯活動中，為實現特定的所依據的原則和所採納的方案集合。」〔註4〕是從宏觀的角度來解決問題的方案（plan）。1813 年，德國學者施萊爾馬赫指出「歸化翻譯法（Demestication）」及「異化翻譯法（Foreignizing）」譯法，以主客概念來定義，「異化」為將讀者拉近作者，「歸化」即將作者拉近讀者。簡而言之，對於二種譯法於文化不同的兩種語言系統轉換活動中，譯者猶如居於作者與讀者之間，原作與讀者的距離很遠，譯者可有選擇性地帶上作者翻山越嶺去見讀者的「以作者為客」，亦或帶上讀者千里迢迢去見作者的「以讀者為客」。對「異化」與「歸化」譯法的互相拉拔之下，會出現二種現象與風格的可能，譯者若傾向「異化」，由於其譯法為將源語中有，而目標語中沒有的文化信息大量輸入目標語中，打破原文目標語中的語言常規，而產生不流暢的語言風格，使譯文文筆艱澀難懂，讀者必須將譯文再譯為通俗易懂的貼切目標語，但此譯法有益於保留源語文化信息，即魯迅先生所稱的「異域情調」，並以其打動讀者的心，提高讀者對源語文化的認知與理解。而「歸化」譯法則為求其順暢、通俗易懂風格，而將其源語中的文化信息以相等或相近目標語的文化信息轉換、代替為對等化的文化信息。二者之間需保持彼此的平衡，太倚重源語則譯文難通，太倚重目標語則失去源語中文化信息的色彩。

（二）翻譯方法

簡稱譯法。對於翻譯方法的定義，熊兵在〈翻譯研究中的概念混淆〉中說：「翻譯方法是翻譯活動中，基於某種翻譯策略，為達到特定的翻譯目的所採取的特定的途徑、步驟、手段。」〔註5〕若以上的譯策為大原則，譯法就是譯策之下的範疇。按照異化及歸化等譯策可將其譯法歸類如下：

1. 異化策略下的翻譯方法

（1）零翻譯（Zero translation）即直接將源語某部分引入目標語。

（2）音譯（Transliteration）即將源語中的文字以目標語的相近的音來表示。

（3）逐詞翻譯（Word-for-word translation）即不顧及目標語語法地將源

〔註4〕熊兵：〈翻譯研究中的概念混淆──以「翻譯策略」、「翻譯方法」和「翻譯技巧」為例〉，頁83。

〔註5〕熊兵：〈翻譯研究中的概念混淆──以「翻譯策略」、「翻譯方法」和「翻譯技巧」為例〉，頁83。

語逐字譯出，雖無法貼切或正確呈現源語，但可完整顯示原文詞彙—句法與結構，益於對比語言學。

（4）直譯（Literal translation）其特點有二：在詞彙意義及修辭（如比喻）上，不採用轉義手法（此點別於意譯）；在語言形式（即詞彙—句法結構）上，允許適當變化或轉換（如語序轉換），以使譯文符合目標語詞彙—句法規範（此點別於直譯與逐詞翻譯）。

2. 歸化策略下的翻譯方法

（1）意譯（Liberal/free translation）即以轉譯手法，以流暢、貼切目標語呈現源語。

（2）仿譯（Imitation）指譯者不拘泥細節地將原文作為參照模式，將原文通過刪減濃縮或增添擴充方式譯出原文

（3）改譯（Variation translation）與仿譯的區別在於，仿譯譯文的內容或主旨與原文相仿，而改譯譯為的內容與主旨異於原文。此譯法為譯者為達到某種與原作者不同目的而改譯的譯法。

（4）創譯（Recreation）即譯者為達到某種與原作者不同目而拋棄原文意義及形式，並創造性地對原文進行重新處理的譯法。與改譯區別在於改譯譯文異於原文，但整體形式仍與原文有某些關聯；而創譯譯文的意義與形式幾乎脫離原文。此種譯法最自由，其主動權在於譯者，與零翻譯分別處於譯法的兩個極端。

（三）翻譯技巧

簡稱譯巧。對於翻譯技巧的定義，熊兵在〈翻譯研究中的概念混淆〉中說：「翻譯技巧是翻譯活動中，某種翻譯方法在具體實施和運用時所需的技術、技能或技藝。」〔註6〕相較於譯法而言，譯法為更宏觀與寬泛的概念，而譯巧涉及於語篇的微觀或語言單位的呈現。簡而言之，某種譯法的運用需使用某些譯巧，而某種譯巧的使用體現了一定的譯法。

以上節所述八類譯法中，除了零翻譯、音譯及逐詞譯不需要使用譯巧之外，其他五種譯法之運用皆會涉及各種譯巧的使用，大體可歸為五大類如下：〔註7〕

〔註6〕熊兵：〈翻譯研究中的概念混淆——以「翻譯策略」、「翻譯方法」和「翻譯技巧」為例〉，《中國翻譯》3 期（2014 年），頁 83。

〔註7〕熊兵：〈翻譯研究中的概念混淆——以「翻譯策略」、「翻譯方法」和「翻譯技

1. 增譯（Addition）即根據目標語詞句、語義、修辭、句法或文體所需，或因受制於目標語中所特定文化範疇，而在譯文中增添詞、句或段落，以更好表達原作思想內容，或更好地實現某種特殊翻譯目的。

2. 減譯（Omission）即根據目標語詞句、語義、修辭、句法或文體所需，或因受制於目標語中所特定文化範疇，而刪除原文某些詞、句或段落，以更簡潔、順暢表達原作思想內容，或更好地實現某種特殊翻譯目的。

3. 分譯（Division）即將一句原文切分為兩段或兩段以上的譯文句子。

4. 合譯（Combination）即將兩句或多句原文合併為一句譯文。

5. 轉譯（Shift）指將原文的語言單位或結構轉化為目標語中具有類似、對應、或異質屬性的語言單位或結構的過程。轉換可涉及拼字法、語音、音韻、詞彙、句法、語篇、修辭、語義、語用、文化各個層面。

二、翻譯理論與實踐之間的衝突

（一）翻譯最高理想——信、達、雅

翻譯是一種語言活動，翻譯是用一種語言或一種語言的變體，來重新表達另一種語言或同語言的另一變體內容。〔註 8〕譯者的任務，除了當一個不同語言者溝通的橋樑之外，還扮演著一個很重要的角色，那就是「文化傳播者」與「文化移植者」，嚴復所提出的「信、達、雅」，也無疑地成為譯者的標準規範。「信、達、雅」為譯者對譯文期待的最高境界，但劉重德提出了不同的想法，謂「信、達、切」才是翻譯的最高境界，由於語言皆有層次、語境之別，在翻譯朋友之間的對話與領導之間的對話，從天、地、人的角度而言，二者所處定點全然不同，若譯者只顧譯文的「雅」，朋友之間對話的場合就不會那麼貼切了，反而產生了一種距離感，論到「距離」，一切事物皆有「距離的美感」，人事亦同，人與人之間的「距離」即「分寸」上的平衡，在不同的場合就會有不同的距離，故譯文應考慮到時間、場合及對象三因素，顧慮到此三者因素平衡出最貼切的譯文，才算是譯文最高「切」的境界，「切」即真切、貼切，乃譯文與原文密合的境界，故筆者認為若轉「雅」為「切」會使譯文更能貼近原文。而「信、達、切」之三美在於「信」的誠

〔註 8〕趙士鈺編著，《新編漢西翻譯教程》（北京：外語教學與研究出版社，1999 年），頁 1。

巧」為例〉，《中國翻譯》3 期（2014 年），頁 86。

實、「達」的順暢、「切」，的密合等因素，三者之間可並存、亦可衝突，能達到三者的平衡點，就能顯現出譯者對原文的忠，但在翻譯過程中往往會出現「真實」與「美感」的衝突，導致譯者不得不捨其一。

（二）異化、歸化譯策與直譯、意譯譯法之碰撞與融合

以上所舉各種譯法中，「直譯」與「意譯」為其中代表，亦為翻譯的基礎理論及方法。直譯即翻譯二種語言時，儘量按照原文逐字譯出，意譯為取原文大意，而不逐字逐句翻譯。二者之間的區別，正如以上所述之異化與歸化之作用相等。意譯則取其概念轉換為目標語，不保持原文形式，譯文之行文用字接近目標語，而直譯則盡量保持原文的完整面貌，多不顧及目標語之語法與語義，譯文偏向源語，在意譯法因文化相差異太大而無法翻譯之時，譯者多會使用直譯法來解決。

異化與歸化及直譯與意譯，二者之間皆處於兩個極端，但其分類並不意味著此二種概念是絕對、非此即彼的，任何譯作皆在二者交織作用間誕生的「混合體」，譯者對二者之間的選擇，如同站在二者之間，選擇站得比誰更近一些，沒有所謂的絕對化。而作為一種藝術的譯文，不可太過倚重任一方法，二者間分寸拿捏甚為重要，故對於文學翻譯更應慎重，因文學翻譯未嘗不是一種以源語中的文學創造出目標語中新的一部文學，一味地追尋「照字死譯」、忠於實的艱澀譯文，並非好辦法，譯界中一直存在著譯文「應使用編譯（重寫）」或「直譯方法」的爭論，譯者不可太拘泥於理論，應將其融會貫通，以見招拆招的精神應付，打破距離重新將二者都拉過來交流。

由於漢泰語言與基本文化差異甚大，使翻譯過程中，從譯者了解原文的概念，再經過由另一語言輸出作詮釋，此了解的過程中，譯者多少都會帶有個人不同程度的體悟與理解，及對該語言之熟悉度等因素，而導致譯文內容有所差異。

譯者為源語作者及目標語讀者之間的橋樑，若譯者以異化策略翻譯，是將讀者拉近作者的源語文化，而歸化策略，則將作者拉近讀者，使讀者能以自己的文化來理解著作的內容。對於此二種譯策的利弊，在於適當使用異化，可使讀者更理解源語的文化，但若太過，則譯文的行文不順，讀者難以理解。而適當的使用歸化譯策，則可使讀者能容易，且親切地理解著作的內容情節，但若太過，則可導致譯文太脫離源語所要表達的概念與內容。

第二節　《西遊記》在泰國之流傳與翻譯

中國古典小說泰譯本之產生，始於「混戰時期」。自從大城王朝覆滅（1767 年）〔註9〕，許多古籍、文學作品隨著戰火被毀滅。後大城王朝將領鄭昭率軍驅逐了剩餘的緬甸軍隊，建立了新王朝——吞武里王朝（1767 年），但新王朝如流星般短暫，短短十五年又改朝換代，由現今的拉瑪王朝接續。經過大城王朝的滅亡，到短命王朝的吞武里王朝，到拉瑪王朝，僅歷短短十五年的時間，這十五年間的國家政策走向，重於收復國土、平叛及預防緬甸的攻擊，故當時統治者的主要任務則著重軍事，文學沒辦法充分得到很大的發展。儘管如此，鄭皇亦下詔收集因戰火而被毀棄或散落之書籍。後來，改朝換代到拉瑪王朝拉瑪一世登基後（1782 年），百廢待興，主政者又像前朝一樣，開始重視人文，縱使在兵荒馬亂中，仍繼續收集殘失古籍、復興文學。在位期間曾下詔翻譯外國文學，如緬甸的歷史演義——Razadarit（拉差提拉）、中國的《三國演義》及《西漢通俗演義》等外國文學。中國古典小說泰譯本就在這樣的背景下誕生了。

中國古典小說泰譯本，最早出現於拉瑪一世皇時期，當時拉瑪一世〔註10〕下詔令三王〔註11〕為《三國演義》翻譯總編輯，以及令兆帕亞帕康（渾）大臣為《西漢演義》總編輯，其翻譯動機，曾有泰國學者指出：

> 拉瑪王朝初期，因泰緬時有戰爭，故拉瑪·世皇時期翻譯目的多偏向兵法戰與戰略，有政治上的意義。〔註12〕

> 拉瑪王朝初期與《三國演義》及《西漢通俗演義》的混戰背景相同，《西漢》中的劉邦與拉瑪一世皇同為布衣天子，翻譯《西漢》一書的目的，明顯是為了增加自己自立為王的合理性。改朝換代不需與前朝有血緣關係，就像劉邦雖為貧民，但有治國用人的才能，就能

〔註9〕此役為大城王國與緬甸貢榜王朝之間的戰爭，始於 1765 年，以 1767 年大城王朝首都阿瑜陀耶的淪陷為終結標誌，輝煌燦爛長達四個世紀的大城王國自此滅亡。

〔註10〕拉瑪一世（1737 年 3 月 20 日～1809 年 9 月 7 日），泰國曼谷王朝（扎克里王朝）第一代國王，1782 年至 1809 年在位。

〔註11〕三王（泰語：กรมพระราชวังบวรสถานพิมุข，皇家轉寫：Krom Phraratchawang Bowon Sathan Phimuk）是泰國的一個王族頭銜，其地位僅次於二王。

〔註12〕見 วินัย สุกใส. (2010).วิวัฒนาการวรรณกรรมจีนในภาษาไทย ตั้งแต่ พ.ศ. 2411~2475 (ตอนที่ 1).วารสารจีนศึกษา.มหาวิทยาลัยเกษตรศาสตร์. 3(3). 221.

除掉政敵並建立了漢王朝。〔註13〕

故拉瑪王朝初期的漢泰翻譯工作，是重於利用文學以達到政治上的目的。中國文學泰譯本的產出，可謂是為服務統治者而來，因統治者的支持而產生，始於拉瑪一世，對於早期的文學翻譯皆為「演義小說」，對於「演義」一詞，臺灣《教育部重編國語詞典修訂本》將其定義為「採取史實為框架，再加入傳聞而編成的小說。」泰國將其譯為「พงศาวดาร（史書）」。據說《三國演義》泰譯本之起源，始自一世皇下詔譯《西漢》及《三國》中國史書。著三王（一世皇之孫）為《西漢演義》翻譯總編輯，及令兆帕亞帕康（渾）大臣為《三國演義》總編輯。此詔令未有公文、史書記載，但經傳聞考證，發現此說法可靠。因久經泰緬戰亂、幾番遷都，許多典籍慘遭損壞，一世皇召集文官搜集、重新編著，以利國利民，其中也包括外國文學的翻譯。由於當時官修之書籍皆有目次、前序說明，而《西漢》、《三國》等書之官修版不存，僅剩殘存民間版之前序、目次，沒有任何記載可以證明。而從二世皇所著之泰文學คาวี（kaa-wee）中提及《三國演義》，以及泰國詩人——สุนทรภู่（Sŭn-ton pôo）所著之 พระอภัยมณี（Prá-à-pai-má-nee），詩文中亦出現主人公 พระอภัยมณี（Prá-à-pai-má-nee）的簫似《西漢演義》中張良的簫，足以證明《西漢演義》與《三國演義》譯本早已流傳，並具有一定之影響。

1819 年，二世皇下詔翻譯《列國志》。至於《封神演義》之譯本成於何時，已無從考證，因沒有序言說明，經前輩學者研究，此譯本遣詞用句古老，應譯於二世皇時期。而《東漢》之譯本，應於 1806 年三王薨之前完成。

泰緬之間的戰爭，自大城王朝時期已是延綿不斷，直到三世皇時期，由於英緬戰爭的關係，使泰、緬之間戰爭暫停。泰緬最後一次戰爭於 1868 年，正直四世皇時期，直到 1886 年，緬甸淪為英國殖民地，泰緬戰爭得以告終。

三世皇在位期間戰爭減少，進入休養生息的階段，三世皇雖與中國關係甚佳，但三世皇在位期間，並未主動積極提倡對中國文學進行泰譯的工作。因翻譯需耗消大量人力、物力及時間，比創作更為困難，故皇親國戚及大官小吏皆全心配合皇帝詔令，從事供養佛教，如將佛教中的巴利文經典翻譯為泰文、修繕佛寺及收集各類各種典籍、經典的工作。

根據 วินัย สุกใส（Vinai Suksai）之研究，拉瑪四世至拉瑪六世之間，一共

〔註13〕見 วินัย สุกใส.(2010). วิวัฒนาการวรรณกรรมจีนในภาษาไทย ตั้งแต่ พ. ศ. 2411～2475(ตอนที่ 1). วารสารจีนศึกษา. มหาวิทยาลัยเกษตรศาสตร์. 3(3). 231.

翻譯了 29 部中國古典小說，〔註 14〕如《開闢》、《隋唐》、《武則天》、《西遊記》
等於四世皇時期完成，〔註 15〕所翻譯之中國古典小說數量漸多，漢泰翻譯的
目的漸漸轉向了娛樂，而《西遊記》的翻譯正處於這階段，《西遊記》最早泰
譯本於 1906 年拉瑪五世皇時期由丁先生譯出，〔註 16〕泰譯本稱為《西遊》，
此時漢泰譯術與《三國演義》、《西漢通俗演義》相比，譯者通曉漢泰語言的
程度，已達相當高的水準。

　　在拉瑪四世時期，翻譯形式漸漸從皇家或顯官貴族出資及擔任總編輯，
變成了個人印刷廠顧翻譯人員形式。因第一階段之翻譯工作，當時少有精通
漢泰二種語言之翻譯人才，故以團隊方式進行翻譯，起初由識字之華人口譯
為泰語，後由擅長泰語之文官撰寫，再經皇帝親派的親王為總編輯潤稿，過
程複雜繁瑣。〔註 17〕《三國》泰譯版序中載：

> จีนฮกเกี้ยนคงจะทำหน้าที่เป็นบรรณาธิการ เพราะชื่อบุคคลและสถานที่ต่างๆ
> ที่ถอดเสียงจากอักษรจีนออกมา ล้วนเป็นเสียงจีนฮกเกี้ยนเป็นส่วนใหญ่
> นอกจากนั้นคงจะมีจีนแต้จิ๋ว แคะ กวางตุ้ง และไหหลำ
> เป็นคณะบรรณาธิการในการแปลด้วย และท่านบรรณาธิการก็คงจะตรวจตราไม่ทั่วถึง
> ชื่อบุคคลและสถานที่ในสามก๊กที่แปลจึงสับสนอลหม่านมาก
> ซ้ำร้ายคณะผู้แปลคงจะมีความรู้เกี่ยวกับศัพท์แสงที่ใช้ในภาษาไทยไม่เพียงพอ
> ตอนไหนที่แปลยาก เลยไม่แปลเสียเลย หรือแปลแบบคลุมๆ ไปแทนจะจับความมิได้...
> 〔註 18〕（翻譯工作上的分配，應由福建人擔任編輯，因大部分人
> 名、地名皆以福建話音譯，其他的也有潮州、客家、廣東人以及
> 海南人參與編輯工作，加上主編可能檢查不周，以至《三國》中
> 人名、地名之音譯一片混亂，加上譯者可能對泰語中用詞有欠精
> 當，哪句不好翻譯，就直接忽略，譯文含糊不清⋯⋯）

〔註 14〕拉瑪四世（1804 年 10 月 18 日～1868 年 10 月 1 日），泰國曼谷王朝（扎克
　　　　里王朝）第四代國王 1851 年至 1868 年在位。
〔註 15〕見 วินัย สุกใส. (2010).วิวัฒนาการวรรณกรรมจีนในภาษาไทย ตั้งแต่ พ.ศ. 2411~2475 (ตอนที่ 1).
　　　　วารสารจีนศึกษา.มหาวิทยาลัยเกษตรศาสตร์. 3(3). 222.
〔註 16〕朱拉隆功（1853 年 9 月 20 日～1910 年 10 月 23 日），即泰國曼谷王朝（扎
　　　　克里王朝）第五代君主，1868 年 10 月 1 日至 1910 年 10 月 23 日在位。
〔註 17〕กนกพร นุ่มทอง. (2009). การศึกษาการแปลวรรณกรรมจีนเรื่องไซ่ฮั่นในสมัยรัชกาลที่ 1.
　　　　วารสารมนุษยศาสตร์ มหาวิทยาลัยเกษตรศาสตร์. 16(2). 86~98.
〔註 18〕สังข์ พัธโนทัย. (2529). คำนำของผู้แต่ง ในพิชัยสงครามสามก๊ก. 3~4.

因三世皇時期，泰國開始有印刷技術，導致中國古典小說泰譯本漸漸從貴族圈傳入民間。1922 年後，隨著拉瑪四世的印刷技術漸漸發達，使中國古典小說漸漸廣傳，並受到一般人民的喜愛。1923 年開始，成為中國古典小說泰譯本的巔峰時期，各個報紙紛紛登載前期譯過的西方小說及中國古代小說。直到 1932 年，中國古典小說翻譯才漸漸衰落。衰退原因有四：一為漢原文量不夠供應市場所需，故產生了許多仿古典小說作品，取而代之；二為譯者因趕工式地翻譯供應報社，導致譯文粗糙，不夠精美；三為故事情節都是同一套，沒有新鮮感；四則為英文譯本小說漸漸流行，代替了中國古典小說譯本。以上四原因導致風靡泰國文壇一時的「中國古典小說譯本熱」漸漸衰落。〔註 19〕

　　《西遊記》之泰譯本，至今已有一百多年的歷史，泰譯本之流傳可簡略分為以下四種：一、全譯本。目前全譯本一共有二種：（一）為 1906 年丁先生譯（นายดิ่น）、天彎（เทียนวรรณ）潤筆之《西遊》。書中譯文經天彎先生潤筆後，呈現出「歸化式」譯法翻譯，遣詞、用字通順，符合於泰語語法，專有名詞以潮州話音譯，譯者略譯了許多文化詞彙，以「歸化」為原則。〔註 20〕雖然如此，但總體看來，此譯本為往後《西遊記》的研究奠定了很好的基礎，為後者研究《西遊記》產生極大的貢獻，其文通俗易懂，甚得讀者喜愛。（二）為 2016 年威哇把差翎衛先生（วิวัฒน์ ประชาเรืองวิทย์）譯之《西遊記》。此為目前最為完整之譯本，譯者非常努力的將原文中的每一概念表達出，漏譯情況非常少，文中多以直譯法，以「異化」譯策為原則，〔註 21〕忠於原典，使譯文不免讓讀者需再次將譯文轉為更貼切的泰語。原文中之音譯，除泰語中已習慣之潮州話音譯外，其他專名皆以今日大陸普通話為主，因譯者為潮州華裔，故文中時不免透出潮州話詞語。譯者威哇把差翎衛先生（วิวัฒน์ ประชาเรืองวิทย์）對中國古典文學傳播有著很大的貢獻，此前曾翻譯《三國演義》、《列國志》、

〔註 19〕วินัย สุกใส. (2011). วิวัฒนาการวรรณกรรมจีนในภาษาไทย ตั้งแต่ พ.ศ. 2411~2475 (ตอนที่ 2). วารสารจีนศึกษา.มหาวิทยาลัยเกษตรศาสตร์. 4(4). 131～176.

〔註 20〕「歸化」指為求其順暢、通俗易懂風格，而將其源語中的文化信息以相等或相近目標語的文化信息轉換、代替為對等化的文化信息。

〔註 21〕「異化」指為將源語中有，而目標語中沒有的文化信息大量輸入目標語中，打破原文目標語中的語言常規，而產生不流暢的語言風格，使譯文文筆艱澀難懂，讀者必須將譯文再譯為通俗易懂的貼切目標語，但此譯法益於保留源語文化信息，即魯迅先生所稱的「異域情調」，並以其打動讀者的心，提高讀者對源語文化的認知與理解。

《紅樓夢》、《西漢演義》、《封神演義》等；二、濃縮本。此類《西遊記》，如 1987 年蘇威力雅珊出版社（สำนักพิมพ์สุริยาสาส์น）出版的 เล่าเรื่องไซอิ๋ว（《《西遊》故事》）；三、改編本。此類有二本為：（一）1968 年坡‧傍豐（พ.บางพลี）之《西遊》，由歐典（Odian）公司出版，以原著 100 回之《西遊記》，重新編為 84 回，此書撰寫風格、用語道地。此書之流傳不廣，目前僅存於泰國國立法政大學圖書館。〔註 22〕（二）1974 年開瑪南達（เขมานันทะ）的《與《西遊》遠遊》（เดินทางไกลกับ "ไซอิ๋ว"），由泰國克里泰公司（บริษัทเคล็ดไทย）出版，此為唯一一本作者以泰國佛教徒的角度來解讀《西遊記》之著作，很受歡迎，流傳甚廣，三版後改名為《猴王》（ไซอิ๋ว ลิงจอมโจก），由拼刊出版社（สำนักพิมพ์พิมพ์คำ）出版；四、漫畫本。漫畫版《西遊記》之流傳最廣，近年來出版的如：2006 年天空出版社（สกายบุ๊กส์）出版的 ไซอิ๋ว（ฉบับการ์ตูน）（《西遊記》卡通版）、2011 年彤嘉賢出版社（สำนักพิมพ์ทองเกษม）出版的 ไซอิ๋ว（ฉบับการ์ตูน）（《西遊》卡通版）、2019 年安瑪莉出版社（อมรินทร์บุ๊ค）出版的 ไซอิ๋วตูน 2 Go ชมพูทวีป（ฉบับการ์ตูน）（Xi You 2 Go　南贍部洲，卡通版）等。

第三節　前人研究概述

對於《西遊記》韻文中的用韻研究，前人論著中已對《西遊記》詩韻作了研究與整理，只可惜其數量不多，且大部分多偏於《西遊記》的詩韻運用，有關韻考部分少之又少，以下為《西遊記》韻文之研究在韻考研究領域中之文獻回顧：

顏景常〈《西遊記》詩歌韻類和作者問題〉〔註 23〕，此文時代最早，文中的《西遊記》韻考研究，以方音角度思考，得出《西遊記》作者吳承恩應為淮安人的結論。

楊載武〈《西遊記》韻文的用韻〉〔註 24〕，以韻字系聯歸納法分析，得出《西遊記》韻文反映了江淮方言及北方語言相近，反映出明中葉至明末時期

〔註 22〕謝玉冰：〈《西遊記》在泰國的傳播、再現與衍生〉《國際漢學》，2018 年，02 期，頁 77。

〔註 23〕顏景常：〈《西遊記》詩歌韻類和作者問題〉《明清小說研究》，1988 年，03 期，頁 81～91。

〔註 24〕楊載武：〈《西遊記》韻文的用韻〉《四川師範學院學報（哲學社會科學版）》，1992 年，02 期，頁 40～44。

的北方音所出現的一些變化。

許麗芳《《西遊記》中韻文的運用》，〔註25〕書中僅於第二章第一節談及《西遊記》詩的類型，並將其分類為律詩、絕句與古風，略談及形式平仄及押韻，未多提到與韻考相關之研究。

王思齊〈《西遊記》近體詩、詞「-m」「-n」韻尾考〉，〔註26〕運用了「韻腳字歸納法」、「統計法」，對「-m」「-n」韻尾詩詞進行系聯，指出明末江淮官話的語音特點。同時印證了楊耐思先生「16世紀初漢語官話-m韻尾已經完成轉化」；及江淮官話中寒、桓分韻的語音特徵，自中古到明末，甚至到現代，沒有明顯變化的觀點。

以上有關《西遊記》韻考之研究，僅限於討論佳麻韻混押、支微魚韻混押、鼻音韻尾「-m」「-n」「-ŋ」韻尾混押、入聲韻尾「-p」「-t」「-k」混押現象，尚未完全指出全面性、完整地研究與分析，如「濁上讀去」現象。

前人論著中對《西遊記》泰譯本做出的相關研究，若與《三國演義》相比，可謂少之又少，並且分散與佛教、文化、信仰、詞彙、語法等領域。雖如此，《西遊記》在泰國文化的影像傳播與接受度，遠遠超過了學術上的研究。以下所論述之研究，僅限於1906年《西遊記》泰譯本之考察，目前尚未有學者對2016年《西遊記》泰譯本進行研究的相關資料。以下為《西遊記》泰譯本在各研究領域中之文獻回顧：

謝玉冰《《西遊記》在泰國》〔註27〕，為最早研究《西遊記》泰譯本之作，其內容介紹了中國文學以及《西遊記》在泰國之翻譯與傳播，並分析《西遊記》受到廣大泰國同胞喜愛的原因，甚至對考察泰國與台灣地區寺廟中供奉「齊天大聖」之情況。

黃漢坤〈《西遊記》在泰國的傳播與影響〉〔註28〕，論述了《西遊記》在泰國之翻譯及傳播。

〔註25〕許麗芳：《《西遊記》中韻文的運用》，國立台灣大學中國文學研究所碩士學位論文，民82年。

〔註26〕王思齊：〈《西遊記》近體詩、詞「-m」「-n」韻尾考〉《長春理工大學學報（社會科學版）》，2011年，02期，頁31～33。

〔註27〕謝玉冰：《《西遊記》在泰國》，中國文化大學中國文學研究所碩士學位論文，1995年。

〔註28〕黃漢坤：〈《西遊記》在泰國的傳播與影響〉《古典文學知識》，2004年，04期，頁53～56。

　　Wongwoottisaroch P.《《西遊記》與泰譯本《西遊》漢語成語比較研究》〔註29〕，分析了《西遊記》漢語成語之語法結構，及以翻譯法對《西遊記》與泰譯本《西遊》漢語成語進行分析其翻譯情況。

　　李紅《走上泰國佛壇的中國歷史人物——玄奘、大峰祖師、鄭和在泰形象演變略論》〔註30〕。對唐玄奘、宋大峰祖師、明鄭和等中國歷史人物，走上泰國神壇、被供奉於寺廟之過程，並分析其形象演變之原因及意義。文中第二章為唐玄奘在泰形象演變之過程，指出唐玄奘之供奉及著名度是隨著《西遊記》故事之傳播而來的。對《西遊記》在泰早期之流傳、譯本及泰國玄奘寺廟之介紹進行論述。

　　溫英英:《《西遊記》泰譯本的變譯研究》〔註31〕，以黃忠廉教授提出的「變譯理論」中的「七種變通手段」為理論基礎，對比分析《西遊記》泰譯本。並介紹泰國《西遊記》研究及流傳，總結出「編」、「減」、「增」等變譯手法，是為了迎合目標語的社會、習慣、文化等之影響。

　　張充〈《西遊記》在泰國傳播態勢分析——以對泰國曼谷紀伊國屋書店的調查為例〉〔註32〕，以泰國曼谷紀伊國屋書店為例進行調查漢、日、英之《西遊記》售量與對漢語教學之應用。對於《西遊記》一書在泰國之流傳與銷售調查，僅限於紀伊國屋書店，似太狹隘，實為不妥。應將南美書局列入其中，因紀伊國屋書店與南美書局同時開始營業於 1992 年，並且南美書局還是泰國華語教學教科書的主要出版社，在泰國專門銷售中文書籍及文具界地位很高，在華人圈裡很受歡迎，故筆者認為作者將其調查範圍限於紀伊國屋書店太過於片面，應將南美書局列入調查之範圍內。

　　王琪:《《西遊記》泰文譯本《ไซอิ๋ว》佛教詞彙翻譯研究》〔註33〕，以《西遊記》泰譯本中之佛教詞彙為研究對象，進行搜集、整理《西遊記》原文中之

〔註29〕 พาสนินทร์ วงศ์วุฒิสาโรช. (2011). การศึกษาเปรียบเทียบสำนวนจีนใน ซีโหยวจี้ กับฉบับแปลภาษาไทย ไซอิ๋ว》. (วิทยานิพนธ์ปริญญามหาบัณฑิต,จุฬาลงกรณ์มหาวิทยาลัย)

〔註30〕 李紅:《走上泰國佛壇的中國歷史人物——玄奘、大峰祖師、鄭和在泰形象演變略論》，山東大學中國古典文獻學碩士學位論文，2013 年。

〔註31〕 溫英英:《《西遊記》泰譯本的變譯研究》，北京外國語大學亞非語言文學系碩士學位論文，2014 年。

〔註32〕 張充:〈《西遊記》在泰國傳播態勢分析——以對泰國曼谷紀伊國屋書店的調查為例〉《出版廣角》，2014 年，12 期，頁 19～20。

〔註33〕 王琪:《《西遊記》泰文譯本《ไซอิ๋ว》佛教詞彙翻譯研究》，雲南大學語言學及應用語言學碩士學位論文，2015 年。

佛教詞彙，並與泰譯本進行比對與統計。分析《西遊記》泰譯本中佛教詞彙之借詞類型，可分為音譯詞、意譯詞、半音譯半意譯詞三類型。

謝玉冰：《神猴：印度「哈奴曼」和中國「孫悟空」的故事在泰國的傳播》〔註34〕，原為《神猴：印度「哈奴曼」和中國「孫悟空」故事在泰國的流傳》，是謝玉冰先生之博士論文，後由大陸社會科學文獻出版社出版。此專書論述了泰文化對印、漢神猴故事的接受與流傳，及比較印、泰文學《拉瑪堅》之神猴──「哈奴曼」及中國古代小說《西遊記》神猴──「孫悟空」之故事與形象，以及印、漢神猴故事在泰國之流傳。

Chen Jie、Anunsiriwat《《西遊記》──《西遊》：分析文化詞彙之翻譯技巧》〔註35〕，以翻譯技巧理論，對《西遊記》原文及泰譯本之文化詞彙，進行統計性地比對及分類。

謝玉冰：〈《西遊記》在泰國的傳播、再現與衍生〉〔註36〕，介紹泰國《西遊記》所流傳之譯本及改編本、視影傳媒，以及泰國華人寺廟對《西遊記》人物之供奉與信仰。

以上有關《西遊記》泰譯本之研究，可謂寥若晨星，主要可分為三種領域。一、著作之影響與傳播，對於《西遊記》泰譯本在泰國流傳之研究，屬謝玉冰先生之研究為主要論著，為後續學者研究《西遊記》泰譯本奠定了基礎，因現今亦有不少圖書早已絕版，無從考證，可謂對後續學者研究《西遊記》泰譯貢獻極大。二、翻譯研究，對研究《西遊記》泰譯版之翻譯研究，可分為變譯研究、佛教詞彙翻譯研究、文化詞彙的翻譯技巧研究、及漢泰成語翻譯比較研究。三、比較文學領域，即謝玉冰先生對漢、泰、印三文化中的「神猴」之研究。

綜上所述，到目前為止，除了謝玉冰先生在〈《西遊記》在泰國的傳播、再現與衍生〉一文中對2016年泰譯本《西遊記》稍作介紹之外，尚未有論著研究新版泰譯本《西遊記》。

〔註34〕謝玉冰：《神猴：印度「哈奴曼」和中國「孫悟空」的故事在泰國的傳播》，（北京：社會科學文獻出版社，2017年）。

〔註35〕CHEN JIE, ดร พัชรินทร์. อนันต์ศิริวัฒน์.(2015). ซีโหยวจี้–ไซอิ๋ว : วิเคราะห์กลวิธีการแปลคำศัพท์ทางวัฒนธรรม. สักทอง วารสารมนุษยศาสตร์และสังคมศาสตร์ : .มหาวิทยาลัยราชภัฏกำแพงเพชร 21(2).

〔註36〕謝玉冰：〈《西遊記》在泰國的傳播、再現與衍生〉《國際漢學》，2018年，02期，頁74～82。

第四節　研究範圍與方法

一、研究範圍

　　本文旨在研究《西遊記》詩作用韻研究，以及比對《西遊記》詩作與泰譯本中的誤譯及文化移植，因此，本文研究對象，範圍指定在「詩」這一文體，因有襯字並非詩之常規，故加襯字者不列入研究範圍內。經統計《西遊記》詩有 330 首，共 334 個韻段。有的詩不止用一種韻，有可能是押兩種或兩種以上的韻，故筆者將其分為「韻段」，以便於分析每韻段的用韻。如：編號第 112 首詩，〔註37〕一共有三個韻段，分別為第一韻段：垂（支）、悲（脂）、虧（支）、欺（之）、基（之）、稀（微）、啼（齊）、遺（脂）、泥（齊）；第二韻段：倒（晧）、少（小）、了（篠）、鳥（篠）、草（晧）；第三韻段：蘭（寒）、攀（刪）、山（山）、間（山）、難（寒）。

　　論文中的《西遊記》原文使用聯經出版事業公司 2000 年出版第六刷的《西遊記》〔註38〕，及 2016 年威哇把差翎衛先生（วิว้ฒน์ ประชาเรืองวิทย์）之譯本為參照〔註39〕。對於韻字出現不合於用韻之規範時，將參考民國 1996 年里仁出版社出版的《《西遊記》校注》，〔註40〕如：編號第 212 首詩：

> 碧眼猢兒識假真（真），禪機見像拜金身。（真）
>
> 黃婆盲目同參禮，木母癡心共話論。（魂）
>
> 邪怪生強欺本性，魔頭懷惡詐天人。（真）
>
> 誠為道小魔頭大，錯入旁門枉費身。（真）

　　「錯入旁門枉費身」的「身」字，聯經本作「心」，不與其他字相押韻，應為版本上的訛誤，見里仁本作「身」。

　　對於用韻研究，筆者以《廣韻》〔註41〕及《詩韻集成》〔註42〕二本工具書為主要參照。以至文本誤譯及文化移植等翻譯部分，主要參考曾上炎編的

〔註37〕本文，共歸納出首 330 詩，賦予每首詩編號，見本文附錄。

〔註38〕吳承恩著：《西遊記》（臺北：出版事業公司，2000）。

〔註39〕วิว้ฒน์ ประชาเรืองวิทย์ แปล. (2016). เทพนิยายไซอิ๋ว (บันทึกทัศนาจรชมพูทวีป), กรุงเทพ: สำนักพิมพ์ต้นไม้.

〔註40〕〔明〕吳承恩原著；徐少知校；周中明、朱彤注：《《西遊記》校注》（臺北：里仁，民 85 年）。

〔註41〕〔清〕余照輯：《詩韻集成》（臺北：華聯，民 53 年）。

〔註42〕〔宋〕陳彭年：《新校宋本廣韻》（臺北：洪葉文化事業有限公司，2010 年）。

《西遊記辭典》、〔註43〕廣州外國語學院主編的《泰漢字典》、〔註44〕楊漢川編譯的《現代漢泰辭典・增補本》、〔註45〕พจนานุกรม ฉบับราชบัณฑิตยสถาน พ.ศ.๒๕๕๔（泰文字典）、〔註46〕《漢語大詞典繁體2.0版》等工具書。內文分回做綜合陳述，故無法一一詳注出處，在一般情況之下，筆者將省略注解，若為值得考證之處，再特別另行作注。

二、研究方法

對於研究方法，首先從判定《西遊記》中所有詩作著手，找出符合於《廣韻》「獨用」、「同用」之規範，後將不符於《廣韻》之用韻規範，再找出符合於《詩韻集成》之通轉，將符合者以十六攝再進行分為同攝押韻及不同攝押韻二類，最後再將既不符合於《廣韻》「獨用」、「同用」之規範，也不符合於《詩韻集成》之通轉條例進行分類，找出共同之處。

由於詩作為講求格律之文體，文化內涵豐富，故筆者也將從文化移植角度探查漢泰文化間的轉譯，以及探究譯者對其文本誤讀的原因。首先以表格式比對、指出漢泰譯文不符的部分，結合上下文互譯、以文獻書證為依據。

《西遊記》著作中多有道、釋專用術語及中國文化詞彙，筆者主要先參考《西遊記辭典》、《《西遊記》校注》及《西遊記》聯經本中的注釋，若無則首先從其他版本的《西遊記》觀其字形之訛誤，再從《漢語大詞典繁體2.0版》訓其字根、詞源，從歷代書證找出典故，探討詩所欲表達之意。再從漢泰譯文比對出其落差，加以分析解說及提出解決方案。筆者在每項的文本誤譯所提出「應將其譯為」部分，為了盡量使譯文能合於泰語法之行文用字，加上筆者嘗試以能入詩的字數為主，或多或少將影響原文被忽視或轉譯，但不影響詩作內容大義，筆者將在「應將其譯為」部分括號漢字，以便比照。最後歸納文本誤譯及文化移植現象，分析出現象產生之因素。

〔註43〕曾上炎編：《西遊記辭典》（鄭州：河南人民出版社，1994年）。

〔註44〕廣州外國語學院主編：《泰漢字典》（泰國南美有限公司、香港商務印書館聯合出版：1987年）。

〔註45〕楊漢川編譯：《現代漢泰辭典・增補本》（曼谷：Ruam Sarn出版社，2011年）。

〔註46〕พจนานุกรม ฉบับราชบัณฑิตยสถาน พ.ศ.๒๕๕๔（泰文字典）（http://www.royin.go.th/dictionary/）

第二章 《西遊記》詩作之用韻研究

　　《西遊記》雖為一部長篇章回小說，但書中多有詩、詞、歌、賦等各式韻文，豐富了「畢竟不知那……，且聽下回分解」的說書風格。而《西遊記》中的「詩」，講究平仄對仗者，可視為近體詩，但為何又會常有押韻不受近體詩用韻規範的情況呢？就漢語音韻史的研究，漢語可簡單劃分為上古、中古、近代三個時代。上古音即為周秦、兩漢之音；中古即為魏晉至唐宋；近代則為元至清之語音。而由於上古、中古及近代音不同，各時代的韻文及工具書就起了很重要作用。就《西遊記》著作的時代背景而論，當為元明的近代音，從元曲、明小說中韻文探查即發現，多不符合隋、唐、宋如《切韻》、《廣韻》、《集韻》等韻書的押韻標準。《廣韻》及《集韻》雖為宋代官修韻書，但此兩部韻書是以《切韻》為底本，其韻目也是沿襲隋唐韻書音編的，與明代之音韻已然不同，此與唐至明的音變有關，以下筆者將對《西遊記》詩的押韻情況進行分類，及探討其各種押韻類型，並對「出韻」狀況做研究。

第一節 《西遊記》詩作的類型

　　《西遊記》有詩、詞、賦、歌等各種韻文，從其字數來判斷，其中以四言、五言、六言、七言字為常。《西遊記》在韻文前往往寫上「詩曰」、「詞曰」、「歌曰」、「賦曰」等詞，可以作為韻語選取的準則。而實際上《西遊記》韻文中，若按照以上的定義與規範，就會發現「詞曰」往往也符合「詩」的定義，由此可見《西遊記》所說的「詞曰」並不一定是詞。對於《西遊記》詩作的判斷，筆者從對仗、平仄的押韻現象來判定。從對仗及形式談起，《西

遊記》詩作從四言至十二言都有。例如：

四言詩：

幼而勇猛，長而神靈。不統王位，惟務修行。

父母難禁，棄舍皇宮。參玄入定，在此山中。

功完行滿，白日飛昇。玉皇勅號，真武之名。

玄虛上應，龜蛇合形。周天六合，皆稱萬靈。

無幽不察，無顯不成。劫終劫始，剪伐魔精。——（66：826）〔註1〕

五言詩：

隱隱君王像，昂昂帝主容。

規模非小輩，行動顯真龍。——（37：474）

六言詩：

不是公婆趕逐，不因抵熟偷生。

奈我前生命薄，投配男子年輕。

不會洞房花燭，避夫逃走之情。——（81：1021）

七言詩：

夙世前緣繫赤繩，魚水相和兩意濃。

不料鴛鴦今拆散，何期鸞鳳又西東！

藍橋水漲難成事，佛廟煙沉嘉會空。

著意一場今又別，何年與你再相逢！——（82：1038）

八言詩：

血津津的赤剝身軀，紅娃娃的彎環腿足。

火燄燄的兩鬢蓬鬆，硬搠搠的雙眉直豎。

白森森的四個鋼牙，光耀耀的一雙金眼。

氣昂昂的努力大哮，雄赳赳的屬聲高喊。——（20：254）

九言詩：

那個鬚下明珠噴彩霧，這個手中鐵棒舞狂風。

那個是迷爺娘的業子，這個是欺天將的妖精。——（15：185）

十言詩：

還有些蒸酥蜜食兼嘉饌，更有那美酒香茶與異奇。

說不盡百味珍饈真上品，果然是中華大國異西夷。——（100：1241）

〔註1〕參見聯經出版社本《西遊記》，（回：頁），下同。

十二言詩：

那風攪得個通天河波浪翻騰，那雷振得個通天河魚龍喪膽，

那閃照得個通天河徹底光明，那霧蓋得個通天河岸崖昏慘。

——（99：1234）

因為《西遊記》中的韻文，似乎有較活潑的說書形式，在形式上也出現了詩體混搭，或不同字數摻雜的現象，可稱為雜言詩。如以下的例子：①為七言詩接五言詩。②、③為韻文起頭再接七言詩。但有的詩乍看為長短句，酷似詞、賦或歌其他詩體，如：

①總角纏遮顡，披毛未蓋肩。

　　神奇多敏悟，骨秀更清妍。

　　誠為天上麒麟子，果是煙霞彩鳳仙。

　　龍種自然非俗相，妙齡端不類塵凡。

　　身帶六般神器械，飛騰變化廣無邊。

　　今受玉皇金口詔，敕射海會號三壇。——（4：49）

②夭夭灼灼，顆顆株株。

　　夭夭灼灼花盈樹，顆顆株株果壓枝。

　　果壓枝頭垂錦彈，花盈樹上簇胭脂。

　　時開時結千年熟，無夏無冬萬載遲。

　　先熟的，酡顏醉臉；還生的，帶蒂青皮。

　　凝煙肌帶綠，映日顯丹姿。

　　樹下奇葩並異卉，四時不謝色齊齊。

　　左右樓台並館舍，盤空常見罩雲霓。

　　不是玄都凡俗種，瑤池王母自栽培。——（5：55）

③翠蘚堆藍，白雲浮玉，光搖片片煙霞。

　　虛窗靜室，滑凳板生花。

　　乳窟龍珠倚掛，縈迴滿地奇葩。

　　鍋灶傍崖存火跡，樽罍靠案見餚渣。

　　石座石床真可愛，石盆石碗更堪誇。

　　又見那一竿兩竿修竹，三點五點梅花。

　　幾樹青松常帶雨，渾然像個人家。——（1：5）

④六臂哪吒太子，天生美石猴王，相逢真對手，正遇本源流。

那一個蒙差來下界，這一個欺心鬧斗牛。

斬妖寶劍鋒芒快，砍妖刀狠鬼神愁；

縛妖索子如飛蟒，降妖大杵似狼頭；

火輪掣電烘烘艷，往往來來滾繡球。

大聖三條如意棒，前遮後擋運機謀。

苦爭數合無高下，太子心中不肯休。

把那六件兵器多叫變，百千萬億照頭丟。

猴王不懼呵呵笑，鐵棒翻騰自運籌。

以一化千千化萬，滿空亂舞賽飛虯。

唬得各洞妖王都閉戶，遍山鬼怪盡藏頭。

神兵怒氣雲慘慘，金箍鐵棒響颼颼。

那壁廂，天丁吶喊人人怕；這壁廂，猴怪搖旗個個憂。

發狠兩家齊鬥勇，不知那個剛強那個柔。──（4：50）

⑤骨清神爽容顏麗，頂結丫髻短髮鬠。

道服自然襟遶霧，羽衣偏是袖飄風。

環條緊束龍頭結，芒履輕纏蠶口絨。

丰采異常非俗輩，正是那清風明月二仙童。──（24：303）

　　另一值得注意的，《西遊記》詩文中出現口語化、多加襯字等現象，以擴充、描述情節細節，例如：③「又見那一竿兩竿修竹，三點五點梅花。」其襯字為「又見」。④「那一個蒙差來下界，這一個欺心鬧斗牛。」其襯字為「那」、「這」；「把那六件兵器多叫變，百千萬億照頭丟。」其襯字為「把那」；「唬得各洞妖王都閉戶，遍山鬼怪盡藏頭。」其襯字為「唬得……」；「那壁廂，天丁吶喊人人怕；這壁廂，猴怪搖旗個個憂。」其襯字為「那壁廂」「這壁廂」。⑤「丰采異常非俗輩，正是那清風明月二仙童。」其襯字為「正是」。以上是出現類似元曲韻文中的襯字現象，這種並非詩之常態。

　　由於以上種種所述之多樣化形式，會直接影響分析的精確度，故本論文研究範圍內的詩，以二個篩選標準來判定：1. 必須每句字數相等，例如四言、五言、六言、七言等詩，有襯字者不錄。2. 在可作音變解釋外，必須符合嚴格的《廣韻》或《詩韻集成》等韻書的押韻條件。

第二節 《西遊記》詩作押韻分類及用韻問題

對於如何判斷《西遊記》中的詩作，除了觀察對仗、平仄與可能夾雜的「襯字」外，分析「韻腳」是必不可少的過程。而傳統上對於「近體詩」的押韻，必須符合科舉考試所規定的「獨用」、「同用」標準，寫作其他樂府、歌、行、吟、曲等「古體詩」，也有其他規範可供依據。故筆者分析《西遊記》詩作時，將其分為三類：第一類為合於律詩的押韻規範；第二類為符合《詩韻集成》「通」「轉」之規範；第三類則為既不符合於近體詩押韻規範，又不符合《詩韻集成》之「通」「轉」，以下就從此三類一一做出說明。

一、符合《廣韻》「獨用」、「同用」之規範者

對於符合「近體詩」的體式，除了對仗之外，「押韻」更是最講究的一個環節，「近體詩」產生之前，古人已經編寫了「韻書」作為押韻的標準。而對於韻書的產生，可追溯至魏、晉時期，魏‧李登《聲類》，是中國的第一部韻書，稍後，又有體製相仿的晉‧呂靜《韻集》，南北朝音韻之書蠭出，到隋代陸法言完成《切韻》，其分韻受到唐宋的尊崇，《切韻》系韻書就成為了科舉考試的標準規範，宋代也出現了官修的《廣韻》〔註2〕、《集韻》。宋真宗《大宋重修廣韻‧勅牒》中說：「聿遵先志，導揚素風，設教崇文，懸科取士，考嚴程準，茲實用焉。」〔註3〕韻書與科考已然密不可分了。

而自從宋時有了官修《廣韻》之後，《廣韻》就成了讀書人不可或缺的韻文工具書，書中明言規定押韻的分部，哪一個字屬於哪一個韻、哪一個韻「獨用」、哪一個韻「同用」等規範。而本小節將先介紹「獨用」與「同用」的規範，並指出符合「獨用」、「同用」的詩作。

「獨用」指該韻中的字，只能相互押韻，押韻只能用某韻的字，不能與其他韻的字混押。「同用」指可同押他韻用字，而此規範應該是依照可押韻的原則製定的。以下為《廣韻》「獨用」「同用」的關係表。

〔註2〕《廣韻》全稱《大宋重修廣韻》，是一部北宋時代官修的韻書，北宋真宗大中祥符元年（公元 1008 年）陳彭年、丘雍等人奉詔根據前代隋‧陸法言《切韻》、唐‧孫愐《唐韻》等韻書基礎上修訂而成。

〔註3〕〔宋〕陳彭年：《宋本廣韻》（臺北：洪葉文化事業有限公司，2010 年），頁10。

《廣韻》206 韻「同用」「獨用」表

上平聲	上聲	去聲	入聲	下平聲	上聲	去聲	入聲
一東	一董	一送	一屋	一先	二十七銑	三十二霰	十六屑
二冬		二宋	二沃	二仙	二十八獮	三十三線	十七薛
三鍾	二腫	三用	三燭	三蕭	二十九篠	三十四嘯	
四江	三講	四絳	四覺	四宵	三十小	三十五笑	
五支	四紙	五寘		五肴	三十一巧	三十六效	
六脂	五旨	六至		六豪	三十二晧	三十七號	
七之	六止	七志		七歌	三十三哿	三十八箇	
八微	七尾	八未		八戈	三十四果	三十九過	
九魚	八語	九御		九麻	三十五馬	四十禡	
十虞	九麌	十遇		十陽	三十六養	四十一漾	十八藥
十一模	十姥	十一暮		十一唐	三十七蕩	四十二宕	十九鐸
十二齊	十一薺	十二霽		十二庚	三十八梗	四十三映	二十陌
		十三祭		十三耕	三十九耿	四十四諍	二十一麥
		十四泰		十四清	四十靜	四十五勁	二十二昔
十三佳	十二蟹	十五卦		十五青	四十一迥	四十六徑	二十三錫
十四皆	十三駭	十六怪		十六蒸	四十二拯	四十七證	二十四職
		十七夬		十七登	四十三等	四十八嶝	二十五德
十五灰	十四賄	十八隊		十八尤	四十四有	四十九宥	
十六咍	十五海	十九代		十九侯	四十五厚	五十候	
		二十廢		二十幽	四十六黝	五十一幼	
十七真	十六軫	二十一震	五質	二十一侵	四十七寢	五十二沁	二十六緝
十八諄	十七準	二十二稕	六術	二十二覃	四十八感	五十三勘	二十七合
十九臻			七櫛	二十三談	四十九敢	五十四闞	二十八盍
二十文	十八吻	二十三問	八物	二十四鹽	五十琰	五十五豔	二十九葉
二十一欣	十九隱	二十四焮	九迄	二十五添	五十一忝	五十六㮇	三十怗
二十二元	二十阮	二十五願	十月	二十六咸	五十三豏	五十八陷	三十一洽
二十三魂	二十一混	二十六慁	十一沒	二十七銜	五十四檻	五十九鑑	三十二狎
二十四痕	二十二很	二十七恨		二十八嚴	五十二儼	五十七釅	三十三業
二十五寒	二十三旱	二十八翰	十二曷	二十九凡	五十五范	六十梵	三十四乏
二十六桓	二十四緩	二十九換	十三末				
二十七刪	二十五潸	三十諫	十五鎋				
二十八山	二十六產	三十一襉	十四黠				

以下列出《西遊記》中合於近體詩詩韻規範詩作的序號（參考附錄）、韻字與所屬韻目。

1. 東韻獨用類

序號	韻 字 及 所 屬 韻 母
3	通（東）、宮（東）
37	公（東）、雄（東）、宮（東）、風（東）、功（東）
60	中（東）、同（東）、功（東）、空（東）、紅（東）
94	紅（東）、風（東）、窮（東）、叢（東）、空（東）
72	蒙（東）、翁（東）、同（東）、功（東）、空（東）
127	通（東）、中（東）、同（東）、東（東）、空（東）
139	空（東）、叢（東）、紅（東）、風（東）、工（東）、功（東）、同（東）、籠（東）、櫳（東）、聰（東）、朧（東）、烘（東）、東（東）
175	融（東）、窮（東）、功（東）、通（東）、隆（東）
216	空（東）、櫳（東）、宮（東）、窮（東）
224	功（東）、中（東）
235	宮（東）、中（東）、雄（東）
241	中（東）、工（東）、風（東）
268	窮（東）、通（東）、同（東）、蒙（東）、空（東）
282	同（東）、空（東）、通（東）、崇（東）、中（東）

2. 冬、鍾韻同用類

序號	韻 字 及 所 屬 韻 母
232	蜂（鍾）、濃（鍾）
137	容（鍾）、龍（鍾）

3. 支、脂、之韻同用類

序號	韻 字 及 所 屬 韻 母
10	姿（脂）、提（支）、慈（之）、之（之）、師（脂）
12	時（之）、（脂）、枝（支）
38	知（支）、私（脂）
115	欺（之）、時（之）
214	之（之）、居（之）、兒（支）、時（之）
279	知（支）、私（脂）
288	師（脂）、獅（脂）、夷（脂）、之（之）、時（之）
292	之（之）、漓（支）、虧（支）、差（支）

4. 微韻獨用類

序號	韻 字 及 所 屬 韻 母
39	飛（微）、扉（微）、圍（微）、微（微）、衣（微）
40	飛（微）、扉（微）、圍（微）、微（微）、衣（微）
73	畿（微）、微（微）、稀（微）、威（微）、衣（微）
80	歸（微）、揮（微）、微（微）、違（微）

5. 魚韻獨用類

序號	韻 字 及 所 屬 韻 母
20	虛（魚）、如（魚）、舒（魚）

6. 虞、模韻同用類

序號	韻 字 及 所 屬 韻 母
205	枯（模）、無（虞）、圖（模）、夫（虞）、烏（模）
246	無（虞）、爐（模）、夫（虞）、鋪（虞）、箍（模）
266	雛（虞）、蘇（模）、鋪（模）、圖（模）

7. 灰、咍韻同用類

序號	韻 字 及 所 屬 韻 母
34	來（咍）、開（咍）、臺（咍）、才（咍）、哉（咍）
189	災（咍）、猜（咍）、臺（咍）、哉（咍）、胎（咍）
203	來（咍）、埃（咍）
222	來（咍）、衰（灰）〔註4〕、開（咍）、臺（咍）

8. 真、諄、臻韻同用類

序號	韻 字 及 所 屬 韻 母
23	人（真）、真（真）、神（真）、倫（諄）、身（真）
92	真（真）、人（真）、因（真）、淪（諄）、塵（真）
119	姻（真）、人（真）
138	因（真）、人（真）、神（真）、身（真）、新（真）
158	人（真）、倫（諄）、圇（諄）、塵（真）
163	人（真）、神（真）

〔註4〕按：「衰」《廣韻》僅錄支、脂韻。《洪武正韻》有灰韻一讀，故可與其他韻字押。在《西遊記》詩作中皆為四聲分押，入聲字絕不與平、上、去聲字押韻，唯此為例外，不知何故。

198	春（諄）、身（真）、真（真）、塵（真）
236	春（諄）、勻（諄）、新（真）、真（真）
300	鈞（諄）、新（真）、塵（真）
304	鈞（諄）、新（真）、塵（真）
319	身（真）、神（真）、塵（真）

9. 文、欣韻同用類

序號	韻　字　及　所　屬　韻　母
153	君（文）、懃（欣）、雲（文）、聞（文）、文（文）

10. 刪、山韻同用類

序號	韻　字　及　所　屬　韻　母
57	環（刪）、顏（刪）、還（刪）、關（刪）、山（山）
178	山（山）、還（刪）
256	斑（刪）、灣（刪）、潺（山）、顏（刪）、寰（刪）

11. 先、仙韻同用類

序號	韻　字　及　所　屬　韻　母
32	前（先）、綿（仙）、連（仙）、堅（先）、全（仙）
44	天（先）、全（仙）、仙（仙）
51	緣（仙）、年（先）、蓮（先）
99	仙（仙）、玄（先）、然（仙）、旋（仙）、天（先）
102	天（先）、仙（仙）、煙（先）、田（先）、年（先）
104	烟（先）、天（先）、堅（先）、烟（先）、年（先）
108	天（先）、年（先）、全（仙）、緣（仙）、仙（仙）
129	鮮（仙）、然（仙）、烟（先）、肩（先）、川（仙）、前（先）
134	前（先）、全（仙）、天（先）
135	緣（仙）、然（仙）、天（先）
160	天（先）、川（仙）、顛（先）、眠（先）、邊（先）
230	前（先）、煙（先）、甌（仙）、天（先）
237	天（先）、娟（仙）、煙（先）、蓮（先）、偏（仙）
244	仙（仙）、天（先）、邊（先）
290	蓮（先）、煙（先）、年（先）
328	編（仙）、年（先）、遭（仙）、千（先）、傳（仙）

12. 豪韻獨用類

序號	韻 字 及 所 屬 韻 母
81	高（豪）、勞（豪）、袍（豪）、嚎（豪）、毛（豪）
101	曹（豪）、濤（豪）、高（豪）、鰲（豪）、桃（豪）

13. 歌、戈韻同用類

序號	韻 字 及 所 屬 韻 母
17	多（歌）、窩（戈）、羅（歌）
69	窩（戈）、婆（戈）、多（歌）
95	羅（歌）、荷（歌）、酡（歌）、多（歌）、陀（歌）
172	陀（歌）、多（歌）、河（歌）
249	羅（歌）、痾（歌）、魔（戈）、娑（歌）、何（歌）
251	魔（戈）、何（歌）、磨（戈）、跎（歌）、羅（歌）
255	多（歌）、訶（歌）、和（戈）、訛（戈）、羅（歌）
294	多（歌）、痾（歌）、羅（歌）

14. 麻韻獨用類

序號	韻 字 及 所 屬 韻 母
27	迦（麻）、沙（麻）、花（麻）、家（麻）、賒（麻）
93	賒（麻）、花（麻）、加（麻）、差（麻）、家（麻）
114	家（麻）、麻（麻）、沙（麻）
156	霞（麻）、花（麻）、牙（麻）、沙（麻）、鰕（麻）、麻（麻）、喳（麻）
174	家（麻）、差（麻）
197	家（麻）、花（麻）、蛙（麻）、霞（麻）、誇（麻）、紗（麻）
276	花（麻）、譁（麻）、葩（麻）、家（麻）
295	紗（麻）、華（麻）

15. 陽、唐韻同用類

序號	韻 字 及 所 屬 韻 母
28	香（陽）、長（陽）、粧（陽）、狂（陽）、方（陽）
63	堂（唐）、方（陽）、旁（唐）、梁（陽）、霜（陽）、王（陽）
76	方（陽）、商（陽）、光（唐）、量（陽）
96	常（陽）、堂（唐）、陽（陽）、鄉（陽）、囊（唐）

149	唐（唐）、㘷（陽）、腸（陽）、莊（陽）、傷（陽）
181	梁（陽）、陽（陽）、妝（陽）、郎（唐）、當（唐）
199	霜（陽）、剛（唐）、張（陽）、方（陽）、鄉（陽）
206	王（陽）、揚（陽）、香（陽）、藏（唐）、場（陽）
207	王（陽）、揚（陽）、香（陽）、藏（唐）、場（陽）
208	王（陽）、揚（陽）、香（陽）、藏（唐）、場（陽）
209	王（陽）、揚（陽）、香（陽）、藏（唐）、場（陽）
210	王（陽）、揚（陽）、香（陽）、藏（唐）、場（陽）
211	王（陽）、揚（陽）、香（陽）、藏（唐）、場（陽）
231	香（陽）、王（陽）、傷（陽）、亡（陽）、狂（陽）
302	黃（陽）、霜（陽）、鄉（陽）
306	黃（唐）、霜（陽）、鄉（陽）
310	香（陽）、祥（陽）、湯（陽）、芳（陽）、堂（唐）
325	陽（陽）、梁（陽）、光（唐）、鄉（陽）、方（陽）

16. 庚、耕、清韻同用類

序號	韻　字　及　所　屬　韻　母
33	鳴（庚）、庚（庚）、平（庚）、清（清）、榮（庚）
43	行（庚）、城（清）
49	更（庚）、成（清）、生（庚）
142	盈（清）、聲（清）
176	平（清）、禎（清）、旌（清）
190	行（庚）、明（庚）、成（清）
261	生（庚）、輕（清）、情（清）
267	撐（庚）、輕（清）
286	城（清）、荊（庚）、迎（庚）、情（清）
309	明（庚）、聲（清）、更（庚）、橫（庚）、晴（清）
311	生（庚）、成（清）、輕（清）、鳴（庚）、明（庚）
318	名（清）、更（庚）、平（庚）、行（庚）、生（庚）
321	明（庚）、精（清）、清（清）、生（庚）、成（清）
326	平（庚）、英（庚）、卿（庚）、行（庚）、京（庚）

17. 尤、侯、幽韻同用類

序號	韻 字 及 所 屬 韻 母
8	休（尤）、由（尤）、侯（侯）、勾（侯）、頭（侯）
31	遊（尤）、愁（尤）、秋（尤）
45	流（尤）、漚（侯）、浮（尤）、頭（侯）、周（尤）
97	由（尤）、休（尤）、頭（侯）
117	羞（尤）、遊（尤）
157	遊（尤）、休（尤）、秋（尤）、州（尤）、頭（侯）
196	流（尤）、丘（尤）、秋（尤）、愁（尤）、頭（侯）
200	秋（尤）、幽（幽）、流（尤）、酬（尤）、遊（尤）
220	憂（尤）、愁（尤）、洲（尤）、頭（侯）、幽（幽）
258	修（尤）、休（尤）、頭（侯）、收（尤）、樓（侯）
269	求（尤）、頭（侯）、修（尤）
313	仇（尤）、憂（尤）

18. 侵韻獨用類

序號	韻 字 及 所 屬 韻 母
21	心（侵）、深（侵）、音（侵）、尋（侵）、林（侵）
88	深（侵）、沉（侵）
150	擒（侵）、心（侵）
159	林（侵）、深（侵）、陰（侵）、心（侵）、音（侵）
191	林（侵）、尋（侵）、深（侵）
195	擒（侵）、尋（侵）、深（侵）
218	林（侵）、深（侵）、音（侵）、侵（侵）、心（侵）
234	深（侵）、金（侵）、今（侵）

19. 覃、談韻同用類

序號	韻 字 及 所 屬 韻 母
53	三（談）、談（談）、龕（覃）、涵（覃）、三（談）

20. 鹽、添韻同用類

序號	韻 字 及 所 屬 韻 母
183	纖（鹽）、蟾（鹽）、謙（添）、簷（鹽）

21. 姥、䁝韻同用類

序號	韻　字　及　所　屬　韻　母
330	（1）土（姥）、苦（姥）

22. 遇、暮韻同用類

序號	韻　字　及　所　屬　韻　母
293	樹（遇）、路（暮）

23. 馬韻獨用類

序號	韻　字　及　所　屬　韻　母
285	也（馬）、者（馬）

24. 宥、候、幼韻同用類

序號	韻　字　及　所　屬　韻　母
58	秀（宥）、就（宥）、宙（宥）、後（候）、繡（宥）、扣（候）、右（宥）、受（有）、秀（宥）、厚（候）、謬（幼）
26	嗅（宥）、宿（宥）、候（候）、繡（宥）、壽（宥）、就（宥）、輳（候）、舊（宥）、壽（宥）

25. 屑、薛韻同用類

序號	韻　字　及　所　屬　韻　母
83	滅（薛）、別（薛）、說（薛）、血（屑）、結（屑）、劣（薛）、絕（薛）、徹（薛）、輟（薛）、潔（屑）、別（薛）

26. 藥、鐸韻同用類

序號	韻　字　及　所　屬　韻　母
170	薄（鐸）、蹀（鐸）、著（藥）、箬（藥）、約（藥）、絡（鐸）、膊（藥）、腳（藥）、髆（鐸）、削（藥）

　　以上為符合於《廣韻》「獨用」、「同用」原則的韻例，共計 146 韻段。

二、符合《詩韻集成》「通」「轉」之規範者

　　《廣韻》為當時讀書人作詩的標準規範，經筆者考察，《西遊記》詩作中有非常多不符合《廣韻》「獨用」、「同用」之規定，出現了許多出韻情況。而若從《詩韻集成》通轉之規範，即可發現，有一大批的詩作是符合於《詩韻集成》通轉的規範。《詩韻集成》為清代流行通用的韻書，除將《廣韻》「獨用」、「同用」合併外，又在《廣韻》分韻基礎之上，歸納其他唐宋詩人

實際的押韻情形，認為還有某些韻是可以合併的，所以就在詩韻上面附了可通可轉的說明。與《廣韻》相對而言，《詩韻集成》中所述之通轉，屬於比較寬的押韻，如出現-m -n -ŋ 三種鼻音韻尾及-p -t -k 三種入聲塞音韻尾韻字混押說明的現象。

「十六攝」為宋代以來等韻圖將 206 韻分成十六類，大抵以韻近韻同為依據。十六攝之分類在早期《四聲等子》、《經史正音切韻指南》中出現，後代也據此作為音韻遠近與擬音的依據。它的分類早於《詩韻集成》，因《詩韻集成》之「通」「轉」規範缺乏實際舉例，為縮小「通」、「轉」的範圍，故筆者也引十六攝作為分韻參考標準，凡「同攝」相押的，視為可被接受的押韻。以下筆者將符合《詩韻集成》通轉條件的詩作，加入十六攝分類進行分析，分為同攝及不同攝二組。以下為《四聲等子》十六攝與《廣韻》韻母對照表。（為簡化對照，入聲韻目只注於陽聲韻後）

攝	平聲	上聲	去聲	入聲	攝	平聲	上聲	去聲	入聲
通攝	東韻	董韻	送韻	屋韻	效攝	蕭韻	篠韻	嘯韻	
	冬韻		宋韻	沃韻		宵韻	小韻	笑韻	
	鍾韻	腫韻	用韻	燭韻		肴韻	巧韻	效韻	
江攝	江韻	講韻	絳韻	覺韻		豪韻	晧韻	號韻	
止攝	支韻	紙韻	寘韻		果攝	歌韻	哿韻	箇韻	
	脂韻	旨韻	至韻			戈韻	果韻	過韻	
	之韻	止韻	志韻		假攝	麻韻	馬韻	禡韻	
	微韻	尾韻	未韻		宕攝	陽韻	養韻	漾韻	藥韻
遇攝	魚韻	語韻	御韻			唐韻	蕩韻	宕韻	鐸韻
	虞韻	麌韻	遇韻		梗攝	庚韻	梗韻	映韻	陌韻
	模韻	姥韻	暮韻			耕韻	耿韻	諍韻	麥韻
蟹攝	齊韻	薺韻	霽韻			清韻	靜韻	勁韻	昔韻
			祭韻			青韻	迥韻	徑韻	錫韻
			泰韻		曾攝	蒸韻	拯韻	證韻	職韻
	佳韻	蟹韻	卦韻			登韻	等韻	嶝韻	德韻
	皆韻	駭韻	怪韻		流攝	尤韻	有韻	宥韻	
			夬韻			侯韻	厚韻	候韻	
	灰韻	賄韻	隊韻			幽韻	黝韻	幼韻	
	咍韻	海韻	代韻		深攝	侵韻	寢韻	沁韻	緝韻
			廢韻		咸攝	覃韻	感韻	勘韻	合韻

	真韻	軫韻	震韻	質韻		談韻	敢韻	闞韻	盍韻
	諄韻	準韻	稕韻	術韻		鹽韻	琰韻	豔韻	葉韻
	臻韻			櫛韻		添韻	忝韻	㮇韻	怗韻
臻攝	文韻	吻韻	問韻	物韻		咸韻	豏韻	陷韻	洽韻
	欣韻	隱韻	焮韻	迄韻		銜韻	檻韻	鑑韻	狎韻
	魂韻	混韻	慁韻	沒韻		嚴韻	儼韻	釅韻	業韻
	痕韻	很韻	恨韻			凡韻	梵韻	范韻	乏韻
	元韻	阮韻	願韻	月韻					
	寒韻	旱韻	翰韻	曷韻					
	桓韻	緩韻	換韻	末韻					
山攝	刪韻	潸韻	諫韻	黠韻					
	山韻	產韻	襉韻	鎋韻					
	先韻	銑韻	霰韻	屑韻					
	仙韻	獮韻	線韻	薛韻					

（一）《西遊記》詩作同攝押韻

以下為屬同攝押韻，且符合《詩韻集成》「通」「轉」之韻例

1. 通　攝

	7	隆（東）、風（東）、功（東）、龍（鍾）、通（東）
	41	中（東）、濛（東）、烘（東）、終（東）、鴻（東）、踪（鍾）、鋒（鍾）、逢（鍾）、叢（東）、風（東）、翁（東）、鍾（鍾）、豐（東）、容（鍾）、衝（鍾）、松（鍾）、聾（東）
	50	洪（東）、豐（東）、宮（東）、龍（鍾）、宗（冬）
	61	封（鍾）、宗（冬）、峰（鍾）、重（鍾）、空（東）
	66	紅（東）、空（東）、風（東）、逢（鍾）
平聲	87	宗（冬）、空（東）、功（東）
	106	濃（鍾）、窮（東）、中（東）、籠（鍾）、紅（東）
	113	（1）胸（鍾）、弓（東）、龍（鍾）〔註5〕
	124	形（青）、生（庚）、精（清）、星（青）、驚（庚）、窿（東）
	148	功（東）、從（鍾）、紅（東）
	155	紅（東）、蓬（東）、公（東）、濃（鍾）、風（東）、兇（鍾）、龍（鍾）
	179	紅（東）、瓏（東）、絨（東）、龍（鍾）、紅（東）、鬆（冬）、同（東）
入聲	54	籙（燭）、沐（屋）、獄（燭）、福（屋）

〔註5〕若某首詩有若干韻段，則分別以數字標注之，以做識別，後同。

2. 止 攝

平聲	2	飛（微）、依（微）、微（微）、帷（脂）
	55	暉（微）、遲（脂）、時（之）
	100	而（之）、欺（之）、時（之）、非（微）
	228	衣（微）、詞（之）
	301	遲（脂）、輝（微）、幃（微）
	305	遲（脂）、輝（微）、幃（微）

3. 遇 攝

平聲	75	虛（魚）、無（虞）、殊（虞）、軀（虞）
	289	夫（虞）、除（魚）、途（模）、枯（模）、無（虞）
	327	虞（虞）、餘（魚）、居（魚）
去聲	226	數（遇）、路（暮）、暮（暮）、兔（暮）、悟（暮）、步（暮）、顧（暮）、度（暮）、路（暮）、助（御）、渡（暮）、數（遇）、路（暮）

4. 蟹 攝

平聲	48	哉（咍）、災（咍）、開（咍）、乖（皆）、排（皆）
	59	埃（咍）、臺（咍）、來（咍）、開（咍）、懷（皆）
	123	柴（佳）、來（咍）、崖（佳）
	146	才（咍）、裁（咍）、胎（咍）、來（咍）、乖（皆）、孩（咍）
	152	臺（咍）、崖（佳）、來（咍）
	182	臺（咍）、來（咍）、排（皆）、回（灰）、哉（咍）
	202	胎（咍）、災（咍）、骸（皆）、捱（佳）、來（咍）
	233	胎（咍）、哉（咍）、諧（皆）、崖（佳）、來（咍）、懷（皆）、階（皆）、衰（灰）〔註6〕、來（咍）、材（咍）、災（咍）、臺（咍）、牌（皆）、排（皆）、垓（咍）、來（咍）、儕（皆）、開（咍）、階（皆）、災（咍）、懷（皆）、胎（咍）、排（皆）、來（咍）、臺（咍）、歪（皆）、才（咍）、來（咍）、崖（佳）、乖（皆）、白（皆來）〔註7〕、哉（咍）
	320	差（皆）、階（皆）、霾（皆）、崖（佳）、來（咍）

〔註6〕 按：「衰」《廣韻》僅錄支、脂韻。《洪武正韻》有灰韻一讀，故可與其他韻字押。在《西遊記》詩作中皆為四聲分押，入聲字絕不與平、上、去聲字押韻，唯此為例外，不知何故。

〔註7〕 按：「白」《廣韻》為陌韻，《中原音韻》歸皆來韻，入聲作平聲，故可與其他韻字押。在《西遊記》詩作中皆為四聲分押，入聲字絕不與平、上、去聲字押韻，唯此為例外，不知何故。

	78	大（泰）、礙（代）、菜（代）、怪（怪）、外（泰）、蓋（泰）、塊（隊）、賽（代）、拜（怪）、塞（代）
去聲	91	大（泰）、派（卦）、蓋（泰）、玠（怪）、怪（怪）、帶（泰）、態（代）、界（怪）、拜（怪）、械（怪）、外（泰）、賽（代）、菜（代）
	273	大（泰）、帥（皆來）〔註8〕、在（代）、賣（卦）、菜（代）、界（怪）、怪（怪）、在（代）、拜（怪）、債（卦）、戒（怪）

5. 臻 攝

	4	身（真）、聞（文）、熏（文）、新（真）
	11	塵（真）、汾（文）、雲（文）、真（真）
	14	坤（魂）、昏（魂）、奔（魂）、人（真）、門（魂）、根（痕）
	107	論（魂）、尊（魂）、身（真）、塵（真）、春（諄）
	120	尊（魂）、氛（文）、人（真）
	132	辰（真）、門（魂）、綸（諄）、坤（魂）
	136	雲（文）、門（魂）
	140	真（真）、神（真）、身（真）、君（文）、人（真）
	162	民（真）、雲（文）
	164	新（真）、雲（文）、分（文）、薰（文）、溫（魂）、神（真）
平聲	173	軍（文）、筋（欣）、焚（文）、人（真）
	204	塵（真）、新（真）、珍（真）、分（文）、春（諄）
	212	真（真）、身（真）、論（魂）、人（真）、身（真）
	240	斤（欣）、勻（諄）、分（文）、薰（文）、珍（真）、君（文）
	250	分（文）、門（魂）、文（文）、神（真）、氛（文）
	254	真（真）、身（真）、民（真）、聞（文）、人（真）
	260	君（文）、聞（文）、尊（魂）、迤（諄）、門（魂）、人（真）
	270	昏（魂）、聞（文）、塵（真）、人（真）
	312	村（魂）、聞（文）、昏（魂）、辰（真）、鈞（諄）
	315	人（真）、門（魂）
	316	真（真）、新（真）、門（魂）、身（真）
	329	塵（真）、身（真）、論（魂）、淪（諄）、門（魂）

〔註8〕按：「帥」《廣韻》僅收至、質韻。《中原音韻・去聲》屬皆來韻。《中州・去聲・皆來》叶衰去聲。故可與其他韻字押。

6. 山　攝

平聲	19	天（先）、然（仙）、玄（先）、仙（仙）、言（元）
	22	仙（仙）、猿（元）、玄（先）、邊（先）、天（先）、傳（仙）、先（先）
	35	言（元）、全（仙）、然（仙）、傳（仙）、緣（仙）
	71	攢（寒）、邊（先）、泉（仙）、穿（仙）
	98	山（山）、丹（寒）、寒（寒）
	112	（3）蘭（寒）、攀（刪）、山（山）、間（山）、難（寒）
	122	安（寒）、顏（刪）、斑（刪）、山（山）、閑（山）
	165	愆（仙）、纏（仙）、淵（先）、泉（仙）、園（元）
	171	仙（仙）、淵（先）、邊（先）、黿（元）
	180	乾（寒）、丹（寒）、難（寒）、還（刪）
	188	丹（寒）、顏（刪）、還（刪）、關（刪）
	223	玄（先）、旋（仙）、全（仙）、眠（先）、言（元）、便（仙）、般（刪）、然（仙）
	291	年（先）、煎（仙）、元（元）、愆（仙）、權（仙）
	297	全（仙）、緣（仙）、天（先）、原（元）、然（仙）
	303	寒（寒）、山（山）、欄（寒）
	307	寒（寒）、山（山）、欄（寒）
	314	攢（寒）、邊（先）
	323	難（寒）、關（刪）、還（刪）、般（刪）、丹（寒）
	324	玄（先）、天（先）、全（仙）、旋（仙）、黿（元）
	308	年（先）、先（先）、天（先）、元（元）、邊（先）、娟（仙）、緣（仙）、頑（刪）、前（先）、泉（仙）
去聲	46	現（霰）、片（霰）、段（換）、電（霰）、院（線）、扇（線）、面（線）、練（霰）、殿（霰）

7. 效攝

平聲	24	桃（豪）、飄（宵）、高（豪）、朝（宵）
	47	號（豪）、高（豪）、橋（宵）
	84	飄（宵）、霄（宵）、搖（宵）、飄（宵）、錨（宵）、挑（蕭）、逃（豪）、凋（蕭）、濤（豪）
	116	飄（宵）、饒（宵）、縧（豪）、滔（豪）、刀（豪）、袍（豪）
	143	高（豪）、妖（宵）、趫（宵）、焦（宵）、消（宵）
	154	高（豪）、號（豪）、凋（蕭）、哮（肴）、巢（肴）、牢（豪）、篙（豪）、搖（宵）

	221	臕（宵）、苗（宵）、蕉（宵）、牢（豪）、哮（肴）、饒（宵）、魃（宵）、高（豪）
	242	袍（豪）、縧（豪）、嬌（宵）、饒（宵）、遙（宵）、高（豪）
	277	遙（宵）、逃（豪）、霄（宵）、朝（宵）
	296	高（豪）、搖（宵）、標（宵）、橋（宵）、豪（豪）
	298	高（豪）、霄（宵）、搖（宵）、嬌（宵）、朝（宵）
去聲	112	（2）倒（晧）、少（小）、了（篠）、鳥（篠）、草（晧）

8. 梗攝

	5	生（庚）、精（清）、成（清）、形（青）、橫（庚）
	13	輕（清）、明（庚）、行（庚）、溟（青）
	67	經（青）、城（清）、靈（青）、行（庚）、形（青）
	118	城（清）、靈（青）
	121	零（青）、成（清）
	110	星（青）、星（青）、輕（清）、經（青）
	131	盟（庚）、城（清）、鈴（青）、苓（青）、廷（青）
	144	腥（青）、明（庚）、平（庚）、平（庚）、聲（清）
	168	青（青）、名（清）、生（庚）、靈（青）、經（青）、釘（青）
平聲	184	瓊（清）、明（庚）、鈴（青）、庭（青）
	185	纓（清）、晴（清）、鳴（庚）、名（清）、形（青）
	187	精（清）、形（青）、傾（清）、爭（耕）、成（清）
	229	明（庚）、聲（清）、生（庚）、亭（青）、仃（青）
	239	蜓（青）、晴（清）、叮（青）、驚（庚）
	243	驚（庚）、明（庚）、汀（青）、鳴（庚）
	248	靈（青）、兵（庚）、行（庚）、程（清）、聲（清）、精（清）、生（庚）、城（清）
	259	寧（青）、行（庚）、更（庚）
	272	零（青）、釘（青）、聲（清）、青（青）、驚（庚）
	299	生（庚）、橫（庚）、明（庚）、清（清）、寧（青）

（二）《西遊記》詩作不同攝押韻

對於不同攝押韻，早在唐、宋時期就已經出現了。以下筆者將以應裕康先生對《十六攝》之擬音，[註9] 進行分析其混押之原因，並舉例符合於《詩

[註9] 應裕康：〈洪武正韻韻母音值之擬訂〉（臺北：驚聲文物供應公司，淡江文理學

韻集成》之通轉而不同攝之詩句。

1. 江攝與宕攝通押

按：江攝與宕攝通押，其原因或有二：1. 江攝-ɔŋ 與宕攝-ɑŋ，二攝元音相近、韻尾相同，故出現通押現象；2. 因前人已有如此押韻的先例，或出於沿用。如：唐・徐延壽〈南州行〉：「搖艇至南國，國門連大江（江）。中洲西邊岸，數步一垂楊（陽）。金釧越溪女，羅衣胡粉香（陽）。織縑春捲幔，采蕨暝提筐（陽）。弄瑟嬌垂幄，迎人笑下堂（唐）。河頭浣衣處，無數紫鴛鴦（唐）。」〔註10〕

	18	堂（唐）、光（唐）、黃（唐）、粧（陽）、鎗（陽）、凰（唐）、行（唐）、江（江）、郎（唐）
	25	香（陽）、（陽）、強（陽）、雙（江）、常（陽）
	29	降（江）、光（唐）、長（陽）、方（陽）
平聲	74	光（唐）、煌（唐）、長（陽）、雙（江）、王（陽）
	141	邦（江）、唐（唐）、光（唐）、張（陽）、章（陽）
	186	香（陽）、涼（陽）、芳（陽）、狂（陽）、江（江）
	217	王（陽）、妨（陽）、方（陽）、王（陽）、郎（唐）、堂（唐）、場（陽）、光（唐）、降（江）、張（陽）
上聲	52	講（講）、網（養）、黨（蕩）、長（養）、決（蕩）、養（養）、長（養）、黨（蕩）、獎（養）、響（養）、訪（漾？）〔註11〕、奘（蕩）

2. 攝與遇攝通押

按：止攝與遇攝通押，其原因或有二：1. 止攝-i 與遇攝-y，-i 與-y 皆屬前高元音，故出現通押現象；2. 則因前人已有如此押韻的先例，或出於沿用，如：宋・蘇軾〈五禽言〉：「願儂一箔千兩絲（之），繰絲得蛹飼爾雛（虞）。」〔註12〕

平聲	201	餘（魚）、如（魚）、機（微）、疏（魚）、書（魚）

院中文研究室主編：《許詩英先生六秩誕辰論文集》，1970 年），頁 275～322。

〔註10〕中華書局編輯部點校：《《全唐詩》增訂本》（北京：中華書局，1999 年），卷114，頁 1167。

〔註11〕按：「訪」《廣韻》僅錄去聲「漾」之音讀。《正字通》妃罔切，芳上聲。《中原音韻》為上聲，與倣同音。故可與其他韻字押。

〔註12〕〔宋〕蘇軾：《蘇東坡全集》（臺北：河洛圖書出版社，民 64 年），卷 4，頁 81。

3. 止攝與蟹攝通押

按：止攝與蟹攝通押，其原因或有二：1. 止攝-i 與蟹攝-ai，尾音相同，皆為-i，故出現通押現象；2. 則因前人已有如此押韻的先例，或出於沿用，如：宋·蘇軾〈贈別〉：「青鳥銜巾久欲飛（微），黃鶯別主更悲啼（齊）。殷勤莫忘分攜處，湖水東邊鳳嶺西（齊）。」〔註13〕

	70	衣（微）、圍（微）、提（齊）、依（微）
	112	（1）垂（支）、悲（脂）、虧（支）、欺（之）、基（之）、稀（微）、啼（齊）、遺（脂）、泥（齊）
	151	泥（齊）、威（微）、機（微）、飛（微）、羲（支）、吹（支）、瑁（隊）、衣（微）、碑（支）、龜（脂）
平聲	166	輝（微）、霓（齊）、奇（支）、儀（支）、齊（齊）、錐（脂）、鎚（支）、雷（灰）、威（微）
	213	伊（脂）、危（支）、知（支）、穨（灰）、歸（微）
	245	盔（灰）、輝（微）、飛（微）、齊（齊）、機（微）、稀（微）、誰（脂）
	275	飛（微）、機（微）、灰（灰）、扉（微）

4. 臻攝與梗攝通押

按：臻攝與梗攝通押，其原因或有二：1. 臻攝-en 與梗攝-eŋ，二攝元音相同、韻尾相近，故出現通押現象；2. 則因前人已有如此押韻的先例，或出於沿用，如：宋·李復〈唐秘書省書目石刻〉：「森羅萬目分緯經，大官供烹集群英（庚）。魯魚亥豕校讎精，垂簽甲乙刻堅珉（真）。」〔註14〕

	36	晴（清）、盆（魂）、鱗（真）、輪（諄）、神（真）
平聲	56	尊（魂）、論（魂）、燈（登）、冰（蒸）、僧（登）
	113	（2）鷹（蒸）、青（青）、根（痕）、繩（蒸）、星（青）

5. 梗攝與曾攝通押

按：梗攝與曾攝通押，其原因或有二：1. 梗攝-eŋ 與曾攝-əŋ，二攝元音相近、韻尾相同，故出現通押現象；2. 則因前人已有如此押韻的先例，或出於沿用，如：宋·魏了翁〈射殿引諸班出官人拽垛子二首〉：「控矢張弓十作朋（登），射餘回首列前榮（庚）。須臾當殿聽宣授，首下尻高萬歲聲（清）。」〔註15〕

〔註13〕〔宋〕蘇軾：《蘇東坡全集》，卷 12，頁 173。

〔註14〕北京大學古文獻研究所著作：《全宋詩》（北京：北京大學，1999 年），冊 19，頁 12434。

〔註15〕北京大學古文獻研究所著作：《全宋詩》，冊 156，頁 34962。

平聲	30	興（蒸）、能（登）、京（庚）、昇（蒸）、僧（登）
	42	丁（青）、平（庚）、輕（清）、盟（庚）、聲（清）、羹（庚）、生（庚）、繒（蒸）、青（青）、菱（蒸）、烹（庚）、蒸（蒸）、情（清）、形（青）、平（庚）、城（清）、聲（清）、明（庚）
	68	星（青）、明（庚）、繩（蒸）、形（青）、纓（清）
	111	僧（登）、藤（登）、能（登）、程（清）
	169	名（清）、成（清）、凝（蒸）、僧（登）、名（清）、靈（青）
	194	明（庚）、庭（青）、繩（蒸）、聲（清）
	225	獰（庚）、燈（登）、釘（青）、明（庚）、青（青）、擎（庚）、形（青）
去聲	15	映（映）、稱（證）、硬（諍）、磬（徑）、聖（勁）

6. 臻攝、梗攝、曾攝通押

按：臻攝、梗攝、曾攝通押，其原因或有二：1. 臻攝-en 與梗攝-eŋ、曾攝-əŋ，臻、梗二攝元音相同、韻尾相近，而梗、曾二攝元音相近、韻尾相同，故出現通押現象；2. 則因前人已有如此押韻的先例，或出於沿用，如：宋‧王安中〈湖山紀游〉：「舍舟縱散策，逸興生峻嶒（蒸）。白雲引遐眺，碧岫延深登（登）。幽期浩無涯，忽到靜者門（魂）。長松有令姿，流水無俗聲（清）。」〔註16〕

平聲	252	冰（蒸）、新（真）、平（庚）、泠（青）
	283	僧（登）、平（庚）、人（真）

按：臻攝、梗攝、曾攝通押，其原因或有二：1. 臻攝-et 與梗攝-ek、曾攝-ək，梗、曾二攝元音相近、韻尾相同，故出現通押現象。臻攝與梗攝元音相同、韻尾相近，故出現通押現象；臻、曾二攝元音及韻尾相近，故出現通押現象；2. 因前人已有如此押韻的先例，或出於沿用，如：宋‧蘇軾〈送表弟程六知楚州〉：「子方得郡古山陽，老手風生謝刀筆（質）。我正含毫紫微閣，病眼昏花困書檄（錫）。莫教印綬繫餘年，去掃墳墓當有日（質）。功成頭白早歸來，共藉梨花作寒食（職）。」〔註17〕

入聲	86	石（昔）、石（昔）、敵（錫）、日（質）、力（職）、逼（職）

7. 臻攝與深攝通押

按：臻攝與深攝通押，其原因或有二：1. 臻攝-en 與深攝-em，元音相同、韻尾相近，故出現通押現象；2. 則因前人已有如此押韻的先例，或出

〔註16〕北京大學古文獻研究所著作：《全宋詩》，冊24，頁15989。
〔註17〕〔宋〕蘇軾：《蘇東坡全集》，卷16，頁219。

於沿用，如：唐・崔融〈則天皇后輓歌二首之一〉：「宵陳虛禁夜，夕臨空山陰（侵）。日月昏尺景，天地慘何心（侵）。紫殿金鋪澀，黃陵玉座深（侵）。鏡奩長不啟，聖主淚沾巾（真）。」〔註18〕

平聲	62	塵（真）、鄰（真）、音（侵）、分（文）
	257	文（文）、分（文）、軍（文）、今（侵）
	284	沉（侵）、吟（侵）、深（侵）、心（侵）、魂（魂）
	330	（2）心（侵）、身（真）

8. 山攝與梗攝通押

按：山攝與梗攝通押，其原因或有二：1. 山攝-an 與梗攝-eŋ，元音及韻尾相近，故出現通押現象；2. 則因前人已有如此押韻的先例，或出於沿用，如：宋・蘇軾〈岐亭五首之一〉：「黃州豈雲遠，但恐朋友缺（屑）。我當安所主，君亦無此客（陌）。」〔註19〕

| 入聲 | 238 | 結（屑）、雪（薛）、捏（屑）、潔（屑）、窄（陌）、穴（屑） |

9. 山攝與咸攝通押

按：山攝與咸攝通押，其原因或有二：1. 山攝-an 與咸攝-am，元音相同、韻尾相近，故出現通押現象；2. 則因前人已有如此押韻的先例，或出於沿用，如：宋・李復〈和林次中五鬣松〉：「僊人五色鼎中丹（寒），丹養松根葉不添（添）。雲散細風梳碧縷，龍離遠嶠奮蒼髯（鹽）。雨衣鐵澀封霜甲，露點珠明滴翠纖（鹽）。採釀春醪能癒疾，欲求方法檢書籤（鹽）。」〔註20〕

平聲	109	巖（銜）、前（先）、蓮（先）、煙（先）、邊（先）
	130	頑（刪）、凡（凡）、山（山）、潺（山）、關（刪）
	133	懸（先）、全（仙）、旋（仙）、鮮（仙）、天（先）、眠（先）、奩（鹽）、船（仙）、仙（仙）、絃（先）、園（元）
	253	喧（元）、帘（鹽）、源（元）、錢（仙）、年（先）
	281	堅（先）、鮮（仙）、帘（鹽）、喧（元）、般（桓）
	322	甜（添）、嚴（嚴）、錢（仙）、然（仙）、沾（鹽）

〔註18〕中華書局編輯部點校：《《全唐詩》增訂本》，卷68，頁764。
〔註19〕〔宋〕蘇軾：《蘇東坡全集》，卷14，頁195。
〔註20〕北京大學古文獻研究所著作：《全宋詩》，冊19，頁12474。

上聲	85	（2）眼（產）、喊（敢）
去聲	287	簡（產）、鑽（產）、喊（敢）、罕（旱）、慘（感）、敢（敢）、膽（敢）、反（阮）

按：山攝與咸攝通押，其原因或有二：1. 山攝-at 與咸攝-ap，元音相同、韻尾相近，故出現通押現象；2. 則因前人已有如此押韻的先例，或出於沿用，如：宋·石介〈慶曆聖德頌〉：「大聲渢渢，震搖六合（合）。如乾之動，如雷之發（月）。」〔註21〕宋·蘇軾〈自興國往筠宿石田驛南二十五里野人舍〉：「芒鞋竹杖自輕軟，蒲薦松床亦香滑（點）。夜深風露滿中庭，惟見孤螢自開闔（盍）。」〔註22〕

入聲	16	絕（薛）、葉（葉）、別（薛）、滅（薛）、節（屑）
	79	拙（薛）、歇（月）、月（月）、說（薛）、孽（薛）、喋（怗）、訣（屑）、闕（月）、輟（薛）、穴（屑）、熱（薛）、月（月）、血（屑）、徹（薛）、接（葉）、闕（月）、列（薛）、節（屑）、客（陌）、潑（末）、接（葉）、滅（薛）、歇（月）、悅（薛）、闕（月）、拙（薛）、脫（末）、怯（業）、決（屑）、說（薛）、折（薛）、業（業）、鬣（葉）
	105	折（薛）、訣（屑）、接（葉）
	126	雪（薛）、鐵（屑）、摺（葉）、別（薛）、烈（薛）
	262	甲（狎）、發（月）、滑（點）、恰（洽）、榻（盍）

10. 果攝與假攝通押

按：果攝與假攝通押，其原因或有二：1. 果攝-ɑ 與假攝-a，元音相近，故出現通押現象；2. 則因前人已有如此押韻的先例，或出於沿用，如：唐·李商隱〈安平公詩（故贈尚書韓氏）〉：「丈人博陵王名家，憐我總角稱才華（麻）。華州留語曉至暮，高聲喝吏放兩衙（麻）。明朝騎馬出城外，送我習業南山阿（歌）。仲子延嶽年十六，面如白玉敧烏紗（麻）。其弟炳章猶兩卝，瑤林瓊樹含奇花（麻）。陳留阮家諸侄秀，邐迤出拜何駢羅（歌）。府中從事杜與李，麟角虎翅相過摩（戈）。清詞孤韻有歌響，擊觸鐘磬鳴環珂（歌）。三月石堤凍銷釋，東風開花滿陽坡（戈）。時禽得伴戲新木，其聲尖咽如鳴梭（戈）。公時載酒領從事，踴躍鞍馬來相過（戈）。仰看樓殿撮清漢，坐視世界如恒沙（麻）。面熱腳掉互登陟，青雲表柱白雲崖（佳）。一百八句在貝葉，三十三天長雨花（麻）。長者子來輒獻蓋，辟支佛去空留靴（戈）。公時受詔鎮東魯，遣我草詔隨車牙（麻）。顧我下筆即千字，疑我讀書傾五車（麻）。嗚呼大賢苦不壽，時世方士無靈砂（麻）。五月至止

〔註21〕北京大學古文獻研究所著作：《全宋詩》，冊5，頁3400。
〔註22〕〔宋〕蘇軾：《蘇東坡全集》，卷13，頁191。

六月病,遽頹泰山驚逝波(戈)。明年徒步吊京國,宅破子毀哀如何(歌)。西風沖戶卷素帳,隙光斜照舊燕窠(戈)。古人常歎知己少,況我淪賤艱虞多(歌)。如公之德世一二,豈得無淚如黃河(歌)。瀝膽呪願天有眼,君子之澤方滂沱(歌)。」〔註23〕

平聲	177	牙(麻)、鬝(麻)、花(麻)、靴(戈)、吒(麻)〔註24〕

(一)《西遊記》詩作中其他特殊押韻

　　《西遊記》詩作中,有些既不符合《廣韻》的「獨用」、「同用」規範,也不符合《詩韻集成》的「通」、「轉」條例。因科舉考試所規範的音,已經離宋明的通語有一段距離了,例如宋朝時「一東」、「二冬」、「三鍾」韻在科舉考試中是不能通押的,但在一般除了科舉考試之外的詩作,則不受此規範的拘束,已經通押了。故若發生的音變,如「濁上讀去」現象時,全濁上聲字與去聲即會押在一起。以下將從幾方面探討詩作中的出韻現象:

1. 濁上讀去

　　對於漢語古代詩作,向來要求「四聲分押」,也是詩韻韻書的分類標準之一。而《西遊記》中出現了上聲字與去聲字押韻的現象。這些上聲字,多屬於「濁上」字,「濁上讀去」是唐宋以來所發展出來的一種常見音變現象,至現代漢語仍然如此,而《西遊記》詩作中正有這種韻例,今列表於下:

序號	全濁上讀字	韻字及所屬韻目
1	辨(獮)、善(獮)	亂(換)、見(霰)、辨(獮)、善(獮)、傳(線)
65	士(止)	背(隊)、滯(祭)、牸(志)〔註25〕、士(止)
82	簿(姥)	咐(?)〔註26〕、處(御)、怖(暮)、步(暮)、路(暮)、

〔註23〕中華書局編輯部點校:《《全唐詩》增訂本》,卷541,頁6308。
〔註24〕按:「吒」《廣韻》僅錄「禡」韻,不錄「麻」韻。《玉篇》知加切。《集韻》陟加切,並音奓。故可與其他韻字押。
〔註25〕按:詩句中「挬」字,聯經出版社《西遊記》本為「挬」字,《廣韻·入聲·沒·勃》挬:拔也。「挬」屬入聲「沒」韻,出現了出韻問題,而若按照里仁書局《西遊記校註》本,改為「牸」字則符合押韻,《廣韻·去聲·志·字》牸:牝牛。以上為上聲的「士」字與去聲的「志」、「祭」、「隊」韻字同押。
〔註26〕按:「咐」,《廣韻》不錄。現代的《漢語大詞典》、《教育部國語辭典》均錄去聲音讀。「咐」為後起字,於此處恐已讀為去聲。

		住（遇）、簿（姥）、御（御）、遇（遇）、怒（暮）、路（暮）
85	豎（麌）	（1）足（遇）〔註27〕、豎（麌）
90	蕩（蕩）、杖（養）	壯（漾）、蕩（蕩）、樣（漾）〔註28〕、撞（絳）、曠（宕）、放（漾）、趟（映）〔註29〕、亮（漾）、放（漾）、臟（漾）、向（漾）、將（漾）、上（漾）、杖（養）〔註30〕、亮（漾）、上（漾）、將（漾）、喪（宕）、相（漾）、上（漾）、放（漾）、上（漾）、餉（漾）、喪（宕）、瘴（漾）、望（漾）、醬（漾）
103	篆（獮）	現（霰）、斷（換）、豔（豔）、健（願）、篆（獮）、願（願）、宴（霰）、電（霰）、面（線）、眷（線）
219	蕩（蕩）	相（漾）、胖（江陽）〔註31〕、蕩（蕩）、壯（漾）、尚（漾）
247 〔註32〕	篆（獮）、辨（獮）	煉（霰）、煅（換）、驗（豔）、片（霰）、篆（獮）、見（霰）、現（霰）、驗（豔）、線（線）、變（線）、電（霰）、現（霰）、遍（霰）、宴（霰）、戰（線）、竄（換）、殿（霰）、亂（換）、院（線）、見（霰）、辨（獮）、勸（願）、願（願）、卷（線）、便（線）、伴（換）、面（線）、算（換）〔註33〕、殿（霰）、判（換）、劍（梵）、遍（霰）
265	棒（講）	壯（漾）、亮（漾）、響（養）〔註34〕、浪（宕）、將（漾）、棒（講）、藏（宕）

　　以下所示聲類乃依據小學堂網站所定之類名（如：崇、禪）。從中古音到近代音，大部分的全濁上聲字讀為去聲，在《西遊記》中，第 1 首辨（獮）及善（獮）分別為「並」母及「禪」母字、第 65 首士（止）為「崇」母字、

〔註27〕按：「足」，依字義當讀為「燭」韻，此處與「麌」韻押。「足」於《廣韻》中也有「遇」韻一讀，字義為「添物也。」因為符合押韻，故改讀為「遇」韻，與其他韻字押。

〔註28〕按：「樣」，《重修廣韻》本失收。《原本廣韻》屬去聲漾韻。故可與其他韻字押。

〔註29〕按：「趟」，《廣韻》為映韻。《廣韻》及其他韻書未收ㄊㄤ丶音，現代《漢語大字典》及《教育部國語辭典》都讀為ㄊㄤ丶，為量詞，此音讀或起得比較晚。

〔註30〕按：「臟」，《廣韻》失收。《洪武正韻》歸去聲漾韻。故可與其他韻字押。

〔註31〕按：「斷」，《廣韻》為「換」韻音讀。《中原音韻·去聲·江陽》、《中州·去聲·江陽》鋪謗切。故可與其他韻字押。

〔註32〕按：此首詩作，亦出現山攝與咸攝通押現象，詳見本小節符合（二）《詩韻集成》之通轉之規範2.不同攝押韻（9）山攝與咸攝通押之解說。

〔註33〕按：「算」，《廣韻》僅收「緩」韻上聲。「筭」為「算」之異體。「筭」《廣韻》「換」韻，蘇貫切。故可與其他韻字押。

〔註34〕按：「響」，《廣韻》為「養」韻音讀。《集韻·上·養》許兩切，又《集韻·去·漾》許亮切。故可與其他韻字押。

第 82 首簿（姥）為並母字、第 85 首豎（麌）為禪母字、第 90 首蕩（蕩）及杖（養）分別為定母及澄母字、第 103 首篆（獮）為澄母字、第 219 首蕩（蕩）為定母字、第 247 首篆（獮）及辨（獮）分別為澄母字及並母字、第 265 首棒（講）為並母字。定、禪、崇、澄、並母字皆為全濁聲母，在明代當已讀為去聲，故有全濁上聲，此說法可從今讀以上所舉例子，皆讀去聲音。

　　對於全濁上讀現象，唐代詩作早已出現，如：唐・杜甫〈乾元中寓居同谷縣作歌七首之二〉：「柄（映）、命（映）、脛（徑）、靜（靜）。」〔註35〕「從」母字為全濁，全濁聲母的「靜」與去聲字通押。

　　2.「佳」、「麻」通押

序號	韻　字　及　所　屬　韻　目
6	涯（佳）、華（麻）
227	涯（佳）、遮（麻）、麻（麻）、家（麻）、花（麻）
263	娃（佳）、誇（麻）、花（麻）、鴉（麻）、裟（麻）
317	槎（麻）、蹉（麻）、涯（佳）、霞（麻）

　　以下為「涯」、「娃」二字在幾本韻書中之演變。

「涯」		
《廣韻・支》魚羈切	《廣韻・佳》五佳切	
《集韻・支》魚羈切	《集韻・佳》宜佳切	《集韻・麻》牛加切
《韻略・支》魚奇切	《韻略・佳》宜佳切	《韻略・麻》牛加切
《增韻・支》魚奇切	《增韻・佳》宜佳切	《增韻・麻》牛加切
		《中原・陽平・家麻》
《中州・齊微》盈雞切	《中州・皆來》移皆切	《中州・家麻》移加切
《洪武・支》延知切	《洪武・皆》宜皆切	《洪武・麻》牛加切

「涯」，在《廣韻》有支與佳韻兩種讀音，後到了《集韻》演化成了支、佳、麻等三種韻，以上二部韻書皆為次濁音，而到了《中原音韻》「涯」歸全清的家麻部。故佳韻與麻韻同押應是按照明代音押的。

「娃」	
《廣韻・佳》於佳切	
《集韻・佳》於佳切	

〔註35〕中華書局編輯部點校：《《全唐詩》增訂本》，卷 218，頁 2300～2301。

《韻略‧佳》於佳切	
《增韻‧佳》於佳切	
	《中州‧家麻》烏瓜切
	《洪武‧麻》烏瓜切

「娃」,《廣韻》、《集韻》等韻書皆為佳韻、到了《中州》皆為麻韻。

　　對於「佳」、「麻」二韻通押,唐詩已出現,如:①李白〈古意〉:「君為女蘿草,妾作兔絲花(麻)。輕條不自引,為逐春風斜(麻)。百丈托遠松,纏綿成一家(麻)。誰言會面易,各在青山崖(佳)。」〔註36〕②杜甫〈杜位宅守歲〉:「守歲阿戎家,椒盤已頌花(麻)。盍簪喧櫪馬,列炬散林鴉(麻)。四十明朝過,飛騰暮景斜(麻)。誰能更拘束,爛醉是生涯(佳)。」〔註37〕③白居易〈春盡勸客酒〉:「林下春將盡,池邊日半斜(麻)。櫻桃落砌顆,夜合隔簾花(麻)。嘗酒留閑客,行茶使小娃(佳)。殘杯勸不飲,留醉向誰家(麻)。」〔註38〕

3. 通攝、梗攝、曾攝通押

（1）通攝與梗攝通押

平聲	147	鋒(鍾)、風(東)、征(清)、衝(鍾)、雄(東)、公(東)、戎(東)、弓(東)、中(東)
	167	形(青)、生(庚)、精(清)、明(庚)、驚(庚)、窿(東)
	193	程(清)、名(清)、清(清)、功(東)、平(庚)
去聲	128	洞(送)、競(映)、用(用)、正(勁)、弄(送)、聖(勁)、境(梗?)〔註39〕、命(映)

（2）通攝與曾攝通押

平聲	9	風(東)、空(東)、童(東)、騰(登)
	215	靈(青)、行(庚)、宮(東)、中(東)、昇(蒸)、名(清)、形(青)、靈(青)、成(清)、精(清)
	264	繩(蒸)、濃(鍾)、東(東)、空(東)、逢(鍾)
	280	通(東)、宮(東)、弘(登)、豐(東)
入聲	278	國(德)、牧(屋)、穀(屋)、哭(屋)、燭(燭)、國(德)、德(德)

〔註36〕中華書局編輯部點校:《《全唐詩》增訂本》,卷167,頁1730。
〔註37〕中華書局編輯部點校:《《全唐詩》增訂本》,卷224,頁2403～2404。
〔註38〕中華書局編輯部點校:《《全唐詩》增訂本》,卷447,頁5052。
〔註39〕按:「境」《廣韻》僅錄上聲韻,未錄去聲韻。《正字通》又敬韻音鏡。故可與其他韻字押。

（3）通攝、梗攝、曾攝通押

平聲	89	鬆（冬）、燈（登）、聲（清）、藤（登）、嶸（耕）

按：此三類異攝通押，其原因或有二：1. 根據應裕康先生的《洪武正韻》擬音，《洪武正韻》「東」韻來自將《廣韻》的「東」、「冬」、「鍾」並為一韻，為-uŋ。將《廣韻》的「庚」、「耕」、「清」、「青」、「蒸」、「登」並為「庚登清青蒸」一韻，為-əŋ。《洪武正韻》「東」與「庚登清青蒸」二者之間有相同的-ŋ（舌根鼻音韻尾），故出現通押現象；2. 則因前人已有如此押韻的先例，或出於沿用，如：宋・釋正覺〈偈頌二百零五首其一八三〉：「作麼生行（庚），履得十成（清），去功業力爭英雄（東）。劉項時，將太平（庚）。」〔註40〕宋・釋正覺〈頌古二十一首其二十〉：「紫羅帳合，視聽難通（東）。犯動毛頭，月升夜局（青）。密移一步，鶴出銀籠（東）。脫身一色無遺影，不坐同風落大功（東）。」〔註41〕

從《西遊記》詩韻「東」與「庚登清青蒸」混押現象觀察，可發現混押部分只有少數的詩，而在一首詩中僅出現一、二個混押的字。

（4）疑為出韻

以下詩作的用韻非常不規範，不可考校原因，當為出韻或刊刻上發生訛誤。

序號	疑為出韻字	韻　字　及　所　屬　韻　目
64	軀（虞）、君（文）	軀（虞）、威（微）、姿（脂）、時（之）、君（文）
125	衣（微）	衣（微）、縧（豪）、妖（宵）、刁（蕭）
161	陋（候）	大（家麻）〔註42〕、咋（禡）、陋（候）、怕（禡）、罷（家麻）〔註43〕、下（禡）、乍（禡）、跨（禡）、架（禡）、話（家麻）〔註44〕
192	妖（宵）	降（江）、涼（陽）、妖（宵）、方（陽）

〔註40〕北京大學古文獻研究所著作：《全宋詩》，冊31，19777。
〔註41〕北京大學古文獻研究所著作：《全宋詩》，冊31，19889。
〔註42〕按：「大」，《廣韻》為泰韻，無禡韻音。周德清《中原音韻》收入「家麻」韻去聲。故可與其他韻字押。
〔註43〕按：「罷」，《廣韻》為蟹韻，不錄禡韻音。周德清《中原音韻》收入「家麻」韻去聲。故可與其他韻字押。
〔註44〕按：「話」，《廣韻》為夬韻，不錄禡韻音。《集韻》胡化切，華去聲。周德清《中原音韻》收入「家麻」韻去聲。故可與其他韻字押。

271	撒（厚）	撒（厚）、鈎（侯）、愁（尤）、謀（尤）
274	苗（宵）	洲（尤）、秋（尤）、苗（宵）、儔（尤）、頭（侯）、牛（尤）、收（尤）、留（尤）、遊（尤）、愁（尤）、貅（尤）、頭（侯）、休（尤）

按：「陌」，為候韻字，不與禡韻字押，不詳其故。恐有訛誤。「衣」，為微韻字，不與其他韻字押，在此處韻文中或有兩種可能，一恐為出韻，一為「袍」字之誤。

　　以上所舉之例證，與《廣韻》乍比之下會認為《西遊記》詩出韻，但若從時代語音的變化考察中，則能發現其演變之源流及合理的可能，這種押韻現象都是因時間的流轉而有所變遷，對於瞭解明代音韻的現況，當具有相當高的價值。

第三節　小　結

　　《西遊記》不僅故事情節上別出心裁，在韻文創作部分亦為整體故事添加許多色彩，經統計四大名著中，《西遊記》韻文為數最多，其中有詩、詞、歌、賦、頌等諸多韻文體，而詩作則佔多數比例。

　　韻書的興起，主要是為了規範近體詩的用韻，唐以來出現許多種韻書，宋時更是出現了大規模的官修韻書——《廣韻》，成為後世科舉詩賦用韻的標準。韻書規範了某字屬某韻，以符合近體詩對格律的嚴格要求，不可越矩韻字「獨用」、「同用」的規範。

　　《西遊記》詩作之類型豐富多樣，從四言至十二言，口語化類似元曲中的「襯字」，以擴充、渲染故事情節。而此現象皆不屬詩之常規，故本文將排除，僅限於不加襯字之詩作為研究範圍，經統計《西遊記》詩作330首共334韻段加以分析。

　　《西遊記》詩作，根據統計，發現《西遊記》詩作的330首共334韻段，合於一般用韻規範，即符合於《廣韻》「獨用」、「同用」原則僅146韻段，佔43.71%，而不符於規範的則多達56.29%。《西遊記》詩作大部分是合於近體詩的平仄格律，但在用韻方面，往往出現了超越近體詩的押韻規範，文中將不合近體詩詩韻的韻例，先以「十六攝」進行篩選，發現符合後代歸納的《詩韻集成》之「通」、「轉」者，共110韻段，不符合於《詩韻集成》之「通」、「轉」共49韻段。其餘的29個韻段，既不符合《廣韻》的

「獨用」、「同用」規範，也不符合《詩韻集成》的「通」「轉」條例。對此 29 韻段，則一一為之探討解釋，發現此現象可分為三類：一、濁上讀去共 9 個韻段；二、「涯」、「娃」通押共 4 韻段；三、通、梗、曾三攝通押共 10 韻段。此三類的詩作，並非始於明詩，唐、宋時期的詩早已出現此現象。因此似乎不能將其直接視為用方音押韻或明代時音押韻，餘下的 6 個韻段則疑為出韻。

「濁上讀去」、「涯、娃」通押，為唐、宋以後非常重要的音變現象，在《西遊記》這一部詩作也可以得到了例證。對於不同韻尾的入聲混押現象，《西遊記》詩作押入聲韻共 10 韻段，其中 7 個韻段-p -t -k 塞音韻尾混押，也是值得注意的。

《西遊記》詩作四聲分押，而對於入聲混押現象，其原因或有二：一則為作者當時的明代詩詞入聲已經沒有分得那麼清楚了，因為如果能夠分得清清楚楚，詩作中就不會出現混押的現象。二、對於入聲混押的現象，唐、宋時的詩就已經有了，到了明代則越發明顯，或為作者沿用。從以上這幾方面的角度來看，本文既指出《西遊記》的詩韻問題，或可以反應出吳承恩的用韻習慣與方法。

現代學者對古人的出韻，多試圖以受方言之影響來解說；本文所引唐宋詩之韻例，作者皆籍貫不同，卻出現共同的押韻現象，可見方言押韻之說不可盡信。

第三章 《西遊記》於泰譯本詩作
翻譯中之誤譯

　　本章主題為研究《西遊記》譯本韻文中之文本誤譯與文化移植，進入此議題之前，需要有一些先備的理解，故首先從語言文字結構及文化內涵的角度，探討韻文的可譯性及重譯的必要；再從誤讀的角度分析文本誤譯產生之原因、類型；最後則詳為指出泰譯本《西遊記》文本中之誤譯。

第一節　韻文可譯性之探討及重譯的必要

　　此節分兩方面敘述，第一段為針對漢詩泰譯的可譯性之探討，從外部的語言結構及內部的文化內涵，進行分析可譯性及補救法；第二段將探討及分析新版《西遊記》泰譯本的翻譯動機及重譯的必要。

一、韻文可譯性之探討

　　翻譯中的「可譯性（Translatability）」，是指兩種不同語言文字，通過翻譯，將源語表達成另一語言，能夠使不同語言的人了解同一概念；而「不可譯性（Untranslatability）」，是指翻譯不可將源語語言轉換為另一語言。〔註1〕源語與目標語在語言結構和文化中差異越大，翻譯之不可譯的可能就會越高，譯文就更難達到理想的效果。而不可譯因素，從廣義上可分為兩類：一是語言上的不可譯性，二是文化上的不可譯性。〔註2〕下文將從《西

〔註1〕胡衛平，《高級翻譯》（上海：華東師範大學出版社，2011年），頁69～81。
〔註2〕陳登、譚瓊琳，〈翻譯中的不可譯性及解決的方式〉《婁底師專學報》，1期，1996年，頁67～70。

遊記》的外部語言文字結構，以及內部文化內涵等二方面進行分析。

（一）語言文字結構

語言上的不可譯性，陳登、譚瓊琳在〈翻譯中的不可譯性及解決的方式〉
說：

> 語言的不可譯性常表現在字形、語音、詞彙、句法和文體風格等不
> 同層次上。當語言表達形式在這些層次上是該信息所含意思的實質
> 性成分時，可譯性就無疑受到了限制。〔註3〕

根據陳登、譚瓊琳先生的論點，筆者歸納、分析出漢譯泰在語言文字結構上
的限制與障礙，分述如下：

1. 文字音節

從先天條件而言，泰國處於東南亞的中心。自素可泰時期始，除了有陸
路與緬、寮、高棉、蘭納等鄰近國家進行貿易之外，〔註4〕亦通過水路與漢、
日、印、阿拉伯等國家貿易與交流，雖然國家的主要經濟不是靠外貿，地理
位置也處於中央，離港口有一段距離，對外交通還不算很方便。〔註5〕而到了
大城王朝時期，政治勢力轉移到中部，才算是真正展開國際貿易的鼎盛時期，
大城王國處於東南亞的中心，東南亞位於中印之間的貿易路線，馬六甲海峽
為國際知名海航路線，〔註6〕處太平洋、印度洋的交界處，太平洋與印度洋要
道，除了可使各國商人選擇在東南亞等國港口躲避季風，以等待適合出海的
季節外，位於西南及東北季風地帶的優勢，可縮短行船時間，非常適合海貿，
這也使大城王國海貿昌盛的因素。〔註7〕而大城王國海貿昌盛到享有「ซารินาว
（Sarinow）或 นาวานคร（Nava-Nakorn）（二者皆為充滿船隻的城市之義）」之
譽。〔註8〕東南亞地區除了處於海航重要路線之外，也為自然資源的寶地——
產香料，尤其是胡椒，更是吸引了各國商人到來，此亦為因泰國與各國貿易

〔註3〕陳登、譚瓊琳，〈翻譯中的不可譯性及解決的方式〉，頁67。
〔註4〕蘭納，泰國歷史中的泰北地區王國。
〔註5〕อัศวิน โกมลเมนะ. (2517). เศรษฐกิจสุโขทัยสมัยพ่อขุนรามคำแหง.
　　　 (วิทยานิพนธ์ปริญญาบัณฑิต,มหาวิทยาลัยศิลปากร). หน้า. 55~58.
〔註6〕O.W. Wolters, Early Indonesian Commerce,（Ithaca: Cornell University, 1967），
　　　 p31.
〔註7〕สุนันทา เจริญปัญญายิ่ง. (2557). การพัฒนาการพาณิชยนาวีของไทย.วารสารไทยศึกษา, 9(2). 194.
〔註8〕ดิเรก กุลสิริสวัสดิ์. สำเภากษัตริย์สุลัยมาน: ฉบับย่อ = The ship of Sulaiman. (กรุงเทพ
　　　 มูลนิธิโครงการตำราสังคมศาสตร์และมนุษย์ศาสตร์, 2527), หน้า 27.

交流，而使泰語多元化的原因之一。

　　泰語屬漢藏語系壯侗語族壯傣語支，泰文是一種拼音文字。原本純泰語為單音節，後不斷參雜了來自各語言詞彙，出現了單音節、雙音節、甚至多音節現象，而來自巴利文、梵文及高棉文三語言詞彙所佔比例最高。

　　對於泰語中出現巴利文及梵文起於何時，已無從考證，但據泰國目前僅有文獻記載，藍康恆大帝石碑碑文已出現來自巴利文及梵文詞彙。而泰文中大量出現巴利文及梵文之原因，可分為直接與間接二因素，大約佛曆 11～12 世紀印度文化傳入東南亞地區，〔註9〕除了文化、藝術、宗教等方面之外，當地亦深度受到來自印度南部之言語及文字影響，其明顯證據如泰國、印尼、馬來西亞、緬甸、文萊等國石碑上銘文酷似南印度帕拉瓦王朝所使用的文字——帕拉瓦文。在素可泰王國成立之前為高棉之附屬國，故擺脫高棉統治之後，在文化、政治上亦受到高棉文化之影響。而當時泰國尚未有自己的文字，據泰國出土之素可泰時期藍康恆大帝石碑記載，泰文乃素可泰王朝的第三世王——藍康恆大帝，於公元 1283 年融合了高棉族及孟族古字造出 ลายสือไทย（古泰文）。〔註10〕藍康恆大帝石碑第四面，第 8～10 行記載了：

　　　　"เมื่อก่อนลายสือนี้บ่มี ๑๒๐๕ ศก ปีมะแม พ่อขุนรามคำแหงหาใคร่ใจในใจ แลใส่ลายสือไทยนี้ ลายสือไทยนี้จึงมีเพื่-อขุนผู้นั้นใส่ไว้"〔註11〕（此前無泰文，大曆一二〇五年（未）〔註12〕，坤藍康恆王精心思構，創造泰文來使用。）

因高棉族及孟族二族本深受印度佛教以及婆羅門教文化之影響，接受了巴利文及梵文，故泰文直接與間接受到巴利文及梵文的影響。而以上直接因素中，也受到了來自三方面的影響：一則為泰國乃虔誠信奉小乘佛教之佛國，而小乘佛教經典使用巴利文，〔註13〕故泰國僧人需學巴利文以研究經

〔註9〕佛曆 11～12 世紀為佛曆 1001～1200 年，即公元 458～657 年。

〔註10〕วิโรจน์ ผดุงสุนทราวักษ์. (2547). อักษรไทยและอักษรขอมไทย (Thai Scripts and Khmer Scripts), สำนักพิมพ์มหาวิทยาลัยรามคำแหง, 29～54.

〔註11〕ฉ่ำ ทองคำวรรณ. (2537). ความรู้ทั่วไปทางวรรณคดีไทย (หลักศิลาจารึกสุโขทัย หลักที่1). สำนักพิมพ์มหาวิทยาลัยรามคำแหง, 42.

〔註12〕大曆即印度塞迦曆，東南亞各國如緬甸泰國等國家亦使用大曆紀年。後被伊斯蘭教曆代替。大曆一二〇五年即佛曆 1826 年（公元 1283 年）。

〔註13〕王琪：《《西遊記》泰文譯本《ไซอิ๋ว》佛教詞彙翻譯研究》（雲南：雲南大學語言學及應用語言學碩士論文，2015 年），頁 6。

典；二則為來自婆羅門以及印度教；三則為來自印度文學，如 มหาภารตะ（摩訶婆羅多）、รามายณะ（羅摩衍那）等。

對於為何泰國人喜愛使用巴利文及梵文寫作之原因，在〈การใช้ภาษาบาลีสันสกฤตในภาษาไทย（巴利文、梵文在泰文中的使用）〉一文中有詳細論述，今擇要分項列出四點：〔註14〕

一、泰文學講求聲美感，韻文更甚。由於接受印文學裡重視重（ครุ）輕（ลหุ）音之 Chan（ฉันท์）格律韻文體，而泰語中輕音詞數量少，故需借用來自巴利文及梵文的詞彙。

二、對於泰國民眾而言，巴利文及梵文非常高尚，因其乃記載佛教經典的文字（大乘佛教經典使用梵文記載、小乘佛教經典使用巴利文記載），故對其非常敬重、並給予極高的地位。加上使用巴利文及梵文者多為僧人、婆羅門教祭司等受人尊重階級人物。

三、泰語中多參雜巴利文及梵文，身在其中而不自知。更甚者，泰國人認為巴利文及梵文很雅，即文雅又優雅動聽，某些詞彙若以泰文表達會顯得非常粗俗無禮，可若使用巴利文以及梵文表達就會立刻變成文雅之詞。〔註15〕

四、泰國多從高棉文化中受到婆羅門教階級制度觀念之影響，對於統治階級所使用之「宮廷用語」已非常講究。加上泰文學中多以帝王、皇家為題材，其中就更會涉及到「宮廷用語」。

在表達一概念上，對泰語而言，詞彙可有單音節、雙音節，甚至多音節。而漢字為一個字一個音節的語言，可直接一個字來表達一個概念甚至許多概念，在語言文字結構上已出現很大的障礙。

2. 文體風格

朱光潛先生在〈談翻譯〉一文中對於嚴又陵的譯事三難指出，信、達、雅三者之間，對原文忠實的「信」是最不容易達到的，原文達而雅，譯文卻不達不雅；或者原文不達不雅，而譯文即達又雅，過猶不及，亦皆屬不信，對「信」的拿捏要恰如其分地將原文表達出來。並指出「有文學價值的作品必

〔註14〕พระมหาสมศักดิ์ ธนปญฺโญ (ทองบ่อ). (2560). การใช้ภาษาบาลีสันสกฤตในภาษาไทย,วารสาร "ศึกษาศาสตร์ มมร" คณะศึกษาศาสตร์ มหาวิทยาลัยมหามกุฏราชวิทยาลัย. 5(2). 7~10.

〔註15〕วิสันดิ์ กฏแก้ว. (2523). ข้อสังเกตจากการศึกษาคำบาลีสันสกฤตในภาษาไทย, วารสารมนุษยศาสตร์ปริทรรศน์, 2(1), 18~25.

是完整的有機體，情感思想和語文風格必融為一體，聲音與意義也必欣合無間。」〔註16〕對原文忠實，不僅是對字義上的表達忠實，更是同時必須對情感、思想、風格、聲音節奏等忠實。故朱先生說：

> 有些文學作品根本不可翻譯，尤其是詩（說詩可翻譯人大概不懂得詩）。大部分文學作品雖可翻譯，譯文也只能得原文的近似。絕對的「信」只是個理想，事實上很不易做到。但是我們必求盡量符合這個理想，在可能範圍之內不應該疏忽苟且。〔註17〕

朱先生對於譯詩的觀點是只能以「信」為理想，並儘可能地追求及靠近。

對於文體上的障礙，朱光潛先生在〈談翻譯〉一書中指出：

> 語言都必有意義，而語言的聲音不同，效果不同，意義就不免有分別。換句話說，聲音多少可以影響意義，……文字傳神，大半要靠聲音節奏；聲音節奏是情感風趣最直接的表現，對於文學作品無論是閱讀或是翻譯，如果沒有抓住聲音節奏，就不免把精華完全失去，但是抓住聲音節奏是一件極難的事。〔註18〕

聲音節奏是情感風趣最直接的表現，從此可見朱先生的情感風趣表現，不只限制於押韻的要求，更是用字遣詞上的音讀及節奏感。就平仄、押韻而言，漢泰之間亦存在很大的差異，泰語沒有平仄，常用的韻文文體，如 กาพย์（gàap）、กลอน（glon）、ร่าย（râai）中沒有講求聲調，對於押韻的字，也不一定是最後一字，押韻字只講求韻母與尾音相同，不要求聲調相同。而講求聲調之韻文，只有 โคลง（klohng）一文體，講求輕重音只有 ฉันท์（chăn）一文體。

以下為泰文八言詩之格律：

กลอนแปด（八言詩）之格律

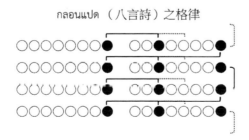

〔註16〕羅新璋編：《翻譯論集》（北京：商務印書館，1984年），頁448。

〔註17〕羅新璋編：《翻譯論集》，頁448～449。

〔註18〕羅新璋編：《翻譯論集》，頁451。

　　而對於節奏而言，漢語常見韻文體多為一句四言到七言，而泰語中常使用韻文多為 กลอนแปด（八言詩），泰語中的八言詩與漢語中的八言詩的意思大不相同，因泰文為拼音文字，與漢字一個字一個音節不同，故泰語的八言詩一句可有八至九個音節。並且音讀分段大不同。如：有八個音節的八言詩，分段為○○○／○○／○○○；九個音節的八言詩分段為○○○／○○○／○○○。

　　又或具有文字趣風格的迴文詩、拆字詩、或頂針等特殊創作方式，譯文有時是很難顧及到的，《西遊記》中亦出現此情況如：

　　第二十六回的拆字詩：

　　　　處世須存心上刃，修身切記寸邊而。

　　　　常言刃字為生意，但要三思戒怒欺。（26：325）

「處世須存心上刃，修身切記寸邊而」二句為拆字謎，「心上刃」即「忍」；「寸邊而」即「耐」。指為人處世及修行皆須忍耐。這首詩出現了因文字結構不同，而導致表達源語趣味受限的主要障礙。

　　第八回的「福」、「祿」、「壽」三首同頭詩：

　　　　福星光耀世尊前，福納彌深遠更綿。

　　　　福德無疆同地久，福緣有慶與天連。

　　　　福田廣種年年盛，福海洪深歲歲堅。

　　　　福滿乾坤多福蔭，福增無量永周全。

　　　　祿重如山彩鳳鳴，祿隨時泰祝長庚。

　　　　祿添萬斛身康健，祿享千鍾世太平。

　　　　祿俸齊天還永固，祿名似海更澄清。

　　　　祿思遠繼多瞻仰，祿爵無邊萬國榮。

　　　　壽星獻彩對如來，壽域光華自此開。

　　　　壽果滿盤生瑞靄，壽花新採插蓮臺。

　　　　壽詩清雅多奇妙，壽曲調音按美才。

　　　　壽命延長同日月，壽如山海更悠哉。（8：88～89）

以上為三首同頭詩，以「福」、「祿」、「壽」等字冠於每一句詩的第一字，此類詩會出現因詞彙結構不同，而導致難以呈現源語所要表達的形式，如：「福德」一詞，在泰語譯文為福＋德；而「福田」的譯文則為田＋福，此處已出現了明顯的譯文詞彙結構不同之情況。

第三十六回以中藥名稱入詩的藥名詩：

> 自從益智登山盟，王不留行送出城。
>
> 路上相逢三稜子，途中催趲馬兜鈴。
>
> 尋坡轉澗求荊芥，邁嶺登山拜茯苓。
>
> 防己一身如竹瀝，茴香何日拜朝廷？（36：456）

「益智」、「王不留行」、「三稜子」、「馬兜鈴」、「荊芥」、「茯苓」、「防己」、「竹瀝」、「茴香」等為中藥名，作者以藥名之諧音，書寫了唐僧一路西行取經的心路歷程。〔註19〕「益智」指唐僧西行取經矢志不渝的決心；「王不留行」指唐王不能挽留一心想要西行取經的玄奘；「三稜子」指途中遇到了三個徒弟即孫悟空、豬悟能、沙悟淨；「馬兜鈴」指玄奘孤影策白馬；「荊芥」即求經界；「茯苓」即「佛靈」，喻西天如來；「防己」、「竹瀝」指唐僧的清淨及一塵不染的高境界修為，用火炙烤淡竹後瀝出的液汁般清澈；「茴香」即「回鄉」復唐王命。此類詩，實難以簡短的韻譯表達，只能以音譯先行，再加注釋之。

第六十四回四個樹精的頂針遊戲：

> 春不榮華冬不枯，雲來霧往只如無。
>
> 無風搖拽婆娑影，有客欣憐福壽圖。
>
> 圖似西山堅節老，清如南國沒心夫。
>
> 夫因側葉稱梁棟，臺為橫柯作憲烏。（64：808）

此為四個樹精的頂針詩，松樹精接前首詩唐僧作「半枕松風茶未熟，吟懷瀟洒滿腔春」的「春」字，作「春不榮華冬不枯，雲來霧往只如無」；檜樹精接最後一字的「無」字，作「無風搖拽婆娑影，有客欣憐福壽圖」；竹精接最後的「圖」字，作「圖似西山堅節老，清如南國沒心夫」；柏樹精接最後的「夫」字，作「夫因側葉稱梁棟，臺為橫柯作憲烏」。頂針詩這種接龍遊戲，在譯為外語時，常因二種語言的語法結構不同，而導致難以顧及。

以上詩作中的文字遊戲，並非筆者武斷地判為不可譯，而是因受到了某種客觀的因素、條件限制，造成了可譯的可能性較低、較困難。

（二）文化內涵

文學作品除了有情感、思想、風格、聲音節奏等的不可譯性之外，「文

〔註19〕〈《西遊記》中的藥名詩詞〉《中醫藥通報》，04 期，2010 年，頁 50。

字」作為文學的一個重要載體，亦充滿了不可譯的文化內涵，《西遊記》內容包含大量中華傳統文化、典故及佛教用詞知識。這些文化內涵的語言信息，在翻譯過程中往往存在著其可譯及不可譯的邊緣，而對文化用詞及典故上的不可譯性，譯界有一術語稱其為「詞彙空缺（lexical gap）」，是因生活經驗、世界觀、語言文化本身所引起的空缺。例如：「忘情結識松梅友，樂意相交鷗鷺盟。」「松梅」與「鷗鷺」有寄託的意涵指向，為中國中華文化中特色，「松梅友」指品節高尚之友。「鷗鷺盟」即與鷗為友，比喻隱退，可引申為與品節高尚之人為友。故與「松梅」與「鷗鷺」結盟結友，乃與品節高尚之人為友。若照字直譯，讀者會看不懂為什麼要與植物「松梅」跟鳥「鷗鷺」做朋友，譯者必去深入了解，而引申出其中文化內涵。對於因不同文化而產生的種種「不可譯性」，巴爾胡達羅夫在《語言與翻譯》一文指出，此現象可以「補償法」來達到等值翻譯，而此「補償法」即為轉譯及增譯法。〔註20〕

　　文字乃文明的產物，為人類記錄經驗、文化、歷史、思想，乃至表達內心的符號，文學作品也是以文字來表達思想的，而韻文體類的文學作品，往往會出現一文多重義項、詩無達詁的現象，如此譯文更是難以像原文一樣達到聚多元為一體。文字隨著時間、地域及民族文化不同，常產生無法相等的概念，因此文學作品有了「可譯性」及「不可譯性」的區別。「可譯性」可分為及各層次，如文體、風格、文化內涵等。而「詩」的特性，既是節縮精緻的文字，也要求節奏及押韻，尤為容易產生翻譯上的困境。就語言、文字而言，漢、泰之間就已經有了單音節與多音節的區別，常常使譯者心有餘而力不足，更何況詩作文體、文化的不同，本就存在者客觀上難以克服的問題。

二、重譯的必要

　　就漢泰文學的翻譯時期而言，早期《三國演義》、《西漢演義》等譯本的翻譯與丁先生翻譯《西遊記》的背景、目的、對象、譯者都有著不同的背景，導致譯文的文筆、用字的風格有所不同。丁先生的《西遊記》泰譯本用字比《三國》譯本艱澀，論其源由是因《三國》是以翻譯團的方式完成，其過程至少經由二度泰語的修潤，而《西遊記》是以一人之力來翻譯的，《西遊記》泰譯本序載：「丁先生譯文不順、不清楚，出現用詞艱澀的狀況，故頹先生再另

〔註20〕陳登、譚瓊琳，〈翻譯中的不可譯性及解決的方式〉，頁70。

偃天彎修潤其艱澀的句子〔註21〕。」由此可推論出，當時的漢泰翻譯已從團隊翻譯形式走出，進入由一人擔任漢泰翻譯的工作。但由於翻譯上的專業，尚未能達到精通漢泰兩種語言的階段，使譯者無法貼切地將漢原文的內容清楚的表達出，須經擅長泰語之人潤稿。因未經修潤的丁先生譯本，今已不復存在，故只能從經修潤的通俗本整體來討論。

對於新版重譯的主要原因，筆者將其歸為以下三點

1. 泰國人對中國文化的理解提深及譯策的不同

《西遊記》丁先生譯本的翻譯經修潤，行文用字貼近泰語語法，對於文化詞彙多以歸化譯策處理，或直接將其忽略，如：

> 祖師道：「那山喚名爛桃山。你既吃七次，想是七年了。你今要從我學些甚麼道？」（聯經本2：16）
> พระอาจารย์จึงพูดว่า ที่หลังเขานั้นเรียกว่า ลันท้อชัว
> ตัวเคยเก็บลูกชมพู่กินเจ็ดครั้งนั้นคือ กำหนดไว้เจ็ดปี
> ตัวมาอยู่กับเราประสงค์จะเรียนรู้ธรรมเพื่อมรรคผลในที่สุดอย่างไรหรือ
> จงชี้แจงความประสงค์ในใจเจ้า〔註22〕

將文將「桃子」譯為 ลูกชมพู่（蓮霧），因泰國屬熱帶地區國家，沒有所謂的桃樹，更不會見過桃子，譯者為了讓泰國讀者看懂，故將其譯為形狀相似的「蓮霧」。對於其他名詞翻譯則以音譯譯法處理。

對於文化詞彙「桃子」的翻譯，新版泰譯本《西遊記》譯者威哇把差翎衛先生（วิวัฒน์ ประชาเรืองวิทย์）將其音譯為 ท้อ（桃）：

> พระอาจารย์ว่า คีรีนั้นเรียกชื่อว่า ภูเขาท้อเปื่อย ในเมื่อเจ้ากินเจ็ดครา คิดว่าเจ็ดปีแล้ว
> บัดนี้เจ้าต้องการเล่าเรียนจากข้าเป็นธรรมะอะไร？〔註23〕

為何舊版譯本會將其轉譯、又或者為何新版譯本會將其音譯？其中緣由可從泰國人對中國文化的認知有所提升，無論是經過電影、電視劇等媒體傳說，或經翻譯的小說，中國文化不知不覺漸漸地進入泰國，可謂是因時代的不同而導致對中國文化的認知有所不同。亦或舊版的譯者，因當時的泰國人不認識桃子，故將其轉譯為蓮霧。其中亦可從譯者的整體譯策談起，舊版譯

〔註21〕"คำนำ".โหงวเส้งอึง.แปลโดย นายติ่น. (2547). ไซอิ๋ว.นนทบุรี:สำนักพิมพ์ศรีปัญญา.
〔註22〕อู๋เฉิงเอิน. (2547). ไซอิ๋ว ฉบับสมบูรณ์. (พิมพ์ครั้งที่4), กรุงเทพฯ:สำนักพิมพ์โฆษิต. (45).
〔註23〕วิวัฒน์ ประชาเรืองวิทย์ แปล. (2016). เทพนิยายไซอิ๋ว(บันทึกทัศนาจรชมพูทวีป), (23).

文是相對的偏向歸化策略，行文用字均貼近目標語；而新版譯文則盡量保持原文的樣貌，整體而言是偏向於異化譯策，有可能是因為現今泰國人對中國文化的了解有所提升。

2. 翻譯的目的不同

舊版譯本時代處於拉瑪五世皇時期，翻譯對象漸漸從歷史演義轉向娛樂性小說，而新版譯本的翻譯目的，譯者曾在前言提到：

แต่ข้าพเจ้าก็ยืนยัน ข้าพเจ้าได้ตั้งมโนจิต การแปลจะต้องอยู่ในกุศลธรรม
เพื่อเผยแพร่พระบวรพระพุทธศาสนาในด้านของประเทศจีนให้ชาวไทยได้รับทราบและ
เข้าใจพุทธศาสนาในประเทศจีนมากขึ้น
และขอให้ศาสนาพุทธได้ประกาศเผยแพร่ไปในสากลโลกเป็นอนันตกาล[註24]

（簡譯：我堅持，以善心善念完成翻譯工作，以傳揚中國佛教，
讓泰國人更知道、了解中國的佛教，祈願佛教永遠弘揚到全世
界。）

新版譯本的目的偏於注重佛教的傳揚，故譯者對佛教的詞彙有著深入的翻譯。而舊版對於佛教詞彙多簡譯，以通俗易懂的詞彙翻譯或音譯。

3. 對「韻文」翻譯的完整程度有所不同

舊版譯本多有省略韻文部分的翻譯，因詩詞中由於字數、平仄、押韻等格律的限制，導致「韻文」使用大量典故，不好翻譯，故舊版譯本大量忽略「韻文」的翻譯。而新版譯本則盡可能保留源語的著作，對於「韻文」也將其全數翻譯。但對於「韻文」的翻譯，二版譯本皆有一共同點，即譯文皆不是「韻文體」的方式呈現，而是以散文的方式呈現。對於此現象的原因，從語言文字結構，即文體障礙方面來探討，泰文中的韻文多使用來自梵文及巴利文的詞彙，雖說泰文是受巴利文以及梵文影響的拼音文字系統，但日常中所用詞語與一般詩詞中來自梵文及巴利文的詞彙，亦存在著很大的差異。

以下筆者試著將詩作譯成泰文韻文：

　　一身如玉簡斑斑，兩角參差七汊灣。

　　幾度饑時尋藥圃，有朝渴處飲雲潨。

　　年深學得飛騰法，日久修成變化顏。

[註24] วิวัฒน์ ประชาเรืองวิทย์ แปล. (2016). เทพนิยายไซอิ๋ว (บันทึกทัศนาจรชมพูทวีป), (5).

今見主人呼喚處，現身銀耳伏塵寰。（79：998）

องค์ขาวผุดดุจหยกมีจุดด่าง　　　สองเขาต่างเล็ดเจ็ดช่อก่อสาขา
คราโหยหิวกิ่วท้องท่องสวนยา　　　ดื่มเมฆาสุธารสปลดกระหาย
ได้เรียนร่ำพร่ำรู้วิชาเหาะ　　　พอกาลเหมาะโฉมฉวีมีรูปหลาย
บัดนี้ยินเสียงเพรียกเรียกจากนาย　　　กรรณลู่หายหมอบทรุดมุดธุลี

　　對於韻譯的嘗試，筆者認為若有著因韻害意的顧慮，或一句漢文詩作無法以泰文中的一句詩完整表達，筆者認為或可將漢語原文中的一句詩作，分譯成兩句泰文詩，直到能完整表達原文概念。如：

玉兔高升萬籟寧，天街寂靜斷人行。

銀河耿耿星光燦，鼓發譙樓趲換更。（81：1015）

ศศขาวพราวเคลื่อนเลื่อนสูงลับ　　　กรรณสดับจับนิ่งทุกสิ่งเสียง
ทางตลาดกาดร้านไร้สำเนียง　　　ไร้เสียงเยี่ยงกรายไร้คนเดิน
นภสินธุ์ดิ้นแด้วแพรวประดับ　　　ดารารับฉับฉายพริ้งพลายเพลิน
เสียงกลองจ่ายแจกจังดังสะเทิน　　　มีให้เมินเดินเร่งรัดผลัดเปลี่ยนยาม

　　對於韻譯的嘗試，雖存有很高的難度，但筆者相信，若譯者能以泰文詩的方式來表現，必定能使讀者覺得更有貼切感。

第二節　文本誤譯產生之原因及類型

　　一部翻譯作品中，因「誤讀」而導致「誤譯」的產生，可謂是在所難免，無論是有意或無意。曹明倫先生曾在〈誤譯、無意、故意——有感於當今之中國譯壇〉〔註25〕指出即使是再有名的譯者，誤譯的發生也是在所難免，有的有幸得到了及時的補救，有的卻沒有。

　　本節主題為文本誤讀的分類，對於誤讀的原因與類型，筆者參考朱光潛先生在〈談翻譯〉中所提到翻譯中的「文字意義」分類，文中將「文字意義」分為三種重要意義及兩種次要意義。〔註26〕因朱先生所述之理論不完全適用

〔註25〕曹明倫：〈誤譯、無意、故意——有感於當今之中國譯壇〉《中國翻譯》，1998年，06期，頁35～40。

〔註26〕「三種重要意義」即直指或字典的意義（indicative or dictionary meaning）、上下文決定的意義（contexual meaning）及聯想的意義（associative meaning）；「兩種次要意義」即歷史沿革的意義（historic meaning）及習慣語的意義（idiomatic meaning）亦包括土語（slang）。

於誤譯的分類，故筆者將根據《西遊記》譯本中所出現的現象，進行增加及調整類型的歸納。從大體上看誤譯或可分為兩大類：

一、結構上的誤讀

結構上的誤讀，指因譯者對源語的語法上有所誤讀而導致誤譯，其中包括義項誤判及詩中詞性的任意性可細分為兩類：

（一）義項的誤讀

「詩作」為一種被字數、平仄、押韻等條件限制的創作，可視為文化中的精品，首先在談文本誤讀的原因之前，我們先來看結構中最小的單位，即「字」，譯者在翻譯詩的時候，是如何查詢「字」或「詞」的意思。

對於《西遊記》泰譯本對詩作的翻譯，全以散文體呈現，譯者非常努力地還原《西遊記》中的一切情節，以「異化」譯策呈現。但在這過程中，筆者發現譯文中出現了許多錯誤，而值得探討的是文字背後的文化訊息。

文字除了字面上的意思之外，他的背後還藏著許多文化上的意義。在翻譯工作進行之前，譯者必須先理清源語文字背後的含義，再將訊息以目標語輸出，而因為文化不同的因素，譯者難免會對源語文字的含義產生了誤讀現象。

因一字或一詞多義而導致的誤讀，一詞多義為許多語言共有的常象，對於詞義的判斷，需顧及上下文及詞性的任意性，詞性的任意性除了出現在古代漢語之外，詩詞中也常能見到。

對於字或詞的義項，朱先生亦在〈談翻譯〉此文中提到「詞義」理解與「字」背後所隱藏的歷史、文化與情感。字典上所規定的義項是文字最基本的意義，最普遍也最粗淺，任何人都會有大致相同的了解，已沒有了個性。而對於文學作品，作家會在字裡面注入心血。他說：

> 在文學作品裡，每個字須有它的個性，它的特殊生命。所以文學家或是避免熟爛的字，或是雖用它而卻設法灌輸一種新生命給它。一個字所結的鄰家不同，意義也就不同。〔註27〕

字典是經前人從古代的經典、史書、語錄、小說等文字的記載進行歸納與整理，而翻譯的工作，尤其是對文學作品，需思考作者所給予的內涵，對於了

〔註27〕羅新璋編：《翻譯論集》，頁 449。

解文字所載的信息，除了查字典上所記錄整理的義項之外，主要還是瞻前顧後，以上下文來決定，還要顧及作者，這一個詞在這一句詩作中所要表達的意思，會不會因為要配合押韻，而以相近的詞來代替？如出現在《西遊記》的「鍾」：第十回「令猜拳頻遞盞，拆牌道字漫傳鍾」，﹝註28﹞與及第「又提一壺好茶，兩個茶鍾，伺候左右。」﹝註29﹞同為「鍾」，卻有著不同的意思。前者為酒杯之意，後者為茶杯。這又是為什麼呢？因為在

　　這句詩裡頭，作者用這個字，就是為了與其他韻腳，如中、烘、終、濛、鴻、蹤、逢、鋒……等字相押。這樣的義項字典中沒有，譯者要親自去體會與感受。並且處在不同的位置與字義亦有很大關係。

　　對於這一類的誤讀，泰譯本《西遊記》中數量最多，其原因應來自譯者對漢語的掌握程度。以下將舉例說明義項誤讀的例子：

　　1. 原文：千尋雪浪飛。（1：4）

　　　　譯文：มากหลายเสาะหาลูกคลื่นหิมะกระเซ็น（1：8）

「千尋」，「八尺一尋」，「尋」為古代長度單位，譯者將其誤譯為 เสาะหา（尋找），並將「千」譯為 มากหลาย（眾多），此處筆者建議或可將「尋」譯為 โยชน์（泰衡量度），以等值的詞彙進行轉換。

　　2. 原文：去時凡骨凡胎重。（2：24）

　　　　譯文：เวลาไปกระดูกสามัญครรภ์สามัญยากเย็น（2：35）

「重」於此處為重量，重之意，譯者將其譯為「重」的引申意 ยาก（艱難），與原意不合，應將其譯為 หนัก（沉重）。

　　3. 原文：夏天避暑修新竹。（10：114）

　　　　譯文：คิมหันตฤดูหลบร้อนรักษาต้นไผ่ใหม่（10：172～173）

「修」此處指修剪竹子之意，譯文為 รักษา（治療），應將其譯為 ตัดแต่ง（修剪）。

（二）語法的誤讀

　　此類涉及到詩句，因顧及平仄、押韻等條件而出現倒裝句法。其原因應來自譯者對漢語的掌握程度。以下將舉例說明語法誤讀的例子：

　　1. 原文：草履麻絛粗布被。（10：113）

﹝註28﹞﹝明﹞吳承恩著：《西遊記》（臺北：聯經出版事業公司，2000年），頁113。
﹝註29﹞﹝明﹞吳承恩著：《西遊記》，頁314。

譯文：รองเท้าหลักฐานเชือกไหมเกลียว<u>ผ้าห่มเนื้อหยาบ</u>（10：171）

「粗布被」此處為動詞，而譯為將其譯為 ผ้าห่มเนื้อหยาบ（粗被子），應將其譯為 ห่มผ้าเนื้อหยาบ（被粗布）。

　　2. 原文：猙獰<u>把守奈河橋</u>（11：132）。

　　　　譯文：ดุร้ายน่ากลัว <u>จะใจข้ามสะพาน</u>（11：199）

「把守奈河橋」譯文為 จะใจข้ามสะพาน（奈何地過橋），應將其譯為 เฝ้าสะพานจำใจ 或 เฝ้าสะพานจะใจ（看守奈何橋）。

（三）修辭手法上的誤讀

　　此類涉及到詩句因顧及平仄、押韻等條件，而出現將文字拆開，加上「有」字，如有憑有據、有緣有分等；或為文學上的誇張修辭手段，而加入「千」、「萬」等字如：千軍萬馬、千變萬化，或為以部分代全體、全體代部分的修辭手法。其原因應來自譯者對漢語的掌握程度。以下將舉例說明因修辭手法而誤讀的例子：

　　1. 原文：<u>有分有緣</u>休俗願。（1：8）

　　　　譯文：<u>มีส่วนมีสันนิวาส</u>หยุดยั้งความปรารถนาสามัญ（1：14）

「有分有緣」即有緣分之意，譯者以逐字譯法譯之。原本「緣」字，譯文足以表達「緣分」的意思，而將「緣」與「分」拆開為一種修辭手段。譯者將「分」譯為 ส่วน（成分），使譯文偏離原文之意，更導致讀者看不懂譯文所要表達的意思。據泰語遣詞最貼近漢原文，應將其譯為 บุญวาสนา（福分、福氣）。

　　2. 原文：鶯<u>老</u>柳枝輕。（96：1191）

　　　　譯文：นกขมิ้นเหลืองอ่อนเกาะ<u>หลิวแก่</u>กิ่งเบา（96：1777～1778）

「老」為「鶯」的修飾成分。譯者將其來修飾「柳」，成 หลิวแก่（老柳樹）。

　　3. 原文：道高一<u>尺</u>魔千<u>丈</u>。（61：773）

　　　　譯文：มรรคสูงหนึ่ง<u>ฉือ</u>（๑ ฟุต）มารร้ายพัน<u>จ้าง</u>（หมื่นฟุต）（61：1159）

「尺」、「丈」譯文使用先音譯，再括號現今衡量度的方式翻譯。譯文為 ฉือ（尺，音譯）（๑ ฟุต）（1 英呎）及 จ้าง（丈）（หมื่นฟุต）（一萬英呎）。「尺」與「丈」皆為中國古代的衡量度單位。在這首詩的作用，為比喻「正」與「邪」兩端的打壓力量，「一尺」與「千丈」亦為文學上的誇張修飾以顯對立效果。故譯者將其注釋為一英呎及一萬英呎。詳見第五十回「尺」與「丈」之解說。

4. 原文：燕來畫棟疊<u>香塵</u>。（94：1174）

　　譯文：　นกนางแอ่นมาวาดขื่อซับซ้อนละอองหอม（94：1752）

「香塵」此處為部分代全體的修辭手法，指女子步履而起所散發出來的胭脂水粉的芳香之塵。譯為直譯為 ละอองหอม（香＋塵），應將其譯為 แป้งร่ำ（香粉）。

二、文化上的誤讀

　　文化上的誤譯，指因譯者對源語的文化、習慣語（包括土語 slang）、方言上不了解而致。下將舉例說明由文化上的誤解而誤譯的例子：

　　1. 原文：堪笑<u>武陵源</u>上種。（7：83）

　　　　譯文：น่าหัวเราะเนินวรยุทธ์ สมุฏฐานพันธุ์ดีเลิศ（7：125）

「武陵源」即陶淵明《桃花源記》中之桃花源。譯者以直譯法譯為 เนินวรยุทธ์สมุฏฐาน（武陵源），筆者認為漢文化中桃花源之典故與泰國傳說的世外桃源、神秘城市——เมืองลับแล（meuang-láp lae）相似，可視為相等可替的文化信息，故建議將其以音譯＋意譯手法，譯為 อู่หลิงเอวี๋ยนเมืองลับแล（武陵源＋meuang-láp lae）。

　　2. 原文：<u>行令</u>猜拳頻遞盞，拆牌道字漫傳鍾。（10：113）

　　　　譯文：<u>เล่นคำสั่ง</u>ทายกำปั้นพร่ำส่งถ้วยสุรา（10：171～172）

「行令」譯文為 เล่นคำสั่ง（玩＋指令），不妥。「行令」即「行酒令」，為宴上助興的飲酒遊戲。「行酒令」一詞本身就是一個文化詞彙，不好翻譯，有著文化不可譯的現象。因此遊戲為中國特有之飲酒文化，似成語、詩詞接龍或投擲、抽籤、划拳等遊戲，負者被罰飲酒的特性。從以上所述「行酒令」之特性而言，譯者認為可將其譯為 เกมพนันดื่มเหล้า（賭飲酒遊戲）會更妥，更能完整地將「行酒令」之文化精神表達出。

　　3. 原文：<u>怨女</u>三千放出宮。（11：137）

　　　　譯文：<u>สตรีเคียดแค้น</u>สามพันปล่อยจากวัง（11：207）

「怨女」此處指宮女。引申自已到婚齡而無婚配的女子，即宮中女子之概念，為中國文化獨有的文化用詞。譯文為 สตรีเคียดแค้น（女子＋怨恨），應將其譯為 นางกำนัล（宮女）。

　　4. 原文：<u>爭如</u>天府更奇強！（7：83）

　　　　譯文：<u>ช่วงชิงดั่ง</u>วังสวรรค์ยิ่งแข็งกล้าอัศจรรย์（7：125）

「爭如」即怎能比得上。譯文為 ช่วงชิงดั่ง（爭奪＋如），與原意不符，應將其譯
為 ไหนเลยจะเทียบกับ ... ได้（怎能比得上……）。

　　5. 原文：但將容易為長久。（16：207）

　　　　譯文：แต่ทว่าเอาความง่ายดายเป็นยาวนาน（16：315）

「但將」即只要。譯文直譯為 แต่ทว่าเอา（但＋將），應將其譯為 หาก（若）。

　　6. 原文：就似人家包扁食。（46：589）

　　　　譯文：ก็เสมือนชาวบ้านห่อของแบนกิน（46：875）

「扁食」為方言，即餃子。譯文為 ของแบนกิน（扁物＋吃），應將其譯為 เกี๊ยว
（餃子）。

三、因訛字而誤譯

　　此類誤譯來自因版本上文字相似的訛字、或字形相似而導致譯者誤譯。
以下將舉例說明因訛字的誤讀而誤譯的例子：

　　1. 原文：八極迥無塵。（2：18）

　　　　譯文：อัฐขั้วโลกวกวนไร้ธุลี（2：27）

「迥」為全之意，擁有皆的意思。譯者將其譯為 วกวน（迴即旋轉、環繞）。
「迥」、「迴」字形相近，應是文字上的訛誤。

　　2. 原文：岸邊擺柳連根動。（20：254）

　　　　譯文：ริมหน้าผาต้นหลิวเรียงกระทั่งรากเคลื่อน（20：382）

「岸邊」即水邊。譯者將原文譯為「崖邊」，「岸」與「崖」字形相近，應為字
形上的訛誤，筆者認為應將其譯為 ริมน้ำ（水邊）。

　　3. 原文：木母癡頑躧外趨。（40：512）

　　　　譯文：มูลฐานมาตุภูมิเซ่อเซอะดื้อรั้นรองเท้าหญ้าภายนอกธรรมสูง（40：760）

「木母」此處指豬八戒。譯文為 มูลฐานมาตุภูมิ（本＋母），此應為「木」與「本」
之間的訛誤。應將其譯為 โป๊ยก่าย（八戒）。

　　4. 原文：梁棟之材近帝王。（64：809）

　　　　譯文：ขื่อคาไม้อกไก่ในหมู่บ้านใกล้จักรพรรดิราชัน（64：1216）

「梁棟之材」此為檜木質地堅硬，堪當棟樑之材，檜精以此自喻。譯文為
ขื่อคาไม้อกไก่ในหมู่บ้าน（村莊裡的房梁），譯者將「材」譯為「村」，應為「材」
與「村」字形相近，導致的訛誤。

　　5. 原文：上方擊壞斗牛宮，下方壓損森羅殿。（75：950～951）

譯文：เบื้องบนโจมดีพื้นที่วังดาวไถ เบื้องล่างบีบบังคับพระราชวังเซินหลอเตี้ยน

（ท้องพระโรงมืดมนอนธการ）（75：1420）

「壞」與後句「損」對仗，即損壞。譯文為 พื้นที่（地方，壤），應為字形上的訛誤，因「壞」與「壤」字形相近。

四、譯者有意避諱而誤譯

此類誤譯來自因原文意思不雅，而導致譯者有意誤譯。以下將舉例說明譯者有意避諱而誤譯的例子：

原文：扯住嫦娥要陪歇。（19：235～237）

譯文：ยื้อยุดเทพฉางเอ๋อ ต้องการมาร่วมร้องเพลง（19：355）

「陪歇」譯文為 มาร่วมร้องเพลง（一起唱歌）。筆者認為應為譯者信佛，故覺得原文意思不雅，故有意避開原文的意思，轉譯為一起唱歌。

五、不知其原因的誤譯

此類誤譯不知何故，興許是對中國文化詞彙不大了解。例如：

1. 原文：九霄星月射金鰲。（26：327）

譯文：ฟ้าสูงลิบจันทราดาราส่องเป็ดทอง（26：487）

「金鰲」亦作「金鼇」，為中國神話中的金色神龜。譯文為 เป็ดทอง（金鴨），應將其譯為 เต่าทอง（金龜）。

2. 原文：無憂無慮會元龍。（1：8）

譯文：ไร้ทุกข์ไร้กังวลประสบสิริมงคล（1：14）

「元龍」乃道教對得道的別稱，譯者將其誤譯為 สิริมงคล（吉祥）。

3. 原文：五穀豐登顯俊豪。（93：1163）

譯文：สัญชาติสมบูรณ์สำแดงยอดบุรุษ（93：1735）

「五穀」即五種穀物。譯文為 สัญชาติ（國籍），應將其譯為 ธัญนานา（各類穀物）。

以上為根據譯者的翻譯情況分類，大致上除了第四類的譯者有意避諱而誤譯此項之外，其餘多來自譯者對漢語的了解程度及誤讀的因素所致。

第三節　泰譯本《西遊記》中之文本誤譯

《西遊記》居四大古典小說名著之一，其中詩文數量也為四大名著中最

多的，對於詩作的翻譯，譯者非常盡忠地翻譯，而在泰譯本《西遊記》一大部著作中，難免會出現一些誤譯的狀況。本節誤譯解說部分，許多專有名詞的解釋，筆者綜合參考了以下專書、工具書及資料庫，再由筆者自身的經驗作總結判斷。

一、專 書

1. 〔明〕吳承恩原著；徐少知校；周中明、朱彤注：《《西遊記》校注》（臺北：里仁，民 85 年）。

2. 〔明〕吳承恩著：《西遊記》（臺北：聯經出版事業公司，2000 年）。

3. 呂樹坤：《四大名著詩詞賞析》（吉林：吉林文史出版社，2003 年）

二、工具書

1. 曾上炎編：《西遊記辭典》（鄭州：河南人民出版社，1994 年）。

2. 廣州外國語學院主編：《泰漢字典》（泰國南美有限公司、香港商務印書館聯合出版：1987 年）。

3. 楊漢川編譯：《現代漢泰辭典・增補本》（曼谷：Ruam Sarn 出版社。2011 年）。

三、電子資料

1. พจนานุกรม ฉบับราชบัณฑิตยสถาน พ. ศ. ๒๕๔๔（泰文字典）（http://www.royin. go.th/dictionary/）

2. Birds of Thailand: Siam Avifauna（http://www.birdsofthailand.org/）

3. FRPS《中國植物誌》全文電子版網站（http://frps.iplant.cn/）

4. 國家教育研究院雙語詞彙、學術名詞暨辭書資訊網（http://terms.naer.edu. tw/）

5. 漢語大詞典繁體 2.0 版。

6. 教育部異體字字典（http://dict.variants.moe.edu.tw/）

7. 教育部重編國語辭典修訂本（http://dict.revised.moe.edu.tw/cbdic/）

8. 台灣生物多樣性資訊入口網（http://taibif.tw/zh）

9. 植物網路資源——認識植物（http://kplant.biodiv.tw/index.htm）

筆者參考了以上多方面資料，下文分回做綜合陳述，故無法一一詳注出

處，在一般情況之下，筆者將省略注解，若為值得考證之處，則將特別另行作注。

第一回

| 原文（1：1）：
混沌未分天地亂，……
自從盤古破鴻濛，
開闢從茲清濁辨，……
須看《西遊釋厄傳》。 | 譯文（1：1）：
สภาพโลกแรกเริ่มมิแบ่งแยก ฟ้าปฐพีวุ่นวายโกลาหล ...
จำเนียรกาลมาผ่านกู่ไขความ สภาวะที่คลุกเคล้าธรรมชาติ
บัดนี้โสโครกสุทธาจะแจ้ง...
ควรอ่านไซอิ๋วอธิบาย ความอันตรายชั่วร้ายที่ถ่ายทอดมา |

- 「混沌」即傳說中天地未形成時，元氣未分，模糊不清狀態。為中國上古神話專有名詞，泰語中沒有類似可清楚表達的概念，故譯者取其原義中一概念，譯為 สภาพโลกแรกเริ่ม（地球最初始的狀態）。

- 「鴻濛」即傳說中為天地開闢之前，是一團渾沌的元氣。對於「元氣」概念，為中國文化獨有，故譯者將其譯為 สภาวะที่คลุกเคล้าธรรมชาติ（混合自然的狀態）。

- 《西遊釋厄傳》為朱鼎臣著的一部書名，其全名為《唐三藏西遊釋厄傳》，「傳」為「記載某人一生事跡的文字。」而譯者將其譯為 ถ่ายทอด（流傳）之義。「釋厄」為「化解災難」之義，譯者逐字將其譯為 อธิบายความอันตรายชั่วร้าย（解釋災厄）之義。

| 原文（1：4）：
一派白虹起，
千尋雪浪飛。 | 譯文（1：8）：
สายรุ้งขาวขึ้นหนึ่งแถบ
มากหลายเสาะหาลูกคลื่นหิมะกระเซ็น |

- 「千尋」。「八尺一尋」，「尋」為古代長度單位，譯者將其誤譯為 เสาะหา（尋找），並將「千」譯為 มากหลาย（眾多），此處筆者建議或可將「尋」譯為 โยชน์（泰衡量度），以等值的詞彙進行轉換。

- 「雪浪」指白如雪的浪花，譯者以直譯法將其譯為 คลื่นหิมะขาว（白雪＋浪），應將其譯為 ฟองคลื่นขาวดุจหิมะ（浪花白如雪）。

| 原文（1：6）：
下雨好存身。
霜雪全無懼。 | 譯文（1：10）：
พระพิรุณตกมาฝากกายสบายดี หิมะ
น้ำแข็งทั้งสิ้นมิหวาดกลัว |

- 「好」此處為可以、便於之意，譯者將其譯為 สบายดี（安康、舒服）。應將

其譯為 พระพิรุณตกมาได้ฝากกาย（下雨可存身）。

- 「霜」為水汽在溫度低於零攝氏度時，凝結成白色的冰晶。而譯者將其譯為 น้ำแข็ง（冰）。應將其譯為 น้ำค้างแข็ง 或 แม่คะนิ้ง（霜）。

原文（1：6）：	譯文（1：11）：
三陽交泰產群生，……	เบิกฤกษ์ตรีกาลกำเนิดกลุ่มมีชีวา...
稱王稱聖任縱橫。	ยกย่องอว้างเรียกว่าเมธาตามแต่ตะลุยไป

- 「三陽交泰」為《易經》泰卦，三陽在下，萬物復甦。與前後文相應，道出「三陽交泰」指陽氣充足、旺盛之時，萬物充滿活力，萬物甦醒。孫悟空由仙石經吸收、醞釀天地靈氣之過程，而後天時、地利、人和等條件具足，化為猴。而此處譯文為 เบิกฤกษ์ตรีกาล（第三時期開始），不妥。因「三陽交泰」為中國文化獨有，筆者建議可將其音譯為 ซันหยางไคไท่，並加注釋之。
- 此處「稱」為自封之意，譯者將其譯為 ยกย่อง（稱揚）及 เรียกว่า（稱道），筆者認為應將其譯為 ตั้งตน（自封）。
- 「縱橫」此處意為肆意橫行、無所顧忌之意，而譯者將其譯為 ตะลุย（往前衝之意），應將其譯為 ตามอัชฌา（任意）。

原文（1：7）：	譯文（1：11）：
冬覓黃精度歲華。	เหมันต์เสาะหารากหญ้าผ่านปีเรืองรอง

- 「黃精」為一種草藥學名 Polygonatum sibiricum，在泰國中醫界將其以音譯稱之為 อึ้งเจ็ง，譯者為了讓一般人看懂，故以取根為藥的特徵，將其轉譯為 รากหญ้า（草根）。

原文（1：8）：	譯文（1：14）：
離山駕栈趁天風，……	ห่างคีรีขี่แพฉวยโอกาสลมธรรมชาติ ...
立志潛心建大功。	สงบอารมณ์ตั้งใจสร้างผลงานใหญ่
有分有緣休俗願，	มีส่วนมีสันนิวาสหยุดยั้งความปรารถนาสามัญ
無憂無慮會元龍。	ไร้ทุกข์ไร้กังวลประสบสิริมงคล

- 對於「趁」原文之義為隨著、順著，譯者將其誤譯為 ฉวยโอกาส（趁機）之意。應將其譯為 ไปตามลม（順著風）。
- 「立志」為立定志願之義，譯者將其誤譯為 สงบอารมณ์（平心靜氣）。應將其譯為 ตั้งปณิธาน（立志）。

- 「有分有緣」即有緣分之意，譯者以逐字譯法譯之。原本「緣」字譯文足以表達「緣分」的意思，而將「緣」與「分」拆開為一種修辭手段。譯者將「分」譯為 ส่วน（部分），使譯文偏離原文之意，更導致讀者看不懂譯文所要表達的意思。據泰語遣詞最貼近漢原文，應將其譯為 บุญวาสนา（福分、福氣）。

- 「元龍」乃道教對得道的別稱，譯者將其誤譯為 สิริมงคล（吉祥）。

原文（1：9）：	譯文（1：14）：
只<u>愁</u>衣食耽勞碌，	เพียงแต่<u>โศกศัลย์</u>เสื้อผ้าการกินเหนื่อยยากวุ่นวาย
何怕閻君就<u>取勾</u>？	ไฉนกลัวมัจจุราชก็<u>ตวัดทิ้ง</u>?
繼子蔭孫圖<u>富貴</u>，	บุตรสืบต่อหลานร่มเย็นมี<u>เกียรติยศ</u>
更無一個肯<u>回頭</u>！	ยิ่งมิได้มีใครยอม<u>หันหัว</u>！

- 「愁」此處為憂慮之意，並非悲傷之意。而譯者將其誤譯為 โศกศัลย์（悲傷），應將其譯為 ห่วง（顧慮）。

- 「取勾」為取勾魂之義，譯者將其誤譯為 ตวัดทิ้ง（甩開）。應將其譯為 ลากไป（拉走）。

- 「富貴」為有錢又有地位的意思，譯者直接將其譯為 เกียรติยศ（榮譽、名譽），不妥，應將其譯為 ลาภยศ（富貴）。

- 「回頭」為有所覺悟而改邪歸正之義，而譯者將其誤譯為 หันหัว（向後轉頭）。應將其譯為 กลับตัว（悔過自新）。

第二回

原文（2：18）：	譯文（2：27）：
<u>八極迴無塵</u>，……	อัฐขั้วโลก<u>ว</u>วนไร้ธุลี...
應該訪<u>道真</u>。	สมควรเสาะหา<u>มรรคผลจริง</u>

- 「八極迴無塵」此句之意為「天地遼闊，淨無塵埃」。「迴」為全之意，擁有皆的意思。譯者將其譯為 วกวน（迴即旋轉、環繞）。「迴」、「迥」字形相近，應是文字上的訛誤。此句譯者以逐字譯法呈現，無法體現原句的完整精神，筆者建議將其譯為 นภาปฐวีกว้างใหญ่ วิรัชไร้มลทินหมอง（天地遼闊，淨無塵埃）。

- 「道真」此處指得道真人。而譯者將其譯為 มรรคผลจริง（真佛果）。

原文（2：24）：	譯文（2：35）：
去時凡骨凡胎<u>重</u>。	เวลาไปกระดูกสามัญครรภ์สามัญยากเย็น

- 「重」於此處為重量，重之意，譯者將其譯為「重」的引申意 ยาก（艱難），與原意不合，應將其譯為 หนัก（沉重）。

第三回

原文（3：30）：	譯文（3：42）：
<u>砲雲</u>起處蕩乾坤，……	<u>สถานที่ปีนเมฆาศิลาขึ้นผลาญจักรวาล</u>...
山林樹折虎<u>狼</u>奔，……	ดงไม้สิขรโค่นหักเสือลิง<u>สุนัข</u>วิ่ง...
<u>五鳳高樓</u>晃動根。	<u>วิหคห้าหงส์เหลาสูงรากฐานสะเทือน</u>

- 「砲雲起處蕩乾坤」此句意為雲團爆炸搖動天地。譯者將其譯為 สถานที่ปีนเมฆาศิลาขึ้นผลาญจักรวาล（爬上石雲毀宇宙）。應將其譯為 เมฆระเบิดสะเทือนฟ้าดิน（雲爆炸搖動天地）。

- 「狼」譯者將其譯為 สุนัข（狗），不妥，應將其譯為 หมาป่า（狼）或 วฤก（狼——文雅用詞）較妥。

- 「五鳳樓」為唐時名樓，後引申為帝宮，此處指傲來國宮殿。譯者將其譯為 วิหคห้าหงส์เหลาสูง（五隻鳳高樓飯館），เหลา 為來自潮州音「樓（酒樓）」之音譯，譯者以逐詞譯法譯之，不了解「五鳳樓」一詞中所含之文化，筆者建議應將「五鳳樓」直接譯為 พระราชวัง（皇宮）或 ปราสาท（宮殿）。

第四回

原文（4：47）：	譯文（4：69）：
一雙怪眼似<u>明星</u>，	นัยน์ตาประหลาดคู่หนึ่งดั่งดวงแจ่มใส
兩耳過肩<u>查</u>又硬。……	สองหูเลยบ่าตรวจดูก็แข็ง ...
聲音響亮如鐘<u>磬</u>。	เสียงดังกังวาลดุจขันระฆัง

- 「明星」即明亮的星星，譯者將其譯為 ดวงแจ่มใส（明亮的圓形物），應將其譯為 ดาว（星星）或 ดารา（星星——文雅用詞）。

- 此處「查」為張開之意，譯者將其譯為 ตรวจดู（查看），應將其譯為 กาง（張開）。筆者建議將此二句譯為 เนตรประหลาดสุกสกาวขาวดั่งดาว สองหูยาวเลยบ่าแข็งและกาง（怪眼亮似星，兩耳過肩查又硬）。

- 「磬」為古代玉、石或金屬製成的打擊樂器，其狀如曲尺，懸掛於架上。因漢泰之間文化差異因素，無法找到具有對等意的詞彙，故譯者將其與

「鐘」合譯為 ระฆัง（鐘）。而對於「磬」此樂器，譯者將其與泰國樂器比對，發現有 กังสดาล（Gang-sà-daan）一樂器與「磬」相似，為金屬片製之打擊樂器，其狀如弦月。筆者建議譯者或可將其譯為 กังสดาลจีน（Gang-sà-daan）（中式 Gang-sà-daan）。

第五回

原文（5：57～58）：	譯文（5：83）：
白鶴聲鳴振<u>九皋</u>， <u>紫芝</u>色秀分千葉。…… <u>相貌天然丰采別</u>。 <u>神舞虹霓晃漢霄</u>， 腰懸<u>寶籙</u>無生滅。	นกกระเรียนขาวกู่ร้องสะท้านยอดภู เตยม่วงหอมสีสะสวยแบ่งพันใบ ... เทวลักษณ์ธรรมชาติสวยงามผุดผ่องต่างกัน เทพวรยุทธ์รุ้งแดงดั่งม่านกั้นทางช้างเผือก เอวแขนพระเทวราชบัญชาวิเศษเป็นอมตะ

- 「九皋」即水澤深處。此處譯者將其譯為 ยอดภู（山峰），應將其譯為 เบื้องลึกห้วงนที（水澤深處）。

- 「紫芝」即靈芝，譯者將其譯為 เตยม่วงหอม（紫色七葉蘭），與原意不符，應將其譯為 หลินจือ（靈芝）。

- 「相貌天然丰采別」此句譯文為 เทวลักษณ์ธรรมชาติสวยงามผุดผ่องต่างกัน（仙貌各自然、漂亮、皓潔不同）。「別」此處為特別之意，譯者將其譯為 ต่างกัน（差別、不同），應將其譯為 ลักษณ์ท่วงทีสง่าไม่สามัญ（相貌氣質非凡），較能表達原文的精神。

- 「神舞虹霓晃漢霄」譯文為 เทพวรยุทธ์รุ้งแดงดั่งม่านกั้นทางช้างเผือก（戰神＋紅色彩虹＋如屏＋遮天河的帷幔），譯文與原文意思不符，應將其譯為 วาดหัตถ์เกิดรุ้งโอภาสนภสินธุ์（揮手現彩虹耀天河）。

- 「寶籙」即符咒，譯文為 พระเทวราชบัญชาวิเศษ（詔令），應將其譯為 ยันต์วิเศษ（符咒）。

第六回

原文（6：70）：	譯文（6：103）：
<u>腰挎彈弓新月樣</u>，…… <u>彈打棲羅雙鳳凰</u>，…… 義結梅山七聖行。	บั้นพระองค์ห้อยคันดีดกระสุนแบบดวงจันทร์ใหม่ ... ลูกกระสุนโฉมตีปีศาจจงหลอพ่ายนกหงส์คู่ ... ผูกพันน้องพี่กับเจ็ดเมธาคีรีเหมยซาน

- 「腰挎彈弓新月樣」譯文為 บั้นพระองค์ห้อยคันดีดกระสุนแบบดวงจันทร์ใหม่（腰掛如新月樣子的彈弓）。將「新月」直譯為 ดวงจันทร์ใหม่（新的月亮），筆者建議

可將其譯為 บั้นพระองค์เหนีบคันดีดทรงจันทร์เสี้ยว（腰別弦月形彈弓）。

- 「彈打樱羅雙鳳凰」譯文為 ลูกกระสุนโจมตีปีศาจจงหลอพ่ายนกหงส์คู่（子彈攻擊怪名樱羅＋敗雙鳳）。「樱羅」即一種喬木。譯文將其譯為怪名 ปีศาจจงหลอ（怪名——樱羅）。應將其譯為 ยิงกระสุนใส่หงส์คู่ที่เกาะบนต้นไม้（將子彈射樹上雙鳳凰）。

- 「義結」即義結金蘭、結拜之意。譯文為 ผูกพัน（相連），筆者建議可將其譯為 ร่วมสาบานเป็นพี่น้อง（結拜為兄弟）。

第七回

原文（7：80）：	譯文（7：119～120）：
<u>天地生成靈混仙</u>，……	ฟ้าปฐพีตามชะตากรรมธรรมศักดิ์แทรกเป็นอมรา ...
拜友尋師悟<u>太玄</u>。	คบมิตรเสาะหาอาจารย์รู้แจ้ง มหัศจรรย์ยิ่งใหญ่
<u>煉就長生多少法</u>，……	<u>วิชามากน้อยถลุงเป็นอมตะ</u> ...
<u>立心端</u>要住瑤天。……	ตั้งใจเรียบร้อยต้องอยู่เทพพิมาน ...
歷代人王<u>有分傳</u>。	แต่ละยุคสมัยคนเจ้าพญามีส่วนสืบต่อ

- 「天地生成靈混仙」即靈石吸收天地精華而化成猴精，譯文為 ฟ้าปฐพีตามชะตากรรมธรรมศักดิ์แทรกเป็นอมรา（天地有氣數＋道勢＋化混入仙），應將其譯為 ศิลาวิเศษดูดซับพลังแห่งฟ้าดินจนก่อกำเนิดเป็นปีศาจวานร（靈石吸收天地精華而化成猴精）。

- 「太玄」即深奧玄妙的道理。譯文為 มหัศจรรย์ยิ่งใหญ่（奧妙＋偉大），應將其譯為 หลักธรรมอันวิเศษลึกซึ้ง（深奧玄妙的道理）。

- 「煉就長生多少法」即已學成多少的長生法，譯文為 วิชามากน้อยถลุงเป็นอมตะ（多、少法＋冶煉＋長生）。

- 「立心端」譯文為 ตั้งใจเรียบร้อย（認真＋端正），應將其譯為 มุ่งหมาย（立志、立意）。

- 「有分傳」此為孫悟空大鬧天宮時，口出狂言，欲奪玉帝之位，大意為能者居之，風水輪流轉，帝位輪流坐。譯文為 มีส่วนสืบต่อ（有份傳承）พงศาวดาร（有關國家或國王的歷史）。

原文（7：83）：	譯文（7：124）：
安天大會勝蟠桃。	ชุมนุมใหญ่สันติสวรรค์ชนะงานผลท้อ
龍旗鸞輅祥光藹，	ธงมังกรลูกพรวนแสงมงคลละไม
寶節幢幡瑞氣飄。……	ร่มฉัตรรายการวิเศษบรรยากาศพัดพลิ้ว ...

鳳簫玉管響聲高。 瓊香繚繞群仙集。	ขลุ่ยหงส์ปล้องหยกเสียงสูงดัง คันธะวิเศษเวียนวนหมู่เทพยดา

- 「勝」即勝過、超過。譯文為 ชนะ（戰勝；勝利），應將其譯為 เหนือกว่า（超過）。

- 「鸞輅」即天子王侯所乘之車，譯文為 ลูกพรวน（鈴鐺），應將其譯為 รถพระที่นั่ง（帝王的車）。

- 「藹」與下句「飄」相應，同為動詞，故此處「藹」為繚繞之意。譯文為 ละไม（溫和、和藹）。

- 「寶節」即寶蓋，指佛道或帝王儀仗等的傘蓋。「幢幡」指佛、道教所用的旌旗。從頭安寶珠的高大幢竿下垂，建於佛寺或道場之前。分言之則幢指竿柱，幡指所垂長帛。「幢幡」泰國文化中沒有，經筆者觀察「幢幡」似泰北地區的「ตุง（dtung）」，泰北蘭納文化中的一種旌旗，為布、木、金屬、線或紙所製成一片長方形，掛於長桿，用來裝飾或用於宗教儀式中。譯文為 ร่มฉัตรรายการ（寶蓋＋項目），與原文不符，應將其譯為 ฉัตรและตุง（寶蓋及 dtung）。

- 「鳳簫」即排簫。譯文為 ขลุ่ยหงส์（鳳＋簫），泰國樂器沒有排簫，而是有一種與排簫相似的 แคน（kaen——蘆笙），筆者建議可將其轉譯為 แคน（kaen）。

- 「玉管」泛指管樂器。譯文為 ปล้องหยก（玉＋節），應將其譯為 เครื่องเป่า（管樂器）。

- 「高」此處指響亮。譯文為 สูงดัง（高音＋大聲），應將其譯為 กังวาล（響亮）。

- 「瓊香」即仙花的香味。譯文為 คันธะวิเศษ（妙香），應將其譯為 ผกาทิพย์สุคนธ์（仙花香味）。

原文（7：83）： 半紅半綠噴甘香，…… 堪笑武陵源上種， 爭如天府更奇強！	譯文（7：125）： กึ่งแดงกึ่งเขียวพ่นคันธาทิพย์ ... น่าหัวเราะเนินวรยุทธ์ สมุฏฐานพันธุ์ดีเลิศ ช่วงชิงดั่งวังสวรรค์ยิ่งแข็งกล้าอัศจรรย์

- 「甘香」即香甜。譯文為 คันธาทิพย์（妙香），未將原意精神表達出，應將其譯為 หอมหวาน（香甜）較妥。

- 「武陵源」即陶淵明《桃花源記》中之桃花源。譯者以直譯法譯為 เนินวรยุทธ์สมุฏฐาน（武陵源），筆者認為漢文化中桃花源之典故與泰國傳說的

世外桃源、神秘城市——เมืองลับแล（meuang-láp lae）相似，可視為相等可替的文化信息，故可將其以音譯＋意譯手法譯為 อู่หลิงเอวี๋ยนเมืองลับแล（武陵源＋meuang-láp lae）。

- 「爭如」即怎能比得上。譯文為 ช่วงชิงดั่ง（爭奪＋如），於原意不符，應將其譯為 ไหนเลยจะเทียบกับ ... ได้（怎能比得上……）。

原文（7：83）： 桑田滄海任更差。	譯文（7：125）： ไร่หม่อนทะเลสีคราม ปล่อยตามยิ่งผิดพลาด

- 「桑田滄海」一典故處於晉・葛洪《神仙傳・麻姑》，有關仙人麻姑，曾三見東海為滄田之典故，喻世事巨變遷。此處譯文直譯為 ไร่หม่อนทะเลสีคราม（桑田藍海）。「任更差」譯文為 ปล่อยตามยิ่งผิดพลาด（越放任越錯），與原意有所偏離，故筆者建議將「桑田滄海任更差」譯為桑田滄海（音譯並加注釋）＋任更差（意譯），或者以意譯法譯為 ต่อให้โลกจะเปลี่ยนแปลงไปมากมายอย่างไรก็ตาม（無論世事有多大的變遷）。

原文（7：84）： 洞裡乾坤任自由， 壺中日月隨成就。…… 遨遊四海樂清閑， 散淡十洲容輻輳。	譯文（7：125～126）： ในถ้ำจักรวาลตามใจอิสระเสรี ในบ้านสุริยจันทร ติดตามสำเร็จ ... เที่ยวเตร่สี่ทะเลสมใจสำราญว่างเปล่า จืดจางกระจายสิบทวีปกงล้อซี่จักรรวมกัน

- 「洞裏乾坤任自由，壺中日月隨成就」前後句相應，亦指南極仙翁葫蘆中可裝下天地，可應心所欲，源自「壺中日月」之典故。譯文為 ในถ้ำจักรวาลตามใจอิสระเสรี ในบ้านสุริยจันทร ติดตามสำเร็จ（宇宙洞中自在＋日月＋家＋追隨＋成功）。

- 「散淡」譯文為 จืดจาง（淡）。此詞與前句「遨遊」相應，可將其合譯。

- 「輻輳」喻聚集。譯文為 ล้อซี่จักรรวมกัน（輻集），應將其譯為 รวมกัน（聚集）。

原文（7：85）： 若得英雄重展掙， 他年奉佛上西方。	譯文（7：128）： แม้ได้ยอดบุรุษสำแดงช่วงชิงอีก ปีไหนเทิดทูนพระพุทธเจ้าขึ้นทิศประจิม

- 「展掙」即掙扎，此處指脫開束縛。譯文為 สำแดงช่วงชิง（展現＋爭奪），與原意相差甚遠，應將其譯為 หลุดพ้นจากพันธนาการ（擺脫束縛）。

- 「他年」即將來、以後。譯文為 ปีไหน（哪年），應將其譯為 ในภายภาคหน้า、ในกาลข้างหน้า（將來）。

原文（7：85）：	譯文（7： 128）：
<u>伏</u>逞豪強大勢興，……	ศิโรราบสำแดงนักเลงโตหาญกล้าสภาวการณ์รุ่งเรือง...
惡貫滿盈<u>身受困</u>。	บาปกรรมล้นหลามร่างจำนำข้าว

- 「伏」譯文為 ศิโรราบ（降服），與原意相反，應將其譯為 ปราบ（制伏）。
- 「身受困」譯文為 ร่างจำนำข้าว（身＋典押＋米），與原意相差甚遠，應將其譯為 ตนตกอับ（身陷窘境）。

第八回

原文（8：88）：	譯文（8：132）：
去來<u>自在</u>任<u>優遊</u>，……	ไปมาสบายใจท่องเที่ยวดีเลิศ...
極樂場中俱<u>坦蕩</u>，	ในสถานที่สุขาวดีโจ่งแจ้งทั้งนั้น
<u>大千</u>之處沒春秋。	โลกอันกว้างใหญ่ไพศาลทุกแห่งไร้วสันต์-สารท

- 「自在」即自由；無拘束。譯文為 สบายใจ（安心），應將其譯為 อิสระเสรี（自由自在）。
- 「優遊」即優游。譯文為 ท่องเที่ยวดีเลิศ（遊玩＋優秀），與原意不符，應將其譯為 ท่องเที่ยว（遊玩）。
- 「坦蕩」此處由全體蓋部分，從極樂世界的純潔，也導致了那裡的人也坦蕩，譯文為 โจ่งแจ้ง（敞亮），不妥。
- 「大千」即大千世界、二千大千世界之簡稱。譯文為 โลกอันกว้างใหญ่ไพศาล（廣闊的世界），此為後來引申出的義項，筆者建議可將其譯為 ติสหัสสีมหาสหัสสีโลกธาตุ（大千世界）。

原文（8：93）：	譯文（8：141）：
<u>糾糾</u>威風<u>欺</u><u>太歲</u>，	พัวพันองอาจผึ่งผายล่วงเกินผู้มีอำนาจ
<u>昂昂志氣</u><u>壓</u>天神。	พลังจิตยิ่งใหญ่บังคับเทพยดา

- 「糾糾」同「赳赳」。即武勇貌。而譯者將其譯為 พัวพัน（糾纏），與原意不符，應將其譯為 ท่าทีวีระกล้าหาญ（武勇貌）。
- 「欺」此意為勝過、超過。譯文為 ล่วงเกิน（冒犯），筆者認為不妥，應將其譯為 เหนือกว่า（勝過）。
- 「太歲」即歲星，木星。譯文為 ผู้มีอำนาจ（有勢力的人），與原文不符，應將其譯為 พระพฤหัสบดี（木星）。
- 「昂昂志氣」譯文為 พลังจิตยิ่งใหญ่（意志力強大），應將其譯為 ความมุ่งมั่นตั้งใจสูง（志氣高昂）。

- 「壓」即勝過、超過之意。譯文為 บังคับ（控制），應將其譯為 เหนือกว่า（勝過）。

第十回

原文（10：113）：	譯文（10：171）：
喜來策杖歌<u>芳徑</u>，	<u>ดีมา</u>ถือไม้เท้าร้องเพลง<u>หอมหวนบนทางตรง</u>
<u>興</u>到攜琴上<u>翠微</u>。	<u>เฟื่องฟู</u>ถึงถือพิณบน<u>หญ้าอ่อนเขียวขจี</u>
<u>草履</u>麻條<u>粗布被</u>，	<u>รองเท้าหลักฐาน</u>เชือกไหมเกลียว<u>ผ้าห่มเนื้อหยาบ</u>
心寬<u>強似</u>著羅衣。	ใจกว้าง<u>แข็งแกร่งเสมือน</u>สวมเสื้อแพร

- 「喜」即喜悅。譯文為 ดี（好），與前後文用詞不符，應將其譯為 ปิติ（喜悅）。

- 「芳徑」即花間小道。譯文為 หอมหวนบนทางตรง（直路芳香），應將其譯為 บนทางดอกไม้（花間小道上）。

- 「興」意與前句「喜」相應，譯文為 เฟื่องฟู（興盛），不妥，應將其譯為 เบิกบาน（喜悅）。

- 「翠微」此處指青山。譯文為 หญ้าอ่อนเขียวขจี（青翠的嫩草），應將其譯為 เขาเขียว（青山）。

- 「草履」即草鞋。譯文為 รองเท้าหลักฐาน（根基＋鞋），應將其譯為 รองเท้าหญ้า（草鞋）。

- 「粗布被」此處為動詞，而將其譯為名詞 ผ้าห่มเนื้อหยาบ（粗被子），應將其譯為 ห่มผ้าเนื้อหยาบ（被粗布）。

- 「強似」指勝過。譯文直譯為 แข็งแกร่งเสมือน（強似），應將其譯為 ยิ่งกว่า（更勝）。

原文（10：113）：	譯文（10：171～172）：
舟停<u>綠</u>水煙波內，……	พักเรือธาราครามในควันลูกคลื่น ...
<u>龍門</u>鮮鯉時烹煮，	<u>ประตูมังกร</u>ปลา<u>ไน</u>สดเวลาหุงต้ม มอดชอนไม้แห้งตะวันไฟส่องสว่าง
蟲蛀乾柴<u>日</u>燎烘。	เบ็ดตกร่างแหมากอย่างสามารถจุนเจือคนชรา
釣網多般堪<u>贍</u>老，	หาบเชือกสองเรื่องน่าอะลุ้มอล่วยถึงที่สุด ...
擔繩二事可容<u>終</u>。……	<u>เล่นคำสั่ง</u>ทายกำปั้นพร่ำส่งด้วยสุรา
<u>行令</u>猜拳頻遞<u>盞</u>，	เปิดไพ่ทายหนังสือหละหลวมส่งให้ถ้วยน้ำชา...
拆牌道字漫傳<u>鍾</u>。……	ผัดเป็ดเผาไก่ทุกๆวันอุดมสมบูรณ์
炒鴨<u>爁</u>雞日日豐。	

- 「綠」。譯者將其譯為 สีคราม（藍色），若譯者顧慮到譯文的美感，筆者建議

可將其譯為 สีเขียวมรกต（祖母綠色）會比較妥。

- 「龍門鮮鯉」此借「鯉魚躍龍門」之典故來指向「鯉魚」。譯者將其譯文為 ประตูมังกรปลาไนสด（龍門＋鯉魚＋新鮮）。因此句主要是煮魚為重點，故筆者認為可以直接將其合譯為 ปลาไน（鯉魚）。

- 「日燎烘」即日日烘烤，與前句「時烹煮」相應。譯文為 ตะวันไฟส่องสว่าง（太陽＋照亮），應將其譯為 เผาทุกวัน（日日燒）。

- 「贍老」、「容終」有互文見意作用。譯文分別譯為 จุนเจือคนชรา（救濟老人）及 อะลุ้มอล่วยถึงที่สุด（極＋通融），可將其譯為 เลี้ยงตนยามเฒ่า（老來可以養自己）。

- 「行令」譯文為 เล่นคำสั่ง（玩＋指令），不妥。「行令」即「行酒令」，為宴上助興的飲酒遊戲。「行酒令」一詞本身就是一個文化詞彙，不好翻譯，有著文化不可譯的現象。因此遊戲為中國特有之飲酒文化，似成語、詩詞接龍或投擲、抽籤、划拳等遊戲，負者被罰飲酒的特性。從以上所述「行酒令」之特性而言，筆者認為可將其譯為 เกมพนันดื่มเหล้า（賭飲酒遊戲）會更妥，更能完整地將「行酒令」之文化精神表達出。

- 「拆牌道字」譯文為 เปิดไพ่ทายหนังสือ（翻牌猜字），不妥。「拆牌道字」為宋、元時代一種把一個字拆成一句話的文字遊戲，亦稱「拆白道字」。此詞與前句「行令」一詞同為文化詞彙。按照「拆牌道字」特性可譯之為 เกมถอดอักษรเป็นประโยค（拆字成句遊戲）。

- 「鍾」，此處指盛酒之器，與前句「盞」字相應，故其譯文應與「盞」通。譯文為 ถ้วยน้ำชา（茶杯）。「鍾」為計算容量單位，《左傳》曰：「釜十則鍾。」可見其形不小，小杯子的「盞」不相應，其原因有二：一為了與其他韻腳如中、烘、終、濛、鴻、蹤、逢、鋒……等字相押。二則為「鍾」為茶器，寫時作「茶鍾」，如《西遊記》第二十五回：「又提一壺好茶，兩個茶鍾，伺候左右。」[註30] 而從上文「行令猜拳」有互意角度來看，筆者認為此處的「鍾」是指酒杯，而譯文為 ถ้วยน้ำชา（茶杯）。

- 「燻」即煨。譯文為 เผา（燒），應將其譯為 เคี่ยว（熬）。

原文（10：114）： 忘情結識松梅友，	譯文（10：172～173）： ลืมรักผูกพันรู้จักสหายดั่งดอกเหมยต้นสน

[註30]〔明〕吳承恩著：《西遊記》，頁314。

樂意相交鷗鷺盟。……	ยินดีคบค้าดุจนกนางนวลนกยางสาบานกัน ...
靜喚憨兒補舊繒。……	ว่างๆเรียกลูกน้อยลับขวานเหล็กกล้า
時融喜看荻蘆青。	เงียบเชียบเรียกลูกเซ่อเซอะเสริมผ้าไหม...
夏天避暑修新竹，	ยามสนิทชิดชอบดูต้นอ้อแขมเขียวขจี
六月乘涼摘嫩菱。…	คิมหันตฤดูหลบร้อนรักษาต้นไผ่ใหม่
數九天高自不蒸。……	เดือนหกฉวยโอกาสเย็นเด็ดกระจับนุ่ม...
四時湖裏任陶情。……	นับเก้าวันสูงย่อมไม่นิ่ง ...
船頭綠水浪平平。	สี่ฤดูกาลในทะเลสาบตามแต่ใจในความรัก...
身安不說三公位，……	หัวเรือธาราครามคลื่นราบเรียบ
十里城高防闔令，	กายสบายไม่พูดตำแหน่งสามอัครมหาเสนาบดี
三公位顯聽宣聲。	กำแพงสิบหลี่สูงบัญชาป้องกันประตูเมือง
	สามอัครมหาเสนาบดีดั่งกำแพงสิบหลี่

- 「忘情結識松梅友，樂意相交鷗鷺盟」句，譯文為 ลืมรักผูกพันรู้จักสหายดั่งดอกเหมยต้นสน ยินดีคบค้าดุจนกนางนวลนกยางสาบานกัน（忘＋情＋結＋認識＋友＋如＋梅松，樂意相交＋如鷗鷺共盟）。「松梅」與「鷗鷺」有寄託的意涵指向，為中國文學特色，此二句韻文有互文見意之功能，「松梅友」指品節高尚之友。「鷗鷺盟」即與鷗為友，比喻隱退，可引申為與品節高尚之人為友。故可將此二句合譯為 คบมิตรไปมาหาสู่กับมิตรผู้มีจิตสูง（與品節高尚之人為友）。

- 「憨兒」指天真可愛的孩子，現為心智障礙者通稱。譯文以今意解古意，將其譯為 ลูกเซ่อเซอะ（傻孩子），應將其譯為 ลูกรัก（親愛的孩子）。

- 「時融」與前句「春到」互意，譯文為 ยามสนิทชิดชอบ（當熟悉），應將其與前句合譯。

- 「修」此處指修剪竹子之意，譯文為 รักษา（治療），應將其譯為 ตัดแต่ง（修剪）。

- 「嫩」即不老之反義詞，譯文為 นุ่ม（軟），應將其譯為 อ่อน（嫩）。

- 「數九天高自不蒸」句，「數九」即冬至。而二十四節氣乃中國文化特有。可將其以全體（冬天）來指部分（冬至）。此句譯文為 นับเก้าวันสูงย่อมไม่นิ่ง（數＋九天＋高＋自＋不蒸），應將其譯為 เหมันต์เยือนอากาศปลอดโปร่งไม่อบอ้าว（冬至天高氣爽不悶熱）。

- 「任陶情」即怡悅性情，與「隨放性」相應，筆者認為可將此二句合譯。譯者將其譯為 ตามแต่ใจในความรัก（任性＋愛情）。

- 「綠」見第十回「綠」之解說。

- 「不說」。「說」即「悅」。而譯文將其譯為 ไม่พูด（不說）。
- 「十里城高防閫令，三公位顯聽宣聲」，此處指高高地城樓防著皇帝的詔令到我這裡，連位子顯著的「三公」都得聽皇帝的宣聲，寫出了自由自在的隱士生活與入仕生活的區別。譯文為 กำแพงสิบหลี่สูงบัญชาป้องกันประตูเมือง สามอัครมหาเสนาบดีดั่งกำแพงสิบหลี่（十里城＋高＋預防＋城門，三公如十里城），應將其譯為 กำแพงสูงสิบลี้กั้นโองการ สามอัครเสนาต้องฟังรับสั่งองค์ราเชนทร์。

原文（10：117）： 普濟長安城。	譯文（10：177）： ฝากแพร่ขยายในนครเมืองฉางอาน

- 「普濟」即普遍濟助。譯文為 ฝากแพร่ขยายในนครเมืองฉางอาน（寄＋傳播＋長安城中），應將其譯為 หยาดพิรุณทั่วฉางอันช่วยประชา（雨澤普及長安濟百姓）或 หยาดพิรุณทั่วฉางอัน（雨澤普及長）。

| 原文（10：119）：
煙凝山紫歸鴉倦，……
渡頭新雁宿睢沙，
銀河現。催更籌，……
蝴蝶夢中人不見。
月移花影上欄杆，……
不覺深沉夜已半。 | 譯文（10：179）：
ควันสุมตัวตามดอกม่วงนกกาเหนื่อยเพลียกลับ ...
ท่าข้ามห่านป่าใหม่รอนแรมจ้องมองทราย ปรากฏคงคาเงิน
โมงยามเร่งรัดคิดหาอุบาย ...
ผีเสื้อในความฝันไม่เห็นคน
จันทรเคลื่อนเงาย้ายขึ้นบนลูกกรง แสงดาราวุ่นวาย...
โดยมิรู้สึกดึกดื่น ได้ครึ่งคืน |

- 「煙凝山紫」源自唐・王勃〈滕王閣序〉中「潦水盡而寒潭清，煙光凝而暮山紫。」指太陽下山之際，山中呈現出一片紫色暮靄。譯文為 ควันสุมตัวตามดอยม่วง（煙＋凝於＋紫山），應將其譯為 อัสดงลาลับภูผาม่วง（夕陽落下紫山呈）。
- 「睢沙」此與上下文不通，里仁本作「汀沙」，即汀上之沙。譯文為 จ้องมองทราย（瞪著沙），應將其譯為 หาด（灘）。
- 「銀河」譯文為 คงคาเงิน（銀＋河），應將其譯為 ทางช้างเผือก 或 นภสินธุ์（銀河）。
- 「催更籌」即催時間。譯文為 โมงยามเร่งรัดคิดหาอุบาย（時間緊迫＋思尋＋計謀），應將其譯為 เร่งเวลา（催時間）。
- 「蝴蝶夢」即「胡蝶夢」，典出於《莊子・齊物論》，為莊子夢自化為蝴蝶的故事，後指夢幻。譯文為 ผีเสื้อในความฝัน（夢中的蝴蝶），應將其譯為 ในความฝัน（夢中）。

- 「月移花影上欄杆」出於宋‧王安石《夜直》:「春色惱人眠不得,月移花影上欄杆。」描寫了隨著月亮的移動,花影慢慢地爬上欄杆。〔註31〕譯文為 จันทรเคลื่อนเงาย้ายขึ้นบนลูกกรง(月移＋影移＋上欄杆),應將其譯為 เดือนเคลื่อนเงาบุปผาคล้อยพาดลูกกรง(月移花影倚欄杆)。

- 「不覺深沉夜已半」譯文為 โดยมิรู้สึกดึกดื่น ได้ครึ่งคืน(不覺得晚＋已經＋半夜),應將其譯為 กาลผ่านไปดึกดื่นไม่รู้ตัว(不知不覺中已經到了半夜)。

第十一回

原文（11：126）:	譯文（11：190）:
白蟻陣殘方是幻,	เทียนทวารจวนดับทีท่าเป็นมายา
子規聲切早回頭。	เสียงนกจากพรากรีบเร่งหันหัวกลับ
古來陰騭能延壽。	โบราณมาบุญกุศลสามารถอายุยืน

- 「白蟻陣殘方是幻」乃自南柯夢之典故,唐‧李公佐《南柯太守傳》載,淳于棼酒後入睡,夢中至槐安國,取公主為妻,以駙馬身份出任南柯太守,榮華富貴二十餘載,後因用人不當以致戰敗,公主病死,被遣回。夢醒來發現大槐樹下有螞蟻穴,即夢中所經歷的槐安國,夜裡暴風雨來襲,晨間回去看洞穴,見螞蟻都不見了。後喻世事如夢,富貴易失。譯文為 เทียนทวารจวนดับทีท่าเป็นมายา(蠟燭＋門＋將滅＋形勢＋為幻),應將其譯為 สิ่งใดๆในโลกล้วนอนิจจัง(世事無常)或 ซากรังมดเตือนให้ตื่นจากฝัน(殘蟻窩使我從夢中醒來)。

- 「子規聲切早回頭」,莫到杜鵑催歸方想回頭。「子規」即杜鵑的別名,因啼鳴仿佛「不如歸去」之呼喚,故名,諧「子歸」。此為中國文化特有之概念。值得關注的是譯者將「子規」譯為 นกจากพราก(樹鴨,雁鴨科的一種鳥),泰文學中對此鳥的寄託來自印度文學,此鳥離別對偶後,夜裡會發出思念的呼喚,泰文學中將此鳥寄託「與心愛女子分離」的象徵,為愛情的寄託,因此鳥通常會分開在不同的河邊覓食時,通宵互相呼喚。而此句譯文為 เสียงนกจากพรากรีบเร่งหันหัวกลับ(樹鴨鳴＋催＋轉頭回),應將其模糊化,譯為 เสียงนกร้องเพรียกเรียกกลับตัว(鳥鳴呼喚早回頭)或譯為 นกคัดคู 或 นกกาเหว่า(杜鵑)並加注釋之。

- 「陰騭」指陰德,暗中做有德的事。中國文化中講究積陰德以庇蔭子孫,

〔註31〕李夢生:《宋詩三百首全解》(上海:復旦大學出版社,2007 年),頁 64～65。

此概念泰文化中等值的成語有 ปิดทองหลังพระ（佛像後貼金），喻默默不為人知地做善事。譯文為 บุญกุศล（功德），應將其譯為 ปิดทองหลังพระ（佛像後貼金）。

原文（11：128）：	譯文（11：193）：
飄飄萬疊彩霞堆，……	เมฆเย็นเบญจวรรณปลิวสะบัดทับซ้อนมากมาย ...
耿耿簷飛怪獸頭，	หัวปักษาประหลาดบินผ่านชายคาอยู่เสมอ
輝輝五疊鴛鴦片。	แผ่นกระเบื้องนกเปิดน้ำทับห้าชั้นสว่างไสว

- 「彩霞」即色彩絢麗的雲霞。譯文為 เมฆเย็นเบญจวรรณ（晚霞時的彩雲），應將其譯為 เมฆสีรุ้ง（彩霞）。

- 「簷飛怪獸頭」。「簷飛」亦作「檐飛」，「檐飛」即「飛檐」，此處指屋檐上翹飾獸頭。譯文為 หัวปักษาประหลาดบินผ่านชายคา（怪鳥頭飛過屋簷），應將其譯為 หางหงส์ลายหัวสัตว์（飛檐飾獸頭）。

- 「鴛鴦片」即鴛鴦瓦，指中國傳統屋瓦型，一俯一仰，如同鴛鴦，故名。譯文為 แผ่นกระเบื้องนกเปิดน้ำ（鴛鴦＋瓦片），不妥。因「鴛鴦」只是表達瓦為一俯一仰的形狀，應將其譯為與漢語原意等值概念，為一俯一仰的瓦——กระเบื้องกาบกล้วย（芭蕉樹皮型瓦）。

原文（11：132）：	譯文（11：199）：
猙獰把守奈河橋。	ดุร้ายน่าเกลัว จนใจข้ามสะพาน

- 「把守奈河橋」譯文為 จนใจข้ามสะพาน（奈何地過橋），應將其譯為 เฝ้าสะพานจำใจ 或 เฝ้าสะพานจนใจ（守著奈何橋）。

原文（11：133）：	譯文（11：201）：
善哉真善哉。	กุศลเอ๋ยจริงกุศลเอ๋ย !

- 「善哉」譯文為 กุศลเอ๋ยจริงกุศลเอ๋ย！（善啊＋真＋善啊）。應將其譯為 สาธุ สาธุ！（善哉善哉）。泰語中的 สาธุ 來自梵語的佛教詞彙 สาธุ / sādhu / ，即中文的「妙哉妙哉」。

原文（11：137）：	譯文（11：207）：
道過堯舜萬民豐。……	มรรคผลยิ่งกว่าซุ่น เอี่ยว หมื่นก๊กสมบูรณ์ ...
怨女三千放出宮。……	สตรีเคียดแค้นสามพันปล่อยจากวัง ...
朝中眾宰賀元龍。……	ในท้องพระโรงเหล่าหัวหน้าถวายพระปฐมมังกร ...
福蔭應傳十七宗。	บุญร่มโพธิ์ร่มไทรสนองสืบทอดสิบเจ็ดวงศ์

- 「道過堯舜萬民豐」指唐太宗德過堯舜，百姓安居樂業。譯文為 มรรคผลยิ่งกว่าซุ่น เอี๋ยว หมื่นก๊กสมบูรณ์（功果勝過堯舜，萬國豐饒），應將其譯為 พระบารมีเหนือเหยาซุ่น ปวงประชาเป็นสุข（德勝過堯舜，萬民安居樂業）。

- 「怨女」此處指宮女。引申自已到婚齡而無婚配的女子，即宮中女子之概念，為中國文化獨有的文化用詞。譯文為 สตรีเคียดแค้น（女子＋怨恨），應將其譯為 นางกำนัล（宮女）。

- 「眾宰」此處指眾文武百官。譯文為 เหล่าหัวหน้า（眾組長），應將其譯為 บรรดาขุนนาง（百官）。

- 「元龍」此處指皇帝。譯文為 พระปฐมมังกร（元＋龍），應將其譯為 องค์ราชัน（皇帝）。

- 「宗」此處指代。譯文為 วงศ์（族），應將其譯為 รัชกาล（朝代）。

第十二回

原文（12：144）：	譯文（12：220）：
靈通本諱號金蟬，……	ประเสริฐเลิศล้ำรากเหง้า อำพรางพระวัชรโพธิสัตว์...
轉托塵凡苦受磨，……	เวียนวนฝากโลกีย์วิสัยรับทุกข์ตรากตรำ...
投胎落地就逢兇，	มาเกิดในท้องลงพื้นก็เผชิญอัปมงคล
未出之前臨惡黨。……	ก่อนหน้ายังไม่คลอดใกล้พวกบาปกรรมชั่วร้าย...
年方十八認親娘，……	อายุพอดีสิบแปดจำมารดาตัวเอง...
狀元光蕊脫天羅。	จ้วงหยวนกวงยุ่ยหลุดรอดตาข่ายสวรรค์

- 「諱」、「號」。「諱」為中國獨有之文化，為尊者諱。「號」此處指法號。譯為 อำพราง（隱藏），應將其譯為 ฉายา（法號）。

- 「轉托」此詞與「降生」對仗，指投胎。譯文為 เวียนวนฝาก（輾轉＋寄託），與原意不符，應將其譯為 กลับชาติมาเกิด（轉世）。

- 「兇」譯文為 อัปมงคล（不祥、不吉利），應將其譯為 เคราะห์ร้าย（凶險）。

- 「臨」此處指遇到。譯文為 ใกล้（靠近），應將其譯為 ประสบ、พบ 或 เจอกับ（遇到）。

- 「認」此為相認。譯文為 จำ（記得），因泰語沒有與之等值概念，筆者認為應將其轉譯為 พบ 或 เจอ（相見）。

- 「天羅」此處指唐玄奘之父陳光蕊，被劉洪殺死拋屍於江後，得龍王相助賜「定顏珠」保屍身不壞，後劉匪被剿滅，殷丞相、小姐與玄奘於江邊祭奠陳光蕊，龍王送其還魂，屍浮岸上，一家團圓。故此處「脫天羅」

可謂脫離劫難。譯文為 ตาข่ายสวรรค์（天網），應將其譯為 พ้นเคราะห์（脫離劫難）。

原文（12：145）：	譯文（12：222）：
龍集貞觀正十三，…… 雲霧光乘大願龕。…… 金蟬脫殼化西涵。 普施善果超沉沒， 秉教宣揚前後三。	มังกรชุมนุมศกเจิงกวน（ทรรศนะชื่อสัตย์）... แสงประภาเมฆาหมอกธุมมหายานห้องบูชาประสงค์ พระราชโองการมีพระมหากรุณาธิคุณปฏิสังขรณ์พระอาราม จักจั่นทองลอกคราบแปลงเปลี่ยนอารมณ์เย็นแดนประจิม ทำทานผลกุศลกรรมทั่วให้ผีห่าผ่านพ้น กุมอำนาจประกาศเผยแพร่สอนธรรม ก่อนหลังสามฤดูกาล

● 「龍集」即賢者雲集，此處指一千二百名高僧雲集於化生寺。譯文為 มังกรชุมนุม（龍＋聚集），應將其譯為 บรรดาสงฆ์มาชุมนุม（高僧雲集）。

● 「乘」此處指祥光祥霧普照一整個化生寺。譯者應是將韻文斷句錯地方了，導致將其譯為 มหายาน（大乘）。應將其譯為 แผ่ ... ปกคลุม（普照）。

● 「金蟬脫殼」此暗指金蟬子，即唐僧。筆者認為應加注解，以讓讀者知其內涵，或直接將其譯為唐僧。譯文為 จักจั่นทองลอกคราบ（金蟬脫殼）。

● 「超沉疫」。「疫」里仁本為「沒」，此二字之區別在於病亡或溺水而亡，總之指亡靈。故「超沉疫」指超度亡魂。譯文為 ให้ผีห่าผ่านพ้น（使＋使導致疫情產生的鬼＋過去），應將其譯為 โปรดให้เหล่าผีได้หลุดพ้น（超度使鬼魂得以解脫）。

● 「秉教宣揚前後三」。「前後三」為佛教詞彙，指過去世、現在世及未來世，即因果輪迴。譯文為 กุมอำนาจประกาศเผยแพร่สอนธรรม ก่อนหลังสามฤดูกาล（掌權＋宣揚＋傳教＋前後三個季節），應將其譯為 เทศนาธรรม（講法）。

原文（12：146）：	譯文（12：224）：
一爐永壽香， 幾卷超生籙。…… 無際天恩沐。…… 孤魂皆出獄。 願保我邦家， 清平萬咸福。	กลิ่นสุคนธ์เตาหนึ่งพระชนมายุยืนนาน กี่บทโปรดเวไนยสัตว์ผ่านพ้นจดบันทึก... รับบุญคุณสวรรค์สุดหล้าฟ้าเขียว ... วิญญาณผีไร้ญาติส่วน<u>ออกจากนรก</u> ปรารถนาปกป้องประเทศชาติข้า รับบุญกุศลสันติสุขสารพัดทั้งหลาย

● 「超生籙」此處指超度亡魂的經。譯文為 โปรดเวไนยสัตว์ผ่านพ้นจดบันทึก（度眾生＋超過＋記錄），與原意不符，應將其譯為 บทสวดโปรดเวไนย（超度亡魂的經）。

- 「無際」此處指天恩浩蕩無際。譯文為 สุดหล้าฟ้าเขียว（天涯海角），應將其譯為 ยิ่งใหญ่เหลือคณา（浩蕩無際）。

- 「出」此處指孤魂得以脫離地獄。譯文為 ออกจาก（出），應將其譯為 หลุดพ้น（脫離）。

- 「願」譯文為 ปรารถนา（願望），應將其譯為 วอน（祈求）。

- 「清平萬咸福」指天下太平，百姓安居樂業。譯文為 รับบุญกุศลสันติสุขสารพัดทั้งหลาย（接＋功德＋和平＋一切），應將其譯為 ใต้หล้าสงบประชาราษฎร์เป็นสุข（天下太平，百姓安居樂業）。

原文（12：146）：	譯文（12：224）：
<u>正是</u>禪僧入定時。	ความจริงคือเวลาภิกษุเข้าฌาน

- 「正是」即恰是。譯文為 ความจริงคือ（其實是），應將其譯為 เป็นยามที่ ...（是……的時間）。

原文（12：149）：	譯文（12：229）：
<u>羅卜</u>尋娘破地關。 不染紅塵<u>些子</u>穢。	หลอป๋อ（หัวผักกาด）แสวงหามารดาทลายด่านปฐพี ไม่เปื้อนกิเลสโลกีย์ชั่วช้ามีบ้าง

- 「羅卜」此處指佛陀十大弟子摩訶目犍連，「目犍連」為梵語，翻譯成「採菽氏」，又譯為「蘿菔根」，即蘿蔔根，[註32]曾入地獄救母親。譯文為 หลอป๋อ（หัวผักกาด）（蘿蔔），應將其譯為 พระมหาโมคคัลลานะ（摩訶目犍連）或 พระโมคคัลลานะ（目犍連尊者）。

- 「些子」指不染任何一點紅塵。譯文為 มีบ้าง（有些），應將其譯為 แม้แต่น้อย（任何一點）。

原文（12：150）：	譯文（12：231）：
<u>凜凜威顏</u>多雅秀，	ใบหน้าอานุภาพเย็นยะเยียบสุภาพนุ่มนวลมาก
佛衣<u>可體</u>如裁就。……	ผ้ากาสาวพัสตร์ได้รูปทรงดังตัดสำเร็จ ...
<u>結綵</u>紛紛<u>凝宇宙</u>。……	ผูกแพรสีลวดลายลอยเกลื่อนมุ่งจักรวาล ...
現前此物<u>堪</u>承受。	บัดนี้เบื้องหน้าสิ่งของนี้น่ารับสืบเนื่อง ...
渾如極樂活阿羅，	ปะปนดั่งสุขาวดีพระอรหันต์มีชีวิตชีวา
賽過西方<u>真覺</u>秀。……	เก่งกว่าชมพูทวีปตรัสรู้ดีงาม ...
<u>毘盧</u>帽映多豐厚。……	พระมาลาธรรมกายส่องแสงมหาศาล ...

〔註32〕包力維：《藝術演繹下的傳統與現代》（成都西南交通大學出版社，2015年），頁 103～104。

| 勝似菩提無詐謬。 | ดีเสมือนตรัสรู้มิมุสาวาจา |

- 「凜凜威顏」為形容唐僧法相莊嚴。譯文為 ใบหน้าอานุภาพเย็นยะเยียบ（臉＋威＋寒冷），應將其譯為 ธรรมลักษณ์สง่า（法相莊嚴）。

- 「可體如裁就」指佛衣量身定制般地合身。譯文為 ได้รูปทรงดังตัดสำเร็จ（成形＋如＋裁成）。

- 「結綵紛紛凝宇宙」於前文「暉光豔豔滿乾坤」互意，形容光如彩絲般連綿不斷地普照著整個宇宙。「結綵」此處與「暉光」互意，非以彩帶結成裝飾物之意。而譯文為 ผูกแพรสีลวดลายลอยเกลื่อนมุ่งจักรวาล（結＋彩帶＋漂浮著＋向＋宇宙），應將其譯為 รัศมีสีรุ้งประภาไปทั้งจักรวาล（彩光照耀整個宇宙）。

- 「堪承受」此處指唐僧與錦襴有緣，即受之無愧。譯文為 น่ารับสืบเนื่อง（應＋接受＋繼承），應將其譯為 คู่ควร（合適、般配）。

- 「渾如」指完全像。譯文為 ปะปนดั่ง（混合＋如），應將其譯為 เหมือนดั่ง...โดยแท้（真如）。

- 「活阿羅」，譯文為 พระอรหันต์มีชีวิตชีวา（羅漢＋有精神），應將其譯為 อรหันต์เดินดิน（活羅漢）。

- 「賽過」即勝過。譯文為 เก่งกว่า（更厲害），應將其譯為 ล้ำกว่า（勝過）。

- 「真覺秀」與「活阿羅」互意。內文曰：「好個法師！真是活羅漢下降，活菩薩臨凡。」〔註33〕譯文為 ตรัสรู้ดีงาม（覺悟＋秀），應將其譯為 โพธิสัตว์เดินดิน（活菩薩）。

- 「毘盧」此處指毘盧帽。明・黃一正《事物紺珠》:「毗羅帽、寶公帽、僧迦帽、山子帽、班吒帽、瓢帽、六和巾、頂包，八者皆釋冠也。」譯文為 ธรรมกาย（法身）。

- 「勝似菩提無詐謬」與前句「誠為佛子不虛傳」互意，即形容唐僧如佛子、菩薩般莊嚴。譯文為 ดีเสมือนตรัสรู้มิมุสาวาจา（好如＋覺悟＋不＋謊言），應將其譯為 เหนือโพธิสัตว์จริงไม่มีเท็จ（勝過菩提無虛假）。

| 原文（12：152）：
又談塵劫許多功。 | 譯文（12：233）：
ก็สนทนากัลป์ธุลีผลมากมาย |

〔註33〕〔明〕吳承恩著:《西遊記》，頁151。

- 「塵劫」佛教稱無量無邊劫為塵劫。譯文為 กัลป์ธุลี（塵埃＋劫），應將其譯為 อนันตกัลป์（無量劫）。

第十三回

原文（13：156）：	譯文（13：241）：
秉教迦持悟大空。	ยึดถือศาสนาผ้ากฐินรู้แจ้งมหาศูนยตา

- 「迦持」指佛教戒律。譯文為 ผ้ากฐิน（迦絺那衣），與原意不符，應將其譯為 พระธรรมวินัย（戒律）。

原文（13：156）：	譯文（13：242）：
雁聲鳴遠漢，	เสียงห่านป่าร้องไกลชาวฮั่น
砧韻響西鄰。……	เสียงสัมผัสแท่นหินดังสี่ทิศบ้านใกล้เคียง ...
禪僧講梵音。……	พระสงฆ์แสดงธรรมสำเนียงพรหม ...
坐到夜將分。	นั่งถึงค่ำคืนจวนถึงนาทีล้น

- 「遠漢」指遙遠的天河。譯文為 ไกลชาวฮั่น（遠漢人），應將其譯為 ไกลถึงนภสินธุ์（遠至天河）。

- 「砧韻」為搗衣聲的美稱。譯文為 เสียงสัมผัสแท่นหิน（觸石聲），應將其譯為 เสียงตีผ้าดังเสนาะ（搗衣聲響）。

- 「西鄰」指西邊的鄰居，此處譯文為 สี่ทิศบ้านใกล้เคียง（四方鄰居），應將其譯為 เพื่อนบ้านทางประจิม（西邊鄰居）。

- 「梵音」指誦佛經的聲音。譯文為 สำเนียงพรหม（梵天＋口音），應將其譯為 เสียงสวดมนต์（誦經聲）。

- 「夜將分」指即將半夜。譯文為 ค่ำคืนจวนถึงนาทีล้น（夜晚＋將到＋分鐘＋溢出），應將其譯為 จวนกลางดึก（即將半夜）。

原文（13：158）：	譯文（13：244）：
雄威身凜凜，	อานุภาพเหี้ยมหาญร่างเย็นเยือก
猛氣貌堂堂。……	พลังธาตุแกล้วกล้าโฉมหน้าสง่าผ่าเผย ...
文斑裹脊梁。	รอยกระดำกระด่างสันหลังล่อนจ้อน ...
文斑裹脊梁。…	เขี้ยวเล็บตะขอคมดุจน้ำแข็ง ทะเลบูรพาหวางกงหวาดกลัว
文斑裹脊梁。…	คีรีทักษิณเจ้าพญาหน้าผากขาว
文斑裹脊梁。	
鉤爪利如霜。	
東海黃公懼，	
南山白額王。	

- 「凜凜」指威嚴令人敬畏的樣子。譯文為 เย็นเยือก（冰涼），應將其譯為 องอาจน่าเกรงขาม（威嚴）。

- 「猛氣」指勇猛的氣勢或氣概。譯文為 พลังธาตุแกล้วกล้า（氣＋勇敢），應將其譯為 ทีท่าองอาจห้าวหาญ（勇猛的樣子）。

- 「文斑裹脊梁」指背上有斑紋。譯文為 รอยกระดำกระด่างสันหลังล่อนจ้อน（黑斑＋脊梁＋裸），應將其譯為 บนหลังมีลวดลาย（背上有斑紋）。

- 「利如霜」指非常鋒利的意思。中國古代兵器多以寒氣，即霜、雪來比喻其鋒利及殺氣，如〈獻錢尚父〉：「滿堂花醉三千客，一劍霜寒十四州。」譯文為 ดุจน้ำแข็ง（如＋冰），應將其譯為 คมกริบ（非常鋒利）。

- 「東海黃公」為漢代角抵戲中的人物，典出《西京雜記》，謂東海黃公，能用法制蛇御虎。後衰老，飲酒過度，法術失靈，反被虎所殺。此處譯文可加注釋。

- 「白額王」指猛虎。譯文為 เจ้าพญาหน้าผากขาว（白額＋王），應將其譯為 เสือร้าย（猛虎）。

原文（13：158）：	譯文（13：245）：
<u>輕健夯身軀</u>。	<u>ร่างแข็งแรงเทอะทะว่องไว</u> ท่องธาราเฉพาะพลังดุร้าย
涉水<u>惟</u>兕力，……	วิ่งในดงพฤกษ์สำแดงโกรธาอานุภาพ
向來<u>符吉夢</u>。	ตลอดมาเหมาะเจาะเป็นฝันมงคล（หมีบิน）

- 「輕健夯身軀」此為倒裝句，指熊精身軀輕快、敏捷。譯文為 ร่างแข็งแรงเทอะทะว่องไว（身軀＋笨重＋敏捷），應將其譯為 ร่างแกร่งปราดเปรียวไวว่อง（雄壯輕快、敏捷的身軀）。

- 「惟」此為介詞，指以蠻力涉水。譯文為 เฉพาะ（獨、只有），應將其譯為 ด้วย（以）。

- 「符吉夢」來自周文王夢飛熊得姜太公之典故，此處暗指熊精。「符」此處指祥兆。譯文為 เหมาะเจาะ（吻合），應將其譯為 ศุภนิมิต（祥兆）。應將括號中的 หมีบิน（飛熊），譯為 ปีศาจหมี（熊精）。

原文（13：159）：	譯文（13：245）：
端肅<u>聳肩背</u>。	เรียบร้อยเคร่งขรึมขยับไหล่หลัง
<u>性服青衣穩</u>，……	นิสัยอ่อนน้อมเสื้อเขียวแน่นแฟ้น ...
<u>能為田者功</u>，	ผู้สามารถผลงานเพื่อทำนา สาเหตุนี้ชื่อว่าเท่อฉู่สื้อ（บุรุษที่พิเศษ）
因名<u>特處士</u>。	

- 「聳肩背」譯文為 ขยับไหล่หลัง（動＋肩背），應將其譯為 สองไหล่ยก（雙肩聳）。

- 「性服青衣穩」指性情溫馴的青牛。「青牛」在中國文化的出現，最早可追溯至先秦時期，老子騎青牛出函谷關。此處譯文為 นิสัยอ่อนน้อมเสื้อเขียวแน่นแฟ้น（性格＋謙虛＋青衣＋密切），應將其譯為 วัวเขียวนิสัยนุ่มนวลเชื่อง（性情溫馴的青牛）。

- 「特處士」以現代可稱其為「牛先生」。「特」即公牛。《說文·牛部》:「特，朴特，牛父也。」〔註34〕譯文將其音譯並在括號裡意義為 บุรุษที่พิเศษ（特別＋先生）。應將其譯為 บุรุษวัว（牛先生）。

- 「田者」即農民。譯者將其譯為動詞 ทำนา（種田），應將其譯為 ชาวนา 或 กสิกร（農民）。

- 「功」此處為動詞。譯文為 ผลงาน（功勞），應將其譯為 ทำคุณ（造福）。

第十五回

原文（15：183）：	譯文（15：280）：
湛湛清波映日紅。	ล้ำลึกคลื่นสะอาดส่องตะวันแดง
聲搖夜雨聞幽谷，	เสียงสั่นไหวฝนคืนค่ำฟังหุบผาลี้ลับ
彩發朝霞眩太空。	เมฆยามรุ่งพุ่งสีสันอวกาศตระการตา
千仞浪飛噴碎玉，	พันโยชน์ลูกคลื่นบินสูงพ่นหยกละเอียด
一泓水響吼清風。	น้ำลึกกว้างเสียงคำรามสายลมเย็นระรื่น
流歸萬頃煙波去，	ไหลลื่นรวมหมื่นปะทะลูกคลื่นไป
鷗鷺相忘沒釣逢。	นกนางนวลนกกระยางลืมกันไม่พานพบ

- 「湛湛清波映日紅」指清明澄澈的水波照映了空中的夕陽。「湛湛」此處指澗裡的水清明澄澈。譯文為 ล้ำลึก（深厚）。「映」此處指照映。譯文為 ส่อง（照射）。應將此句譯為 คลื่นธารใสส่องสะท้อนตะวันแดง（清泉的水波照映紅日）。

- 「聲搖夜雨聞幽谷」指夜晚中陣陣雨聲在幽深的山谷中迴響。譯文為 เสียงสั่นไหวฝนคืนค่ำฟังหุบผาลี้ลับ（振搖聲＋雨＋夜晚＋聽＋山谷＋神秘），應將其譯為 เสียงฝนพรำก้องสะท้อนทั่วหุบเขา（陣陣雨聲在幽深的山谷中迴響）。

- 「彩發朝霞眩太空」。「彩發」與「朝霞」相應，此處指早上太陽升起時出

〔註34〕〔清〕段玉裁注：《說文字注》（臺北：洪葉文化事業有限公司，2005 年），頁 51。

現了彩霞。譯文為 พุ่งสีสัน（衝＋色彩）。「眩太空」此處指彩霞照耀了一整片天空。譯文為 อวกาศตระการตา（外太空＋絢麗奪目）。應將其譯為 รุ่งเมฆรุ้งทอประกายไปทั่วฟ้า（早上彩霞照耀了一整片的天空）。

- 「仞」為中國古代單位，七或八尺為一仞。若一尺是 23.19 公分，八尺就是 1.855 米，七尺就是 1.623 米。〔註35〕譯文為 โยชน์（yôht），โยชน์ 為泰國古代長度單位，約長 16 公里。泰語中與「仞」相近的單位為 วา（waa），長約 2 米。值得注意的是此處的「千仞」為文學上的誇張修辭，形容高徹雲般的高。而泰文化中用來表示長度的誇張程度多為 โยชน์，故譯者將其轉譯為泰語中與漢文有等值的文化習慣詞彙。

- 「浪飛噴碎玉」此形容浪花飛濺像噴出破碎的美玉。此句酷似唐代吳融〈憶山泉〉：「穿雲落石細涓涓，盡日疑聞弄管絃。千仞灑來寒碎玉，一泓深去碧涵天。煙迷葉亂尋難見，月好風清聽不眠。春雨正多歸未得，只應流恨更潺湲。」〔註36〕譯文為 ลูกคลื่นบินสูงพ่นหยกละเอียด（浪＋高飛＋噴＋玉＋細），應將其譯為 หยาดฟองคลื่นกระเซ็นดุจเม็ดหยก（浪花飛濺像噴出一顆顆的玉）。

- 「一泓」指一片水。譯文為 น้ำลึกกว้าง（水深廣），應將其譯為 ผืนน้ำ（一片水）。

- 「流歸萬頃煙波去」指水流流歸大海去。譯文為 ไหลลื่นรวมหมื่นปะทะลูกคลื่นไป（流＋滑＋合＋萬＋撞＋小浪＋去），與原意不符。應將其譯為 ธารน้อยไหลรินสู่สินธุ์ไป（小流流往大海去）。

- 「鷗鷺相忘」即「鷗鷺忘機」，典出《列子・黃帝》，指人無巧詐之心，異類可以親近。後喻淡泊隱居，不以世事為懷。譯文為 นกนางนวลนกกระยางลืมกัน（鷗鷺＋互相＋忘記）。

原文（15：188）：	譯文（15：287）：
故今玄奘再修行。 只因路阻鷹愁澗， 龍子歸真化馬形。	ด้วยเหตุนี้บัญชาเสวียนจางถือศีลอีก สาเหตุทางขัดขวางท้วยลำธารนกเหยี่ยวเศร้า ลูกมังกรนิวัตสุทธาแปลงร่างเป็นอาชาไนย

- 「修行」譯文為 ถือศีล（持戒），應將其譯為 บำเพ็ญ（修行）。

- 「路阻」此處指在鷹愁澗遇到了阻礙。譯文為 ทางขัดขวาง，應將其譯為

〔註35〕黎良軍：〈論「斤」、「尺」及其他〉《河池學院學報》，2017 年，06 期，頁 88。
〔註36〕中華書局編輯部點校：《《全唐詩》增訂本》，卷 687，頁 7966。

เจออุปสรรค（遇到了阻礙）。

- 「歸真」此處指小白龍皈依正道。譯文為 นิวัตสุทธา（歸＋真），應將其譯為 จิตใฝ่ธรรม（心向正道）。

原文（15：194）：	譯文（15：296）：
牽轡三股紫絲繩。	แยกสามท่อนผูกอานม้าเชือกไหมสีจันทน์แดง

- 「紫」譯文為 สีจันทน์แดง（小葉紫檀＋色），小葉紫檀樹的木為深棕色。與原意不符，應將其譯為 สีม่วง（紫色）。

第十六回

原文（16：196）：	譯文（16：299）：
上剎祇園隱翠窩，	วัดเลิศลุมพินีวันเขียวขจีห้องซ่อนเร้น
招提勝景賽婆娑。	ชวนเล่าทัศนียภาพพูดจาแข่งขัน

- 「祇園」即祇樹給孤獨園或祇園精舍。譯文為 ลุมพินีวัน（藍毗尼），與原意不符，應將其譯為 เชตวันมหาวิหาร（祇園）。
- 「翠窩」此處指森林。譯文為 เขียวขจีห้อง（綠＋室），應將其譯為 ป่า 或 พงพี（森林）。
- 「招提勝景賽婆娑」譯文為 ชวนเล่าทัศนียภาพพูดจาแข่งขัน（邀＋講＋景色＋說＋比賽）。「招提」為佛教寺院的別稱。應將此句譯為 ภาพอารามงามล้ำเหนือภูมิโลกีย์（佛寺的景色勝過紅塵的美景）。

原文（16：196～197）：	譯文（16：300）：
身穿無垢衣。……	างสวมเสื้อไม่เลอะเทอะ ...
般若總皈依。	ปริยัติธรรมผูกพันสรณคมน์

- 「無垢衣」即袈裟的別稱。譯文為 เสื้อไม่เลอะเทอะ（衣服不髒），應將其譯為 จีวร（袈裟）。
- 「般若總皈依」指皈依三寶總會得到智慧。譯文為 ปริยัติธรรมผูกพันสรณคมน์（佛經＋關連＋皈依三寶）。應將其譯為 ยึดในสรณาคมน์ย่อมมีปัญญา（皈依三寶總會得到智慧）。

原文（16：200）：	譯文（16：305）：
千般巧妙明珠墜，	ไข่มุกสดใสร่างสวยงามกะทัดรัดพันอย่าง
萬樣稀奇佛寶攢。……	หมื่นแบบอัศจรรย์หายากสะสมวิเศษของพระพุทธเจ้า ...
體掛魍魎從此滅，	รูปทรงแขวนภูตผีปีศาจบัดนี้ศูนยตา

| 身披魑魅入黃泉。 | ร่างห่มผีสางนางไม้เข้าปรโลก |
| 托化天仙親手製。 | ไหว้ว้านนิมิตเป็นอมราบนฟ้าใช้มือประดิษฐ์เอง |

- 「巧妙」指精巧美妙。譯文為 ร่างสวยงามกะทัดรัด（合身＋漂亮），應將其譯為 งามประณีต（精美）。

- 「明珠」與「佛寶」互意，指珍寶。譯文為 ไข่มุกสดใส（明亮的珍珠），應將其譯為 แก้วมณี（珠寶）。

- 「佛寶」此處指佛界的珍寶。又見第十二回描述袈裟：「也有生光八寶攢。」〔註37〕譯文為 วิเศษของพระพุทธเจ้า（奇特＋佛陀的）。應將其譯為 อัฏฐมณี 或 มณีทั้งแปด（八寶）。

- 「攢」即拼集。譯文為 สะสม（積蓄），應將其譯為 รวม（集）。

- 「體掛」與「身披」互意。譯文為 รูปทรงแขวน（體形＋掛），筆者認為譯者應將「體掛魑魅從此滅」、「身披魑魅入黃泉」二句合譯，以免詞窮，重複使用同一詞，導致譯文顯得累贅。

- 「托化天仙」指織女。「托化」即托生。織女曾下凡托生與牛郎結婚生子，後被玉帝得知召回天庭，故被稱為托化天仙。又見第十二回描述袈裟為：「仙娥織就，神女機成。」〔註38〕譯文為 ไหว้ว้านนิมิตเป็นอมราบนฟ้า（拜託＋化＋成為＋天上的仙），與原意不符，應將其譯為 นางฟ้า 或 อัปสร（仙女）。

原文（16：207）：	譯文（16：315）：
堪嘆老衲性愚蒙，	พอที่จะรำพึงรำพันอาตมานิสัยโง่เง่า
枉作人間一壽翁。	เหนื่อยเปล่าเป็นเฒ่าอายุยืนในเมืองมนุษย์
欲得袈裟傳遠世，……	อยากได้ผ้ากาสาวพัสตร์สืบทอดพิภพสุดไกล ...
但將容易為長久，	แต่ทว่าเอาความง่ายดายเป็นยาวนาน
定是蕭條取敗功，	แน่นอนคือวังเวงทำบุญคุณมาล้างผลาญ ง่วงจื้อง่วงโหมว
廣智廣謀成甚用？	ใช้อะไรไม่สำเร็จ ทำลายคนอื่นก่อประโยชน์ให้ตนพักหนึ่งว่างเปล่า!
損人利己一場空。	

- 「堪嘆」即可歎。譯文為 พอที่จะรำพึงรำพัน（能夠＋歎惜），應將其譯為 น่ารำพัน（可歎）。

- 「枉」此處指枉費。譯文為 เหนื่อยเปล่า（白累），應將其譯為 เสียที（枉費）。

〔註37〕〔明〕吳承恩著：《西遊記》，頁149。
〔註38〕〔明〕吳承恩著：《西遊記》，頁148。

- 「傳遠世」此處指流傳於後。譯文為 สืบทอดพิภพสุดไกล（傳＋世界＋極遠），應將其譯為 สืบทอด（流傳）。

- 「但將」即只要。譯文直譯為 แต่ทว่าเอา（但＋將），應將其譯為 หาก（若）。

- 「容易」此處指容易變化的凡物，即袈裟為身外之物，定有成住壞空之數，引申為無常。譯文為 ความง่ายดาย（簡單），應將其譯為 อนิจจัง（無常）。

- 「蕭條取敗功」，「蕭條」即凋零，此處引申為失敗。譯文為 วังเวงทำบุญคุณมาล้างผลาญ（寂靜＋做功德＋來＋毀滅），與原意不符。應將其譯為 ไม่สำเร็จต้องปราชัย（定時不成功、失敗）。

- 「成甚用」指又有什麼用？譯文為 ใช้อะไรไม่สำเร็จ（做什麼都不成功），應將其譯為 มีประโยชน์อันใด（有什麼用）。

- 「一場」譯文為 พักหนึ่ง（一場），應將其譯為 ท้ายสุดก็เสียแรงเปล่า（最後都是白費力氣的）。

原文（16：208）：	譯文（16：318）：
金禪求正出京畿， 仗錫投西涉翠微。…… 黑熊夜盜錦襴衣。	พระวชิรโพธิสัตว์แสวงหาสัจธรรมออกจากมหานคร ไม้เท้าพระราชทานมุ่งทิศประจิมผ่านทุ่งเขียวขจีลี้ลับ … หมีดำยามรัตติกาลขโมยจีวรแพรไป

- 「金禪」指金蟬子，為須菩提之別名。譯文為 พระวชิรโพธิสัตว์（金剛菩薩），應將其譯為 พระสุภูติ（須菩提）。

- 「涉」此與「出京畿」對仗，指進入。譯文為 ผ่าน（經過），應將其譯為 เข้าสู่（進入）。

- 「翠微」此與繁華的「京畿」對仗，指青翠的深山。譯文為 ทุ่งเขียวขจีลี้ลับ（綠綠的草原＋神秘），應將其譯為 ป่า 或 พนา（深林）。

- 「錦襴衣」指金縷織成的袈裟。譯文為 จีวรแพร（錦＋袈裟），應將其譯為 สไบทอง（金線織成的袈裟）。

第十七回

原文（17：221）：	譯文（17：336）：
鶴氅仙風颯，…… 去去還無住，如如自有殊。 總來歸一法，只是隔邪軀。	เสื้อขนนกกระเรียนเสียงลมศักดิ์ศรีอมรา … ไปไปยังไม่ยับยั้ง อย่างนั้นอย่างนั้นย่อมมีแตกต่างกัน ส่วนใหญ่ธรรมหนึ่งกลับคืนมา เพียงแต่กั้นห่างร่างอธรรม

- 「仙風颯」形容瀟灑的樣子。譯文為 เสียงลมศักดิ์ศรีอมรา（風聲＋仙＋風采），

應將其譯為 ท่วงท่างามสง่าเหมือนดั่งเซียน（舉止瀟灑、端莊如神仙）

- 「去去還無住，如如自有殊」句，指世間萬物都在無止不停地消逝，只有真如佛性才是與眾不同的。譯文為 ไปไปยังไม่ยับยั้ง อย่างนั้นอย่างนั้นย่อมมีแตกต่างกัน（去去＋還＋無止，如此＋如此＋自然＋有區別），與原意不符。應將其譯為 สรรพสิ่งค่อยเสื่อมไม่มีหยุด มีจิตพุทธย่อมเหนือไม่เหมือนชน（萬物都在漸漸無止地消逝，有佛性自然超越與眾不同）。

- 「總來歸一法，只是隔邪軀」此處指觀音化作靈虛仙子時，孫悟空問觀音是菩薩還是妖精，觀音答，菩薩、妖魔只在一念，若是說到本來，皆屬無有。譯文為 ส่วนใหญ่ธรรมหนึ่งกลับคืนมา เพียงแต่กั้นห่างร่างอธรรม（大部分＋一＋道＋歸來，只是＋邪軀＋間隔）。應將其譯為 ธรรมหรือมิจฉาอยู่ชั่วขณะจิต ตรองในเหตุสิ่งใดๆล้วนว่างเปล่า（道與邪在一念間，探其源萬物皆虛空）。

原文（17：221）：	譯文（17：337）：
<u>走盤無不定，圓明末有方</u>。 <u>三三勾漏合，六六少翁商</u>。 <u>瓦鑠黃金焰，牟尼白晝光</u>。…… 未許<u>易論量</u>。	<u>วิ่งเข้าในถาดมิใช่ไม่แน่นอน กลมใสไม่มีในตำรา</u> <u>สามสามเกี่ยวนำหลุดรอดผสม หกหกขาดคนเฒ่าปรึกษา</u> <u>กระเบื้องหลอมทองคำเปลวเพลิง</u> <u>พระศากยมุนีแสงสว่างกลางวัน</u> ... ไม่อนุญาต<u>เปลี่ยนแปลงวิจารณ์ปริมาณง่ายดาย</u>

- 「走盤無不定，圓明末有方」句，指圓圓的仙丹在琉璃盤中滾來滾去，不定。譯文為 วิ่งเข้าในถาดมิใช่ไม่แน่นอน กลมใสไม่มีในตำรา（跑進＋盤中＋不是＋不一定，圓＋透明＋藥方中沒有）。應將其譯為 กลิ้งในพานไปมาไม่หยุดนิ่ง ลูกกลมกลิ้งลื่นๆไม่เป็นเหลี่ยม（盤中滾來滾去不定，是圓形不是方）。

- 「三三勾漏合，六六少翁商」句。「三三」、「六六」喻煉丹過程陰陽消長。「勾漏」指東晉葛洪，曾向晉成帝求為勾漏令。「少翁」即西漢方士李少翁。詩中以此二人代指仙家之流。實乃中國特有的煉丹文化，筆者認為可將其直譯，再加注釋。譯文為 เกี่ยวนำหลุดรอดผสม หกหกขาดคนเฒ่าปรึกษา（牽引＋逃脫＋混合，六六＋缺老人＋商議）。

- 「瓦鑠黃金焰，牟尼白晝光」句，為形容仙丹是金色，散發著閃閃的白光。譯文為 กระเบื้องหลอมทองคำเปลวเพลิง พระศากยมุนีแสงสว่างกลางวัน（瓦＋煉＋黃金＋火焰，釋迦摩尼＋白晝光），應將其譯為 เซียนตันดั่งเปลวเพลิงสีสุวรรณ เปล่งสีสันสกาวขาววิบวับ（仙丹是如火焰般的金色，散發著閃閃白光）。

- 「易論量」指仙丹的威力是不容置疑的，是很靈的。譯文為

เปลี่ยนแปลงวิจารณ์ปริมาณง่ายดาย（改變＋議論＋容易），應將其譯為 ฤทธิ์วิเศษอย่าสงสัย（很靈的，不要置疑）。

原文（17：223）：	譯文（17：339）：
萬道繽紛實可誇。……	หมื่นสายว้าว่อนน่าอวดอ้าง ...
今來多為傳經意，……	บัดนี้มามากเพื่อประกาศมโนกรรมพระสูตร ...
降怪成其歸大海，	ปีศาจพ่ายสำเร็จสัจธรรมนิวัตทะเลใหญ่
空門復得錦袈裟。	ประตูว่างเปล่ากลับได้ผ้ากาสาวพัสตร์

- 「可誇」譯文為 น่าอวดอ้าง（可炫耀）。應將其譯為 น่าชม（欣賞）。
- 「多」此處指主要的目的。譯文為 มาก（多），應將其譯為 เพื่อ（為了）。
- 「傳」此處指觀音受戒於黑熊。譯文為 ประกาศ（宣揚），應將其譯為 ถ่ายทอด（傳授）。
- 「經意」譯文為 มโนกรรมพระสูตร（佛經＋意業——佛教用詞）。應將其譯為 คำสอน（教義）。
- 「降怪」指觀音降服了黑熊。譯文為 ปีศาจพ่าย（精怪＋敗）。應將其譯為 สยบปีศาจ（降怪）。
- 「空門」即佛教別稱，譯文為 ประตูว่างเปล่า（空虛的門），應將其譯為 พุทธศาสนา（佛教）。
- 「復得」譯文為 กลับได้（卻得），應將其譯為 ได้ ... กลับคืน（復得）。

第十八回

原文（18：231）：	譯文（18：351）：
凋花折柳勝挖麻，	กุสุมาลย์อับเฉากิ่งหลิวหักดีกว่ากระจุกต้นกระเจา
倒樹摧林如拔菜。……	ต้นไม้ล้มหักพงพีดุจถอนผัก ...
啣花麋鹿失來踪，	คาบดอกไม้กวางสมันสูญหายร่องรอยมา
摘果猿猴迷在外。……	เด็ดผลไม้ลิงค่างหลงใหลอยู่ภายนอก ...
舉棹梢公許願心，	ชูไม้แจวถือหางเรือใจท่านบนบานศาลกล่าว
開船忙把豬羊賽。	ออกเรือเร่งรีบเอาหมูแกะแข่งขัน
當坊土地棄祠堂。	เป็นพื้นที่ตลาดละทิ้งศาลบูชาบรรพบุรุษ

- 「勝挖麻」與「如拔菜」互意，譯文為 ดีกว่ากระจุกต้นกระเจา（好過＋一團＋黃麻），應將其譯為 สภาพแย่ยิ่งกว่าต้นกระเจาที่ถูกถอน（狀況比拔黃麻更慘）。
- 「麋鹿」即一種稀有鹿科麋鹿屬動物（學名：Elaphurus davidianus），多分佈於中國大陸，泰國沒有。而譯文轉譯為 กวางสมัน（熊氏鹿，學名：Rucervus

schomburgki），即泰國中部特有的一種鹿科鹿科屬動物，現今已滅絕。此
為詞義對等的語言轉換。

- 「失來踪」指失去了蹤跡，譯文為 สูญหายร่องรอยมา（失去＋蹤跡＋來），應
  將其譯為 สาบสูญ 或 ไร้ร่องรอย（失了蹤跡）。

- 「迷」此處指迷路。譯文為 หลงใหล（沉迷），應將其譯為 หลงทาง（迷路）。

- 「梢公」指船家。譯文為 หางเรือ（船尾），應將其譯為 คนพายเรือ 或 ชาวเรือ
  （船家）。

- 「賽」此處指舊時祭祀酬神之稱。譯文為 แข่งขัน（比賽），應將其譯為 เซ่น
  （祭祀）。

- 「當坊土地」指連當地的土地公都棄祠堂逃走了。譯文為 เป็นพื้นที่ตลาด（是
  ＋當地＋市場），與原意不符。應將其譯為 เจ้าที่ในถิ่นทิ้งศาลเจ้า（當地土地公
  棄祠堂）。

第十九回

原文（19：235～237）：	譯文（19：355～357）：
自小生來心性<u>拙</u>，	ตั้งแต่เล็กเกิดมานิสัยใจคอ<u>เลวทราม</u>
<u>貪閑愛懶無休歇</u>。	ละโมบยามว่างรักเกียจคร้านไม่หยุดพัก มิเคยฝึกฝนนิสัยบำเพ็ญฌาน
不曾養性與修真，	<u>สภาพโลกเริ่มแรกยุ่งเหยิงใจลุ่มหลง<u>พยายามอดทนผ่านวันเดือน</u>
<u>混沌迷心</u>熬日月。	ฉับพลันในความว่างพบอมราจริง ก็เอา<u>เรื่องร้อนหนาว</u>นั่งลงพูด ...
<u>忽然閑裡遇真仙</u>，	มีวันกำหนดใหญ่ชีวิตถึงเวลามรณา อขณะแปด ทุคติสาม
就把<u>寒溫</u>坐下說。……	รู้สำนึกไม่หลั่งไหล ...
<u>有朝大限命終時</u>，	ชี้แจงความเกี่ยวข้องสวรรค์ความผิดพลาดบนปฐพี
八難三途悔<u>不喋</u>。……	ได้รับสืบทอด<u>นวเวียนนวคืน</u>ยาวอายุวัฒนะยิ่งใหญ่...
指示<u>天關並地闕</u>。	<u>เด็กทารก นงคราญ เหมาะสมยินหยาง</u>
得傳<u>九轉大還丹</u>，……	ตะกั่วปรอทอาศัยกันแบ่งสุริยจันทร์ หลี-เสือขาว ขั้น-
<u>嬰兒妊女配陰陽，</u>	มังกรปรองดองกัน เต่าศักดิ์สิทธิ์ดูดสิ้นโลหิตนกกาดำทอง
<u>鉛汞相投分日月</u>。	ดิรกสุมาลย์รุมสุมเบื้องบนได้สู่รากแก้ว
<u>離龍坎虎用調和</u>，	หน้า<u>ธาตุ</u>ผสานรากเดิมทะลุปลอดโปร่ง
<u>靈龜吸盡金烏血</u>。	ผลงานกลมกล่อมดำเนินครบถ้วนแล้วเหาะเหินขึ้น ...
三花聚頂得歸根，	ผู้บัญชาการทหารนาวี<u>เป็นผู้ซื่อสัตย์กฎหมาย</u> ...
<u>五氣朝元通透徹</u>。	เทพเทวีเจ้าชู้มาต้อนรับ เห็นเขาโฉมหน้า<u>บีบวิญญาณคน</u>
<u>功圓行滿</u>卻飛昇，……	ในสามัญวันเก่าดับสูญได้ยาก
總督水兵稱<u>憲節</u>。……	ทั้งสิ้นมิได้มีสูงต่ำพลั้งเกียรติยศต่ำต้อย ยื้อยุดเทพฉางเอ๋อ
<u>風流仙子</u>來相接。	ต้องการมา<u>ร่วมร้องเพลง</u> ...
見他容貌<u>挾人</u>魂，	
舊日<u>凡心</u>難得滅。	

全無上下失尊卑，	ขุนนางศักดิ์สิทธิ์ผู้ควบคุมกราบทูลพระเทพรัตนบดีสวรรค์
扯住嫦娥要陪歡。……	วันนั้นชะตาชีวิตข้าประสบความเลวทราม
那日吾當命運拙。	วังก่วงหานถูกล้อมขังลมไม่ผ่าน
廣寒圍困不通風，	เดินหน้าถอยหลังไร้ประตูยากหลุดรอด ...
進退無門難得脫。……	ตามกฎถามสำเร็จต้องถูกประหารชีวี โชคดีดาราไท่ไป่หลี่จินซิง
依律問成該處決。	(องค์เทวดาวกฤติกา)
多虧太白李金星，	ออกจากคณะนอบน้อมขึ้นหน้ามากราบทูลเอง ...
出班俯首親言說。……	ใต้คีรีพระเจดีย์สร้างทรัพย์สมบัติครอบครัว
福陵山下圖家業。	ข้าสาเหตุมีความผิดพลาดมาเกิดในท้อง
我因有罪錯投胎。	

- 「拙」指愚笨。譯文為 เลวทราม（鄙劣），應將其譯為 โง่เขลาขาดไหวพริบ（愚笨不靈）。

- 「貪閑愛懶無休歇」此處指向來好閒懶惰。譯文為 ละโมบยามว่างรักเกียจคร้านไม่หยุดพัก（貪＋閒時＋愛＋懶惰＋不休息），應將其譯為 แต่ไรมาเกียจคร้านไม่เอาการ（向來好閒懶惰）。

- 「混沌」此處指渾渾噩噩地，過著沒意義的生活。譯文為 สภาพโลกเริ่มแรก（地球最初始的狀態），與原意不符，應將其譯為 ใช้ชีวิตอย่างไร้ความหมาย（過著沒有意義的人生）。

- 「熬日月」指日復一日的生活。譯文為 พยายามอดทนผ่านวันเดือน（努力＋忍耐＋過＋日月），應將其譯為 ใช้ชีวิตไปวันๆ（日復一日的生活）。

- 「閑裡」此處沒有很實質上的意義，依先後文來看，此句是指忽然有一天遇到了一位真仙，譯文為 ในความว่าง（閒暇＋裡）。

- 「寒溫」即問候冷暖起居，此處指真仙與豬八戒坐下談話聊起來。譯文為 เรื่องร้อนหนาว（熱＋冷＋事情），應將其譯為 ทั้งสองนั่งลงสนทนาปราศรัย（兩人坐下對話）。

- 「有朝」指有朝一日。譯文為 มีวัน（有＋天），應將其譯為 วันหนึ่ง（有朝一日）。

- 「大限」指壽數已盡。譯文為 กำหนดใหญ่（大＋限），應將其譯為 ชะตาขาด（陽數已盡）。

- 「不喋」。「喋」通「迭」，「不喋」即「不迭」。故「悔不喋」指到時後悔就來不及了。譯文為 ไม่หลั่งไหล（不＋湧流），應將其譯為 สายเกินกาล（遲了）。

- 「天關並地闕」即天門及地門。譯文為 ความเกี่ยวข้องสวรรค์ความผิดพลาดบนปฐพี

（相關＋天堂＋地上的錯誤），與原意不符。應將其譯為 ประตูสวรรค์และนรก（天堂及地獄的門）。

- 「九轉大還丹」又稱「九轉丹」，為道家煉丹術語，指丹藥需經九次提煉而成，服後可成仙。此「九」乃虛數，為借《易經》中乾卦的極陽之數，可驅人體中的陰質，使有乾健之軀，長生不老。「轉」指煉丹的循環變化。譯文為 นวเวียนวนคืนยาอายุวัฒนะยิ่งใหญ่（九＋轉＋還＋長生藥＋偉大）。此乃中華文化專有之煉丹術語，筆者認為可將其直譯加注，或轉譯為 ยาอายุวัฒนะ（長生藥）。

- 「嬰兒妊女配陰陽，鉛汞相投分日月。離龍坎虎用調和，靈龜吸盡金烏血。」譯文為 เด็กทารก นงคราญ เหมาะสมยินหยาง ตะกั่วปรอทอาศัยกันแบ่งสุริยจันทร หลี-เสือขาว ขั่น-มังกรปรองดองกัน เต่าศักดิ์สิทธิ์ดูดสิ้นโลหิตนกกาดำทอง（嬰兒、少女（此處譯文加注釋為鉛汞）＋相配＋陰陽，鉛汞＋相依＋分＋日月，離白虎、砍龍＋和諧，靈龜＋吸盡＋烏金的血）。

元代陳政虛《上陽子金丹大要‧卷四‧上藥》曰：

> 《契秘圖》曰：離納己，為日、為火、為心、為丹砂、為龍、為汞；
> 坎納戊，為月、為水、為腎、為鉛、為虎、為氣。……我師曰：聖
> 人恐洩天機，道家以妙有真空為宗，多借喻曰朱砂、水銀、紅鉛、
> 黑汞、嬰兒、妊女、丁公、黃婆、黃芽、白雪等類，近於著實，致
> 令迷人妄亂猜度。〔註39〕

「嬰兒」、「妊女」分別為道家對鉛、汞的別稱。「離龍坎虎」，「離」、「坎」為八卦之一。離卦像龍，為神，為火；坎卦像虎，為氣，為水。龍虎相交、水火相配，則神氣凝，丹道成。〔註40〕「靈龜」及「金烏」於古代神話傳說，日有三足烏，故稱日為「金烏」。東漢‧張衡《靈憲》：「蒼龍連蜷於左，白虎猛據於右，朱雀奮翼於前，靈龜圈首於後。」〔註41〕即東青龍、西白虎、南朱雀、北玄武。故「靈龜」即「玄武」，北屬水。以上所述可簡略歸納為：「離」、「龍」、「汞」、「靈龜」為火、為陽；「坎」、「虎」、「鉛」、「金烏」為水、為陰。故以上四句詩為道家煉丹水火相濟、

〔註39〕高鶴亭主編：《中華古典氣功文庫》（北京：北京出版社，1991年），冊10，頁451，453。
〔註40〕〔明〕吳承恩著：《西遊記》，頁236。
〔註41〕〔明〕梅鼎祚：《東漢文紀‧卷十三》，文淵閣《欽定四庫全書》，第1397冊，頁0267a。

陰陽調和、修煉精氣神的概念。此為中華文化特有概念。筆者認為應將其直譯，再加注釋。

- 「三花」、「五氣」譯文為 ติรกุสุมาลย์、หน้าธาตุ（岸邊＋花，前＋元素）。หน้าธาตุ（前＋元素）應為 ห้าธาตุ（五行）之訛字，「三花」，「花」通「華」，即三才之華，分別為精、氣、神；「五氣」即五行之氣。「三才」、「五行」為中華文化特有詞彙。值得注意的是泰國將傳統醫學的「四行」概念，與中國文化的「五行」概念結合，僅限於金、木、水、火、土之五行，未有其他五行說，如五臟之概念。而「三才」一詞等文化意涵，泰文化中完全沒有。筆者認為可將「三花」音譯為「三才」，並加注釋；「五行」可將其意義為 เบญจธาตุ（五行）。

- 「功圓行滿」指修行到功德圓滿。譯文為 ผลงานกลมกล่อมดำเนินครบถ้วน（功勞＋調和＋完整），與原意不符。應將其譯為 มรรคบริบูรณ์（功德圓滿）。

- 「稱」此處指舉符節之意。譯文為 เป็น（是），應將其譯為 ถือ（持）。

- 「憲節」古代風憲官所持的符節。譯文為 ผู้ซื่อสัตย์กฎหมาย（忠於法令），應將其譯為 ตรา（符節）。

- 「風流」此為形容嫦娥仙子風雅瀟灑。譯文為 เจ้าชู้（多情、風流漢），應將其譯為 ผ่องโสภา（靚麗）。

- 「挾人魂」指嫦娥美到勾走了天蓬元帥的魂。譯文為 บีบวิญญาณคน（挾＋人＋魂），應將其譯為 งามกระชากวิญญาณ（美到勾魂）。

- 「凡心」譯文為 สามัญ（平凡），應將其譯為 จิตที่ใฝ่ในโลกีย์（思凡之心）。

- 「陪歡」譯文為 มาร่วมร้องเพลง（一起唱歌）。筆者認為此處譯者是故意避開原文的內容，故將其譯為一起唱歌。

- 「命運拙」即運氣不好。譯文為 ประสบความเลวทราม（遇到＋鄙劣），應將其譯為 โชคไม่ดี（運氣不好）。

- 「不通風」比喻被團團包圍，連風都過不了。譯文為 ลมไม่ผ่าน（風不過），應將其譯為 ถูกปิดล้อมไว้อย่างแน่นหนา（被團團地圍住）。

- 「進退無門」指陷入困境，進退無路。譯文為 เดินหน้าถอยหลังไร้ประตู（前進＋後退＋無門），應將其譯為 อับจนหนทาง（窮途末路）。

- 「問成」此處指審訊的過程完成。譯文為 ถามสำเร็จ（問＋成功），與原意不符。應將其譯為 ไต่สวนเสร็จ（審訊完）。

- 「太白李金星」譯文為 ดาราไท้ไป่หลี่จินซิง（太白李金星——音譯）

（องค์เทวดาวกฤติกา）（昴宿星君），譯文本身就互相矛盾。應將其譯為
ดาวพระศุกร์（金星）。

- 「出班」此處指太白金星走出行列上奏。譯文為 ออกจากคณะ（走出＋團隊），應將其譯為 ก้าวออกมา（走出來）。

- 「福陵山」為山名。譯文為 ใต้คีรีพระเจดีย์（佛塔山下），與原意不符，應將其音譯為 เขาหลิงฝู（山—意譯＋福陵—音譯）。

- 「圖」此處見《西遊記·第八回》：「洞裡原有個卵二姐，他見我有些武藝，招我做了家長，又喚做倒踏門。不上一年，他死了，將一洞的家當，盡歸我受用。」（8：94）卵二姐病死後，豬八戒得到了一切家產。故此處「圖」可譯為得到，譯文為 สร้าง（建），不妥。應將其譯為 ได้รับ（得到）。

- 「因有罪錯投胎」指因為有罪又投錯了胎。譯文為 สาเหตุมีความผิดพลาดมาเกิดในท้อง（原因＋有＋錯誤＋來投胎）。應將其譯為 ทำผิดซ้ำยังเกิดผิดครรภ์（犯罪了又投錯胎）

原文（19：241～242）：	譯文（19：364）：
金性剛強能剋木， 心猿降得木龍歸。 金從木順皆為一， 木戀金仁總發揮。…… 性情並喜貞元聚， 同證西方話不違。	คุณสมบัติทองคำ สามารถพิชิต ธาตุไม้ ใจว่านรยอมจำนน มังกรธาตุไม้กลับมา ทองคำตามธาตุไม้น้อม ทั้งหมดเป็นเอกภาพ ธาตุไม้อาลัยทองคำ รวมสำแดงเมตตาธรรม ... นิสัยทั้งยินดี ชุมนุมชื่อสัตย์ใหญ่ วาจาไม่ขัด ร่วมหลักฐานแดนชมพูทวีป

- 這首詩主要是說孫悟空降伏了豬八戒。譯文中完全未表達出此內容。「金」與「心猿」指孫悟空；「木」與「木龍」指豬八戒。又「貞元聚」此為《易經》四德的元、亨、利、貞，元為始，貞為終，始終相對。〔註42〕故「貞元聚」喻相對立的金木相聚，即為金的孫悟空降木龍的豬八戒。這首詩以中國文化中的五行描述了《西遊記》中的人物，若不稍加以解釋，讀者恐將無法理解原文真正要表達出的信息。但若以意譯法處理，除了顯不出詩文的奧妙之外，短短的譯文也無法解釋原文的文化內涵。故筆者認為此句詩以五行描述人物的部分，應以直譯法處理，再加注釋之。

〔註42〕〔明〕吳承恩原著；徐少知校；周中明、朱彤注：《《西遊記》校注》（臺北：里仁，民85），頁388。

原文（19：244）：	譯文（19：369）：
<u>月滿金華</u>是<u>伐毛</u>。	เดือนเต็มแสงสุวรรณ เรืองรองอวดนิดหน่อย

- 「月滿」、「金華」、「伐毛」皆指功圓果滿的境界。「金華」，「華」通「花」，即金蓮，佛菩薩的金蓮寶座，喻功圓果滿。「伐毛」指刮去毛髮，洗髓除垢，喻修行除去塵埃，脫胎換骨，功圓果滿，成仙作佛。系黃眉翁「伐毛洗髓」之典故，漢‧郭憲《武漢洞冥記》：「三千年一反骨洗髓，二千年一剝皮伐毛，吾生來已三洗髓五伐毛矣。」譯文為分別為 เดือนเต็ม（月滿）＋แสงสุวรรณ（金光）＋เรืองรองอวดนิดหน่อย（發光＋炫耀＋一點），與原意不符。因涉及典故無法完整地表達其內涵，故筆者認為應以意譯法將其譯為 ชำระกายใจให้พิสุทธิ์ มรรคบริบูรณ์ฐานบัวผุด（洗滌身心，功圓果滿蓮臺現）。

原文（19：246）：	譯文（19：372）：
<u>多瘴多魔</u>處，	สถานที่ไข้ป่ามากมารร้ายมาก
若遇<u>接天崖</u>，……	แม้ประสบเชื่อมต่อขอบฟ้า ...
<u>精靈</u>滿國城，……	ผีเปรตเต็มกำแพงเมือง ...
蒼狼為<u>主簿</u>。……	หมาป่าขาวดอกเลาเป็น<u>บรรณารักษ์</u> ...
水怪<u>前頭</u>遇。	<u>ก่อนหน้า</u>เจอปีศาจชลธาร

- 這首詩為烏巢禪師預告唐三藏西行之路的前途。從山高水長、路途險峻，歷經許多妖魔鬼怪，如獅子精、大象精等，並預知到寶象國唐僧被黃袍怪化為老虎的事件。指出取經之路，除了孫悟空這石猴、挑擔子的豬八戒之外，前頭還有水怪的沙悟淨，最後還略帶調侃了唐僧「你問那相識，他知西去路」。

- 「多瘴多魔」即諸多魔障。譯文為 ไข้ป่ามากมารร้ายมาก（瘧疾多＋魔多），與原意不符，應將其譯為 มากด้วยปีศาจมารร้าย（多妖精惡魔）。

- 「接天崖」指很高，高到像似能連得著天的山崖。譯文為 เชื่อมต่อขอบฟ้า（連接＋天邊），應將其譯為 ผาสูงเสียดฟ้า（高徹天的山崖）。

- 「精靈」指精怪。譯文為 ผีเปรต（餓鬼），應將其譯為 ภูตพราย（妖怪）。

- 「主簿」即古代主管文書簿籍及印鑑之文官。譯文為 บรรณารักษ์（圖書管理員），應將其譯為 เสมียน（文書官）。

- 「前頭」即前面。譯文為 ก่อนหน้า（之前），應將其譯為 อยู่เบื้องหน้า（在前面）。

第二十回

原文（20：248）：	譯文（20：374）：
<u>法本從心生，</u> <u>還是從心滅。</u>…… 不使他<u>顛劣</u>。	<u>ธรรมความจริงเกิดจากจิต</u> <u>จากจิตเกิดศูนยตา...</u> มิให้เขาชั่วร้ายล้มคว่ำ

- 這首禪詩為唐僧聽了烏巢禪師的教誨後，悟出的心得。謂一切萬象由心生，修行須下苦功，如牧牛般的過程，普明禪師《牧牛圖・雙泯》：「人牛不見杳無蹤，明月光含萬象空，若問其中端的意，野花芳草白叢叢。」到了人牛不見的境界，自然功圓果滿。這首詩的譯文，譯者以直譯的方式處理，並未加注解，筆者認為應加注解釋。

- 「法本從心生，還是從心滅」指一切萬物由心生，由心滅。譯文為 ธรรมความจริงเกิดจากจิต จากจิตเกิดศูนยตา（道實乃由心生，心生空無），應將其譯為 สรรพสิ่งล้วนเกิดจากใจ ดับด้วยจิต（萬物由心生，由心滅）。

- 「顛劣」即癲狂、頑劣。譯文為 ชั่วร้ายล้มคว่ำ（邪惡＋倒下），應將其譯為 คลั่ง（發狂）。

原文（20：254）：	譯文（20：382）：
<u>岸邊</u>擺柳<u>連根動</u>，…… 落蓬<u>客艇</u>盡拋錨。 途半<u>征夫</u>迷失路， 山中樵子擔難挑。 仙果林間猴子散， 奇花叢內<u>鹿兒逃</u>。 崖前<u>檜柏</u>顆顆倒。	<u>ริมหน้าผาต้นหลิวเรียงกระทั่งรากเคลื่อน ...</u> เรืออาคันตุกะลงใบล้วนทิ้งสมอเรือ ระหว่างครึ่งทางบุรุษปราบปรามหลงลืมทาง ในสิขรคนหาฟืนหาบหามทุกข์ยากลำบาก ผลไม้อมราในพุ่มพฤกษ์วานรกระจาย ในพุ่มกุสมาลย์อัศจรรย์หลบหนีกวางน้อย หน้าผาสนจีนโค่นล้มทุกๆต้น

- 「岸邊」即水邊。譯者將原文譯為「崖邊」，「岸」與「崖」字形相近，應為字形上的訛誤，筆者認為應將其譯為 ริมน้ำ（水邊）。

- 「連根動」指一整個樹根都搖動。譯文為 กระทั่งรากเคลื่อน（甚至＋根都挪動），應將其譯為 สั่นคลอนไปทั้งราก（一整個樹根搖動）。

- 「客艇」指載人渡江的船。譯文為 เรืออาคันตุกะ（客＋船），應將其譯為 เรือรับจ้าง（渡江船）。

- 「征夫」指遠行的人。譯文為 บุรุษปราบปราม（征剿＋男子），與原意不符，應將其譯為 นักเดินทาง（行人）。

- 「難挑」譯文為 หามทุกข์ยากลำบาก（挑＋困苦），應將其譯為 ยากหาม 或 หามลำบาก（不好挑）。

- 「鹿兒逃」譯文為 หลบหนีกวางน้อย（逃避小鹿），應將其譯為 กวางหลบหนี（鹿兒逃）。

- 「檜柏」。「柏」、「檜」同為柏科，但不同屬。泰文中皆合稱為 สน（松）。

原文（20：258～259）：	譯文（20：389～390）：
渾如壘卵來擊石。 烏鵲怎與鳳凰爭？…… 悟空吐霧雲迷日。 來往不禁三五回。	ยุ่งเหยิงดุจซ้อนฟองไข่มากระทบศิลา นกกาดำไฉนขันส้◯นกหงส์ นกพิราบบังอาจต่อต้านกับนกอินทรี ปีศาจนั้นพ่นวาโยฝุ่นธุลีท่วมสิขร หงอคงสำรอกหมอกธุมเมฆามาหลงตะวัน ไปมาไม่พักห้าท่าขบวนรบ

- 「渾如」譯文為 ยุ่งเหยิง（混亂）。詳見第十二回「渾如」之解說。

- 「烏鵲」即喜鵲。譯文為 นกกาดำ（烏鴉），應將其譯為 นกสาลิกาปากดำ（喜鵲）

- 「迷」此處指孫悟空噴霧遮日。譯文為 หลง（迷惑），應將其譯為 บัง（遮）。

- 「來往」譯文為 ไปมา（來＋往）。應將其譯為 รบไปได้ ...（戰了……）。

- 「不禁」即禁不起。譯文為 ไม่พัก（不停），應將其譯為 ไม่ถึง（不到）。

原文（20：259）：	譯文（20：390）：
初秉沙門立此功。	นักบวชปฐมกุม สร้างผลงานนี้

- 「初秉沙門」指八戒第一次歸入佛門建立的第一功勞。譯文為 นักบวชปฐมกุม（出家人＋出＋秉），與原意不符。應將其譯為 เข้าบวชเป็นสมณะผลงานแรก（出家後立的第一功）。

第二十二回

原文（22：273）：	譯文（22：411）：
三千弱水深。	แม่น้ำเสื่อมโทรมลึกสามพัน

- 「弱水三千」此處指河水浮力很弱。同首詩：「八百流沙界，三千弱水深，鵝毛飄不起，蘆花定底沉。」描述水很弱，連最輕的鵝毛及蘆絮都沒法承載，故名弱水。譯文為 แม่น้ำเสื่อมโทรมลึกสามพัน（衰落的河流＋深三千），與原意不符。應將其直譯，並加注釋之。

原文（22：273）：	譯文（22：411）：
手持寶杖甚崢嶸。	มือถือไม้เท้าวิเศษช่างยอดเยี่ยม

- 「崢嶸」指兇惡的樣子。譯文為 ยอดเยี่ยม（優秀），與原意不符。應將其譯為 ดุร้าย（兇惡）。

原文（22：275～276）：	譯文（22：414～415）：
豪傑人家做模樣。……	นรเศรษฐ์เป็นแบบอย่างชาวบ้าน...
五湖四海從吾撞。	ห้าทะเลสาบสี่ทะเลตามแต่ข้าชน
皆因學道蕩天涯，……	สาเหตุล้วนศึกษาธรรมปราบปรามสุดหล้าฟ้าเขียว ...
常年衣缽謹隨身，……	ปีธรรมดาครองจีวรอุ้มบาตรระมัดระวังตามตัว ...
到處閑行百餘趟。	ถึงสถานที่ว่างเดินร้อยกว่าหน ดังนั้นเพิ่งได้ประสบอมรา
因此才得遇真人，	นำเบิกมรรคผลใหญ่แสงสุวรรณสว่างไสว
引開大道金光亮。	เอาเด็กทารกก่อนนงเยาว์รับ（ปรอท）ภายหลังเอามารดาพฤกษ์
先將嬰兒妊女收，	（ปรอท）ตาเฒ่าทองคำปล่อย（ตะกั่ว）ประตูฟ้า
後把木母金公放。	（ตรงกลางสองคิ้ว）น้ำไตเข้าสระรุ่งเรือง（หลอดลมหายใจ）
明堂腎水入華池，	ธาตุเตโชในตับอาศัยหัวใจ
重樓肝火投心臟。	สามพันผลงานเต็มไหว้พระพักตร์สวรรค์ ...
三千功滿拜天顏，……	หน้าพระราชวังศักดิ์สิทธิ์นภาลัยข้าดีเลิศ ...
靈霄殿前吾稱上。……	เข้าออกตามราชสำนักข้าอยู่สูง ...
往來護駕我當先，	ข้ามือพลาดทำกระจกหยกทิพย์แตก...
出入隨朝予在上。……	ข้ามคณะกราบทูลปล่อยตัวข้า
失手打破玉玻璃，……	อภัยโทษตายคืนชีพมิตรวจนับลงทัณฑ์
越班啟奏將吾放。	เวลาอิ่มขนแค้นอยู่ในคงคา...
饒死回生不點刑，……	ไปๆ มาๆ กินคนมาก พลิกๆคว่ำๆ ไข้ป่าทำร้ายชีวิต
飽時困臥此河中，……	
來來往往喫人多，	
翻翻覆覆傷生瘴。	

- 「豪傑」與前句「英雄」對仗，譯文為 นรเศรษฐ์（完人），應將其譯為 ผู้กล้า（英雄）。
- 「撞」即闖。且與前句「行」對仗。譯文為 ชน（撞），應將其譯為 ลุย（闖蕩）。
- 「因」此為介詞，指為了。譯文為 สาเหตุ（緣由），應將其譯為 ด้วย（為了）。
- 「蕩」此處指四處行走。譯文為 ปราบปราม（征剿），應將其譯為 ท่อง（游走）。
- 「常年」指長期。譯文為 ปีธรรมดา（年＋一般），應將其譯為 นานปี（長年）或 มาตลอด（向來、一直以來）。
- 「到處閑行」譯文為 ถึงสถานที่ว่างเดิน（到＋地方＋空閒＋走），應將其譯為 สัญจรไปทั่ว（到處行走）。

- 「引開」即指引。譯文為 นำเบิก（引＋開闢），應將其譯為 ชี้นำ（指引）。
- 「先將嬰兒妊女收，後把木母金公放。明堂腎水入華池，重樓肝火投心臟。」此段詩文闡述了，沙悟淨雲遊四海，終遇真人，得授修仙、煉丹之法，打通經脈、水火相濟，最後修成仙，參見玉帝。此處譯者皆以直譯處理，在注釋部分僅介紹「嬰兒」、「妊女」、「木母」、「金公」為道教煉丹修行的術語。筆者認為應將這段詩文大意，在注釋部分簡略地介紹。
- 「功」譯文為 ผลงาน（作品、功勞），應將其譯為 มรรค（功果）。
- 「天顏」指玉皇大帝。譯文為 พระพักตร์สวรรค์（天＋顏），應將其譯為 องค์เง็กเซียน（玉皇大帝）。
- 「上」與前句的「尊」對仗，譯文為 ดีเลิศ（優秀），應將其與前句詩併譯。
- 「上」此與「先」對仗，譯文為 สูง（高），應將其譯為 ด้านหน้า（前面）。
- 「玉玻璃」指綠色的玻璃杯。譯文為 กระจกหยกทิพย์（玉寶鏡），此處有意思的是，泰語中的 กระจก 有兩個義項，一個是指玻璃窗的「玻璃」，另一個是指「鏡子」，而漢語的「玻璃」在泰語的義項只有一個，那就是玻璃杯的「玻璃」。應是譯者將義項混淆了，故將玻璃譯為鏡子。而更有意思的是此處「玻璃」與「杯子」的泰文是完全一樣的，若是按照字面上的字直譯，恐怕讀者會看不懂。對於此處的解決方法，1906 年譯本將其譯為 คนโทแก้วเจียระไน（雕琢的玻璃壺）。故筆者認為應將其譯為 จอกแก้ววิเศษ（寶＋酒杯）。因為是在宴會中，神仙們都喝著瓊漿玉液，所以將其譯為酒杯會比較妥當的。
- 「越班」譯文為 ข้ามคณะ（超越＋團隊），與「出班」概念相同，詳見第十九回「出班」之解說。
- 「點刑」譯文為 ตรวจนับลงทัณฑ์（點數＋懲罰），應將其譯為 โดนโทษประหาร（受死刑）。
- 「困」通「睏」，指睡覺。譯文為 ขันแค้น（困苦），應將其譯為 หลับ（睡）。
- 「來來往往」與「翻翻覆覆」對仗，指一次又一次的重複。譯文分別譯為 ไปๆมาๆ（來來去去）或 พลิกๆคว่ำๆ（翻翻＋覆覆），與原意不符，應將其譯為 ครั้งแล้วครั้งเล่า（一次又一次）。
- 「傷生瘴」與前句的「喫人多」對仗，指殺害生靈，直到怨氣像毒瘴般瀰漫了一整個磁場。譯文為 ไข้ป่าทำร้ายชีวิต（瘧疾傷害性命）。

原文（22：278～279）：	譯文（22：419～420）：
本是月裡梭羅派。……	ความจริงเป็นพรรครวบรวมกระสวยในดวงจันทร์ ...
名稱寶杖善降妖，……	เรียกชื่อว่าไม้เท้าวิเศษยินดีพิชิตมาร ...
只因官拜大將軍，……	สาเหตุรับตำแหน่งแม่ทัพใหญ่ ...
要細要粗憑意態。……	ต้องการละเอียด-หยาบตามสภาวะจิต...
值殿曾經眾聖參，……	อยู่เวรประจำยามพระราชวังเหล่าผู้วิเศษเข้าร่วม
任意縱橫遊海外。	ม้วนมู่ลี่เคยเห็นเทพอมราไหว้นมัสการ...
	ตามใจผาดโผนเที่ยวเตร็ดเตร่นอกทะเล

- 「梭羅派」，「梭羅」同「娑羅」，來自梵語譯音。為一種植物，原產於印度、東南亞地區學名 Shorea robusta。北魏・賈思勰《齊民要術・娑羅》：「盛弘之《荊州記》曰：『巴陵縣南有寺，僧房床下，忽生一木，……有外國沙門見之，名為娑羅也。』」〔註43〕後來又附會為月中桂樹。宋代歐陽修〈定力院七葉木〉詩曰：「伊、洛多佳木，娑羅舊得名。常於佛家見，宜在月中生。」〔註44〕宋代洪邁《容齋四筆・卷6・娑羅樹》：「世俗多指言月中桂為娑羅樹，不知所起。」〔註45〕故此處「梭羅」指「娑羅」。「派」指樹枝。而譯文為 พรรครวบรวมกระสวย（黨派收集梭子），與原意不符，應將其譯為 กิ่งสาละ（娑羅枝）。
- 「善」即善於、擅長。譯文為 ยินดี（願意），應將其譯為 ชาญ（擅長）。
- 「細」、「粗」譯文為 ละเอียด-หยาบ（粗—細），應將其譯為 เล็ก-ใหญ่（大小）。
- 「參」與「拜」對仗，指參拜。譯文為 เข้าร่วม（參加），應將其譯為 ไหว้（拜）。
- 「海外」此處指雲遊四海。譯文為 นอกทะเล（海的外邊），應將其譯為 ท่องไปทั่ว（各處）。

原文（22：281）：	譯文（22：424）：
五行匹配合天真，……	ปัญจกาญจนาประสมจิตผ่องใส...
金來歸性還同類，	ทองคำโลวัฒมายังประเภทเดียวกัน
木去求情共復淪。	พฤกษชาติไปขอความกรุณากลับร่วมเร่ร่อน

- 「五行」譯文為 ปัญจกาญจนา（五金），應將其譯為 เบญจธาตุ（五行）。

〔註43〕齊豫生、夏於全主編：《齊民要術》（長春：北方婦女兒童出版社，2006年），頁142。

〔註44〕北京大學古文獻研究所著作：《全宋詩》，冊6，頁3712。

〔註45〕夏于全主編：《容齋隨筆》第5卷（內蒙古大學出版社，2002年），頁962。

- 「金」此處指孫悟空。譯文為 ทองคำ（黃金），應將其譯為 หงอคง（悟空）。
- 「木」此處指觀音菩薩大徒弟惠岸行者「木叉」。譯文為 พฤกษชาติ（樹木），應將其譯為 เทพมู่ซา（木叉＋神）。
- 「共復淪」指唐僧師徒們上船共渡洪波。譯文為 กลับร่วมเร่ร่อน（回＋共＋流浪），應將其譯為 ข้ามฟาก（渡河）。

第二十三回

原文（23：290）：	譯文（23：435～436）：
春裁<u>方勝</u>著新羅，	วสันตฤดูตัด（ผ้า）<u>ประดับดีกว่าผ้าแพรไหม</u>
夏換輕紗賞綠荷；	คิมหันตฤดูเปลี่ยนผ้าโปร่งชมดอกกมลเขียวขจี
秋有<u>新篘</u>香糯酒，	สารทฤดูมี<u>หญ้าแห้งใหม่</u>สุราข้าวเหนียวหอม
冬來<u>暖閣</u>醉顏酡。	เหมันตฤดูมา<u>หออบอุ่น</u>เมาหน้าแดง

- 「方勝」指兩個菱形疊成的圖案，在古代民間象徵同心。此為中國文化特有習俗，筆者認為應以直譯方法處理，再加注釋說明。譯文為 ประดับดีกว่า（裝飾＋比較好）。
- 「新篘」指剛濾好的酒。譯文為 หญ้าแห้งใหม่（新乾草），應將其譯為 เหล้ากรองใหม่（新濾酒）。
- 「暖閣」指設爐取暖的小房間。譯文為 หออบอุ่น（溫暖的樓閣），泰國人可能無法想象到，中國古代建築尤其北方，多設暖閣以禦寒。故筆者認為應在此處加注釋。

原文（23：290）：	譯文（23：436）：
<u>推倒從前恩愛堂</u>。	<u>ผลักลงกาลก่อนห้องโถง รักใคร่ซึ่งกันและกัน</u>
<u>外物不生閒口舌</u>，	<u>วัตถุภาย นอกมีเกิด</u> มีปากเสียงสงบเงียบ
身中自有<u>好陰陽</u>。	ภายในร่างกาย ย่อม<u>ดีมีอินหยาง</u>
<u>功完行滿朝金闕</u>，	<u>ผลงานสิ้นสุดดำเนินครบ เข้าเฝ้าพระราชวังกาญจนา</u>
見性明心返<u>故鄉</u>。	เห็นธาตุจิตแจ่มแจ้ง กลับ<u>หมู่บ้านเดิม</u>
<u>勝似</u>在家貪血食。	<u>เสมือนเหนือกว่า</u> อยู่บ้านละโมบกินเลือด

- 此句詩為唐僧拒絕賈夫人的誘惑，「推倒從前恩愛堂」指捨棄了人間的夫妻恩愛。譯文為 ผลักลงกาลก่อนห้องโถง รักใคร่ซึ่งกันและกัน（推下＋以前＋廳堂＋恩愛），應將其譯為 สละซึ่งความรักฉันหญิง-ชาย（捨棄了男女之情）。
- 「外物不生閒口舌」指不受外物的誘惑，並且修口德，不講閒話。譯文為

วัตถุภายนอกมีเกิด มีปากเสียงสงบเงียบ（外在＋有生＋發生口角＋安靜）。應將其
譯為 ไม่หลงในสิ่งภายนอก ไม่พูดนินทา（不迷外物＋不說是非）。

- 「好陰陽」此為佛教認為人體中有兩個「我」的概念，即真我與假我，假
  即肉體為陰，真即佛性為陽。此處的「好」與下句「功完行滿朝金闕，見
  性明心返故鄉」相應，指人體是好的，修行至功圓果滿就能上天堂。譯文
  為 ดี ... อินหยาง（好……陰陽），應將其譯為 อิน-หยางสองอัตตา 或 ทวิอัตตา（陰
  陽兩我）。

- 「功完」此處指功德圓滿。譯文為 ผลงานสิ้นสุด（功勞＋結束），應將其譯為
  บุญกุศลครบถ้วน（功德）。

- 「故鄉」佛教認為人本是佛，只因下凡塵迷戀紅塵，若能修行功圓果滿，
  自能回到天上、理天。譯文為 หมู่บ้านเดิม（故＋村），應將其譯為 ฟ้า（天上）
  或 แดนนิพพาน（理天）。

- 「勝似」即勝過。譯文為 เสมือนเหนือกว่า（似＋超過），應將其譯為 ดีกว่า（勝
  過）。

原文（23：296）：	譯文（23：444）：
從來信有<u>周公禮</u>。	แต่ไหนแต่ไรมาเชื่อ<u>ขนบธรรมเนียมโจวกง</u>

- 「周公禮」即「周公之禮」，指周公制定禮儀之時，為男女婚嫁制定了「婚
  義七禮」，可詳見《禮記・昏義》。後為中國文化中對男女婚嫁、夫妻同房
  的一種委婉說法。譯文以直譯方式處理，無法完整地將原文中的文化內涵
  表達出，故筆者認為應加注釋說明。

第二十五回

原文（25：313）：	譯文（25：468）：
悟空斷送<u>草還丹</u>。	หงอคงตัดขาดดิณชาติ คืนอายุวัฒนะ

- 「草還丹」即人參果。譯文為 ดิณชาติ คืนอายุวัฒนะ（草＋還＋長生），應將其
  音譯為 ผลเหรินเซิน（人參果）或意義為 หมากายุวัฒนะ（長生果）。

第二十六回

原文（26：325）：	譯文（26：485）：
<u>處世須存心上刃，</u> <u>修身切記寸邊而</u>。 常言刃字為<u>生意</u>，	<u>การปฏิบัติตัวในสังคม ควรมีจิตอยู่บนคมมีด</u> <u>ฝึกฝนตนรักษาธรรม ต้องจดจำขอบเขตบ้างเท่านั้น</u> คำสามัญอักษรคมมีดเป็น<u>อาชีพ</u> แต่ต้องคิดทบทวนสามตลบ

但要三思戒<u>怒欺</u>。……	มีศีลเว้นการ<u>โกรธโลภหลง</u> ...
究竟終成<u>空與非</u>。	ในที่สุดกลายเป็น<u>ศูนยตากับมิจฉา</u>

- 「處世須存心上刃,修身切記寸邊而」此為拆字謎「心上刃」即「忍」;「寸邊而」即「耐」。指為人處世及修行皆須忍耐。譯文為 การปฏิบัติตัวในสังคม ควรมีจิตอยู่บนคมมีด ฝึกฝนตนรักษาธรรม ต้องจดจำขอบเขตบ้างเท่านั้น (為人處世應+存心於刃上,修身護法+切記+要有分寸+而已)。筆者認為此處應直接譯為 อดทน (忍耐)。
- 「生意」此處指生存之道。譯文為 อาชีพ(職業),應將其譯為 หลักแห่งการดำรงตน (立身處世的原則)。
- 「怒欺」指發怒及欺騙、欺負他人的行為。譯文為 โกรธโลภหลง (嗔貪癡),應將其譯為 โกรธามุสา (嗔+說謊)。
- 「空與非」譯文為 ศูนยตากับมิจฉา (空與邪惡),應將其譯為 ศูนยตา (空)。

原文(26:327):	譯文(26:487):
<u>蓬萊</u>分合鎮波濤。	<u>เกาะเมืองแมน</u>ตั้งมั่นแบ่งรวมลูกคลื่น
瑤臺<u>影蘸</u>天心冷,……	ปราสาทหยก<u>เงาจิ้ม</u>ใจสวรรค์เยือกเย็น ...
五色煙霞含<u>玉籟</u>,	ควันเมฆเบญจวรรณผสม<u>ขลุ่ยหยก</u>
九霄星月射<u>金鰲</u>。	ฟ้าสูงลิบจันทราดาราส่อง<u>เป็ดทอง</u>
西池<u>王母</u>常來此,	<u>พระนางเจ้าเทพินทร์</u>สระทิศประจิมมาเสมอ
奉祝三仙<u>幾次</u>桃。	ถวายอวยพรอมราผลท้อ<u>กี่ครา</u>

- 「蓬萊」即神話傳說中的仙島。由於文化不同的因素,使譯者將其轉譯為 เกาะเมืองแมน (神島)。
- 「影蘸」與後句「光浮」對仗,指瑤臺的影子反射在海面上。譯文為 เงาจิ้ม (影子+蘸),應將其譯為 เงาสะท้อน (反射)。
- 「玉籟」指美妙的聲音。譯文為 ขลุ่ยหยก (玉簫)。應將其譯為 เสียงบรรเลงจากสรวงสวรรค์ (天籟之音)。
- 「金鰲」亦作「金鼇」,為中國神話中的金色神龜。譯文為 เป็ดทอง (金鴨)。應將其譯為 เต่าทอง (金龜)。
- 「王母」即西王母,譯者將其譯為 พระนางเจ้าเทพินทร์,พระนางเจ้า 意為王后,เทพินทร์ 意為眾神之首,來自梵文的 เทว (神)+อินทร (因陀羅),應將其譯為 เทวี (女神) 或 เทวีเจ้าแดนประจิม (西方女神)。
- 「幾次」指好多次。譯文為 กี่ครา (多少次),應將其譯為 หลายครา (幾次)。

原文（26：330～331）：	譯文（26：493）：
方丈巍峨別是天，……	วัดสมภารสูงตระหง่านต่างจากฟ้า ...
紫臺光照三清路，……	ปราสาทมงคลประภาสส่องทางตีณิโสเจยยานิ ...
金鳳自多槃蕊闕，	สุวรรณหงส์ย่อมมากเกสรในอ่างพระราชวัง
玉膏誰逼灌芝田？	ไขมันบริสุทธิ์ใครบีบรดที่นาหอม ?
碧桃紫李新成熟。	ผลท้อมรกตหลี่สีม่วงสุกใหม่

- 「方丈」此處指中國神話中的神山。見《史記‧秦始皇本紀》。譯文為 วัดสมภาร（方丈＋寺廟），應將其音譯為 เขาฟั่งจ้าง（山─意譯＋方丈─音譯）。

- 「別」此處指高徹云天。譯文為 ต่างจาก（別於），應將其譯為 สูงเสียดฟ้า（高徹天）。

- 「紫臺」指神仙所居。譯文為 ปราสาทมงคล（吉祥＋宮殿），應將其譯為 เทพพิมาน（仙宮）。

- 「槃蕊闕」指盤旋著仙宮。「槃」通「盤」，即盤旋。「蕊宮珠闕」指仙宮。譯文為 เกสรในอ่างพระราชวัง（皇宮盆裡的花蕊），與原意不符，應將其譯為 รายพิมาน（盤旋著仙宮）。

- 「玉膏」指玉脂芝，即生於有玉之山的靈芝。「芝田」指傳說中仙人種植芝卓的地方。《文選‧洛神賦》：「爾迺稅駕乎蘅皋，秣駟乎芝田。」「玉膏」典出《抱朴子‧內篇‧仙藥》：「玉脂芝，生於有玉之山，常居懸危之處，玉膏流出，萬年已上，則凝而成芝，有似鳥獸之形，色無常彩，率多似山玄水蒼玉也。」譯文為 ไขมันบริสุทธิ์ใครบีบรดที่นาหอม（純＋脂肪＋誰＋逼迫＋澆灌＋香田），應將其譯為 หลินจือแห่งคีรีหยกขาว（白玉山之林芝）。

- 「碧」指青綠色。譯文為 มรกต（祖母綠），應是譯者欲呈現出碧色的美感，故將其色寄託於碧綠的祖母綠。

原文（26：331）：	譯文（26：494）：
福如東海壽如山，……	บุญกุศลดั่งทะเลบูรพาอายุยืนดั่งขุนเขา ...
壺隱洞天不老丹，	ยาอายุวัฒนะซ่อนเร้นในน้ำเต้าถ้ำสวรรค์
腰懸與日長生篆。……	เอวแขวนสายเชือกอมตะร่วมสุริยา ...
煙霞第一神仙眷。	ควันเมฆายามเย็นลำดับหนึ่งญาติเทพยดา

- 「福」指福氣。譯文為 บุญกุศล（功德），應將其譯為 วาสนา（福報）

- 「洞天不老丹」指神仙的長生不老丹。譯文為 ยาอายุวัฒนะ...ถ้ำสวรรค์（長生

丹……洞天），應將其譯為 ยาอายุวัฒนะของเซียน（仙人長生丹）。

- 「與日長生篆」指刻有「與日長生」的印信，譯文為 สายเชือกอมตะร่วมสุริยา（繩＋長生＋與日），與原意不符，應將其譯為 ตราสลัก"อายุเทียมสุริยา"（刻有「與日長生」的印信）。

- 「煙霞」此處指天上、仙界。譯文為 ควันเมฆยามเย็น（下午＋煙雲），應將其譯為 แดนสรวง（仙界）。

原文（26：332）：	譯文（26：496）：
珠樹<u>玲瓏</u>照<u>紫煙</u>。	ต้นพฤกษ์เพชรหยกดังหลิงหลงส่องควันมงคล

- 「玲瓏」指明亮的樣子。譯文音譯為 หลิงหลง。應將其譯為 สุกสกาว（亮晶晶）。

- 「紫煙」指紫色的瑞雲。譯文為 ควันมงคล（祥＋煙），應將其譯為 เมฆมงคล（祥雲）。

原文（26：333）：	譯文（26：497）：
大聖訪仙求妙<u>訣</u>。…… <u>瀛洲九老</u>來相接。	ผู้วิเศษยิ่งใหญ่เยือนอมราแสวงหา<u>คาถา</u>อัศจรรย์ ... <u>เกาะเมืองแมน</u>เก้าผู้เฒ่ามาต้อนรับ

- 「訣」指訣竅。譯文為 คาถา（咒語），應將其譯為 วิธี（方法）。

- 「瀛洲」即神話傳說中的仙島。由於文化不同的因素，使譯者將其轉譯為 เกาะเมืองแมน（神島）。

- 「九老」此處指諸老，「九」乃虛數，表示多。譯文為 เก้าผู้เฒ่า（九老），應將其譯為 ผู้เฒ่าทั้งหลาย（諸老）。

原文（26：333）：	譯文（26：498）：
<u>海主</u>城高瑞氣濃。	<u>จ้าวพญามังกร</u>กำแพงสูง บรรยากาศมงคลหนาแน่น

- 「海主」此處指南海觀音。譯文為 จ้าวพญามังกร（龍王），應將其譯為 กวนอิมแห่งทะเลใต้（南海觀音）。

原文（26：335）：	譯文（26：500）：
過去劫逢<u>無垢佛</u>。	ผ่านชั่วกัปชั่วกัลป์ไปประสบ<u>พระพุทธเจ้าบริสุทธิ์</u>

- 「無垢佛」即如來佛。譯文為 พระพุทธเจ้าบริสุทธิ์（純潔佛），應將其譯為 พระยูไล（如來佛）。

原文（26：336）：	譯文（26：503）：
自今會<u>服</u>人參果， 儘是長生不老仙。	มาบัดนี้ชุมนุม<u>ปรนนิบัติ</u>ผลโสมคน

- 「服」此處指吃、食用。譯文為 ปรนนิบัติ（服侍），應將其譯為 กิน 或 ทาน（吃、食）。

第二十七回

原文（27：340）：	譯文（27：507）：
湘裙斜拽顯金蓮。	กระโปรงเชียงธาราลาดเอียงประจักษ์กมลทอง（เท้าสตรี）

- 「湘裙」指湘地絲製成的女裙，泛指女子的裙子。譯文為 กระโปรงเชียงธารา（湘水＋裙子），應將其譯為 กระโปรง（裙子）。

原文（27：346）：	譯文（27：516）：
耳中鳴玉磬，	ในหูได้ยินขันระฆังหยก
眼裡幌金星。	ภายในนัยน์ตาหน้ากากดาราสุวรรณ

- 「鳴玉磬」指耳鳴似聞玉磬擊打聲。譯文為 ขันระฆังหยก（鳴＋玉鐘），應將其譯為 ตีกังสดาลหยก（擊打玉磬）。詳見第四回「磬」之解說。
- 「幌金星」指眼花時似出現了星點。譯文為 หน้ากากดาราสุวรรณ（面具＋金＋星），應將其譯為 เนตรพร่ามัวดั่งดาวมาประกาย（眼散若星發光）。

第二十八回

原文（28：351～352）：	譯文（28：523～524）：
可恨二郎將我滅，	พอที่จะเดือดดาลเทพเจ้าเล็กเอาคนข่มเหง ...
堪嗔小聖把人欺。……	หุบเขาทิศใต้กวางสมันหมูป่าไร้เงาทอดทิ้ง ...
南谷獐犯沒影遺。……	ทรายครามแปร เปลี่ยนเป็นดินเลนกอง
碧砂化作一堆泥。	นอกถ้ำสนสูงล้วนเอนเอียงล้มคว่ำ
洞外喬松皆倚倒，	หน้าผาต้นสนจีนเขียวขจีเบาบางสิ้น ต้นสวรรค์จีน ฉำฉา สนจีน
崖前翠柏盡稀少。	เกาลัด จันทน์เผาเกรียม ...
椿杉槐檜栗檀焦，……	ผลทับทิมสิ้นไร้ใบหม่อน เลี้ยงตัวไหมได้อย่างไร ? ...
柘絕桑無怎養蠶？……	หน้าผาดินดำมิได้มีดอกกล้วยไม้
崖前土黑沒芝蘭，……	ข้างฯ...งดินเลนเถาวัลย์แดงพื้นหญ้าปีนป่ายเลื้อยลาม ...
豹嫌蟒惡傾頹所，	เสือดาวเกลียวชังงูเหลือมดุร้ายสถานที่ล้มคว่ำเสื่อมโทรม
鶴避蛇回敗壞間。	นกกระเรียนเลี่ยงงูระหว่างเสียหายกลับปราชัย

- 「堪」與前句「可恨」對仗，譯文為 พอที่จะ（可以）。其譯文應與前句對應，應將其譯為 น่า（โกรธ）（可（恨））。
- 「獐」為鹿科空齒鹿亞科獐屬動物，原產地在中國東部及朝鮮半島的少部

分，現存數量不多，為中國保護動物之一，泰國沒有。〔註 46〕而譯文為 กวางสมัน（熊氏鹿，學名：Rucervus schomburgki），即泰國中部特有的一種鹿科鹿科屬動物，現今已滅絕。此為詞義對等轉換之轉譯法。

- 「碧」指青綠色。譯文為 คราม（指蓼藍樹提煉出的藍色）。其原因為此處的「碧」與前句的「青」對仗。而「青」與「碧」皆指青綠色，中文表綠色詞彙有多個，但泰語中能表綠色的詞彙只有 เขียว，故譯者欲避開與上句有重複的譯文，故將其譯為藍色。

- 「松」跟「柏」屬於不同科的植物，分別為松科（學名：Pinaceae）及柏科（學名：Cupressaceae），而此二科植物的分佈，松科主要分佈在北半球，泰國為熱帶氣候國家，故沒有此科植物，而柏科則分佈在全球。從形狀特徵上看，二科有雷同之處，為四季「綠綠的」、「高高的」。對於一般泰國人的認知，視「松」與「柏」為同一物，再加上泰國的科學界將此二科譯名為「松柏科（松柏同詞）」+「其科形狀特徵」。松科為 วงศ์สนเขา（山＋松科）、柏科則為 วงศ์สนแผง（片型＋柏科），由於此二科學名將「松」與「柏」譯名以歸化形式將其譯為同一詞，故譯者將其歸化形式合譯為 ต้นสน（松柏科）。

- 「椿」指棟科香椿屬的植物，學名為 Toona sinensis（Juss.）M. Roem.。譯文為 ต้นสวรรค์จีน（中國＋天＋樹），此譯文應為譯者參考了楊漢川編譯的《現代漢泰辭典》而來的。與原意不符，泰語沒有直接對應的泰文植物名，筆者認為應將其譯為同科同屬的 ต้นยมหอม（學名：Toona ciliata M. Roem.）或音譯為 ต้นเชียงชุน（香椿樹）。

- 「杉」為杉科杉屬的植物，原產於中國及越南。木質輕，耐朽，多為建築、製器具用。譯文為 ฉำฉา（雨樹，學名 Samanea saman（Jacq.）Merr.），其木質輕，紋路漂亮，多做家具。應為譯文取多做家具的概念而轉譯。

- 「槐」為豆科槐樹屬的植物。泰語中沒有對於的詞彙，譯文為 สนจีน（中國松柏），應是同句中的「椿」、「杉」皆為松柏科植物，故將「槐」歸類為松柏科植物。筆者認為應將其音譯為 ต้นฮวาย（槐樹）。

- 「柘」為桑科柘樹屬植物，亦與「桑」對仗，譯文為 ผลทับทิม（石榴），與原意不符，應將其與「桑」合譯。

〔註 46〕文圖／陳彥君、劉克竑、屈慧麗：〈考古新發現——小型鹿「獐」曾活躍於臺灣〉，國立自然科學博物館館訊第 355 期。

- 「芝蘭」即芝、蘭為兩種香草。「芝」即白芷學名 Dahurian angelica，泰語為 โกฐสอ，為進口草藥，除了中醫界，泰國傳統醫師亦常將其入製藥配方中；而對於「蘭」的定義，從周建忠〈蘭花栽種歷史考述兼釋《楚辭》之「蘭」〉〔註47〕及蘆笛〈何謂「芝蘭」？〉〔註48〕指出對於「蘭」的定義大致可分為三種：一為菊科的澤蘭屬植物（Eupatorium spp.），二為蘭屬植物（Cymbidium spp.），三則認為二者兼有。澤蘭屬植物原生於北半球的溫帶區域，熱帶區的泰國沒有，而是有蘭屬的蘭花。以上種種指出「芝」與菊科的澤蘭的分佈區不在泰國，對於「芝」的認知，也只局限在醫藥治療方面，非一般人普遍認知，故譯者將「芝蘭」合譯為 กล้วยไม้（蘭屬的蘭花）。
- 「惡」與「嫌」對仗，指討厭。譯文為 ดุร้าย（兇惡），應將其譯為 เกลียดชัง（討厭）。
- 「回」與「避」對仗，指迴避、避開。譯文未譯出，並將其譯為鶴迴避蛇，應將其譯為 หลบเลี่ยง（避開）。
- 「敗壞間」與前句「傾頹所」對仗，譯文為 ระหว่างเสียหายกลับปราชัย（損壞卻勝利間），不妥。應與「傾頹所」合譯。

原文（28：353～354）：	譯文（28：526）：
<u>胯</u>掛<u>寶雕弓</u>。	<u>ขี่คร่อม</u>แขวน<u>เกาทัณฑ์อีแร้ง</u>
人似<u>搜山虎</u>，……	วิเศษคนเสมือน<u>ค้นหาพยัคฆ์ภูเขา</u>...
滿膀<u>架</u>其鷹。……	แขนท่อนบน<u>มีโครงไม้</u>นกเหยี่ยว ...
帶定<u>海東青</u>。	เส้นเขตแน่นอน<u>ทะเลบูรพาเขียวใส</u>

- 「胯」此處為名詞，指腰間。譯文為 ขี่คร่อม（跨上），應將其譯為 เอว（腰）。
- 「雕弓」指刻有花紋、精美的弓。譯文為 เกาทัณฑ์อีแร้ง（弓＋鷲），應將其譯為 คันศร（弓）。
- 「搜山虎」譯文為 ค้นหาพยัคฆ์ภูเขา（搜尋＋山虎），應將其譯為 พยัคฆ์ตระเวนเขา（巡山虎）。
- 「架」此為動詞，指肩上架著鷹。譯文為 มีโครงไม้（有木架），應將其譯為 เกาะ（棲著）。

〔註47〕周建忠：〈蘭花栽種歷史考述兼釋《楚辭》之「蘭」〉《雲夢學刊》，1998 年，03 期，頁 1～4。

〔註48〕蘆笛：〈何謂「芝蘭」？〉《中華科技史學會學刊》，2015 年，20 期，頁 90～92。

- 「海東青」為一種產自遼東的體青雕類鳥。譯文為 ทะเลบูรพาเขียวใส（東海＋青＋清澈），應將其譯為 แร้งเขียว（青雕）。

原文（28：354）：	譯文（28：527）：
不辨賢愚血染<u>沙</u>。	มิแยกแยะเมธาโง่เขลาโลหิตเปื้อน<u>หาย</u>

- 「沙」譯文為 หาย（失、不見），應將其譯為 ทราย（沙）。

原文（28：360）：	譯文（28：536）：
黃金鎧甲亮光<u>饒</u>。 裹肚襯腰�sú 石<u>帶</u>， 攀胸勒甲<u>步雲縧</u>。…… <u>執定</u>追魂取命刀。 <u>要知此物</u>名和姓。	เสื้อเกราะทองคำแสงสว่าง<u>เวียนวน</u> หุ้มท้องหนุนเอวด้วยเปลือกหอยใหญ่ ตะกายบนอกรัดเกราะไหมถัก<u>ก้าวเท้าเมฆินทร์</u> ... <u>ยึดมั่นเสา</u>สยบวิญญาณมีดดาบเอาชีวิต <u>ต้องการสิ่งของ</u>มีชื่อกับแซ่

- 「饒」此處指黃金製的鎧甲散發出輝煌的光芒。譯文為 เวียนวน（繞），應將其譯為 เรืองรอง（輝煌）。
- 「帶」即帶子。譯文未譯出，應將其譯為 สายรัด（帶子）。
- 「步雲縧」指一種有雲形紋的絲帶。譯文為 ก้าวเท้าเมฆินทร์（邁步＋雲），應將其譯為 สายรัดทอไหมปักลายเมฆ（絲帶繡雲紋）。
- 「執定」此處指穩穩地拿著大刀。譯文為 ยึดมั่นเสา（持守＋柱子），應將其譯為 กุม ...ไว้แม่นมั่น（穩穩握著）。
- 「要知此物」譯文為 ต้องการสิ่งของ（要＋物），應將其譯為 ใครรู้... สิ่งนี้（欲知此物）。

第二十九回

原文（29：370）：	譯文（29：552）：
<u>氤氳</u>瑞氣出京城。	<u>บรรยากาศอบอุ่น</u>กรุ่นฟ้าออกจากพระนคร

- 「氤氳」形容雲氣瀰漫的樣子。譯文為 บรรยากาศอบอุ่น（溫暖氣氛），應將其譯為 เมฆหนาฟุ้ง（雲氣瀰漫）。

第三十回

原文（30：379）：	譯文（30：564）：
今宵化虎災<u>難</u>脫。	รัตติกาลนี้แปลงเสือหลุดรอด<u>ภัยพิบัติ</u>

- 「難」此處指災劫難脫。譯文為 ภัยพิบัติ（災難），應將其譯為 ยาก（難）。

原文（30：381）：	譯文（30：567）：
意馬心猿都失散，	ใจทุรนทุรายล้วนปราชัย
金公木母盡凋零。	พลังลมปราณทรุดโทรมหมดเรี่ยวแรง
黃婆傷損通分別，	แม่เฒ่าเป็นภัยแตกต่างกันทั้งสิ้น
道義消疏怎得成！	มรรคบุญกระจายห่างไฉนได้สำเร็จ

- 「意馬心猿都失散」指白馬與孫悟空失散開來。譯文為 ใจทุรนทุรายล้วนปราชัย（心掙扎皆失敗），應將其譯為 อาชาเสตตหงอคงพลัดแยกจาก（白馬、悟空皆失散）。

- 「金公木母」指孫悟空與豬八戒。譯文為 พลังลมปราณ（氣），應將其譯為 หงอคงโป๊ยก่าย（悟空＋八戒）。

- 「黃婆」此處指唐僧。譯文為 แม่เฒ่า（年老的女性），應將其譯為 ซำจั๋ง（三藏）。

- 「分別」此處指與其他人分散了。譯文為 แตกต่างกัน（有區別），應將其譯為 พลัดฝูง（與團隊失散）。

- 「道義」此處指取經團隊的成員。譯文為 มรรคบุญ（功果），應將其譯為 คณะอาราธนาพระไตรปิฎก（取經成員）。

第三十二回

原文（32：402）：	譯文（32：597）：
尋窮天下無名水，	แสวงหาธาราไร้ชื่อ
歷遍人間不到山。	ทั่วหล้าใต้ฟ้า เที่ยวผ่านในแดนมนุษย์มิถึงสิงขร
逐逐煙波重疊疊，	ขับไล่ขับไล่ควันกระแสคลื่นประกบทับซ้อน
幾時能彀此身閑？」	เวลาใดสามารถพอเพียงกายเลี่ยงรับความสงบเงียบ?

- 「無名水」、「不到山」即偏僻到不知道名的水、偏遠到一般人走不到的山，此為形容歷經千山萬水。譯文直譯為 ธาราไร้ชื่อ（無名的水）、มิถึงสิงขร（不到山）。此處應意譯，或直譯加注釋之。

- 「逐逐煙波重疊疊」指經過一條條的水、一座座的山，形容取經經之路要渡過千山萬水的艱辛。譯文為 ขับไล่ขับไล่ควันกระแสคลื่นประกบทับซ้อน（驅逐＋驅逐＋煙＋水波＋重疊），應將其譯為 ต้องก้าวข้ามพันนทีหมื่นบรรพต（要經過千山萬水）。

- 「幾時能彀此身閑」，「彀」同「夠」、「閑」通「閒」。譯文為 เวลาใดสามารถพอเพียงกายเลี่ยงรับความสงบเงียบ（何時＋能＋足夠＋身＋避免＋

接受＋安靜），應將其譯為 ถามยามใดกายนี้จะได้พัก（為問何時此身得休息）。

原文（32：414）：	譯文（32：614）：
若逢對敵寒風灑，	แม้นประสบคู่ต่อสู้หวาดสะดุ้งลมหนาว
但遇相持火焰生。……	แต่ท่าเผชิญยืนหยัดเกิดเปลวเพลิง ...
使起昏雲暗斗星。	ใช้ขึ้นเมฆขมัวดาวไถมืดมน

- 「寒風灑」指刮起寒風。譯文為 หวาดสะดุ้งลมหนาว（懼＋嚇一跳＋寒風），應將其譯為 ลมหนาวสาด（寒風灑）。

- 「相持」此處指交戰。譯文為 ยืนหยัด（堅持），應將其譯為 ประจัญบาน（交戰）。

- 「使起」即讓、使、導致。譯文為 ใช้ขึ้น（使＋起），應將其譯為 ทำให้（使）。

第三十三回

原文（33：423）：	譯文（33：629）：
手敲漁皷簡，	มือเคาะกลองแผ่นไม้ไผ่ชาวประมง
腰繫呂公縧。	เอวรัดเส้นไหมหลี่ว์กง
斜倚大路下。	โอนเอียงอาศัยใต้ถนนใหญ่

- 「漁皷簡」，「皷」即「鼓」之異體。即魚鼓和簡版兩種樂器名稱。譯文為 กลองแผ่นไม้ไผ่ชาวประมง（竹鼓＋漁人）。此為樂器名，筆者認為應將其音譯，並加注釋之。

- 「呂公縧」指衣帶名，五彩絲縧，傳說為八仙呂洞賓常用，故名。譯文為 เส้นไหมหลี่ว์กง（呂公＋絲線），不妥。此為文化詞彙，應將其意譯為 ปิ่นเหน่งสีรุ้ง（彩絲帶）。

- 「斜倚」譯文為 โอนเอียง（搖擺），應將其譯為 เอกเขนก（用一肘頂地而躺的姿勢）。

- 「下」此處應指路旁。譯文為 ใต้（底下），應將其譯為 ข้าง（旁）。

第三十四回

原文（34：436～437）：	譯文（34：647）：
頭戴鳳盔欺臘雪，……	หัวสวมหมวกเกราะหงส์ข่มหิมะเดือนสิบสอง...
腰間帶是蟒龍筋，……	สายข้างเอวเป็นเอ็นงูเหลือมมังกร...
顏如灌口活真君，	โฉมหน้าดั่งกรอกปากเทพยดามีชีวิตชีวา
貌比巨靈無二別。	รูปร่างเหมือนเจตภูตมหึมาไม่ผิดแผกมีสอง

- 此為形容銀角大王之詩，故此處「欺臘雪」形容頭盔是銀色的。譯文為 ข่มหิมะเดือนสิบสอง（欺＋臘雪），應將其譯為 สีเงินดุจหิมะเดือนสิบสอง（如臘雪般的銀色）。

- 「灌口活真君」即二郎神，古代神話傳說水神，因隋代斬蛟龍有功，後世立廟於四川灌口，故名灌口二郎，宋真宗追封為「清源妙道真君」，故小名「二郎真君」。〔註49〕譯文為 กรอกปากเทพยดามีชีวิตชีวา（灌＋口＋神仙＋有精神），應將其譯為 เทพเอ้อหลาง（二郎神）。

- 「巨靈」指神話傳說中劈開華山的河神。譯文為 เจตภูตมหึมา（巨大＋幽靈），筆者認為此處應將其音譯，再加注釋之。

- 「無二別」指完全一樣，沒有區別。譯文為 ไม่ผิดแผกมีสอง（無區別＋有二），應將其譯為 ไม่ผิดแผก（無區別）。

- 「腰間帶」指腰間的腰帶。譯文為 สายข้างเอว（腰帶旁邊），應將其譯為 เข็มขัด（腰帶）。

第三十五回

原文（35：443）： 本性圓明道自通，…… 一點神光永注空。	譯文（35：655）： ธรรมชาติสมบูรณ์แจ่มแจ้งมรรคาราบรื่น ... เทวาประภาจุดหนึ่งบันทึกศูนยตาตลอดกาล

- 「本性圓明道自通」譯文為 ธรรมชาติสมบูรณ์แจ่มแจ้งมรรคาราบรื่น（自然＋圓明＋道＋順），與原意不符。應將其譯為 บริบูรณ์จิตย่อมแจ้งในธรรม（心性圓滿自然會悟道）。

- 「注」此處指注入。譯文為 บันทึก（注錄），應將其譯為 เข้าสู่（進入）。

原文（35：447）： 頭上盔纓光燄燄，…… 圓眼睜開光掣電。	譯文（35：661）： หัวสวมหมวกเกราะห้อยพู่ระย้าแสงเปลวเพลิง ... นัยน์ตากลมเบิกแสงบังคับอสุนีบาต

- 此為形容金角大王之詩，故此處「光燄燄」形容頭盔是金色的。譯文為 แสงเปลวเพลิง（光燄），應將其譯為 ทองอร่ามดั่งเปลวเพลิง（如火焰般的金色）。

- 「光掣電」形容眼睛亮晶晶的樣子。譯文為 แสงบังคับอสุนีบาต（光＋逼迫＋電），應將其譯為 สะท้อนวิบวับดุจสายฟ้า（如閃電般的明亮）。

〔註49〕 〔明〕吳承恩原著；徐少知校；周中明、朱彤注：《西遊記》校注》，頁 120。

原文（35：449）：	譯文（35：664）：
鴻雁失群情切切。	นกหงส์ผ่านป่าหลงฝูงเรื่องเร่าร้อน

- 「情切切」指金角大王見群精橫屍遍地，而感到深切的悲痛。譯文為 เรื่องเร่าร้อน（熱切＋事），應將其譯為 สุดระทม（極悲痛）。

第三十六回

原文（36：456）：	譯文（36：674）：
自從益智登山盟，	ตั้งแต่พูนปัญญาขึ้นสิงขรร่วมสาบาน
王不留行送出城。	ราชันมิรั้งเดินทางส่งออกกำแพงเมือง
路上相逢三稜子，	บนถนนพบกันสาม（ศิษย์）มีฤทธิ์เดช
途中催趲馬兜鈴。	ระหว่างทางเร่งม้าคล้องลูกพรวนเดินทาง
尋坡轉澗求荊芥，	เสาะหาเนินเขาวนลำธารแสวงหาสมุนไพร
邁嶺登山拜茯苓。	เดินทางไกลขึ้นสันเขาหาเห็ดรากต้นสน
防己一身如竹瀝，	ระวังร่างตัวดั่งน้ำหยดลงต้นไผ่
茴香何日拜朝廷？	หญ้าหอมวันใดไหว้ราชสำนัก

- 「益智」、「王不留行」、「三稜子」、「馬兜鈴」、「荊芥」、「茯苓」、「防己」、「竹瀝」、「茴香」等為中藥名，以藥名之諧音書寫了唐僧一路西行取經的心路歷程。[註50]「益智」指唐僧西行取經矢志不渝的決心；「王不留行」指唐王不能挽留一心想要西行取經的玄奘；「三稜子」指途中遇到了三個徒弟即孫悟空、豬悟能、沙悟淨；「馬兜鈴」指玄奘孤影策白馬；「荊芥」即求經界；「茯苓」即「佛靈」，喻西天如來；「防己」、「竹瀝」指唐僧的清淨及一塵不染的高境界修為，用火炙烤淡竹後瀝出的液汁般清澈；「茴香」即「回鄉」復唐王命。譯文皆以直譯處理，筆者認為應加注釋之。

原文（36：465）：	譯文（36：687）：
皓魄當空寶鏡懸，……	แถบดำบนดวงจันทร์แจ่มใสกลางนภาลัยกระจกวิเศษแขวนลอย ...
冰鑑銀盤爽氣旋。……	น้ำแข็งคันฉายถาดรชตะอากาศสดชื่นเวียนวน ...
渾如霜餅離滄海，	ขุ่นมัวดั่งแผ่นน้ำแข็งห่างจากทะเลเขียว
卻似冰輪掛碧天。	กลับเสมือนดวงน้ำแข็งแขวนท้องฟ้าคราม
別館寒窗孤客悶，……	จากบ้านพักหน้าต่างหนาวแขกกลุ้มเดียวดาย ...
乍臨漢苑驚秋鬢，	

[註50]〈《西遊記》中的藥名詩詞〉《中醫藥通報》，04 期，2010 年，頁 50。

才到秦樓促晚奩。 庾亮有詩傳晉史, 袁宏不寐泛江船。 光浮杯面寒無力, 清映庭中健有仙。 處處窗軒吟白雪, 家家院宇弄冰絃。…… 何日相同迎故園?	ทันใดถึงอุทยานฮั่นตื่นตระหนกผมจอนสารทฤดู เพิ่งถึงบนหอฉินสายัณห์เร่งรัดหีบเครื่องแป้ง โชวเลี่ยนมีกวีกิระประวัติ (ราชวงศ์) จิ๋น หยวนหงไม่นอนลอยเรือในคงคา แสงเงาลอยบนหน้าถ้วยหนาวหมดแรง ส่องสะท้านแจ่มใจกลางลานสุขภาพมีเทพยดา ทุนหนแห่งหน้าต่างเล็กเอื้อนหิมะขาว ลานบ้านทุกเคหะเล่นน้ำแข็งซออู้ ... วันใดเหมือนกันนิวัต

- 這首詩是唐僧賞月有感而發,闡述了月高照之時,不同的人在同一月下的活動,而後抒發出身處荒山野嶺之中,何時能回到故鄉,是觀賞月亮的內心寫照。

- 「皓魄」、「冰鑑」、「銀盤」、「霜餅」、「冰輪」、「白雪」、「冰絃」皆指月亮。譯文分別譯為 แถบดำบนดวงจันทร์แจ่มใส(月亮中的黑帶+明亮)、น้ำแข็งคันฉาย(冰+鏡子)、ถาดรชตะ(銀+盤)、แผ่นน้ำแข็ง(冰片)、ดวงน้ำแข็ง(冰+圓形物)、หิมะขาว(白雪)、น้ำแข็งซออู้(冰+二胡)。應將其譯為 เดือน、พระจันทร์ 或 ศศิธร(月亮)

- 「別館」即客館。譯文為 จากบ้านพัก(離開+住家),應將其譯為 โรงเตี๊ยม(客棧)。值得注意的是泰國文化中沒有客棧這概念,โรงเตี๊ยม 一詞為意譯的 โรง(館)+音譯的 เตี๊ยม(店),而 เตี๊ยม 是來自潮州音的「店」(diam3)。〔註51〕

- 「寒窗」即寒冷的窗口。此借指寂寞艱苦的讀書生活。譯文為 หน้าต่างหนาว(窗寒),應將其譯為 ตรากตรำเรียน(刻苦地學習)。

- 「漢苑」即漢代上林苑,此借指皇宮。譯文為 อุทยานฮั่น(漢+苑)。應將其譯為 วัง(皇宮)。

- 「秋鬢」此處指白色月光照映在宮女的頭髮。譯文為 ผมจอนสารทฤดู(秋季+鬢),應將其譯為 นางข้าหลวง(宮女)。

- 「秦樓」此處指歌舞場所。譯文為 หอฉิน(秦樓),應將其譯為 หอนางโลม(青樓)。

〔註51〕 Pranee Gyarunsutu, Chinese Loanwords in Modern Thai(1983), MS thesis, Chulalongkorn University, pp 355-406.

- 「晚奩」此為動詞，即晚上化妝。譯文為 หีบเครื่องแป้ง（梳妝＋盒），應將其譯為 แต่งหน้า（化妝）。

- 「庾亮有詩傳晉史，袁宏不寐泛江船」句，指晉代史書《晉書》，記載了庾亮曾於秋夜登樓賞月作詩，袁宏夜不寐在江泛舟詠詩。此二句詩之典故見《晉書·列傳第 43·庾亮》及《晉書·列傳第 62·文苑·袁宏》，譯文為 โชวเลี่ยนมีกวีกิระประวัติ（ราชวงศ์）จิ้น หยวนหงไม่นอนลอยเรือในคงคา（庾亮有詩＋傳＋晉史，袁宏＋不寐＋泛江船），應將其譯為 พงศาวดารจิ้นบันทึก อวี๋เลี่ยงแต่งกวี เอวี๋ยนหงลอยเรือร่ายกลอนในคงคา（晉史載，庾亮作詩，袁宏泛舟詠詩於江），並加注釋之。

- 「光浮杯面寒無力，清映庭中健有仙」即在月光照耀之下，杯裡的酒映光閃爍風飄飄，庭院中人如仙人般翩翩起舞。譯文為 แสงเงาลอยบนหน้าถ้วยหนาวหมดแรง ส่องสะท้านแจ่มใจกลางลานสุขภาพมีเทพยดา（光＋浮＋杯面＋寒無力，清映＋庭院中＋身體＋有仙）。應將其譯為 แสงจันทราส่องสะท้อนเหล้าในจอก พระพายหมอกเย็นเยือกโชยกายมา คนในลานร่ายรำดั่งเทพา（月光照耀杯裡的酒，寒風吹身，庭院中人如仙人般翩翩起舞）。

- 「何日相同迎故園」此處指何時才能夠回到故鄉，像現在這樣觀賞月亮。譯文為 วันใดเหมือนกันนิวัต（何日＋相同＋回歸），應將其譯為 ยามใดจักได้นิวัติได้กลับคืน ได้ชมชื่นจันทราเยี่ยงครานี้（何時才能夠回歸故鄉，像現在一樣賞月）。

原文（36：466）： 前弦之後後弦前。	譯文（36：688）： ด้านหลังของสายคันซอหน้า หน้าของสายคันซอหลัง

- 「前弦之後後弦前」此處指上弦月的前面與下弦月的後面之間的時段，即月滿之時。譯文為 ด้านหลังของสายคันซอหน้า หน้าของสายคันซอหลัง（前琴弦之後，後琴弦前），應將其譯為 ก่อนข้างขึ้นหลังข้างแรมคราเต็มดวง（前弦後後弦前月滿時）。

第三十七回

原文（37：474）： 只因妖怪侵龍位。	譯文（37：702）： เพียงด้วยสาเหตุปีศาจรุกล้ำตำแหน่งมังกร

- 「龍位」即皇位。譯文為 ตำแหน่งมังกร（龍＋位），應將其譯為 ราชบัลลังก์（皇位）。

原文（37：474）：	譯文（37：703）：
行動顯<u>真龍</u>。	การเคลื่อนไหวประจักษ์ชัด<u>มังกรจริง</u>

- 「真龍」指帝王。譯文為 มังกรจริง（真龍），應將其譯為 จอมราช 或 องค์ราเชนทร์（帝王）。

第三十八回

原文（38：480）：	譯文（38：712）：
<u>逢</u>君只說<u>受生因</u>，	<u>ประสบ</u>ราชันเพียงว่า<u>สาเหตุรับผู้ให้กำเนิด</u>
<u>便作如來會上人</u>。……	<u>จึงเป็นตถาคตชุมนุมคนวิเศษ</u> …
<u>別有世間曾未見</u>，	<u>ในโลกนี้มิเคยไม่มีพบกัน</u>
<u>一行一步一花新</u>。	<u>เดินหนึ่งก้าวหนึ่งลวดลายใหม่หนึ่งครา</u>

- 「逢」即遇。譯文為 ประสบ（遭遇），應將其譯為 พบ（見）。

- 「受生因」即誕生的由來。譯文為 สาเหตุรับผู้ให้กำเนิด（原因＋接受＋給生命的人），應將其譯為 เหตุกำเนิด（出生的由來）。

- 「便作如來會上人」此句指獅猁怪，即如來派文殊菩薩的坐騎，來替文殊菩薩報仇的青毛獅子，即如來會上的人。譯文為 จึงเป็นตถาคตชุมนุมคนวิเศษ（所以是如來＋會＋仙人），應將其譯為 ก็คือผู้ที่พระยูไลส่งลงมา（就是如來派來的人）。

- 「別有世間曾未見，一行一步一花新」指世上還有許多不曾見過的事情，每走一步就能見到新奇的事物。譯文為 ในโลกนี้มิเคยไม่มีพบกัน เดินหนึ่งก้าวหนึ่งลวดลายใหม่หนึ่งครา（這世間＋未曾＋不見面，行一＋步一＋就有一次新的花樣），應將其譯為 โลกนี้มีสิ่งนานาไม่เคยพบ ทุกก้าวเดินล้วนจักพบสิ่งแปลกใหม่（世上有很多未見過的事，每走一步皆能見到新奇的事物）。

原文（38：486）：	譯文（38：721～722）：
<u>天生體性空</u>。……	<u>ฟ้าประทานลักษณะคุณสมบัติว่างเปล่า</u> …
<u>丹心一點紅</u>。……	<u>หัวใจอันซื่อสัตย์หนึ่งแต้มแดง</u> …
長養元<u>丁</u>力，……	บำรุงรักษา<u>ปฐมพลังชายฉกรรจ์</u>…
<u>鳳翎</u>寧得似，	<u>ขนนกหงส์</u>เสมือนได้สงบสุข <u>หางหงส์</u>ย้อนเหมือนกัน …
<u>鸞尾</u>迴相同。……	
<u>青陰</u>遮戶牖，	บรรยากาศเขียวครึ้มบังหน้าต่างบ้าน เงา<u>มรกต</u>บนมู่ลี่ไผ่…
碧影上簾櫳。……	<u>ฟ้าน้ำแข็งปรากฏการณ์แห้งแล้งทุกข์ยาก</u> …

霜天形槁悴，…… 僅可消炎暑， 猶宜避日烘。…… 冷落粉牆東。	เพียงแต่สามารถระงับภัยพิบัติความร้อน ประดุจควรหลีกเลี่ยงเพลิงไฟตะวัน … หนาวสั่นแป้งร่วงกำแพงบูรพา

- 「天生」譯文為 ฟ้าประทาน（天賜），應將其譯為 โดยกำเนิด 或 แต่เกิด（天生）。

- 「體性空」指芭蕉的樹幹是空的。譯文為 ลักษณะคุณสมบัติว่างเปล่า（性＋質＋空），應將其譯為 ลำต้นกลวง（樹幹空）。

- 「丹心一點紅」指丹紅色的芭蕉花。譯文為 หัวใจอันซื่อสัตย์หนึ่งแต้มแดง（赤誠丹心＋一點紅），應將其譯為 ดอกกล้วยหัวปลีเป็นสีชาด（芭蕉花是紅色的）。

- 「元丁」即園丁。譯文為 ปฐม … ชายฉกรรจ์（原始＋男丁），應將其譯為 ชาวสวน（園丁）。

- 「鳳翎寧得似，鷺尾迥相同」指芭蕉葉如「鳳」、「鷺」二神鳥羽毛般的漂亮。譯文為 ขนนกหงส์เสมือนได้สงบสุข หางหงส์ก็ย้อนเหมือนกัน（鳳翎＋似＋得寧，鷺尾＋環繞＋相同），對於「迥」之訛誤，詳見第二回「八極迥無塵」之解說。應將其譯為 ใบดั่งขนหงส์งามสง่า（葉如鳳毛般靚麗）。

- 「青陰」指綠色的樹蔭。譯文為 บรรยากาศเขียวครึ้ม（青陰的氣氛），應將其譯為 เงาไม้เขียวขจี（綠綠的樹蔭）。

- 「碧」見第二十六回「碧」之解說。

- 「霜天」即深秋。譯文為 ฟ้าน้ำแข็ง（天霜），應將其譯為 ปลายสารท（秋末）。

- 「形」此處指樣子。譯文為 ปรากฏการณ์（現象），應將其譯為 ดู（看起來……的樣子）。

- 「槁悴」即枯萎。譯文為 แห้งแล้งทุกข์ยาก（旱＋困苦），應將其譯為 แห้งเหี่ยว（枯萎）。

- 「炎暑」即炎熱酷暑。譯文為 ภัยพิบัติความร้อน（災劫＋熱），應將其譯為 คิมหันต์ร้อนระอุ（炎熱的夏天）。

- 「日烘」指被陽光烤。譯文為 เพลิงไฟตะวัน（日＋火），應將其譯為 แดดเผา（日烤）。

- 「冷落粉牆東」指被冷落在牆角的樹木。譯文為 หนาวสั่นแป้งร่วงกำแพงบูรพา（冷落＋粉＋牆東），應將其譯為 ถูกเมินอยู่ข้างไร้คนชม（被冷落在邊緣無人觀賞）。

第三十九回

原文（39：497）：	譯文（39：738）：
西方有<u>訣</u>好尋<u>真</u>， 金木和同卻<u>煉神</u>。…… 嬰兒長恨<u>杌樗</u>身。 必須井底求<u>明主</u>， 還要天堂拜<u>老君</u>。 悟得色空還<u>本性</u>， <u>誠</u>為佛度有緣人。	ชมพูทวีปมี<u>ตำรา</u>น่าเสาะหา<u>จริง</u> ธาตุทอง- ไม้ผสมยังอบรม<u>ความศักดิ์สิทธิ์</u> ... ทารกแค้นนานร่างเล็กเตี้ย จำเป็นใต้บ่อแสวงหา<u>ราชันแจ่มจรัส</u> ยังต้องห้องสวรรค์ไหว้<u>องค์ทุกวัน</u> รู้แจ้งรูปศูนยตา คืน<u>ธรรมชาติ</u> <u>ศรัทธา</u>เป็นพระพุทธเจ้าช่วยคนมีปรัตยยะ（เหตุประกอบ）

- 「訣」此處指佛經。譯文為 ตำรา（經典），應將其譯為 พระไตรปิฎก（三藏經）。
- 「真」此處指真理。譯文為 จริง（不虛假），應將其譯為 สัจธรรม（真理）。
- 「煉神」即煉神還虛，為內丹修煉術語。譯文為 อบรมความศักดิ์สิทธิ์（訓練＋神聖），此為中華文化之專有名詞，筆者認為應將其譯為 ฝึกจิต（修煉＋精氣）。
- 「老君」即太上老君。譯文為 องค์ทุกวัน（尊＋每日），應將其音譯為 เหล่าจวิน（老君）。
- 「杌樗」此為淮河流域方言。〔註52〕指光禿的臭椿樹。喻不成材料、沒有出息。譯文為 ร่างเล็กเตี้ย（矮小身軀），應將其譯為 ไม่เอาไหน（不成材）。
- 「明主」即賢明的君主。譯文為 ราชันแจ่มจรัส（明亮＋王），應將其譯為 ราชัน 或 บดินทร์（君王）。
- 「本性」譯文為 ธรรมชาติ（自然），應將其譯為 จิตเดิม（本來之性）。
- 「誠」譯文為 ศรัทธา（虔誠），應將其譯為 โดยแท้（真是）。

原文（39：497）：	譯文（39：738）：
<u>花迎寶扇紅雲繞</u>， <u>日照鮮袍翠霧光</u>。 孔雀展開香<u>靄</u>出。	<u>บุปผารับพัดวิเศษเมฆแดงเวียนวน</u> <u>ตะวันส่องคลุมฉลองสดใสแสงหมอกเขียวขจี</u> <u>มยุรรำแพนเมฆหอมเบญจวรรณปรากฏ</u>

- 「花迎寶扇紅雲繞，日照鮮袍翠霧光」此處形容雙頰紅暈繞的美女手裡拿漂亮、精緻的扇子，燦爛的陽光照映在翠綠鮮艷的袍子。譯文為 บุปผารับพัดวิเศษเมฆแดงเวียนวน ตะวันส่องคลุมฉลองสดใสแสงหมอกเขียวขจี（花＋迎＋寶扇＋紅色雲＋縈繞，日＋照＋袍＋鮮＋光＋綠霧），應將其譯為

〔註52〕〔明〕吳承恩原著；徐少知校；周中明、朱彤注：《《西遊記》校注》，頁730。

หญิงปรางแดงคู่พัดงามวิไล แสงไถงส่องอาภรณ์เขียวเฉิดฉาย（紅頰女手拿著漂亮的扇子，陽光照映在翠綠的袍子，看著鮮艷）。

- 「孔雀展開」指擺著繪有孔雀圖或華麗的屏風。譯文為 มยูรรำแพน（孔雀開屏），應將其譯為 ฉากกั้นมยุเรศเรียงราย（孔雀屏擺著）。

- 「靄」此處指煙霧。譯文為 เมฆ（雲），應將其譯為 ควัน（煙）。

第四十回

原文（40：506）：	譯文（40：751）：
日暖嶺梅開曉色， 風搖山竹動寒聲。	ตะวันอบอุ่นสันเขาดอกเหมยบานแสงสว่าง ลมโยกไผ่คีรีไหวเสียงเยือกเย็น

- 「曉色」此處指梅花的紅色如拂曉時的天空。譯文為 แสงสว่าง（光明），應將其譯為 แดงดั่งยามอโณทัย（紅如拂曉時）。

- 「寒聲」指寒冬的聲響，即寒風的吹拂聲。譯文為 เสียงเยือกเย็น（寒冷的聲音），應將其譯為 เสียงลมหนาว（寒風聲）。

原文（40：512）：	譯文（40：760）：
禪機本靜靜生妖。 心君正直行中道， 木母癡頑躧外趨。 意馬不言懷愛慾， 黃婆無語自憂焦。	โอกาสฌานมูลฐานสงบเงียบเงียบเกิดมาร จิตท่านชื่อตรงดำเนินมรรคมัชฌิมา มูลฐานมาตภูมิเซ่อเซอะดื้อรั้นรองเท้าหญ้าภายนอกธรรมสูง จิตฟุ้งซ่านมิพูดซ่อนรักตัณหา ยายเฒ่าเหลืองไร้คำพูดย่อมกังวลเร่าร้อน

- 「禪機」譯文為 โอกาสฌาน（禪＋機會），應將其譯為 ปริศนาธรรม（禪機）。

- 「心君」此處指孫悟空。譯文為 จิตท่าน（您心），應將其譯為 หงอคง（悟空）。

- 「木母」此處指豬八戒。譯文為 มูลฐานมาตุภูมิ（本＋母），此應為「木」與「本」之間的訛誤。應將其譯為 โป๊ยก่าย（八戒）。

- 「躧外趨」即拖著鞋走離去，引申為走入歪門邪道。譯文為 รองเท้าหญ้าภายนอกธรรมสูง（草履＋外＋道高），應將其譯為 เดินในทางมิจฉา（走在邪道上）。

- 「意馬」此處指白馬。譯文為 จิตฟุ้งซ่าน（心神不定），應將其譯為 ม้าขาว（白馬）。

- 「黃婆」指沙悟淨。譯文為 ยายเฒ่าเหลือง（黃婆），應將其譯為 หงอเจ๋ง（悟淨）。

第四十一回

原文（41：517）：	譯文（41：767）：
迴鑾古道幽還靜，……	รถพระที่นั่งวกถนนโบราณเงียบยังลี้ลับ ...
籐蘿石蹬芝蘭勝。	เส้นหวายพันพัวศิลาดอกเตยดีเด่น
蒼搖崖壑散煙霞，	หญ้าดอกเลาโยกไหวโตรกผาสลายหมอกควัน
翠染松篁招彩鳳。……	เขียวขจีไล้กอไผ่ต้นสนนำนกหงส์เบญจวรรณ...
崑崙地脈發來龍，	เทือกปฐพีคุนหลุนบันดาลมังกรมา
有分有緣方受用。	มีส่วนมีสันนิวาสจึงได้ใช้สอยสบาย

- 「迴鑾」里仁本頁 763 指出，從意應改作「迴巒」。

- 「籐蘿」學名為 Wisteria Sinensis，為「豆科蝶形花亞科『紫藤』的別稱。」
  而譯者將其譯為 หวาย（籐）。「籐蘿」與「籐」的外觀完全不同，泰國以
  前沒有此植物，近幾年才開始進口種植。筆者認為譯者將其譯為 เส้นหวาย
  （籐枝），除了以上此主要因素之外，此主要因素還導致出現後序的三個
  因素，此三因素可單獨成立或並時存在，此三因素分別為：一、譯者本
  身不知道此植物，真的誤譯了；二則為作者想以歸化譯策翻譯，為了更
  貼切地表達原文；三則為文學作品中有多語言的音譯詞會顯得很怪異。
  對於以上種種所述因素，筆者認為其補救法有二，一則為異化，此植物
  目前泰國已出現一段時間了，譯者可以將其異化音譯。二則為將其以歸
  化譯策譯為 ไม้เถา（攀登植物（Climbing））或者 ไม้เลื้อย（攀援植物
  （Scandent）），使用有藤蔓之義的詞彙。

- 「勝」此處指盛多。譯文為 ดีเด่น（優越），應將其譯為 มากมี（有多）。

- 「蒼搖」此處指山高徹雲天。譯文為 หญ้าดอกเลาโยก（甜根子草搖），應將其
  譯為 เขาสูงเสียดฟ้า（山高徹天）。

- 「招」此處指招引。譯文為 นำ（帶），應將其譯為 ดึงดูด（招引）。

- 「崑崙地脈發來龍」指此處為昆崙山山脈的發源地。「來龍」即「來龍去
  脈」，為中國風水家專用術語。稱山脈之起伏為「龍」、主峰為「來龍」、
  山中溪流為「脈」，主流為「去脈」。譯文為 เทือกปฐพีคุนหลุนบันดาลมังกรมา（崑
  崙山脈＋發生＋龍來）。與原意不符，應將其譯為 เป็นที่มาของเทือกเขาคุนหลุน
  （為昆崙山山脈的發源地）。

- 「有分有緣」見第一回「有分有緣」之解說。

原文（41：518）：	譯文（41：769）：
面如傅粉<u>三分白</u>，……	ใบหน้าดั่งทาแป้งสามส่วน
鬢挽<u>青</u>雲<u>欺</u>靛染，	ริมฝีปากดุจทาชาดสำแดงสติปัญญาความสามารถ
<u>眉分新月似刀裁</u>。……	รั้งผมจอนเมฆเขียวข่มครามย้อม
雙手綽槍威<u>凜冽</u>，……	<u>คิ้วแบ่งดวงจันทร์ใหม่เสมือนดาบตาย</u> ...
名揚<u>千古</u>喚紅孩。	สองมือทวนงามอานุภาพเย็นยะเยียบ ...
	<u>ครั้งดึกดำบรรพ์ลือชื่อโด่งดังเรียกอั้งไฮ่ยี้ (หงไห่)</u>

- 「三分白」譯文為 สามส่วน（三分），應將其譯為 พอขาว（適當＋白）。
- 「青」此為形容黑色彎如雲的鬢。譯文為 เขียว（綠），應將其譯為 สีนิล（黑色）。
- 「欺」此處指黑色鬢，使人誤以為是用靛染的。譯文為 ข่ม（欺負），應將其譯為 นึกว่า（以為）。
- 「眉分新月似刀裁」指眉彎似月似刀形。譯文為 คิ้วแบ่งดวงจันทร์ใหม่เสมือนดาบตาย（眉＋分＋新的月＋似＋刀＋死），應將其譯為 คิ้วโก่งดั่งจันทร์เสี้ยวเคี้ยวเหมือนดาบ（眉如月牙似彎刀）。
- 「凜冽」指態度嚴肅，使人敬畏的樣子。譯文為 เย็นยะเยียบ（冰冷），應將其譯為 องอาจน่าเกรงขาม（威嚴）。
- 「千古」譯文為 ครั้งดึกดำบรรพ์（遠古、原始），應將其譯為 นมนาน（久遠）。

原文（41：523）：	譯文（41：776）：
<u>鱔</u>癡口大作先鋒。……	<u>ปลากระโห้</u>ปากกว้างเป็นแม่ทัพหน้า ...
<u>鯖</u>太尉東方打哨，	<u>ปลากระสวยหัวใหญ่</u>เป็นผู้บัญชาการทิศบูรพาคุมหน่วยลาดตระเวน
<u>鮊</u>都司西路催征。	<u>ปลาเหลือง</u>ผู้บัญชาภาคเร่งรัดการปราบปรามทิศประจิม
<u>紅眼馬郎</u>南面舞，……。	หนุ่มม้าตาแดงร่ายรำทิศใต้ ...
<u>鯿</u>把總中軍掌號，	<u>ปลาสาทอร์ยอน</u>เป็นผู้บัญชา การควบคุมคำสั่ง
<u>五方兵處處英雄</u>。……	ไพล่พล<u>ห้า</u>ทิศทุกหนแห่งเป็นยอดบุรุษ ...
有謀有智<u>鼉</u>丞相，	มีแผนมีสติปัญญา<u>สมุนนายก</u>ตะโขง แปรเปลี่ยนมากความสามารถ
多變多能<u>鱉</u>總戎。……	ตะพาบน้ำผู้ควบคุมยุทโธปกรณ์ ...
<u>鮎外郎</u>查明文簿。	<u>ปลาเมือก</u>บรรณารักษ์ตรวจสมุดเอกสารแจ่มแจ้ง

- 「鱔」即鱔魚。譯文為 ปลากระโห้（巨暹羅鯉，為鯉科印度鯉屬的魚），應將其譯為 ปลาไหล（鱔魚）。
- 「鯖」譯文為 ปลากระสวยหัวใหญ่（大頭＋梭子＋魚），應將其譯為 ปลาแมกเคอเรล

（鯖魚）。

- 「鮊」為鯉形目科鯉科的魚，泰國沒有。譯文為 ปลาเหลือง（黃＋魚），應將其譯為 ปลาตะเพียน（鯉科魚）。
- 「紅眼馬郎」即赤眼鱒之俗稱，屬輻鰭魚綱鯉形目鯉科的魚，泰國沒有。譯文為 หนุ่มม้าตาแดง（紅眼＋馬＋郎），應將其譯為 ปลาซิว（鯉科小魚）。
- 「鱒」即鰉魚。譯文為 ปลาสาทอร์ยอน（Sa-thor-yon＋魚），所譯出的譯文實在不知為何物，完全無從考證，應是譯文上的訛誤。筆者認為應將其譯為 ปลาคาลูกา（鰉魚）。
- 「五方」即東、南、西、北和中央。泛指各方。譯文直譯為 ห้าทิศ（五＋方向），應將其譯為 สารทิศ（各方）。
- 「五方兵處處英雄」此句詩分段為「五方兵處/處英雄」四三句法。譯文將其譯為「五方兵/處處英雄」三四句法。
- 「丞相」譯文為 สมุหนายก（內務大臣），應將其譯為 อัครมหาเสนาบดี（宰相）。
- 「總戎」即統帥。譯文為 ควบคุมยุทโธปกรณ์（管理兵器），應將其譯為 จอมทัพ（最高統帥）。
- 「鮎」即鯰魚。譯文為 ปลาเมือก（粘液＋魚），應將其譯為 ปลาหนัง（鯰魚）。
- 「外郎」此處指書吏。譯文為 บรรณารักษ์（圖書管理員），應將其譯為 เสมียน（文書官）。

第四十二回

原文（42：537）：	譯文（42：796）：
根源出處號鼈泥，……	สมุฏฐานสถานที่ออกสมญานามพวกดินโคลน ...
世隱能知天地性，	โลกาซ่อนความสามารถรู้ฟ้าคุณสมบัติปฐพี
安藏偏曉鬼神機。……	ซุกสุขสบายเฉพาะรู้ความลี้ลับภูติผีเทวดา ...
文王畫卦曾元卜，	เหวินอ๋วงวาดอักขระเพิ่มคำทำนาย
常納庭台伴伏羲。	รับอยู่บนแท่นเรือนโรงเพื่อนคู่ฝูซี
雲龍透出丁般俏，	เมฆินทร์ผุดออกมังกรสวยงามพ่นอย่าง
號水推波把浪吹。……	สมญานามธาราผลักกระแสเอาคลื่นเป่า...
點點裝成彩玳瑁。	แต้มๆตกแต่งเป็นสีสันเต่ากระ
九宮八卦袍披定，	เก้าราศีแปดทำนายเสื้อคลุมห่มประจำ
散碎舖遮綠燦衣。……	แตกกระจายร้านค้าคลุมเสื้อเขียวแพรวพราว...
死後還馱佛祖碑。……	มรณาแล้วยังแบกหินปี้พระผู้มีพระภาคเจ้า ..
興風作浪惡烏龜。	เล่นลมโต้คลื่นดุร้ายคือเต่าดำ

- 「幫泥」此涉及中國古代神話傳說，大禹治水時，有玄龜負青泥相助，故「幫泥」成為烏龜的代稱。譯文為 พวกดินโคลน（泥土＋幫子），應將其譯為 ผู้แบกโคลน（背泥者），並加注釋之。

- 「性」、「機」前後句互意，指知道天地、鬼神間的事情。譯文分別譯為 คุณสมบัติ（品質）、ความลี้ลับ（神秘），應將其譯為 เหตุการณ์（事情）。

- 「曾元」即曾子的兒子。譯文為 เพิ่ม（增加），應將其音譯為 เจิงเอวี๋ยน（曾元），並加注釋之。

- 「納」即結交。譯文為 รับ（受），應將其譯為 คบค้า（結交）。

- 「庭台」代指宰輔重臣。譯文為 บนแท่นเรือนโรง（台上＋樓庭），應將其譯為 อำมาตย์（重臣）。

- 「雲龍透出千般俏」此處指龍，比喻烏龜如龍般非常俊俏。譯文為 เมฆินทร์ผุดออกมังกรสวยงามพันอย่าง（龍穿雲而出＋漂亮＋千樣），應將其譯為 รูปงามดั่งมังกรโสภานัก（如龍般非常俊俏）。

- 「號」即召喚。譯文為 สมญานาม（綽號、稱號），應將其譯為 เรียก（召喚）。

- 「玳瑁」此處指玳瑁的甲殼。譯文為 เต่ากระ（玳瑁），應將其譯為 กระดองเต่ากระ（玳瑁甲）。

- 「九宮八卦」為中國文化中之專有名詞。「八卦」即《易經》中八個基本卦名，為乾、兌、離、震、巽、坎、艮、坤。而後演變為「九宮」，即乾、坎、艮、震四陽宮，巽、離、坤、兌四陰宮，加上中宮為九宮。譯文為 เก้าราศีแปดทำนาย（九宮（星座）＋八＋預測），不妥。此為文化上的不可譯，應將其音譯，加注釋之。

- 「舖」為舒展之意。譯文為 ร้านค้า（商店），應將其譯為 ปู（舖）。

- 「碑」即石碑。譯文為 หินปี（石＋年），應將其譯為 ศิลาจารึก（石碑）。

- 「烏龜」譯文為 เต่าดำ（黑色龜），應將其譯為 เต่า（龜）。

第四十三回

原文（43：546）：	譯文（43：811）：
何時滿足<u>三三行</u>，	เมื่อใดดำเนินถึง<u>ตโยสมาธิ</u>ครบบริบูรณ์
得<u>取</u>如來妙法文？	ได้<u>ถือ</u>บทพระธรรมอัศจรรย์พระตถาคต！

- 「三三行」指這次遙遠的取經之路何時能夠走到盡頭。「三」此處為虛數形容多數量。譯文為 ตโยสมาธิ（三＋禪），應將其譯為 หนทางอันยาวไกล（遙遠的路）。

- 「取」譯文為 ถือ（持），應將其譯為 อาราธนา（請，此為佛教用語）。

原文（43：548）：	譯文（43：814）：
當空一片<u>砲雲起</u>，	บนนภาลัยผืนหนึ่ง<u>ปีนศิลาเมฆา</u>ขึ้น
<u>中溜</u>千層<u>黑浪</u>高。	<u>ท่ามกลางเชี่ยวกราก</u>พันชั้นคลื่น<u>กาพจักร</u>สูง
兩岸飛沙<u>迷日色</u>，……	สองฝั่งทรายบินสี<u>ตะวันมืดมน</u> ...
蟹鱉魚蝦<u>朝上拜</u>。	ปูตะพาบกุ้งปลา<u>มองไหว้เบื้องบน</u>

- 「砲雲起」指爆炸後，起了朵朵白雲般的白霧。譯文為 ปีนศิลาเมฆาขึ้น（爬上＋石＋雲），應將其譯為 ระเบิดเป็นควันเมฆขาว（爆炸成白雲般的白霧）。

- 「中溜」指流水中。譯文為 ท่ามกลางเชี่ยวกราก（湍急＋中），應將其譯為 กลางน้ำ（河中）。

- 「黑浪」譯文為 กาพจักร（大乘佛教一隻分派中的宗教儀式），應將其譯為 คลื่นดำ（黑浪）。

- 「迷日色」此處指遮了陽光。譯文為 สีตะวันมืดมน（日色＋黑暗），應將其譯為 บังตะวัน（遮太陽）。

- 「朝上拜」即朝天禮拜。譯文為 มองไหว้เบื้องบน（望＋上＋拜），應將其譯為 ไหว้ฟ้า（拜天）。

原文（43：549）：	譯文（43：816）：
方面圓睛<u>霞彩</u>亮，	หน้าเหลี่ยมนัยน์ตากลม<u>หมอกสีแพรวพราว</u>ส่องสว่างไสว
卷唇巨口<u>血盆紅</u>。……	ริมฝีปากม้วนปากกว้าง<u>ดั่งอ่างเลือดแดง</u> ...
形似顯靈真<u>太歲</u>，……	รูปเสมือนสำแดงศักดิ์สิทธิ์<u>เทพประจำปี</u>จริง ...
頭戴金盔嵌寶濃。	หัวสวมหมวกเกราะทองคำเลี่ยม<u>ของวิเศษ</u>หนาแน่น
<u>竹節鋼鞭</u>提手內，	<u>ท่อนไม้ไผ่แส้เหล็กกล้า</u>ถืออยู่ในมือ
行時<u>滾滾</u>拽狂風。	ยามเดิน<u>พลุ่งพล่าน</u>ตามลมบ้าคลั่ง
生來<u>本</u>是波中物，……	เกิดมา<u>ตามจริง</u>เป็นสิ่งของกลางลูกคลื่น ...
前身喚做小<u>鼉龍</u>。	ร่างก่อนเรียกว่าตะโขงมังกรน้อย

- 「霞彩」指眼睛如彩霞般的亮與燦爛。譯文為 หมอกสีแพรวพราว（霧＋彩色），應將其譯為 ทอรุ้ง（映出彩光）。

- 「血盆紅」指紅如血盆。譯文為 ดั่งอ่างเลือดแดง（如紅血盆），語法顛倒了，應將其譯為 แดงดั่งอ่างโลหิต（紅如血盆）。

- 「太歲」此為中華文化特有之術語。譯文為 เทพประจำปี（年神），應將其音譯，再加注釋之。

- 「寶」即珠寶。譯文為 ของวิเศษ（寶物），應將其譯為 มณี（寶石）。

- 「竹節鋼鞭」。「鞭」為古代打擊性兵器。用鐵做成，有節，沒有鋒刃。譯文為 แส้（鞭子），應將其譯為 กระบอง 或 ตระบอง 或 ตะบอง（鞭）。「竹節」為以竹來形容鞭的節。譯文為 ท่อนไม้ไผ่（竹節）。應將其譯為 ตะบองเหล็กกล้าเป็นปล้องๆ（鋼鞭一節節）。

- 「滾滾」此為形容風很大的樣子。譯文為 พลุ่งพล่าน（生氣到坐不住），應將其譯為 โหมซัด（狂吹）。

- 「本」即原本。譯文為 ตามจริง（照實），應將其譯為 เดิมเป็น（原來）。

- 「鼉龍」即揚子鱷，短吻鱷科短吻鱷屬的鱷魚。譯文為 ตะโขงมังกร（馬來長吻鱷＋龍），應將其譯為 จระเข้ตีนเป็ด 或 อัลลิเกเตอร์（揚子鱷）。

原文（43：553）：	譯文（43：822）：
鯨鰲並蛤蚌，…… 干戈似密麻。…… 誰敢亂爬喳！	ปลาวาฬเต่าตะนุทั้งหอยขมหอยมุก ... สงครามเสมือนมิดชิดตายด้าน ... ใครกล้าปีนป่ายวุ่นวาย

- 「鰲」為「鼇」之異體，即海中大鼈。「鼇」亦為「鰲」之異體。為脊椎動物亞門爬蟲綱龜鼈目的動物，外形像龜，或稱甲魚。譯文為 เต่าตะนุ（綠蠵龜），應將其譯為 ตะพาบ（鼈）。值得注意的是詩中，前句為「鰲」後句為「鼇」，筆者認為譯者或有意將前後句譯文錯開而故意為之。

- 「蛤蚌」即蛤蜊。譯文為 หอยขมหอยมุก（田螺＋珍珠蛤），應將其譯為 หอยกาบ（蛤蜊）。

- 「干戈」即盾牌與戈，代指武器。譯文為 สงคราม（戰爭），應將其譯為 อาวุธ（武器）。

- 「密麻」形容又多又密的樣子。譯文為 มิดชิดตายด้าน（密麻＋死板），應將其譯為 เป็นตับเรียงชิดๆ（密麻成排）。

- 「亂」此處指任意。譯文為 วุ่นวาย（鬧事），應將其譯為 โดยพลการ（隨意）。

第四十四回

原文（44：557）：	譯文（44：828）：
求經脫障向西遊，…… 兔走烏飛催晝夜， 鳥啼花落自春秋。 微塵眼底三千界……	อาราธนาพระไตรปิฎกธรรมพันอุปสรรค<u>ทัศนา</u>ทิศประจิม ... <u>กระต่ายวิ่งนกบินเร่งรัด</u>ทิวาราตรี สกุณาครวญคร่ำบุปผาโรยจากกวสันต์-สารทฤดู ฝุ่นธุลีในดวงตา<u>ไตรภูมิ</u> ...

宿水餐風登紫陌， 未期何日是回頭。	ริมน้ำพักแรมมื้อฉันรับลมขึ้นมรรคามงคล ปลายระยะวันใดคือหันหัวกลับ

- 「遊」即旅行。譯文為 ทัศนา（所見），應將其譯為 ทัศนาจร（旅行）。
- 「兔走烏飛」指日月更替。「烏」指日、「兔」指月。譯文為 กระต่ายวิ่งนกบิน（兔走烏飛），應將其譯為 ตะวันเดือนผลัดเปลี่ยน（日月更替）。詳見第十九回「嬰兒奼女配陰陽，鉛汞相投分日月。離龍坎虎用調和，靈龜吸盡金烏血」之解說。
- 「啼」此處指鳥之鳴叫聲，譯文為 ครวญคร่ำ（呻吟），應將其譯為 ร้อง（鳴）。
- 「自」此處指花開花落依循自然。譯文為 จาก（從），應將其譯為 ไปตาม（依循）。
- 「三千界」譯文為 ไตรภูมิ（三界），見第八回「大千」之解說。
- 「宿水餐風登紫陌」即風餐露宿地往西天取經之路前進。「紫陌」本為往京城的道路，此處借指往西行之路。譯文為 ริมน้ำพักแรมมื้อฉันรับลมขึ้นมรรคามงคล（水邊宿＋餐風＋登＋吉祥＋道），應將其譯為 รอนแรมนอกกลางดินกินกลางทราย สู่จุดหมายแห่งแดนชมพูทวีป（風餐露宿往西方）。
- 「回頭」此處指何日這西行之路才能到終點，回到故鄉。譯文為 หันหัวกลับ（轉頭回來），應將其譯為 กลับ（回歸）。

第四十六回

原文（46：589）： 就似人家包扁食， 一捻一個就剾剮。	譯文（46：875）： ก็เสมือนชาวบ้านห่อของแบนกิน บิดทีหนึ่งอันหนึ่ง ก็กล้อมแกล้มกลืนเข้าไป

- 「扁食」為方言，即餃子。譯文為 ของแบนกิน（扁物＋吃），應將其譯為 เกี๊ยว（餃子）。
- 「剾剮」此指孫悟空比喻自己七十二變化很容易，就像人家包餃子一樣一捻一個。譯文為 กล้อมแกล้มกลืนเข้าไป（剾剮吞下去），應將其譯為 ช่างง่ายดาย（很容易）。

原文（46：593～594）： 自從受戒拜禪林，…… 何期今日你歸陰！	譯文（46：882）： ตั้งแต่รับศีลไหว้ฌานบารมี... ไฉนกำหนดวันนี้เจ้านิวัตสู่ยมโลก！

- 「拜禪林」譯文為 ไหว้ธยานบารมี（拜＋禪宗＋波羅蜜），應將其譯為 ออกบวช（出家）。

- 「何期」即豈料。譯文為 ไฉนกำหนด（何＋定），應將其譯為 มิคาด（不料）。

第四十七回

原文（47：598）：	譯文（47：888）：
靈派吞華岳，……	นิกายศักดิ์สิทธิ์กลืนดอยฮวาเอว้ย（คีรีรุ่งโรจน์）...
岸口無漁火，……	ปากฝั่งแม่น้ำไร้ไฟชาวบ้าน ...
茫然渾似海。	มืดมนขุ่นมัวเสมือนทะเล

- 「靈派」此處指大河的支流。譯文為 นิกายศักดิ์สิทธิ์（神聖＋教派），應將其譯為 สายธาร（水流）。

- 「漁火」指漁船上的燈火，漁人夜裡掛燈以誘魚入網。譯文為 ไฟชาวบ้าน（百姓＋火），應將其譯為 แสงไฟบนเรือประมง（漁船上的燈光）。

- 「茫然」指廣闊無邊的樣子。譯文為 มืดมน（黑暗），應將其譯為 เวิ้งว้าง（廣闊無邊）。

- 「渾似」指完全像。譯文為 ขุ่นมัวเสมือน（渾濁＋如），應將其譯為 เหมือนดั่ง（像）。

原文（47：600）：	譯文（47：892）：
闍黎還念經，	ประตูเมืองราษฎรยังสวดมนต์
班首教行罷。	หัวหน้าคณะศาสนาดำเนินกันแล้ว
難顧磬和鈴，……	ยากเหลียวแลขันระฆังกระดิ่ง...
驚散光乍乍。……	ม้าแยกแสงดับทันที...
翻成大笑話。	ผกผันกลายเป็นคำพูดหัวเราะใหญ่

- 「闍黎」來自梵語「阿闍梨」的省稱，即高僧。亦泛指僧人。譯文為 ประตูเมืองราษฎร（城門＋百姓），應將其譯為 ภิกษุสงฆ์（僧人）。

- 「教行罷」即停止宗教儀式上的活動。譯文為 ศาสนาดำเนินกันแล้ว（宗教＋執行＋了），應將其譯為 หยุดศาสนกิจ（停止宗教上的活動）。

- 「磬」譯文為 ระฆัง（鐘）。詳見第四回「磬」之解說。

- 「驚散」指受驚而逃散。譯文為 ม้าแยก（馬＋散），應將其譯為 ตื่นตระหนกตกใจหนี（驚慌逃散）。

- 「光乍乍」形容僧人光禿禿的頭，此以部分代全體，意指僧人。譯文為

แสงดับทันที（光＋立刻滅），應將其譯為 เหล่าสงฆ์（眾僧）。

- 「笑話」譯文為 คำพูดหัวเราะ（話＋笑），應將其譯為 เรื่องน่าขัน（笑話）。

原文（47：604）：	譯文（47：897）：
感應一方興廟宇。	มีปฏิกิริยาสนองทิศทางหนึ่งให้ศาลเจ้าเจริญรุ่งเรือง

- 「感應一方興廟宇」指一方百姓得到靈感大王的保佑而興建廟宇祭拜。譯文為 มีปฏิกิริยาสนองทิศทางหนึ่งให้ศาลเจ้าเจริญรุ่งเรือง（有反應＋一個方向＋使廟宇＋興旺），因泰文化中沒有「感應」一概念，只有「靈驗」的概念，顧及前後文及語法，或可將其轉譯為「保佑」一概念，筆者認為應將此句譯為 ปกปักประชาสร้างศาลไหว้（保佑百姓＋興建廟宇）。

第四十八回

原文（48：610）：	譯文（48：906）：
腰纏寶帶繞紅雲。……	เอวรัดเข็มขัดวิเศษเมฆแดงเวียนวน …
足下煙霞飄蕩蕩，……	ใต้เท้าควันเมฆยามเย็นพัดพลิ้วล่องลอย
立處層層煞氣溫。	ข้างกายหมอกธุมอบอุ่นละมุนละม่อม …
	สถานที่ยืนชั้นๆบรรกาศภูตผีสิง

- 「紅雲」此處代指顯貴氣之意。譯文為 เมฆแดง（紅色的雲），應將其譯為 ดูสูงศักดิ์（顯貴氣）。
- 「煙霞」此處指彩霞。譯文為 เมฆยามเย็น（晚霞的雲），應將其譯為 เมฆสีรุ้ง（彩色的雲）。
- 「層層」此處指氛圍。譯文為 ชื้นๆ（濕濕的），應為打錯字，因 ชื้นๆ（濕濕的）與 ชั้นๆ（層層）的泰文韻母字狀相近。此處應將其譯為 ห้อมล้อมไปด้วย（包圍著）。
- 「煞氣」譯文為 บรรกาศภูตผีสิง（鬼怪氣氛），應將其譯為 ไอปีศาจ（妖怪的邪氣）。

第四十九回

原文（49：622）：	譯文（49：926）：
自恨江流命有愆，	แค้นเองชลาสินธุ์ชีวิตมีผิดพลาด
生時多少水災纏。……	เวลาเกิดมากน้อยอุทกภัยพัวพัน …
可得真經返故園？	น่าได้พระธรรมสุทธากลับอุทยานเก่า ？

- 「自恨江流命有愆」這句詩為唐僧自歎自己生來罪孽深重。「江流」指唐

僧，因生來被流江，故名。譯文為 แค้นเองชลาสินธุ์ชีวิตมีผิดพลาด（恨＋己＋江河＋命＋有＋過錯），應將其譯為 แค้นใจตนที่เกิดมามีกรรมหนัก（自恨生來罪孽重）。

- 「多少」指有唐僧生來幾經水災。譯文為 มากน้อย（多＋少），應將其譯為 กี่ครา（幾何）。

- 「可得」此處指能不能取得真經之意。譯文為 น่าได้（應該＋可以），應將其譯為 จะได้ ... หรือไม่（可否得到）。

- 「故園」即故鄉。譯文為 อุทยานเก่า（舊＋園），應將其譯為 บ้านเกิด（故鄉）。

原文（49：623）：	譯文（49：927）：
牙齒鋼鋒尖又<u>齊</u>。…… 一聲<u>咿啞</u>門開處， 響似<u>三春驚蟄</u>雷。	ฟันเหล็กกล้าแหลมคมก็<u>เรียบร้อย</u> ... เสียงหนึ่ง<u>อีเอีย</u>สถานที่ประตูเปิด ดังเสมือนอสุนีบาต<u>เดือนยี่วสันตฤดู</u>

- 「齊」譯文為 เรียบร้อย（整齊），與泰語文法不合，應將其譯為 ฟันตรง（牙齒整齊）。

- 「咿啞」此為開門之擬聲詞。譯文為 อีเอีย（咿呀，漢音譯），應將其譯為 เอี๊ยดอ๊าด（íat-aat，泰語門聲的擬聲詞）。

- 「三春驚蟄」即二十四節氣中的三個節氣。二十四節氣為中國特有，依干支曆特定的節令。譯文巧妙地將其轉譯為 เดือนยี่วสันตฤดู（二月春），筆者認為此處應加注釋之。

原文（49：624）：	譯文（49：929）：
若逢對敵<u>寒風灑</u>， 但遇<u>相持</u>火焰生。…… 築倒<u>太山</u>千虎怕，…… 一築須<u>教</u>九窟窿！	แม้นประสบคู่ต่อสู้<u>ลมหนาว</u>สะดุ้งตกใจ แต่ว่าเจอ<u>ยืนหยัดต่อกัน</u>เกิดเปลวเพลิง ... สับล้ม<u>คีรีใหญ่</u>พันพยัคฆ์หวดกลัว ... สับทีเดียวจะต้อง<u>สอน</u>เป็นหลุมโพรง！

- 「寒風灑」見第三十二回「寒風灑」之解說。

- 「相持」見第三十二回「相持」之解說。

- 「太山」即泰山。譯文為 คีรีใหญ่（大山），應將其音譯為 เขาไท่ซาน（山—意譯＋泰山—音譯）。

- 「教」即使、讓。譯文為 สอน（教），應將其譯為 ให้（讓）。

原文（49：624）：	譯文（49：929）：
九瓣<u>攢</u>成<u>花骨朵</u>，	เก้ากลีบเจาะ<u>กระดูก</u>สำเร็จเป็น<u>ดอกไม้</u>

一竿虛孔萬年青。…… 綠房紫茵瑤池老， 素質清香碧沼生。 因我用功摶煉過，…… 槍刀劍戟渾難賽， 鉞斧戈矛莫敢經。 縱讓他鈀能利刃， 湯著吾錘迸折釘！	ลำไม้หนึ่งรูกลวงเขียวหมื่นปี ... ดอกกมลสีม่วงห้องเขียวมรกต ณ วังสระหยก เนื้อแท้บริสุทธิ์หอมกำจร สดใสหนองน้ำเกิดหยกคราม สาเหตุข้าใช้พลังงานผ่านการฝึกฝน ... ดาบทวนหอกกระบี่ระคนกันยากแข่งขัน ขวานสงครามหอกทวนมิกล้าหาญ มาตรแม้นยอมเขาใช้คราดสามารถแทง ถูกค้อนข้าลวกกระจายตะปูคราดหัก!

- 「攢」譯文為 เจาะ（鑽空）。詳見第十六回「攢」之解說。

- 「花骨朵」指含苞未放的花，花蕾的通稱。譯文為 กระดูก ... ดอกไม้（骨頭成為花），應將其譯為 ดอกตูม（花苞）。

- 「萬年青」此處形容靈感大王的九瓣銅錘是萬年不枯萎、萬年長青。譯文為 เขียวหมื่นปี（萬年＋青），應將其譯為 ไม่โรยรา（不凋謝）。

- 「綠房」指蓮房。譯文為 ห้องเขียวมรกต（祖母綠色＋房子），應將其譯為 ฝักบัว（蓮蓬）。

- 「茵」即蓮子。譯文為 ดอกกมล（蓮花），應將其譯為 เม็ดบัว（蓮子）。

- 「碧沼生」譯文為 หนองน้ำเกิดหยกคราม（水澤＋生＋藍玉），應將其譯為 เกิดในสระ（生於水池中）。

- 「用功」即下功夫。譯文為 ใช้พลังงาน（用能量），應將其譯為 ตั้งใจ（努力）。

- 「渾」此處為副詞，指簡直、幾乎。譯文為 ระคนกัน（混雜），應將其譯為 จริง（真）。

- 「鉞」為武器名，形似斧而較大。泰國沒有，故譯文將其與「斧」合譯為 ขวานสงคราม（戰＋斧）。

- 「縱讓他鈀能利刃」指即使他的鈀的刃很鋒利，碰到我的錘後，他的鈀都會斷裂掉。譯文為 มาตรแม้นยอมเขาใช้คราดสามารถแทง（雖然＋願意＋他＋用鈀＋能＋刺），應將其譯為 ต่อให้คราดเขาจะคมกริบ（縱使他的鈀再鋒利）。

- 「湯」此處指碰觸。譯文為 ลวก（燙），應將其譯為 แตะโดน（碰）。

原文（49：625）： 出自月宮無影處， 梭羅仙木琢磨成。 外邊嵌寶霞光耀，	譯文（49：930）： ออกจากวังดวงจันทร์สถานที่ไร้เงา เป็นไม้กระสวยตาข่ายอมราขัดเกลาสำเร็จ ภายนอกเลี่ยมเมฆินทร์วิเศษแสงสว่างรุ่งโรจน์

內裏鑽金瑞氣<u>凝</u>。	ภายในฝังทองคำบรรยากาศสิริมงคล<u>แข็งตัว</u>
<u>先日</u>也曾陪御宴。	<u>วันก่อน</u>ก็เคยใช้อยู่ในงานกินเลี้ยงพระราชสำนักอมรา

- 「出自」即產自。譯文為 ออกจาก（從……出），應將其譯為 มาจาก（來自）。

- 「梭羅仙木」譯文為 เป็นไม้กระสวยตาข่ายอมรา（是＋梭子＋木＋網子＋仙人）。見第二十二回「梭羅派」之解說。

- 「琢磨」指雕刻。譯文為 ขัดเกลา（磨煉），應將其譯為 แกะสลัก（雕刻）。

- 「外邊嵌寶霞光耀」指外邊鑲嵌著寶石，散發出光彩。此句詩為四三句法結構：外邊嵌寶/霞光耀。而譯文結構為外邊嵌/寶霞/光耀。

- 「凝」即凝集。譯文為 แข็งตัว（凝固），應將其譯為 รวม（聚集）。

- 「先日」即昔日。譯文為 วันก่อน（前日），應將其譯為 อดีต（以前）。

原文（49：628）：	譯文（49：935）：
性急能<u>鵲薄</u>。……	อารมณ์ร้อนสามารถ<u>ฟ้องร้องคนเดือดร้อน</u> ...
<u>拽步</u>入深林，……	<u>ลากก้าวย่างเท้า</u>เข้าดงไม้ลึก ...
<u>散挽一窩絲</u>，	<u>กระจายรั้งซ่อนยองใยไว้</u>
未曾戴<u>纓絡</u>。……	มิเคยสวย<u>สร้อยสังวาล</u>...
披肩繡帶無，	
<u>精光</u>兩臂膊。	สองแขนท่อนบน<u>แสงวิจิตร</u> <u>มือหยก</u>ถือมีดดาบเหล็กกล้า
<u>玉手</u>執鋼刀。	

- 「鵲薄」來自方言，指尖酸刻薄。〔註53〕譯文為 ฟ้องร้องคนเดือดร้อน（控訴＋人＋受災），應將其譯為 ปากเปราะเราะราย（尖嘴薄舌）。

- 「拽步」即拉開腳步。譯文為 ลากก้าวย่างเท้า（拖著腳步＋邁步），應將其譯為 สาวเท้า（跨步）。

- 「散挽一窩絲」此處形容觀音在竹林中未梳妝時，沒戴頭飾，隨便挽著頭髮的情形。譯文直譯為 กระจายรั้งซ่อนยองใยไว้（散＋挽＋窩藏＋絲＋著），應將其譯為 คร่าวรั้งเกศา（草草地挽著頭髮）。

- 「纓絡」指用珠玉串成戴的裝飾品，多為頸飾。值得注意的是，譯文並非將其譯為項鏈，而是將其轉譯為 สร้อยสังวาล，是一種受印度文化的裝飾，指一種斜掛於肩膀的鏈子。

- 「精光」此處指光著，沒有任何穿戴。譯文為 แสงวิจิตร（漂亮的光），應將

〔註53〕曹海東、李玉晶：〈「鵲薄」及相關異寫形式考辨〉《漢語學報》，2015 年，01
期，頁 34～39。

其譯為 เปลือย（光著）。

- 「玉手」為形容潔白如玉的手。譯文為 มือหยก（玉＋手），應將其譯為 กรงาม（漂亮的手）。

原文（49：630）：	譯文（49：938）：
多年粉蓋<u>癩頭黿</u>。	นานปีแป้งครอบหัวตะพาบโรคกุษฐัง

- 「癩頭黿」即斑鱉，為龜鱉目鱉科黿屬的一種，頭有疙瘩似癩，故名。譯文為 หัวตะพาบโรคกุษฐัง（鱉頭＋麻風病），應將其譯為 ตะพาบยักษ์（巨鱉）。

第五十回

原文（50：637～638）：	譯文（50：949）：
<u>謾觀</u>這等<u>真堪嘆</u>。	<u>หลอกลวงมองดู</u> ความจริงเป็นอย่างนี้พอที่จะรำพึงรำพัน

- 「謾觀」指不經意的觀看。譯文為 หลอกลวงมองดู（欺騙＋觀看），應將其譯為 เหม่อมอง（謾觀）。
- 「真」此為副詞，即的確。譯文為 ความจริง（事實），應將其譯為 ช่างน่า（真可……）。
- 「堪嘆」見第十六回「堪嘆」之解說。

原文（50：643）：	譯文（50：958）：
道高一<u>尺</u>魔高丈， 性亂情昏<u>錯認家</u>。…… 當時<u>行動</u>念頭差。	เด่าสูงหนึ่ง<u>ฉือ</u>มารสูงหนึ่งจ้าง จิตใจวุ่นวายมืดมนจำสำนักผิด ... ยามนั้น<u>การเคลื่อนไหว</u>คำนึงผิดพลาด

- 「尺」譯文音譯為 ฉือ。「尺」，古長 23.19 公分，[註54] 泰語與其相近之衡量度為 คืบ（kêup），長二十五公分。
- 「丈」，十尺為一「丈」，若一尺是 23.19 公分，十尺即 2.319 米。泰語與其相近之衡量度為 วา（waa），長約 2 米。值得注意的是「丈」與「仞」之長度相近。詳見第十五回「仞」之解說。
- 「錯認家」此處指錯誤地分辨，誤入歧途之意。譯文為 จำสำนักผิด（認＋錯＋門派），應將其譯為 เดินผิดทาง（誤入歧途）。
- 「行動」譯文為 การเคลื่อนไหว（行動），應將其譯為 การกระทำ（行為）。

〔註54〕黎良軍：〈論「斤」、「尺」及其他〉，頁 88。

第五十一回

原文（51：644）：	譯文（51：959）：
<u>同幼同生</u>意<u>莫窮</u>。……	<u>แต่เยาว์วัยร่วมเลี้ยงชีพ</u>มิขัดสน ...
同慈<u>同念</u>顯靈功。	ร่วมเมตตา<u>ร่วมท่อง</u>สำแดงผลงานศักดิ์สิทธิ์
<u>同緣同相心真契</u>，	<u>ร่วมวาสนาจริงใจผูกพัน</u>
<u>同見同知道轉通</u>。	<u>ร่วมเห็นร่วมรู้วนเวียนราบรื่น</u>
豈料如今<u>無主杖</u>。	ไฉนคาดคิดวันนี้มิได้มีผู้ใหญ่ถือไม้เท้า

- 「同幼同生」指共同修行一起成長、一起相互扶持。譯文為 แต่เยาว์วัยร่วมเลี้ยงชีพ（自幼＋共＋謀生），應將其譯為 ร่วมบำเพ็ญร่วมศึกษาร่วมก้าวหน้า ร่วมพึ่งพาอาศัยคอยเกื้อหนุน（共修共學共進步，共相扶持）。

- 「意莫窮」此處指意義與價值是無窮的。譯文為 มิขัดสน（不窮困），應將其譯為 มีคุณค่าอย่างหาที่สุดไม่ได้（有著無價的意義）。

- 「同念」指有著同樣的想法。譯文為 ร่วมท่อง（同＋念），應將其譯為 ความเห็นตรงกัน（想法相同）。

- 「同緣同相心真契」有共同的教義及奉拜同一如來佛，心自有默契。譯文為 ร่วมวาสนาจริงใจผูกพัน（共緣真誠有感情），應將其譯為 มีคติธรรมบูชาพุทธใจตรงกัน（有共同的教義，同有奉佛之行，心自然有默契）。

- 「同見同知道轉通」指有著同樣的見解及認知，道路就會變得通暢無阻了。譯文為 ร่วมเห็นร่วมรู้วนเวียนราบรื่น（同見＋同知＋轉＋通），應將其譯為 มีทัศนะความเข้าใจตรงกันฉันใด ทางย่อมไร้อุปสรรคคอยขัดขวางฉันนั้น（有著同樣的見解及認知，道路就無阻了）。

- 「無主杖」即沒了主心骨，此處指失去了唐僧。譯文為 มิได้มีผู้ใหญ่ถือไม้เท้า（沒有＋成人＋拿拐杖），應將其譯為 เสียเสาหลัก（失了主幹）。

原文（51：646）：	譯文（51：962）：
<u>河漢</u>安寧天地<u>泰</u>，	<u>คงคาฮั่น</u>เกษมสุขฟ้าปฐพี<u>ยิ่งใหญ่</u>
五方八極偃戈旌。	ห้าทิศแปดชายแดนหยุดพัก<u>อาวุธธงทิว</u>

- 「河漢」即銀河。譯文為 คงคาฮั่น（漢＋河），應將其譯為 ทางช้างเผือก 或 นภสินธุ์（銀河）。

- 「泰」此處指安樂、安寧。譯文為 ยิ่งใหญ่（偉大），應將其譯為 สันติ（太平）。

- 「戈旌」代指戰爭。譯文為 อาวุธธงทิว（兵器＋旗子），應將其譯為 ไฟสงคราม（戰火）。

原文（51：647）：	譯文（51：964～965）：
眼光掣電睛珠暴，	แสงเนตรบังคับสายฟ้าแก้วตาดุร้าย
額闊凝霞髮鬇鬡。……	หน้าผากกว้างเมฆาเกาะแข็งมวยผมรัดเส้นปอ ...
環條灼灼攀心鏡。	ไหมเกลียวล้อมตะกายกระจกป้องหัวใจรุ่งโรจน์

- 「掣電」譯文為 บังคับสายฟ้า（控制＋雷電），見第三十五回「光掣電」之解說。
- 「凝霞」此處為形容女子如雲的髮型。譯文為 เมฆาเกาะแข็ง（雲＋凝固），應將其譯為 ทรงเมฆินทร์（雲型）。
- 「攀」指牢繫。譯文為 ตะกาย（攀爬），應將其譯為 รัดแน่น（繫綁）。
- 「護心鏡」即古代武士鑲嵌在戰衣胸背部位的圓形銅片。筆者認為應加注釋之。

第五十三回

原文（53：674）：	譯文（53：1004）：
幽人自往還。	คนลี้ลับไปกลับเอง

- 「幽人」指隱居林中之人。譯文為 คนลี้ลับ（神秘的人）。此句韻文出現了一個值得關注的文化詞彙，對於「隱居」的概念，漢文化中指「深居鄉野不出仕」，義項偏於不入朝為官的概念。而泰文化中兩個較為相近的概念，一為 การปลีกวิเวก（遠離人事，使自己處於安靜、獨處之所），指暫時性的遠離問題與煩惱，讓自己有獨自思考、清淨的空間。二則為 อยู่อย่างสันโดษ（獨居生活），สันโดษ 一詞指安於現狀，而此「獨居生活」義項偏於未婚或退休後的獨居生活。對於「幽人」一詞，若按照泰語 การปลีกวิเวก 的概念譯之，恐與泰文化中用語不搭，筆者認為應將其譯為 คนบ้านป่า（林中屋之人），此詞在泰文化概念中為處在遠離繁榮與人煙的林中屋之人。

原文（53：675）：	譯文（53：1006）：
腰間寶帶繞玲瓏。	ระหว่างเอวเข็มขัดวิเศษล้อมหยกหลิงหลง
一雙納錦凌波襪，……	หนึ่งคู่ถุงเท้าแพรลายคลื่นสับสน ...
鏟利桿長若蟒龍……	สากยาวด้ามทองคำดั่งงูเหลือมมังกร ...
鋼牙尖利口翻紅。……	ฟันเหล็กกล้าแหลมคมปากกลับแดง ...
形容惡似溫元帥。	ลักษณะเหี้ยมโหดดุร้ายเสมือนแม่ทัพเทพอุน

- 「玲瓏」指玉的清越聲，此處代指掛在腰間的玉珮。譯文音譯為 หยกหลิงหลง（玲瓏＋玉）。值得注意的是，中國的「玉文化」早在幾千年就已經產生了。子曰：「玉之美，有如君子之德。」以玉喻君子之德，此為中國文化特有。筆者認為應將其譯為 ป้ายหยก（玉牌）。

- 「凌波襪」為形容很美、質量很好、很華麗的錦襪。典出魏・曹植〈洛神賦〉：「陵波微步，羅韤生塵。」〔註55〕譯文為 ลายคลื่นสับสน（波浪＋雜亂＋紋），應將其譯為 ถุงเท้างามวิไล（漂亮的襪子）。

- 「鐏利」指柄末圓球形金屬套。譯文為 ด้ามทองคำ（黃金柄），應將其譯為 ปลายด้ามคม（柄端利）

- 「桿」譯文為 สาก（舂杵），應將其譯為 พลอง（棍棒）。

- 「翻」此處指變成。譯文為 กลับ（卻），應將其譯為 กลาย（變）。

- 「溫元帥」譯文為 แม่ทัพ（元帥，意譯）＋เทพ（神，意譯）＋อุน（溫，音譯）。「溫元帥」為中國民間信仰的神明，為道教四大元帥之一。筆者認為應加注釋之。

原文（53：680）：	譯文（53：1014）：
真鉛若煉須真水，	ตะกั่วแท้แม้ถลุงจำเป็นต้องน้ำจริง
真水調和真汞干。	น้ำจริงประสมปรอทแห้งจริง
真汞真鉛無母氣，	ปรอทจริงตะกั่วจริงมิได้มีธาตุแม่
靈砂靈藥是仙丹。	ทรายศักดิ์สิทธิ์ยาศักดิ์สิทธิ์ คือเม็ดยาอมรา
嬰兒枉結成胎象，	ทารกเหนื่อยเปล่าผูกสำเร็จลักษณะครรภ์
土母施功不費難。	แม่ธรณีสำแดงผลงานแท้จริงมิลำบาก
推倒旁門宗正教，	ผลักล้มสำนักเดียรถีย์ถือศาสนาสัมมาสมาธิ
心君得意笑容還。	จิตท่านสมใจคืนโฉมหน้าหัวเราะผ่องใส

- 這段的泰文翻譯以直譯方式處理，與原意不符。這首詩於《西遊記百回詳注・53回》有詳細的解釋，因涉及較艱深的道家理論，所以相關資料在此不予轉錄與解釋。

第五十四回

原文（54：682～683）：	譯文（54：1018）：
煙花圍困苦難當！	ควันกุสุมาลย์รุมล้อมลำบากยากสกัดกั้น

〔註55〕〔梁〕蕭統編；〔唐〕李善注：《文選》（臺北：五南圖書出版股份有限公司，1991年），頁484。

- 「煙花」此處指女子。譯文為 ควันกุสุมาลย์（煙＋花），應將其譯為 นารี（女子）。

原文（54：690）：	譯文（54：1031）：
閶闔中間翠輦來。……	ระหว่าง<u>รั้ววังเขียวขจีราชรถ</u>มา ...
皇宮不閉錦排排。	พระตำหนักราชันไม่ปิดแพรวิจิตรเรียงราย
麒麟殿內爐煙裊，	กิเลนในพระที่นั่งควันเตายียวน
孔雀屏邊房影回。	<u>นกยูงรำแพนข้างห้องเงาสะท้อนกลับ</u> หอศาลาตระหง่านดั่ง<u>ก๊กวิเศษ</u>
亭閣崢嶸如上國，	ห้องโถงหยกม้าทองคำยิ่งอัศจรรย์จริง
玉堂金馬更奇哉！	

- 「閶闔」指宮門。譯文為 รั้ววัง（宮＋籬笆），應將其譯為 ประตูวัง（宮門）。

- 「翠輦」指飾有翠鳥羽毛的帝王車駕。譯文為 เขียวขจีราชรถ（翠＋輦），應將其譯為 ราชรถ（帝王車駕）。

- 「錦」此處指穿著亮麗的綾羅綢緞的宮女。譯文為 แพรวิจิตร（漂亮的錦），應將其譯為 นางข้าหลวง（宮女）。

- 「麒麟殿」即漢代宮殿名，後泛指皇宮。譯文為 กิเลนในพระที่นั่ง（宮殿內的麒麟），應將其譯為 ท้องพระโรง（大殿）。

- 「孔雀屏」見第三十九回「孔雀屏」之解說。

- 「上國」此處指大唐長安。譯文為 ก๊กวิเศษ（神聖＋國），應將其譯為 ราชธานีฉางอัน（京師長安）。

- 「玉堂金馬」形容堂皇華麗的宮殿。「玉堂」即玉飾的殿堂，為宮殿的美稱。「金馬」即金馬門，漢未央宮門，因門旁豎有銅馬，故名。譯文為 ห้องโถงหยกม้าทองคำ（玉＋堂＋金馬），應將其譯為 พระราชวังอลังการ（華麗的宮殿）。

第五十五回

原文（55：695）：	譯文（55：1038）：
釀蜜<u>功何淺</u>，	หางคมช้านาญปราบคางคก กลั่นน้ำผึ้ง<u>ผลงานไฉนต้นต่ำ</u>
<u>投衙禮自謙</u>。	<u>พักพิงทบวงกรม</u>มารยาท<u>ถ่อมตัวเอง</u>

- 「功何淺」指功不淺。譯文為 ผลงานไฉนต้นต่ำ（作品＋何＋淺低），應將其譯為 คุณใหญ่หลวง（大功）。

- 「投衙」即衙參。《漢語大詞典》謂舊時官吏到上司衙門，排班參見，稟白公事。此處引申為蜜蜂社會裡工蜂排列參見蜂王。譯文為 พักพิงทบวงกรม（投

靠＋官銜），應將其譯為 เข้าเฝ้า（參見）。

- 「自謙」即自我謙遜。譯文為 ถ่อมตัวเอง（自己＋謙虛）。應將其譯為 ถ่อมตน （謙虛）。

原文（55：704）：	譯文（55：1052）：
<u>冠簪</u>五嶽金光彩，	<u>มงกุฎปักกุสุมาลย์</u>ห้าขุนเขาแสงสุวรรณแพรวพราว
<u>笏執</u>山河玉色瓊。……	<u>ถือป้าย</u>ขุนนางคีรีคงคาสีสันหยกวิเศษ ...
腰圍<u>八極</u>寶環明。	<u>เอวล้อมอิฐแผนภูมิจักรวาล</u>ชัดแจ่มแจ้ง
叮噹<u>珮</u>響如敲<u>韻</u>，	ดึงดังเสียงหยกดังดั่ง<u>เคาะสัมผัสโคลง</u>
迅速風聲似<u>擺</u>鈴。	ฉับพลันเสียงลมเสมือนกระดิ่ง<u>เรียงราย</u>
翠羽<u>扇</u>開來昂宿，	เปิด<u>บานทวาร</u>เขียวขจีมาดาวนักกษัตรกฤตติกา
<u>天香飄襲</u>滿門庭。	<u>ฟ้าสุคนธ์ลมหวนจู่โจม</u>ประตูลานบ้าน

- 「冠簪五嶽金光彩」此處形容昂宿的雞冠巍峨如五嶽。譯文為 มงกุฎปักกุสุมาลย์ห้าขุนเขาแสงสุวรรณแพรวพราว（冠＋簪＋五嶽＋金光＋燦爛），應 將其譯為 มงกุฎหงอนไก่ทอสุวรรณแสง ดั่งห้าแห่งขุนเขาทรงสง่า（雞冠＋冠＋發出金 色的光，巍峨如五嶽）。

- 「笏執山河玉色瓊」指昂宿執玉笏，為為官者治理天下的象徵。譯文為 ถือป้ายขุนนางคีรีคงคาสีสันหยกวิเศษ（執笏＋山河＋色＋寶玉），應將其譯為 ป้ายขุนนางในมือปกครองแผ่นดิน（笏在手中，管理天下）。

- 「腰圍八極寶環明」指腰帶圍繞著珍寶。「八極」此處指天地之間，八方之 極。譯文為 เอวล้อมอิฐแผนภูมิจักรวาลชัดแจ่มแจ้ง（腰圍＋磚＋圖＋宇宙＋明亮）， 應將其譯為 รัดองค์ล้อมอัฐมณีสีแพรวพราว（腰帶嵌八寶色燦爛）。

- 「珮」詳見第五十三回「玲瓏」之解說。

- 「敲韻」指敲出和諧、優雅的聲音。譯文為 เคาะสัมผัสโคลง（敲＋押韻），應 將其譯為 เสียงทำนองไพเราะเสนาะหู（韻律優雅，聽之悅耳）。

- 「擺」譯文為 เรียงราย（排列），應將其譯為 สั่น 或 ส่าย（搖動）。

- 「扇」譯文為 บานทวาร（門），應將其譯為 พัด（扇子）。

- 「天香飄襲」指妙香撲襲。譯文為 ฟ้าสุคนธ์ลมหวนจู่โจม（天＋香＋飄＋襲 擊），應將其譯為 สุคนธรสลอยประทะ（香氣撲襲）。

原文（55：705）：	譯文（55：1055）：
踴躍雄威全<u>五德</u>，……	กระโจนโผนแผ่นอานุภาพแกล้วกล้า<u>เบญจธรรมสมบูรณ์</u>...
豈如凡鳥啼茅屋。	ไฉนดั่งสกุณาสามัญ<u>ร้องครวญคร่ำ</u>บนกระท่อม

- 「五德」此處指雞為五德之禽，具文、武、勇、仁、信。《韓詩外傳》：「雞有五德：首戴冠，文也；足搏距，武也；敵敢鬥，勇也；見食相呼，仁也；守夜不失，信也。」譯文為 เบญจธรรม（五德），筆者認為應加注釋之。
- 「啼」見第四十四回「啼」之解說。

第五十六回

原文（56：707）：	譯文（56：1058）：
艾葉滿山無客采， 蒲花盈潤自爭芳。 海榴嬌艷遊蜂喜， 溪柳陰濃黃雀狂。 長路哪能包角黍， 龍舟應弔汨羅江。	ใบยาทั่วสิขรไร้อาคันตุกะเลือกสรร ดอก กก เต็มลำธารชิงหอมหวน ต้นหลิวทะเลอ่อนช้อยสวยงามภุมรินยินดีท่องเที่ยว หลิวคลองร่มเย็นนกขมิ้นกล้าจัด ถนนยาวนั้นสามารถห่อข้าวเกาเหลียง เรือมังกรสนองไว้อาลัยคงคามีหลอเจียง

- 「艾葉」即艾草。譯文為 ใบยา（草藥葉），因艾草產自中國，泰國雖有，但現今依然以潮州音譯稱之，為 เฮียเฮียะ（艾葉）。
- 「蒲」即香蒲，香蒲科的植物。譯文為 กก（莎草科植物），應將其譯為 ธูปฤาษี（香蒲科）。
- 「爭芳」即花與花之間競相綻放。譯文為 ชิงหอมหวน（奪＋香），應將其譯為 แข่งกันบาน（競相開放）。
- 「海榴」即石榴，又稱海石榴，此處指石榴花。譯文為 ต้นหลิวทะเล（海＋柳樹）。應將其譯為 ดอกทับทิม（石榴花）。
- 「遊蜂喜」為形容蜜蜂歡喜。譯文為 ภุมรินยินดีท่องเที่ยว（蜂＋願意＋遊玩），應將其譯為 ภุมรินเริงร่า（蜜蜂歡喜）。
- 「狂」與前句「喜」對仗，意為狂喜。譯文為 กล้าจัด（非常勇敢），應將其譯為 ปลื้ม（極喜）。
- 「角黍」即粽子。以蘆葉或竹葉裹米成三角形蒸熟。古用黏黍，故稱。見《太平御覽·卷851》及明李時珍《本草綱目·穀四·粽》。譯義為 ข้าวเกาเหลียง（高粱）。應將其譯為 บะจ่าง，來自福建話「肉粽」的音譯。〔註56〕
- 「龍舟」指端午紀念屈原的龍形船。譯文直譯為 เรือมังกร（龍＋船），應加注釋之。

〔註56〕ชมชื่น ชูช่อ（6 สิงหาคม 2556）. บะจ่าง...ขนมจ้างใครว่าของจีน?. ไทยรัฐ. สืบค้นเมื่อ 22 มิถุนายน 2557.

第五十七回

原文（57：723）：	譯文（57：1082）：
心亂神昏諸病<u>作</u>，	จิตวุ่นใจมืดมนบรรดาโรคา<u>กระทำ</u>
形衰精敗<u>道元傾</u>。	รูปโทรมแก่นสารเสื่อม<u>ปฐมเต๋าคว่ำ</u>
<u>三花不就</u>空勞碌，	<u>สามกุสุมาลย์มิแน่นอน</u>ว่างเปล่าทุกข์ยากวุ่นวาย
四大<u>蕭條</u>枉費爭。	จตุรธาตุ<u>วังเวง</u>เหนื่อยเปล่าการช่วงชิง
<u>土木</u>無功<u>金水絕</u>	<u>ธาตุดินไม้</u>ไร้ผลงาน<u>ตัดขาดธาตุทองน้ำ</u>

- 這首詩將取經團隊視為人體，孫悟空為心、為火、為金；唐僧為元神。心一亂神一昏，身體即團隊就病，就出問題了。為木的八戒及為土的沙僧也幫不了孫悟空，這取經團隊又何時才能成功。
- 「作」此處指百病叢生。譯文直譯為 กระทำ（做），應將其譯為 เกิด（生）。
- 「道元傾」指道之根本、元氣受到毀壞。譯文直譯為 ปฐมเต๋าคว่ำ（元＋道＋傾），應將其譯為 รากฐานทลาย（根基塌）
- 「三花」道教指人的精、氣、神。譯文直譯為 สามกุสุมาลย์（三花）。此處應加注釋之。
- 「不就」此處指精、氣、神不完善、不就緒。譯文為 มิแน่นอน（不確定），應將其譯為 ไม่สมบูรณ์（不完整）。
- 「蕭條」即凋零，用於身體引申為衰退。譯文為 วังเวง（寂靜），應將其譯為 เสื่อม（衰）。
- 「土木」此處指豬悟能及沙悟淨。譯文為 ธาตุดินไม้（土行＋木行），應加注解，或意譯為 โป๊ยก่ายซัวเจ๋ง（八戒＋沙僧）。
- 「金水絕」，「金」指金蟬子，即唐僧。故「金水絕」指唐僧沒水可以喝。譯文為 ตัดขาดธาตุทองน้ำ（斬斷＋金行＋水行），應將其譯為 ทองขาดน้ำ（金缺水），再加注釋之。

原文（57：727）：	譯文（57：1087）：
<u>身在神飛不守舍</u>，	<u>ร่างอภินิหารเหาะเหินอยู่มิเฝ้าบ้าน</u>
有爐無火怎燒丹。……	มีเตาไร้ไฟหุงยาอายุวัฒนะอย่างไร <u>หวางผอ</u>
<u>黃婆</u>別主求<u>金老</u>，	อำลาเจ้านายขอร้อง<u>จินเหล่า</u> <u>มู่หมู่</u>
<u>木母</u>延師奈病顏。	เชื้อเชิญอาจารย์จีนใจใบหน้าโรคา

- 「身在神飛不守舍」即身在心不在，魂不守舍。譯文為 ร่างอภินิหารเหาะเหินอยู่มิเฝ้าบ้าน（有神通之身＋不守家），應將其譯為

จิตไม่อยู่กับตัว（魂不守舍）。

- 「黃婆」此處指沙悟淨。譯文音譯為 หวางผอ（黃婆），應加注釋之，或將其譯為 ซัวเจ๋ง（沙僧）。

- 「金老」此處指孫悟空。譯文音譯為 จินเหล่า（金老），應加注釋之，或將其譯為 หงอคง（悟空）

- 「木母延師奈病顏」即豬悟能想去花果山，請孫悟空歸還行李，最後換沙悟淨去，豬悟能沒有去成。譯文為 เชื้อเชิญอาจารย์จนใจใบหน้าโรคา（請＋師父＋奈何＋病臉），應將其譯為 โป๊ยก่ายใคร่ยาตราถูกรั้ง（八戒欲行＋被拉住）。

第五十八回

原文（58：738）：	譯文（58：1105）：
欲思寶馬三公位，	ความอยากคำนึงม้าวิเศษตำแหน่งซานกง
又憶金鑾一品台。……	ก็คะนึงแท่นลำดับที่หนึ่งพระราชวังจินหลวน ...
東擋西除未定哉。	บูรพาสกัดประจิมขจัดมิแน่นอนเอ๋ย
禪門須學無心訣，	ประตูฌานต้องศึกษาใจมิได้มีเคล็ด
靜養嬰兒結聖胎。	เงียบเชียบเลี้ยงเด็กทารกผูกครรภ์เมธา

- 「寶馬三公」指高官厚祿。「寶馬」指名貴的駿馬。譯文為 ม้าวิเศษ（神馬），應將其譯為 ม้างาม（駿馬）。「三公」為中國古代中央三種最高官銜的合稱。譯文音譯為 ซานกง（三公），筆者認為應加注釋之。

- 「一品台」指位列一品官員，位極人臣。譯文為 แท่นลำดับที่หนึ่ง（第一＋台），應將其譯為 อัครมหาเสนาบดี（宰相）。

- 「未定」指天下尚未安定。譯文為 มิแน่นอน（不確定），應將其譯為 ยังไม่สงบ（尚未安定）。

- 「禪門」即禪定之法門。譯文為 ประตูฌาน（禪＋門），應將其譯為 วิถีแห่งฌาณ（禪法）。

- 「無心」即無為的心，不求回報的心。譯文直譯為 ใจมิได้มี（心＋沒有），應將其譯為 ไม่หวังผล（不求回報）。

- 「靜養嬰兒」指長養像嬰兒般沒有私心、沒有心機的純真之心。譯文直譯為 เงียบเชียบเลี้ยงเด็กทารก（安靜＋養嬰兒），與原意不符。應將其譯為 บ่มเพาะจิตอันพิสุทธิ์ดุจทารก（長養像嬰兒般純淨的心）。

原文（58：741）：	譯文（58：1110）：
降妖聚會合元明。	ระหว่างทางแยกกันทำความวุ่นวายเบญจธาตุ

| 神歸心舍禪<u>方</u>定，
<u>六識祛降丹自成</u>。 | ชุมนุมปราบปีศาจประสาน<u>แรกเริ่มแจ่มแจ้ง</u>
สติสู่ใจการสละฌานเพิ่งมีสมาธิ <u>วิชฌานานิมรรควิธีสมาธิ</u>
（วิญญาณหก） |

- 「元明」為佛教詞彙。謂眾生有清淨光明的本性。譯文為 แรกเริ่มแจ่มแจ้ง（原始＋明朗），應將其譯為 จิตเดิมอันผุดผ่อง（光明的本性）。

- 「方」即方能。譯文為 เพิ่ง（剛），應將其譯為 จึงได้（才能）。

- 「六識祛降丹自成」指驅逐六識道自成，此處亦指除掉六耳獼猴之意。譯文為 วิชฌานานิมรรควิธีสมาธิ（破＋道＋方法＋定心）＋（วิญญาณหก）（六識），應將其譯為 ขจัดซึ่งวิญญาณหกย่อมลุธรรม（驅逐六識自成道）。

第五十九回

| 原文（59：745）：
<u>斷崖</u>荒草路難尋。 | 譯文（59：1116）：
หน้าผาตัดขาดตฤณชาติรกร้างทางยากเสาะหา |

- 這首詩為歐陽修所作的〈樵者〉。

- 「斷崖」指陡峭的山崖。譯文為 หน้าผาตัดขาด（山崖＋剪斷），應將其譯為 ผาสูงชัน（陡崖）。

第六十一回

| 原文（61：773）：
道高一<u>尺</u>魔千<u>丈</u>，
<u>奇巧</u>心猿用力降。……
<u>黃婆</u>矢志扶元老，
<u>木母</u>留情掃蕩妖。 | 譯文（61：1159）：
มรรคสูงหนึ่ง<u>ฉือ</u>（๑ ฟุต）มารร้ายพัน<u>จ้าง</u>（หมื่นฟุต）
ใจวานร<u>แปลกประหลาด</u>ใช้แรงปราบปราม ...
<u>หวางผอ</u>（ม้าม）ยึดมั่นตั้งใจค้ำจุนผู้อาวุโส
<u>มู่หมู่</u>（ดอกเหมย）ตั้งใจกวาดล้างปีศาจ |

- 「尺」、「丈」譯文使用先音譯，再括號現今衡量度的方式翻譯。譯文為 ฉือ（尺，音譯）（๑ ฟุต）（1 英呎）及 จ้าง（丈）（หมื่นฟุต）（一萬英呎）。「尺」與「丈」皆為中國古代的衡量度單位。在這首詩的作用為比喻「正」與「邪」兩端的打壓力量，「一尺」與「千丈」亦為文學上的誇張修飾以顯對立效果。故譯者將其注釋為一英呎及一萬英呎。詳見第五十回「尺」與「丈」之解說

- 「奇巧」即奇異機巧。譯文為 แปลกประหลาด（奇異），應將其譯為 ปราดเปรื่อง（才思敏捷）。

- 「黃婆」此處指沙悟淨。譯文為 หวางผอ（黃婆，音譯）＋（ม้าม）（脾臟，

意譯），應將其譯為 ซัวเจ๋ง（沙僧）。

- 「元老」此處指唐僧。譯文為 ผู้อาวุโส（長老），應將其譯為 พระถังซำจั๋ง（唐三藏）。

- 「木母」此處指豬悟能。譯文為 มู่หมู่（木母，音譯）＋（ดอกเหมย）（梅花，意譯），應將其譯為 โป๊ยก่าย（八戒）。

原文（61：777）：	譯文（61：1165）：
火煎<u>五漏</u>丹難熟，……	เพลิงไฟต้ม<u>รอดห้า</u>ยาอายุวัฒนะ ...
幸蒙天將助<u>神功</u>。	เดชะบุญได้แม่ทัพสวรรค์ช่วย<u>ผลงานเทพฤทธิ์</u>

- 「五漏」即五更，天將明時。此借指一整夜。譯文為 รอดห้า（五＋脫險），應將其譯為 ตลอดคืน（一整夜）。

- 「神功」指神的力量來相助。譯文為 ผลงานเทพฤทธิ์（功勞＋神＋神通），應將其譯為 อิทธิฤทธิ์เทพ（神的法力）。

第六十二回

原文（62：783）：	譯文（62：1174）：
<u>六街</u>關<u>戶牖</u>，	<u>หกถนน</u>ปิด<u>หน้าต่าง</u>ทุกหลัง
<u>三市</u>閉<u>門庭</u>。	<u>สามตลาด</u>ปิด<u>ประตูลานบ้าน</u>
釣艇歸<u>深樹</u>，……	เรือตกเบ็ดกลับสู่<u>ดงไม้ลึก</u> ...
樵夫<u>柯斧</u>歇。	คนหาไม้<u>ฟืนใหญ่</u>พัก<u>ขวาน</u>

- 「六街」即唐代京都長安的六條中心大街，後泛指京都的大街和鬧市。譯文為 หกถนน（六條街），應將其譯為 ถนน（街）。

- 「戶牖」指門窗。譯文為 หน้าต่าง（窗戶），應將其譯為 ประตูหน้าต่าง（門窗）。

- 「三市」即鬧市。譯文為 สามตลาด（三個市場），應將其譯為 ตลาด（市場）。

- 「門庭」此處指市場、店鋪的門。譯文直譯為 ประตูลานบ้าน（門庭），應將其譯為 ประตู（門）。

- 「深樹」即樹蔭的深處。譯文為 ดงไม้ลึก（深＋森林），應將其譯為 ใต้เงาไม้（樹蔭下）。

- 「柯斧」即斧柄，此為以部分代全體的修辭手法。譯文為 ฟืนใหญ่ ... ขวาน（大柴＋斧），應將其譯為 ขวาน（斧）。

第六十三回

原文（63：795）：	譯文（63：1194）：
<u>木母</u>遭逢水怪擒，	<u>เทพเจ้า</u>ประสบปีศาจธาราจับกุม
<u>心猿</u>不捨苦相尋。	<u>ใจวานร</u>มิทอดทิ้งพยายามเสาะหา

- 「木母」指豬悟能。譯文為 เทพเจ้า（神明），應將其譯為 โป๊ยก่าย（八戒）。

- 「心猿」指孫悟空。譯文為 ใจวานร（心＋猿），應將其譯為 หงอคง（悟空）。

第六十四回

原文（64：804）：	譯文（64：1207）：
巖前古廟<u>枕寒流</u>，	หน้าผาศาลเจ้าหนุนหมอน<u>กระแสลมหนาว</u>
落日荒煙鎖<u>廢垙</u>。	ตะวันรอนๆ ควันปิดล้อมปกคลุมเนินละทิ้ง
白鶴叢中<u>深歲月</u>，	นกกระเรียนขาวในพุ่มพฤกษ์<u>ซ่อนเดือนปี</u>
綠蕪台下<u>自春秋</u>。	ใต้แท่นหญ้าเขียวรกรุงรังจากชุนชิว（<u>ตลอดปี</u>）
竹搖<u>青珮</u>疑聞語，	ต้นไผ่ไหวสร้อยหยกเขียวระแวงสดับคำพูด
<u>鳥弄餘音似訴愁</u>。	วิหคเย้าสำเนียงว่างเปล่าเสมือนร้องระทม
<u>雞犬不通人跡少</u>。	ไก่สุนัขมิสัมพันธ์คนเดินทางน้อย

- 「枕」此為擬人化修辭手法，為動詞，指古廟枕寒流。譯文為 หนุน（枕，動詞）＋หมอน（枕頭），應將其譯為 หนุน（枕，動詞）。

- 「寒流」此處指清冷的河流。譯文為 กระแสลมหนาว（冷空氣團），應將其譯為 ธารหนาว（寒流）。

- 「廢垙」指荒廢的丘陵。譯文為 เนินละทิ้ง（丘陵＋放棄），應將其譯為 เนินร้าง（荒廢的丘陵）。

- 「深歲月」、「自春秋」前後句對仗，指時間很久，好幾年的意思。「深」此處為形容時間的久。「自」亦與前句的「深」對仗，故意相同。譯為分別為 ซ่อน（隱藏）及 จาก（從）。「歲月」、「春秋」指一年。譯文分別為 เดือนปี（年＋月）及 ชุนชิว（春秋，音譯）＋（ตลอดปี）（一整年，意譯），筆者認為應將其譯為 นานปี（多年）。

- 「青珮」此處形容竹葉聲似玉珮相擊般清脆。譯文為 สร้อยหยกเขียว（青玉項鏈），應將其譯為 เสียงใบไผ่กระทบกันใสดั่งหยก（竹葉相擦聲似玉般清脆）。

- 「疑聞語」指像似聽到人在講話一樣。譯文為 ระแวงสดับคำพูด（猜忌＋聽聞＋言語），應將其譯為 ดังเสียงพูด（如講話的聲音）。

- 「鳥弄餘音」指鳥鳴的餘音。譯文為 วิหคเย้าสำเนียงว่างเปล่า（鳥＋戲弄＋語調＋空），應將其譯為 เสียงแว่วสกุณา（隱約的鳥鳴聲）。

- 「訴愁」即訴說愁苦。譯文為 ร้องระทม（悲痛地哭），應將其譯為 ปรับทุกข์（訴苦）。

- 「雞犬不通」與「雞犬相聞」相對。指雞犬叫聲都相聽不見，以此來比喻住家都離得很遠，此處代指無鄰居。典出《老子‧80章》：「鄰國相望，雞犬之聲相聞，民至老死不相往來。」〔註57〕與晉陶淵明〈桃花源記〉：「阡陌交通，雞犬相聞。」〔註58〕譯文為 ไก่สุนัขมิสัมพันธ์（雞犬＋無關聯），應將其譯為 ไร้เพื่อนบ้าน（沒有鄰居）。

原文（64：805）：	譯文（64：1209）：
漠漠煙雲去所，……	กว้างใหญ่ไพศาลควันเมฆาไปสถานใด ...
更賽天台丹灶，	ยิ่งแบ่งปันเตาเผายาอายุวัฒนะบนดาดฟ้า
仍期華岳明霞。	ยังคงหวังดอยฮวาซานเมฆาแจ่มใส
說甚耕雲釣月，	พูดอะไรไถนาเมฆตกเบ็ดจันทรา
此間隱逸堪誇。	ที่ตรงนี้ซ่อนสุขสราญสามารถอวดได้
坐久幽懷如海。	นั่งนานพื้นปฐพีลี้ลับดั่งทะเล

- 「去所」指去的地方。譯文為 ไปสถานใด（去何處？），值得注意的是「去所」源語中為名詞，而譯者將其譯為動賓結構。由於譯者按照原文的語法直譯，但泰語中又不可沒有動詞，故在轉換成泰語時，無法直接將「去所」譯為名詞，又因此處的「去」泰語中一定要有受詞，故譯者將「去所」譯為動賓結構。

- 「賽」譯文為 แบ่งปัน（分享），見第十二回「賽過」之解說。

- 「天台」與後句「華岳」對仗，「天台」、「華岳」皆為山名，故此處「天台」指天台山。譯文為 บนดาดฟ้า（天台上），應將其譯為 เขาเทียนไถ（天台山）

- 「明霞」即明亮的霞光。譯文為 เมฆาแจ่มใส（雲＋晴），應將其譯為 เมฆยามอรุณ（晨霞）。

- 「耕雲釣月」典出宋代管師復詩：「滿塢白雲耕不破，一潭明月釣無痕。」〔註59〕指仰天觀雲，月下釣魚的悠閒生活。譯文直譯為 ไถนาเมฆตกเบ็ดจันทรา

〔註57〕〔春秋〕老子著：《道德經》（北京：中國社會科學出版社，2000年），頁149。
〔註58〕〔東晉〕陶淵明：《陶淵明集》（北京：中華書局，1979年），頁165。
〔註59〕北京大學古文獻研究所著作：《全宋詩》，冊14，頁9754。

（耕雲釣月），應將其譯為 เงยหน้าชมเมฆตกเบ็ดใต้เงาจันทร์（仰天觀賞雲，在月影下釣魚），並加注解說明典故。

- 「隱逸」即隱居。譯文為 ซ่อนสุขสราญ（隱＋逸），見第五十三回「幽人」之解說。

- 「幽懷」此處指胸懷。譯文為 พื้นปฐพีลี้ลับ（土地＋神秘），應將其譯為 ใจกว้าง（心胸寬闊）。

原文（64：805）：	譯文（64：1209）：
撐天葉茂四時<u>春</u>。…… <u>落落森森</u>遠<u>俗塵</u>。	ค้ำฟ้าใบไม้งอกงาม<u>วสันต์สี่ฤดูกาล</u>... <u>สุภาพเรียบร้อยพฤกษชาติหนาแน่น</u>ห่างไกลจาก<u>กิเลสของสามัญชน</u>

- 「春」此處指四季長春，四季常青。譯文為 วสันต์（春天），應將其譯為 เขียว（青）。

- 「落落森森」為形容樹木高大而茂盛的樣子。譯文為 สุภาพเรียบร้อยพฤกษชาติหนาแน่น（斯文有規矩＋樹＋茂密），應將其譯為 ลำต้นสูงใหญ่ชอุ่มอ่ำ（樹高大＋綠油油）。

- 「俗塵」指人間。譯文為 กิเลสของสามัญชน（俗人的煩惱），應將其譯為 โลกีย์（凡塵）。

原文（64：806）：	譯文（64：1210）：
吾年千載<u>傲</u>風霜， <u>高幹靈枝力自剛</u>。…… <u>盤根</u>已得長生訣， 受命尤宜不老方， 留鶴化龍非俗輩，…… <u>蒼蒼爽爽</u>近仙鄉。	ข้าพเจ้าปีสหัสสะ<u>อหังการ</u>ผ่านวายุหิมะน้ำแข็ง <u>ปฏิบัติงานสูงส่งกิ่งก้านพลังมาก ศักดิ์สิทธิ์แข็งกล้าเอง</u> ... <u>รากฐานคดเคี้ยว</u>ได้ตำราอมตะ <u>รับบัญชายังเหมาะสมกำลังมิชรา</u> <u>รังนกกระเรียนแปลงเป็นมังกรมิใช่จำพวกสามัญ</u> ... <u>กว้างใหญ่</u>ไพศาลชื่นมื่นใกล้หมู่บ้านอมรา

- 「傲」此處指不屈服、不畏懼於風霜的凌虐。譯文為 อหังการ（傲慢），應將其譯為 ไม่หวั่น（不畏懼）。

- 「高幹靈枝力自剛」指有著高高的樹幹、漂亮茂密的樹枝、堅硬的木質。譯文為 ปฏิบัติงานสูงส่งกิ่งก้านพลังมาก（工作＋高尚＋樹枝＋力量大）＋ ศักดิ์สิทธิ์แข็งกล้าเอง（神聖＋自＋堅強），應將其譯為 ลำต้นสูงก้านทึบเนื้อแข็งนัก（高幹＋茂密枝＋質堅硬）。

- 「盤根」指根深蒂固。譯文為 รากฐานคดเคี้ยว（根基盤曲），應將其譯為 หยั่งรากฝังลึก（根深蒂固）。

- 「受命」此處指獲得生命。語出《莊子・德充符》:「受命於地。」譯文為 รับบัญชา（領命），應將其譯為 ได้ชีวิต（獲得生命）。

- 「尤宜」與前句「已得」對仗。「宜」即共享,此處引申為享有。《詩經・鄭風・女曰雞鳴》:「弋言加之,與子宜之。」譯文為 ยังเหมาะสม（還＋適合），應將其譯為 ได้รับ（得到）。

- 「不老方」即長生不老的方法。譯文為 กำลังมีชรา（長在不老），應將其譯為 วิชาอมตะ（長生之法）。

- 「留鶴化龍」此為檜精借蘇軾、蘇轍二兄弟詠檜詩自比。里仁注本引蘇轍〈詠任氏閬世堂前大檜詩〉、蘇軾〈塔前古檜〉詠檜詩。〔註60〕譯文為 รังนกกระเรียนแปลงเป็นมังกร（鶴巢化化龍），筆者認為應加注釋之。

- 「蒼蒼爽爽」,「蒼蒼」枝幹、樹葉茂密;「爽爽」,「爽」即暢快。再引申為舒展之意。譯文為 กว้างใหญ่ไพศาลชื่นมื่น（廣闊＋歡欣），應將其譯為 ใบทึบแผ่กว้าง（樹葉茂密＋舒展）。

原文（64：806）：	譯文（64：1210）：
老景瀟然清更幽。	ทิวทัศน์เก่าฝนตกลมจัดสุทธายิ่งลี้ลับ
不雜囂塵終冷淡，	มิปนเปเซ็งแซ่อายตนะลงท้ายจืดชืด
飽經霜雪自風流。	คัมภีร์อื่นตัวหิมะน้ำแข็งตามกระแสลม
七賢作侶同談道，	เจ็ดเมธาเป็นสหายร่วมสนทนาธรรม
六逸為朋共唱酬。	หกโยคีเป็นมิตรร่วมร้องเพลงสนองบุญคุณ
戛玉敲金非瑣瑣。	ดีหยกเคาะทองคำมิใช่มโนสาเร่

- 「瀟然清更幽」指清幽寂靜的樣子。譯文為 ฝนตกลมจัดสุทธายิ่งลี้ลับ（下雨＋風大＋清＋更＋神秘），與原意不符。應將其譯為 สงบร่มรื่น（陰涼＋安靜）。

- 「囂塵」指紛擾的塵世。譯文為 เซ็งแซ่（喧譁）＋อายตนะ（處,佛教詞彙），與原意不符,應將其譯為 โลกีย์อันว้าวุ่น（紛亂的凡塵）。

- 「終」此處指遠離凡塵自然清靜。譯文為 ลงท้าย（結局），應將其譯為 ย่อม（自然）。

- 「冷淡」譯文為 จืดชืด（暗淡無味）。應將其譯為 สงบ（清靜）。

〔註60〕〔明〕吳承恩原著;徐少知校;周中明、朱彤注:《《西遊記》校注》,頁1161。「留鶴」,蘇轍〈詠任氏閬世堂前大檜詩〉:「君家大檜長百尺,根如車輪身弦直。壯夫連臂不能抱,孤鶴高飛直上立。」「化龍」,蘇軾〈塔前古檜〉:「當年雙檜是雙童,相對無言老更恭。庭雪到腰埋不死,如今化作兩蒼龍。」

- 「飽經霜雪」指歷盡霜雪。譯文為 คัมภีร์อื่นตัวหิมะน้ำแข็ง（其他＋經典＋雪＋冰），應將其譯為 เผชิญกับหิมะน้ำค้างแข็งอย่างสุดขีด（歷盡霜雪）。
- 「自」此處指依然。譯文為 ตาม（隨），應將其譯為 ยังคง（依然）。
- 「風流」此處指灑脫。譯文為 กระแสลม（氣潮），應將其譯為 สำราญ（快活）。
- 「七賢」即「竹林七賢」。見《晉書・卷49・嵇康傳》。譯文為 เจ็ดเมธา（七賢）。筆者認為應加注釋之。
- 「六逸」即唐之「竹溪六逸」。見《新唐書・卷202・文藝傳中・李白》。筆者認為應加注釋之。譯文為 หกโยคี（六＋瑜伽士），值得注意的是譯者欲將原文直譯，但泰語中沒有與「逸」對應的詞彙，故將其轉譯為附有「禁慾」概念的「逸」。
- 「酬」此處指唱和。譯文為 สนองบุญคุณ（報恩），應將其譯為 ต่อกลอน（和詩）
- 「戛玉敲金」亦作「戛玉敲冰」、「戛玉鏘金」，形容聲音清脆或音節鏗鏘，此引申為詩文的音節鏗鏘動聽之意。譯文直譯為 ดีหยกเคาะทองคำ（擊玉敲金），應將其譯為 บทกวีเพราะเสนาะดูน่าฟัง（詩文鏗鏘動聽）。
- 「瑣瑣」此處指平凡。譯文為 มโนสาเร่（瑣碎），應將其譯為 ธรรมดา（平凡）。

原文（64：806）：	譯文（64：1210）：
我亦千年約有餘， 蒼然貞秀自如如。…… 借得乾坤造化機。 萬壑風煙惟我盛， 四時灑落讓吾疏。	ข้าพเจ้าก็พันปีนัดหมายมีส่วนเกิน หัวขาวดอกเลาบริสุทธิ์สะสวยทำนองนั้น ... ขอยืมจักรวาลนิรมิตช่องโอกาส ลำห้วยมากหลายควันวาโยแต่ข้าเจริญรุ่งเรือง สี่ฤดูกาลหวาดสะดุ้งหยุดปล่อยข้าห่างเหิน

- 「千年約有餘」指松精已經一千多歲了。譯文為 พันปีนัดหมายมีส่วนเกิน（千年＋約＋有＋餘），應將其譯為 อายุพันกว่าปี（一千多歲）。
- 「蒼然」此處指松樹的葉子綠綠的。譯文為 หัวขาวดอกเลา（灰白＋頭），應將其譯為 เขียวขจี（綠油油）。
- 「貞秀」指松樹的樹葉茂密、經寒而不凋。譯文為 บริสุทธิ์สะสวย（純淨＋靚麗），應將其譯為 มิโรยราแม้หนาวเหน็บ（雖寒而不凋）。
- 「自如如」即自如，自在、不受拘束。譯文為 ทำนองนั้น（大概是那樣），應將其譯為 ช่างเสรี（甚自在）。
- 「借」此處指藉由。譯文為 ยืม（借），應將其譯為 อาศัย（藉由）。
- 「乾坤」即天地。譯文為 จักรวาล（宇宙），應將其譯為 ฟ้าดิน（天地）。

- 「造化機」即生機。譯文為 นิรมิตช่องโอกาส（化＋縫＋機會），應將其譯為 พลังชีวิต（生命＋力量）。
- 「壑」即山谷。譯文為 ลำห้วย（小溪），應將其譯為 หุบเขา（山谷）。
- 「風煙」即風與煙。譯文直譯為 ควันวาโย（煙＋風）。值得注意的是「煙」即深山，下雨時會產生煙霧。此處若直譯，泰語中的「ควัน（煙）」指來自灰塵、火燒的「煙」。故此處應將其轉譯為「หมอก（霧）」。
- 「盛」此處指茂盛。譯文為 เจริญรุ่งเรือง（興盛），應將其譯為 เขียวชะอุ่ม（繁茂）。
- 「灑落」指灑脫，不拘束。譯文為 หวาดสะดุ้งหยุด（驚嚇＋停），應將其譯為 เสรี（自主、隨意）。
- 「疏」此處指舒展。譯文為 ห่างเหิน（疏遠），應將其譯為 แผ่กิ่งก้านสาขา（舒展枝幹）。

原文（64：806）： 逃生落水隨波<u>滾</u>， 幸遇<u>金山</u>脫<u>本骸</u>。	譯文（64：1210～1211）： หนีเอาชีวิตรอดลอยละล่องตามกระแสลูกคลื่นที่<u>เดือดพล่าน</u> เดชะบุญเจอ<u>ภูเขาทอง</u><u>ถอดร่างโครงกระดูกของตน</u>

- 「滾」只是「隨波」的修辭成分，為形容大水湧流的樣子。譯文為 เดือดพล่าน（沸騰），應將其譯為 น้ำหลาก（大水、洪水）。
- 「金山」指金山寺的住持。譯文直譯為 ภูเขาทอง（金山），應將其譯為 เจ้าอาวาสวัดจินซัน（金山寺住持）。
- 「脫本骸」指金山寺住持聽到小孩哭聲，到江邊，見睡在木板上的唐僧，即急忙救起。故「脫本骸」指救起我的肉身。譯文為 ถอดร่างโครงกระดูกของตน（脫我的骨骸），應將其譯為 ช่วยกายหยาบของอาตมา（救貧僧的肉體）。

原文（64：808）： <u>禪心似月迥無塵</u>。 <u>詩興如天青更新</u>。 <u>好句漫裁搏錦繡</u>。 <u>佳文不點唾奇珍</u>。 <u>六朝一洗繁華盡</u>， <u>四始重刪雅頌分</u>。…… <u>無風搖拽婆娑影</u>， <u>有客忻憐福壽圖</u>。	譯文（64：1213～1215）： จิตฌานเสมือนจันทราวนกลับไร้อายตนะ <u>กวีสุขสราญดั่งฟ้าครามยิ่งใหม่</u> คำดีเวิ้งว้างฉกฉวยตัดผ้าดิ้นเงินดิ้นทอง <u>บทความดีงามไม่แต้มถ่มทิ้งของวิเศษ</u> หกราชวงศ์ครานั้นผลาญความรุ่งเรืองสิ้น <u>จตุรปฐมแก้ไขซ้ำแยกสรรเสริญดีงาม</u> ... ไร้วายุสั่นไหวเงาวิภาษา <u>มีแขกยินดีสงสารภาพอายุมงคล</u>

圖似西山堅節老，	<u>ภาพ</u>เสมือนภูเขาประจิมแข็งแกร่งเก่าแก่
清如南國沒心夫。	แจ่มใสดั่งก๊กใต้กระทาชายมิมีใจ
夫因<u>側</u>葉稱樑棟，	ด้วยกระทาชาย<u>ชำเลือง</u>ใบไม้เป็นไม้ขื่อ
<u>台</u>為橫柯作憲烏。	ไม้ใหญ่ขวางเป็น<u>แท่น</u>ว่าเป็นข้าหลวง ป.ป.ช.

- 「迥」見第二回「八極迥無塵」之解說。

- 「塵」譯文為 อายตนะ（處，佛教詞彙），應將其譯為 ธุลี（塵埃）。

- 「詩興如天青更新」指詩興大發，如天一般地清新、晴朗。譯文直譯為 กวีสุขสราญดั่งฟ้าครามยิ่งใหม่（詩人＋快樂＋如＋藍天＋更新），與原文不符，應將其譯為 อารมณ์กวีดั่งฟ้าครามสดใส（詩人情懷如藍天般晴朗）。

- 「好句漫裁搏錦繡」指好的詩句漫裁成錦繡。譯文直譯為 คำดีเวิ้งว้างฉกฉวยตัดผ้าดิ้นเงินดิ้นทอง（好句＋廣闊＋奪取＋裁佈＋金線銀線），與原文不符，應將其譯為 บทกวีเรียงร้อยทอเป็นไหม（好的詩句織成錦繡）。

- 「佳文不點唾奇珍」指好的文章一氣呵成，它的美妙如珍寶一般。譯文直譯為 บทความดีงามไม่แต้มถ่มทิ้งของวิเศษ（美好＋文章＋不點＋唾＋奇珍），與原文不符，應將其譯為 บทกวีนิพนธ์รื่นร้อยเรียง เอื้อนเอ่ยเสียงรัตนาวจี（好的文章順利寫作＋發出如寶般的言語）。

- 「六朝」指歷史上建都建康的三國吳、東晉及南朝宋、齊、梁、陳等六朝，史稱為六朝。譯文直譯為 หกราชวงศ์（六朝）此處筆者譯為應加注釋之。

- 「四始」舊說《詩經》有四始。此代指《詩經》。譯文為 จตุรปฐม（四＋始），應將其音譯為 ซือจิง（《詩經》）。

- 「重刪」指孔子將《詩經》裡所重複的部分刪掉。《史記‧孔子世家》：「古者《詩》三千餘篇，及至孔子，去其重，取可施於禮儀者，……三百五篇，孔子皆弦歌之。」〔註61〕譯文為 แก้ไขซ้ำ（修改＋重複），應將其譯為 ลบกลอนซ้ำ（刪掉重複的詩）。

- 「雅頌」此處指《詩經》的篇名，即〈雅〉、〈頌〉。譯文將其直譯為 สรรเสริญ（讚頌）＋ดีงาม（美好），此處筆者認為〈雅〉、〈頌〉為專有名詞，應將其音譯，再加注釋之。

- 「婆娑影」即若隱若現的影子。譯文為 เงาวิภาษา（選擇＋影）。應將其譯為 เงาแวมวับ（影子若隱若現）。

〔註61〕〔漢〕司馬遷著：《史記》（臺北：廣文書局有限公司，民 58 年），頁 770～771。

- 「客」此處為稱人的美稱，譯文為 แขก（客人），應將其譯為 ผู้（者）。
- 「忻憐」即喜愛。譯文為 ยินดีสงสาร（歡喜＋可憐），應將其譯為 ชอบ（喜愛）。
- 「福壽圖」指繪或書寫有寓意幸福長壽之圖或字，此為中國特有的文化。譯文直譯為 ภาพอายุมงคล（圖＋歲＋吉祥），筆者認為應將其音譯，再加注釋之。
- 「圖」此處為全體代部分的修辭手法，指福壽圖中的松柏樹。譯文為 ภาพ（圖），應將其譯為 ต้นไม้（樹）。
- 「清」此為比喻竹子的高風亮節。譯文為 แจ่มใส（晴朗），應將其譯為 คุณธรรมสูงส่ง（道德高尚）。
- 「側葉」與後句「橫柯」對仗，此處指往旁長的枝幹。譯文為 ชำเลืองใบไม้（側視＋葉子），應將其譯為 กิ่งก้านสาขา（樹枝）。
- 「台」即我。譯文為 แท่น（臺），應將其譯為 ข้า（吾）。
- 「橫柯」即往旁長的枝幹。譯文為 ไม้ใหญ่ขวาง（大木＋橫），應將其譯為 กิ่งก้านสาขา（樹枝）。
- 「憲烏」為御史臺的別稱。因御史臺又稱「憲臺」、「烏臺」，故稱。來自「柏臺烏府」之典故。典出《漢書・卷83・朱博傳》。譯文為 ข้าหลวง ป.ป.ช.（官＋國家反腐敗委員會），應將其譯為 สำนักตรวจการ（檢察院），而此詩借「御史臺」，來表達剛正不阿的情操。

原文（64：809）：	譯文（64：1215）：
金芝三秀詩壇瑞。	หญ้าทองมงคลทิศสวยงามสถานที่กวีรูปแบบเคร่งครัด

- 「金芝」、「三秀」皆指靈芝。「金芝」即金色芝草。「三秀」為靈芝別稱。靈芝一年開花三次，故稱。《楚辭・山鬼》：「採三秀兮於山間，石磊磊兮葛蔓蔓。」譯文為 หญ้าทองมงคลทิศสวยงาม（金草＋祥瑞＋方位＋漂亮），應將其譯為 หลินจืือสีทอง（金色靈芝）。

原文（64：809）：	譯文（64：1215～1216）：
勁節孤高笑木王，	ขันแข็งสูงส่งเดียวดายหัวเราะราชันพฤกษชาติ
靈椿不似我名揚。	ต้นชุนศักดิ์สิทธิ์มิเหมือนชื่อข้ากำจาย สิขรว่างร้อยจ้าง
山空百丈龍蛇影，	（มาตราจีน）เงาร่างมังกรงู
泉汲千年琥珀香。	น้ำพุดูดพันปีอำพันหอมกำจร
觧與乾坤生氣概，	กระจายช่วยจักรวาลเกิดบรรยากาศเผินๆ
喜因風雨化行藏。	ยินดีด้วยลมฝนแปรการเคลื่อนไหวและซ่อนเร้น

- 「勁節孤高」指蒼勁、孤傲的品格。此為中國文化對松樹傲雪風霜的特質，喻君子美德。譯文為 ขันแข็งสูงส่งเดียวดาย（勤勁＋高尚＋孤獨），與原意不符。

- 「靈椿」，「椿」的壽命很長，故古人以椿樹為長壽的象徵。《莊子‧逍遙遊》：「上古有大椿者，以八千歲為春，八千歲為秋。」譯文為 ต้นชุนศักดิ์สิทธิ์（神聖＋椿樹），應將其譯為 ต้นชุน（椿樹），而後加注指出文化內涵。

- 「龍蛇影」指松樹的樹枝盤屈曲如龍蛇般的形狀。譯文直譯為 เงาร่างมังกรงู（龍蛇＋身影），應將其譯為 คดเคี้ยวดั่งงูมังกร（屈曲如龍蛇）。

- 「泉汲」，「汲」從吸收之意，引申為醞釀。此處為古時稱琥珀為松脂所化，松精借此炫己為琥珀之源泉。晉‧葛洪《神仙傳》：「松柏脂入地千年化為茯苓，茯苓化琥珀。」譯文為 น้ำพุดูด（噴泉＋吸），應將其譯為 บ่อ（井）。

- 「解」此處指洞悉之意。譯文為 กระจาย（分散），應將其譯為 รู้อย่างถ่องแท้（洞悉）。

- 「行藏」語出《論語‧述而》：「用之則行，捨之則藏。」指根據所處形勢而作為、知進退。譯文直譯為 เคลื่อนไหวและซ่อนเร้น（行動＋隱匿），應將其譯為 รู้ว่างตน（知進退）。

原文（64：809）：	譯文（64：1216）：
霜姿常喜宿禽王， 四絕堂前大器揚。 露重珠纓蒙翠蓋， 風輕石齒碎寒香。…… 元日迎春曾獻壽。	ลักษณะขาวโพลนยินดีพักแรมประจำเป็นจ้าวพญาปักษา หน้าสี่ห้องโถงของใช้ใหญ่ยิ่งเลื่องลือ น้ำค้างหนักมุกพู่ประดับปกคลุมเขียวขจี ลมเบาๆ ฟันศิลาแหลกกลาฌความหนาวโชยสุคนธ์ ... วันตรุษจีนรับว่าสันต์ทั้งถวายให้อายุยืน

- 「霜姿」此為柏樹代稱。譯文為 ลักษณะขาวโพลน（白皚皚的樣子），應將其譯為 ต้นสน（松樹）。

- 「四絕堂」此為堂名，即潭州道林寺四絕堂，里仁注本引《大清一統志‧長沙府》謂「四絕堂」因堂中有沈傳師、歐陽詢寫的字，杜甫、宋之問作的詩，故名。〔註62〕又米芾〈寶章待訪錄‧唐禮部尚書沈傳師書道林詩〉：「右在潭州道林寺四絕堂，以杉板薄，略布粉，不蓋紋，故歲久不

〔註62〕〔明〕吳承恩原著；徐少知校；周中明、朱彤注：《《西遊記》校注》，頁1164。

脫。」〔註63〕「杉板」即杉木板。杉木屬柏科植物。故柏精以「四絕堂」
自喻。譯文為 สี่ห้องโถง（四＋廳堂），應將其直譯再加注釋之。

* 「石齒」指齒狀的石頭，此謂山石間的水流。譯文為 ฟันศิลา（石＋齒），應
  將其譯為 น้ำตามซอกหิน（石間水）。

* 「碎寒香」，「碎」此處從碎裂、小塊的概念，引申為一陣一陣之意。此處
  「寒香」指來自柏樹的香氣。故「碎寒香」指一陣一陣來自柏樹的香氣。
  譯文為 แหลกลาญความหนาวโชยสุคนธ์（碎＋寒＋飄香），應將其譯為
  สนหอมโชยระลอก（柏樹香氣陣陣飄）。

* 「元日迎春曾獻壽」此為古代風俗以柏葉浸制的酒，於元旦共飲，以祝壽
  和避邪。漢・應劭《漢官儀・卷下》：「正旦飲柏葉酒上壽。」又據里仁注
  本引《本草綱目》：「（柏）乃多壽之木，元日以之浸酒，辟邪。」這裡柏
  精據此自讚。譯文以直譯法處理，筆者認為應將其特有之文化習俗加注釋
  之。

原文（64：809）：	譯文（64：1216）：
<u>梁棟之材</u>近帝王， <u>太清宮外有聲揚</u>。 <u>晴軒</u>恍若來<u>青氣</u>， 暗壁尋常度<u>翠杳</u>。…… 深根結矣<u>九泉藏</u>。 凌雲勢蓋<u>婆娑影</u>， 不在<u>群芳艷麗場</u>。	<u>ขื่อคาไม้อกไก่ในหมู่บ้าน</u>ใกล้จักรพรรดิราชัน นอกวัง<u>มหาสุทธามีเสียงประจักษ์แจ้ง</u> <u>ห้องน้ำชา</u>แจ่มใสคล้ายดั่ง<u>บรรยากาศเขียวขจีมา</u> ฝาผนังมืดค่ำทั่วไปผ่าน<u>คันธะเขียวซ่อม</u> ... รากลึกผูกพันแล้วซ่อนใน<u>เมืองใต้ดิน</u> ใจใฝ่สูงอำนาจปกคลุม<u>เงาวิภาษา</u>（ภาษาวิเศษ） มิอยู่<u>กลุ่มหอมหวนสถานที่วิจิตรงดงาม</u>

* 「梁棟之材」此為檜木質地堅硬當棟樑之材，檜精以此自喻。譯文為
  ขื่อคาไม้อกไก่ในหมู่บ้าน（村莊裡的房梁），譯者將「材」譯為「村」，應為「材」
  與「村」字形相近，導致的訛誤。

* 「太清宮外有聲揚」此為太清宮有老子手植的八顆檜樹，檜精以此自喻。
  里仁注本有此一說，詳見頁 1165 頁。譯文以直譯的方式處理，筆者認為
  應加注釋之。

* 「晴軒」，「晴」此處與下句「暗」對仗，「軒」喻有陽光的室外。故「晴軒」
  意為室外有陽光的走廊。譯文為 ห้องน้ำชา（茶室），應將其譯為 ระเบียง（欄杆）。

* 「青氣」《漢語大詞典》引《文選》釋為「謂春天的氣氛」。《文選・江淹〈別

〔註63〕北京大學古文獻研究所著作：《全宋詩》，冊 18，頁 12240。

賦〉〉:「鏡朱塵之照爛,襲青氣之煙熅。」李善注引《易通卦驗》:「震,東方也,主春分。日出,青氣出震。」此處從「謂春天的氣氛」,引申為晴朗、有朝氣的氣氛。譯文為 บรรยากาศเขียวขจี（綠油油的氛圍）,應將其譯為 บรรยากาศแจ่มใส（晴朗的氛圍）。

- 「暗壁」,「暗」與前句「晴」對仗,「壁」喻無陽光的室內。故「暗壁」意為黑暗沒陽光的室內。譯文為 ฝาผนังมืดค่ำ（墻壁＋黃昏）,應將其譯為 ในห้องมืด（黑暗的室內）。

- 「度翠香」,「翠」從青綠色的概念,引申為樹,此為部分代全體的修辭手法,而這首詩為檜樹自我介紹的詩,「翠香」指檜木的香氣,故此處「度翠香」指檜木的香氣飄進來。譯文為 ผ่านคันธะเขียวชอุ่ม（經過＋香＋綠油油）,應將其譯為 กลิ่นไม้หอมโชย（木的香味吹進來）。

- 「九泉」此處指地下極深處。譯文為 เมืองใต้ดิน（地下城）,應是譯者誤以為此處「九泉」當為「黃泉」的義項。應將其譯為 ใต้ปฐพีลึก（地下深處）。

- 「凌雲勢蓋婆娑影」此處指檜樹高徹雲天,風吹動了繁茂的樹葉,樹蔭底下出現了若隱若現的影子。譯文為 ใจใฝ่สูงอำนาจปกคลุมเงาวิภาษา（ภาษาวิเศษ）（心＋野心勃勃＋覆蓋＋影子＋選擇（神奇語言）),與原文不符,應將其譯為 ยอดสูงเสียดฟ้าเงาพริ้วไหว（樹頂高徹雲＋影子飄動）。

- 「婆娑影」見第六十四回「婆娑影」之解說。

- 「群芳艷麗場」此處指檜樹沒有生長在百花綻放的地方,亦有與世無爭的高尚情操之隱喻。譯文直譯為 กลุ่มหอมหวนสถานที่วิจิตรงดงาม（群＋芳＋漂亮、精緻的地方),與原文不符,應將其譯為 ณ หมู่โกสุมเบ่งบาน（在（處）＋群花＋綻放）。

原文（64:810）:	譯文（64:1216～1217）:
淇澳園中樂聖王,	ในอุทยานฉือฮ่าว（ชื่อแม่น้ำ）ราชันเมธาสุขสราญ
渭川千畝任分揚。	ลำธารเว่ยนาพันไร่ตามใจแบ่งกระจาย
翠筠不染湘娥淚,	ต้นไผ่ผิวเขียวมิเปื้อนน้ำตาเซียงเอ๋อ（แม่น้ำ）
班籜堪傳漢史香。……	แนวเปลือกหน่อไม้ได้เล่าลือประวัติศาสตร์ ...
子猷去世知音少,	จื่ออิ๋ว（ชื่อคน）ลาโลกไปผู้รู้ข่าวน้อย
亙古留名翰墨場。	โบราณกาลมาเหลือชื่อบนเวทีพู่กัน

- 「淇澳園」指衛國園名,以產竹名世。此借指竹園。「淇澳」指淇水邊彎曲之處多竹,竹精以此自喻。淇,水名。澳,通「隩」,河岸彎曲處。典出

《詩經・衛風・淇奧》:「瞻彼淇奧,綠竹猗猗。」譯文為 ใน(裡,意譯)+อุทยาน(園,意譯)+ฉีอ้าว(淇澳,音譯)+(ชื่อแม่น้ำ)(河名),應將其譯為 ป่าไผ่ 或 ดงไผ่(竹林)。

- 「樂聖王」指樂於聖王之道。譯文為 ราชันเมธาสุขสราญ(王+賢+樂),應將其譯為 สุขในวิถีแห่งธรรม(樂於道)。

- 「渭川千畝」渭川地區有千畝竹子,此處指渭川為產竹聖地。見《史記・貨殖列傳》。譯文為 ลำธารเว่ยนาพันไร่(渭川+千畝田),值得注意的是「畝」,「畝」為中國最常使用的地積單位。漢代一大畝約現代 0.7 市畝〔註64〕,又等於 466.9 平方米。譯者將其譯為泰國地積單位的 ไร่(rài),即 1600 平方米。若以相近地積單位應為 งาน(ngaan),即 400 平方米。由於文學作品上的「千」亦表示大量的虛述,故筆者認為「畝」轉譯為 ไร่(rài),非常合理。應將其譯為 นทีเว่ยไผ่พันไร่(渭川竹千畝)。

- 「翠筠不染湘娥淚」指竹精說自己是綠竹不是斑竹。「湘娥淚」指舜帝之二妃,湘夫人,見舜帝駕崩,哭啼間淚濺竹,變成斑點,稱湘妃竹,此處代指斑竹。晉・張華《博物誌・卷八》:「洞庭之山,堯之二女,舜之二妃居之,曰湘夫人。舜崩,二妃啼,以涕揮竹,竹盡斑。」〔註65〕譯文為 ต้นไผ่ผิวเขียวมิเปื้อนน้ำตาเซียงเค่ค(แม่น้ำ)(綠竹皮+不沾+湘江的淚),此處應將其直譯為 เปลือกเขียวไม่เปรอะน้ำตานาง(綠皮不染女子淚),再加注釋之。

- 「班籜堪傳漢史香」指《漢書》使用竹簡記載,歷史才得以流傳,即名留青史。班籜,此代指竹簡,隱喻班固兄妹著《漢書》,故《漢書》亦稱《班史》。譯文為 แนวเปลือกหน่อไม้ได้เล่าลือประวัติศาสตร์(竹筍皮+邊緣+講述+歷史),應將其譯為 ม้วนไม้ไผ่สองปานเล่าประวัติศาสตร์(二班竹簡述歷史),再加注釋之。

- 「子猷去世知音少」晉時王徽之,字子猷,喜竹,曾指竹曰:「何可一日無此君邪!」(見《晉書・列傳第 50・王羲之》)。此句詩出自唐代羅隱〈竹〉詩句。「去世」,原詩作「歿後」,亦作「死後」。譯文為 จื่ออิ๋ว(ชื่อคน)ลาโลกไปผู้รู้ข่าวน้อย(子猷去世+知道的人少),應將其譯為 จื่อโยวล่วงลับขาดผู้รู้ใจ(子猷去世+少知音人),再加注釋之。

〔註64〕東河:〈漢代的「畝」與「石」〉《農業發展與金融》,2013 年,04 期,頁 94。
〔註65〕〔晉〕張華:《博物誌》(臺北:五南圖書出版股份有限公司,1997 年),頁 243。

- 「翰墨場」指文壇。譯文為 เวทีพู่กัน（毛筆＋臺），應將其譯為 วงการบัณฑิต（文人圈）。

原文（64：811）：	譯文（64：1218～1219）：
上蓋留名漢武王，	เบื้องสูงปกคลุมเหลือพระนามฮั่นอู่อว่าง
周時孔子立壇場。	สมัยราชวงศ์โจวขงจื๊อเลื่องลือตั้งสถานชุมนุม
董仙愛我成林積，	ต่งเซียนรักฉันสะสมเป็นดงพฤกษชาติ
孫楚曾憐寒食香。……	ซุนฉู่เคยเวทนาหยุดหุงอาหารหนึ่งวัน ...
煙蒸翠色顯還藏。	ควันระเหยสีเขียวขจีประจักษ์ยังต้องเก็บซ่อน
自知過熟微酸意，	รู้เองจัดเจนมากใจเปรี้ยวรานนิดๆ สถานที่ร่วงหล่นปีๆ
落處年年伴麥場。	เป็นเพื่อนที่พักข้าวสาลี

- 「上蓋留名漢武王」上自漢武帝時亦留名至今。見宋代鄭樵《通志》。〔註66〕譯文為 เบื้องสูงปกคลุมเหลือพระนามฮั่นอู่อว่าง（上＋鋪蓋＋留＋名漢武王），應將其直譯為 มีชื่อมานานแต่ครั้งฮั่นอู่（漢武帝時已留名），再加注釋之。

- 「周時孔子立壇場」此處指周時孔子立壇講學，典出《莊子·漁父》：「孔子遊乎緇帷之林，休坐乎杏壇之上。」〔註67〕「杏壇」為孔子當年的講學之處，杏仙以此自喻。譯文為 สมัยราชวงศ์โจวขงจื๊อเลื่องลือตั้งสถานชุมนุม（周時＋孔子名揚＋設立＋聚壇）。筆者認為此處應將其直譯，再加注釋之。

- 「董仙愛我成林積」指三國吳人董奉「董仙杏林」之典故。見晉·葛洪《神仙傳·卷十·董奉》：「董奉者，字君異，侯官縣人也。……君異居山間，為人治病，不取錢物，使人重病癒者，使栽杏五株，輕者一株，如此數年，計得十萬餘株，鬱然成林，……君異以其所得糧穀賑救貧窮。」〔註68〕後修煉得道成仙，古稱「董仙」。此可引申為濟貧利民之高尚品德。譯文直譯為 ต่งเซียนรักฉันสะสมเป็นดงพฤกษชาติ（董仙愛我＋積成林），應將其典故加注釋之。

- 「孫楚曾憐寒食香」指孫楚曾在寒食節以杏仁粥祭介子推。見晉·宗懍《荊楚歲時記》。譯文為 ซุนฉู่เคยเวทนาหยุดหุงอาหารหนึ่งวัน（孫楚曾憐憫＋停止煮飯一天），此句詩指出了寒食節的文化習俗，無法以短短句子表達，故筆者

〔註66〕〔明〕吳承恩原著；徐少知校；周中明、朱彤注：《《西遊記》校注》，頁1166。
〔註67〕郭慶藩輯：《莊子集釋》（臺北：河洛圖書出版社，民69年），頁1023。
〔註68〕〔晉〕葛洪：《神仙傳·卷十》，文淵閣《欽定四庫全書》，第1059冊，頁0307a ～0308c。

認為此處應將其直譯，再加注釋之。

- 「顯還藏」此處指杏葉忽隱忽現的樣子。譯文為 ประจักษ์ยังต้องเก็บซ่อน（顯現還要隱藏），應將其譯為 วับแวม（忽隱忽現）。

- 「過熟」譯文為 จัดเจนมาก（很老練），應將其譯為 สุกไป（太過熟）。

- 「微酸意」此處指杏子略帶酸。譯文為 ใจร้าวราน（心酸），應將其譯為 อมเปรี้ยว（微酸）。

- 「年年」譯文為 ปีๆ（年＋年），應將其譯為 ทุกปี（每年）。

第六十五回

原文（65：817）：	譯文（65：1228）：
禪機見相拜金身。 黃婆盲目同參禮， 木母癡心共話論。 邪怪生強欺本性，⋯⋯ 誠為道小魔頭大， 錯入旁門枉費身。	โอกาสจิตฌานเห็นพระลักษณ์พุทธปฏิมากร หวางผอ ตาบอดร่วมนมัสการ มู่หมู่ โง่เขลา รวมโอภาปราศรัย ปีศาจอาถรรพ์แข็งกล้าข่มธาตุเดิม ... แท้จริงเป็นเต๋ามารเล็กหัวใหญ่ ผิดพลาดเข้าสำนักนอกรีตเสียดายเปลืองตัว

- 「禪機」見第四十回「禪機」之解說。

- 「黃婆」見第四十回「黃婆」之解說。

- 「木母」見第四十回「木母」之解說。

- 「欺本性」譯文為 ข่มธาตุเดิม（抑制＋本質），應將其譯為 ผิดสามัญสำนึก（有負＋良知）。

- 「誠」見第三十九回「誠」之解說。

- 「道小魔頭大」此處指道高一尺魔高一丈。譯文為 เต๋ามารเล็กหัวใหญ่（道＋魔＋小＋頭大），應將其譯為 อธรรมเหนือกว่าธรรมะ（邪惡勝過正義）。

- 「枉費身」即枉費心思。譯文為 เสียดายเปลืองตัว（可惜＋失節），應將其譯為 เปลืองแรงเปล่า（白費力氣）。

原文（65：822）：	譯文（65：1235～1236）：
無光白晝居。⋯⋯ 覓食撲蚊兒。	ไร้สว่างอยู่กลางวัน ... หากินจับแมลงเล็ก

- 「居」此處指蝙蝠白天休息，晚上覓食。譯文為 อยู่（住），應將其譯為 นอน（睡覺）。

- 「蚊兒」即蚊子。譯文將其轉譯為 แมลงเล็ก（小蟲子）。

第六十六回

原文（66：826）：	譯文（66：1241）：
<u>參玄</u>入定，……	ทำสมาธิร่วมความอัศจรรย์ ...
<u>周天</u>六合。	วงรอบจักรวาล

- 「參玄」即參禪。譯文為 ร่วมความอัศจรรย์（參與＋玄奧），應將其譯為 เข้าฌาณ（參禪）。
- 「周天六合」，「周天」，中國古代以三百六十五度為周天，即天球一周。「六合」指天地及東、南、西、北地方。對於此中國文化數術之概念，譯者將其轉譯為 วงรอบจักรวาล（宇宙＋圈環），甚妙。

原文（66：829）：	譯文（66：1247）：
插雲<u>倚</u>漢高千丈，……	แทรกเมฆา<u>อาศัย</u>นภาลัยสูงพันจ้าง ...
風吹寶<u>鐸</u>聞天<u>樂</u>，	ลมโชยสดับ<u>กระดิ่ง</u>วิเศษฟ้า<u>เกษม</u>สำราญ
日映冰虹對<u>梵宮</u>。	ตะวันส่อง<u>น้ำแข็ง</u>ลูกมังกรหันต่อ<u>วังพระพรหม</u>

- 「倚」譯文為 อาศัย（依靠），應將其譯為 เสียด（徹）。
- 「鐸」《說文·金部》：「鐸，大鈴也。」一種打擊樂器，有柄有舌，形略近甬鐘，而比鐘小。譯文為 กระดิ่ง（鈴），應將其譯為 ระฆัง（鐘），會較與原意相近。
- 「樂」譯文為 เกษมสำราญ（快樂），應將其譯為 คีตา（音樂）。
- 「梵宮」即梵天的宮殿，後多指佛塔，此代指寶塔。譯文為 วังพระพรหม（梵天的宮殿），應將其譯為 เจดีย์（佛塔）。

原文（66：830）：	譯文（66：1249）：
命<u>干華蓋</u>惡星妨。	พระชีวี<u>เกี่ยวข้อง</u>ดาวร้ายครอบงำเป็นอุปสรรค

- 「干」此處指犯沖之意。譯文為 เกี่ยวข้อง（有關），應將其譯為 แทรก（犯）。
- 「華蓋」為民間信仰，謂命中犯華蓋星，命運就不好。〔註69〕譯文為 ครอบงำ（支配）。此詞彙為中國文化傳統信仰，故譯者將其與「惡星」合譯。

原文（66：831）：	譯文（66：1250）：
只言平坦<u>羊腸路</u>。	เพียงแต่ว่าทางราบเรียบ<u>ถนนลำไส้แกะ</u>

〔註69〕詳見〔明〕萬民英：《三命通會·卷二·論將星華蓋》引《理愚歌》云：「華蓋雖吉亦有妨，或為孽子或孤孀。填房入贅多關口，爐鉗頂笠拔緇黃。」

- 「羊腸路」喻指狹小曲折的路，多阻礙。譯文直譯為 ถนนลำไส้แกะ（羊＋腸＋路），應將其譯為 หนทางคดเคี้ยว（路途曲折）。

原文（66：831）：	譯文（66：1250～1251）：
敞袖飄然福氣多，	แขนเสื้อกว้างใหญ่ปลิวสะบัดบุญกุศลมาก
芒鞋灑落精神壯。	รองเท้าหญ้าคาสง่างามจิตใจหาญกล้า

- 「福氣」見第二十六回「福」之解說。
- 「精神壯」此處指很有精神。譯文為 จิตใจหาญกล้า（心＋勇敢），應將其譯為 มีชีวิตชีวา（有精神）。

第六十七回

原文（67：842）：	譯文（67：1266）：
提起乾坤四部洲。	เอ่ยขึ้นจักรวาลสี่ทวีป

- 「提起」與前句「掀翻」對仗，指抬起。譯文為 เอ่ยขึ้น（說起、提到），應將其譯為 ยก（抬起）。
- 「乾坤」此處指四部洲的這片陸地。譯文為 จักรวาล（宇宙），應將其譯為 ผืนพสุธา（土地）。

原文（67：846）：	譯文（67：1273）：
煉就粗皮比鐵牢。……	ก็ขัดเกลาหนังหยาบเปรียบดั่งคอกเหล็ก ...
劍鬣長身百丈饒。	หนวดเครายาวดั่งกระบี่ตัวสมบูรณ์ร้อยจ้าง（ร้อยฟุต）
從見人間肥豕彘，	ตั้งแต่เห็นโลกมนุษย์มีหมูอ้วน
未觀今日老豬魁。	มิเคยเห็นวันนี้หมูเฒ่าปีศาจลำเนาไพร

- 「煉就」指修煉而有所成就。「煉」與前句「修」對仗。譯文為 ก็ขัดเกลา（就＋磨煉），應將其譯為 บำเพ็ญจน（修煉到）。
- 「比鐵牢」，「比」與前句「同」對仗，指如同之意。故此處「比鐵牢」指如同鐵一般堅固。譯文為 เปรียบดั่งคอกเหล็ก（猶如＋鐵圈），應將其譯為 แกร่งปานเหล็ก（堅固如鐵）。
- 「丈」譯文為 จ้าง（丈，音譯）＋（ร้อยฟุต）（百英呎），見第五十回「丈」之解說。
- 「從」與後句「未」對仗。譯文為 ตั้งแต่（自從），應將其譯為 เคย（曾）。
- 「豬魁」，「魁」指山中精怪。指豬精。譯文為 หมูปีศาจลำเนาไพร（豬＋精怪＋森林），應將其譯為 ปีศาจหมู（豬精）。

原文（67：847）：	譯文（67：1274）：
八戒開山過衕來， 三藏心誠神力擁。	โป้ยก่ายเบิกภูเขาผ่านตรอกอาจม พระซำจั๋งสุจริตใจพลังเทพรุมล้อม

- 「衕」此處指七絕山稀柿衕。譯文為 ตรอกอาจม（屎衕），此處為譯者欲渲染爛柿子所散發的味道，臭不堪忍，故將其增譯為「屎衕」。但筆者認為如此會對原意有所扭曲，故應將其譯為 ตรอกพลับเน่า（爛柿衕）。

- 「心誠」即有虔誠之心。譯文為 สุจริตใจ（誠實的心），應將其譯為 ใจศรัทธา（心虔誠）。

- 「擁」此處指擁護、支持。譯文為 รุมล้อม（圍繞），應將其譯為 หนุนช่วย（擁護）。

第六十八回

原文（68：859）：	譯文（68：1291）：
我不望聞並問切。	ข้ามิได้มองฟังทั้งถามเด็ดขาด ชาตินี้อย่าคิดได้สุขสราญ

- 「切」此為中醫診病四法望、聞、問、切的「切」，即切脈。譯文為 เด็ดขาด（絕對），應將其譯為 จับชีพจร（把脈）。

第六十九回

原文（69：869）：	譯文（69：1306）：
通氣最能除血蠱。	ให้ลมปราณราบรื่นสามารถขจัดโลหิตคุณอาถรรพ์

- 「血蠱」即瘀血。見明代虞摶《新編醫學正傳・卷3》。譯文為 โลหิตคุณอาถรรพ์（血＋魔法），應將其譯為 เลือดคั่ง（瘀血）。

原文（69：871）：	譯文（69：1311）：
一雙環眼閃金燈。…… 兩臂紅觔藍靛手， 十條尖爪把鎗擎。	นัยน์ตาห่วงกลมคู่หนึ่งวาววับดั่งตะเกียงทองคำ ... สองแขนแดงมีน้ำหนักมือสีคราม เล็บแหลมสิบนิ้วเอาทวนควง

- 「環眼」即圓大的眼睛。譯文為 นัยน์ตาห่วงกลม（圓環＋眼睛），應將其譯為 ตากลมโต（大圓眼）。

- 「觔」即肌腱。譯文為 มีน้ำหนัก（有重量），應將其譯為 เส้นเอ็น（肌腱）。

- 「擎」此處指高舉。譯文為 ควง（揮），應將其譯為 ชู（舉）。

第七十回

原文（70：875）：	譯文（70：1316）：
自幼打開<u>生死路</u>。……	แต่เยาว์วัยเปิดออก<u>ทางเป็นตายร้ายดี</u> ...
山前修煉<u>無朝暮</u>。……	หน้าดอยจำศีลฝึกฝน<u>ไร้ทิวาสายัณห์</u> ...
時間頓把<u>玄關</u>悟。……	กาลเวลาฉับพลันรู้แจ้ง<u>อัศจรรย์</u> ...
<u>悟通法律</u>歸四肢，……	<u>ราบรื่นรู้แจ้งกฎฤทธิ์เดช</u>กลับสู่แขนขา ...
何<u>愁</u>峻嶺幾千重，	<u>โศกเศร้า</u>อะไรสันเขากี่พันชั้น
<u>不怕</u>長江百十數。	<u>มิกล้า</u>คงคาฉางเจียงร้อยสิบคณานับ

- 「生死路」此處指永生之路。譯文為 ทางเป็นตายร้ายดี（生死＋路），應將其譯為 หนทางแห่งความเป็นอมตะ（永生之路）。
- 「無朝暮」指沒日沒夜。譯文為 ไร้ทิวาสายัณห์（無＋朝暮），應將其譯為 ทั้งทิวาราตรี（整日整夜）。
- 「玄關」此處指佛法、真理。譯文為 อัศจรรย์（玄妙），應將其譯為 พระธรรม（佛法）或 สัจธรรม（真理）。
- 「悟通」譯文為 ราบรื่นรู้แจ้ง（順利＋覺悟），應將其譯為 รู้แจ้ง（悟）。
- 「法律」此處指法術。〔註70〕譯文為 กฎฤทธิ์เดช（法力＋法律），應將其譯為 คาถาอาคม（法術）。
- 「愁」見第一回「愁」之解說。
- 「不怕」譯文為 มิกล้า（不敢），應將其譯為 มิกลัว（不怕）。

原文（70：876）：	譯文（70：1318）：
細塵<u>到處</u>迷人目。	ผงคลีละเอียด<u>ถึงถิ่นใด</u>มืดมนนัยน์ตาคน

- 「到處」即每一處。譯文為 ถึงถิ่นใด（到何處），應將其譯為 ไปทั่ว（到處）。
- 「迷」此處指迷眼。譯文為 มืดมน（黑暗），應將其譯為 พัดเข้าตา（吹進眼睛）。

原文（70：877）：	譯文（70：1319）：
手敲<u>魚鼓簡</u>。	มือเคาะ<u>กลองไม้ไผ่ปลา</u>

- 「魚鼓簡」見第三十三回「漁皷簡」之解說。

〔註70〕〔明〕吳承恩原著；徐少知校；周中明、朱彤注：《西遊記校注》，頁1265。

原文（70：879）：	譯文（70：1322）：
當年佳節慶<u>朱明</u>，……	ปีนั้นเทศกาลเฉลิมฉลองสีแดงรุ่งโรจน์ ...
寡人獻出<u>為</u>蒼生。……	ข้าถวายออกไป<u>เป็น</u>ประชาราษฎร์ ...
哪有<u>長亭共短亭</u>！	ที่ไหนมี<u>ศาลายาวศาลาสั้น</u>!

- 「朱明」即夏季。《爾雅・釋天》：「夏為朱明。」譯文為 สีแดงรุ่งโรจน์（紅色＋盛況），應將其譯為 คิมหันต์（夏季）。

- 「為」即為了。譯文為 เป็น（當做），應將其譯為 เพื่อ（為了）。

- 「長亭」、「短亭」指古時設亭於路旁供行人休息，每十里設一長亭，五里設一短亭。古時餞別筵多設與郊外長亭，故此引申為告別之意。〔註71〕譯文為 ศาลายาวศาลาสั้น（長的亭＋短的亭），應將其譯為 การบอกลา（告別）。

原文（70：881）：	譯文（70：1324）：
<u>晃晃</u>霞光<u>生</u>頂上，	แสงสีเมฆยามเย็นดั่งม่านบังบนศีรษะ
威威殺氣<u>迸</u>胸前……	อานุภาพบรรยากาศสังหาร<u>กระจาย</u>บนหน้าอก ...
眼突銅鈴欺<u>太歲</u>。	นัยน์ตาโปนดุจกระดิ่งทองแดงข่มดาวประจำปี

- 「晃晃」此為形容明亮的光，譯文為 ม่าน（帷幔），應將其譯為 เรืองรอง（明亮、閃爍）。

- 「生」譯文為 บัง（遮住），應將其譯為 เกิด（生）。

- 「迸」此處指散發出殺氣。譯文為 กระจาย（散開），應將其譯為 แผ่（散發）。

- 「太歲」見第四十三回「太歲」之解說。

第七十一回

原文（71：886）：	譯文（71：1333）：
生前燒了<u>斷頭香</u>，……	ชาติก่อนเผา<u>ธูปหัวขาด</u>แล้ว ...
<u>拆鳳</u>三年何日會？	<u>นกหงส์พราก</u>จากสามปีวันใดได้พบ ?
<u>分鴛</u>兩處致悲傷。……	<u>นกเป็ดน้ำแยก</u>สองทางต้องเศร้าโศกรันทดใจ ...
只為<u>金鈴</u>難解識。	สาเหตุด้วย<u>กระดิ่งทองคำ</u>ยากเข้าใจ

- 「斷頭香」指折斷的香。民間信仰認為用折斷的香來供佛，來世就會遭到妻離子散的果報。此處比喻沒有誠心積德，使得夫妻分離。此為中國特有的民俗文化，故譯者將其直譯為 ธูปหัวขาด（斷頭香），筆者認為應將其加注釋之。

〔註71〕〔明〕吳承恩原著；徐少知校；周中明、朱彤注：《西遊記》校注》，頁 1265。

- 「拆鳳」、「分鴛」此處作者將「鳳」、「鴛」擬人化，皆指夫妻被分離。此處譯者以直譯法處理之，筆者認為應加注釋之。

- 「金鈴難解識」指金鈴難解，出自佛教禪語。後為「解鈴還須繫鈴人」典故。可詳見明‧瞿汝稷所編的《指月錄‧卷 23‧法燈》。譯文為 กระดิ่งทองคำยากเข้าใจ（金鈴＋難懂），應將其譯為 กระดิ่งทองยากคลาย（金鈴難解），再加注釋之。

原文（71：887）：	譯文（71：1334）：
<u>菡萏蘿頭釘黑豆</u>，……	เกสรดอกกมลโรยบนเม็ดถั่วดำ...
<u>繡毬</u>心裡葡萄落，	ในใจ<u>ลูกคลีปักลาย</u>ผลองุ่นร่วง ริมกิ่ง
<u>百合</u>枝邊黑點濃。	ไป<u>เหอ</u>จุดดำเข้มข้น

- 「菡萏蘿頭釘黑豆」譯文為 เกสรดอกกมลโรยบนเม็ดถั่วดำ（菡萏蘿灑在黑豆上），應將其譯為 แต้มถั่วดำบนเกสรบัว（菡萏蘿上點黑豆）。

- 「繡毬」即繡毬花。譯文為 ลูกคลีปักลาย（馬球＋刺繡），應將其譯為 ไฮเดรนเยีย（Hydrangea，繡毬花）。

- 「百合」譯文音譯為 ไปเหอ，或可將其以英語音譯譯為 ดอกลิลลี่（Lily，百合）。

原文（71：892～893）：	譯文（71：1340～1341）：
當年產我<u>三陽泰</u>，……	ปีนั้นกำเนิดข้าสามหยางยิ่งใหญ่ ...
能降眾怪<u>拜丹崖</u>。……	เคยปราบปีศาจประทานหน้าผาแดง ...
<u>太白金星</u>捧詔來。……	เทพดารากาลพฤกษ์ประเคนพระเทวราชโองการ ...
<u>金星</u>復奏玄穹帝，……	เทพดารากัลพฤกษ์กราบทูลแด่พระเทพรัตนบดีสวรรค์อีก ...
又<u>因</u>攪亂蟠桃會，……	ก็สาเหตุไปก่อกวนวุ่นวายในงานชุมนุมกินเลี้ยงผลท้อ ...
西池<u>王母</u>拜瑤台。……	พระนางเจ้าเทพินทร์（ซือว่างหมู่）แห่งปราสาทหยกวิเศษ ...
十萬兒星並惡曜，……	ดาวร้ายสิบหมื่นทั้งแสงสุริยดุร้าย ...
齊舉刀兵<u>大會垓</u>。……	พร้อมกันถือมีดดาบสู้รบใหญ่ในขอบเขต ...
兩家對敵分<u>高下</u>，……	สองฝ่ายต่อสู้แบ่งสูงต่ำ ...
罪犯<u>凌遲</u>殺斬災。……	ความผิดคือตัดหัวตัดแขนขาแยกศพประหารชีวิต ...
<u>解脫微軀又弄乖</u>。	ปลดปล่อยร่างเร้นลับก็ยั่วเย้าความเฉลียวฉลาด

- 「三陽泰」見第一回「三陽交泰」之解說。

- 「拜丹崖」與前句「稱帥首」對仗，「丹崖」為居高臨下的隱喻，譯文為 ประทานหน้าผาแดง（賜＋紅崖），應將其譯為 เป็นผู้นำ（為領導）。

- 「太白金星」、「金星」見第十九回「太白李金星」之解說。

- 「因」譯文為 สาเหตุ（原因，名詞），與泰語語法不符，應將其譯為 ด้วย（因為，連詞）。

- 「王母」見第二十六回「王母」之解說。

- 「惡曜」即兇星。譯文為 แสงสุริยดุร้าย（日光＋兇惡），應將其與「兇星」合譯為 ดาวร้าย（兇星）。

- 「大會垓」即大會戰。譯文為 สู้รบใหญ่ในขอบเขต（在範圍內＋大戰），應將其譯為 ทำศึกใหญ่（大戰）。

- 此處「高下」為上與下、高與低之意，譯者將其逐字譯為 สูงต่ำ（高低），雖與原意相符，但與目標語之意不合，應將其譯為 แพ้ชนะ（勝負）。

- 「凌遲」即「剮」，為一種古代慢慢削割人體至死之酷刑，俗稱「凌遲」。為中國古代專有之酷刑，故譯文將其轉譯為 ตัดหัวตัดแขนขาแยกศพ（砍頭＋砍手腳＋分屍）。

- 「解脫微軀又弄乖」譯文為 ปลดปล่อยร่างเร้นลับก็ยั่วเย้าความเฉลียวฉลาด（解放＋神秘＋身軀＋就＋作弄＋聰明），應將其譯為 ร่างได้พ้นแล้วทำว่าง่าย（身體得以解脫後就乖巧）。

原文（71：895）：	譯文（71：1344）：
老君<u>留下</u>到如今。	สูงสุด องค์เทวะ<u>เหลือมา</u>ถึงปัจจุบัน

- 「留下」即留傳下來。譯文為 เหลือมา（剩下），應將其譯為 สืบทอดมา（留傳下來）。

第七十二回

原文（72：901）：	譯文（72：1352）：
<u>蘭性</u>喜如春。 嬌臉<u>紅霞</u>襯。	นิสัยดอกไม้ผู้ดีปีติดั่งสดชื่น ชดช้อยอรชรใบหน้าแดงเสริม<u>เมฆเบญจวรรณ</u>

- 「蘭性」此處指內在的高尚品德，為女子內在的美稱。譯文為 นิสัยดอกไม้（花＋性格），應將其譯為 ใจนาง（女子的心）。

- 「紅霞」此為形容女子臉頰上的紅暈胭脂。譯文為 เมฆเบญจวรรณ（彩色雲），應將其譯為 แต้มปรางแดง（點紅頰）。

原文（72：902）：	譯文（72：1354）：
<u>仙風吹下</u>素嬋娟。	อมราเหาะเหินพัดสาวสวยมางดงาม

汗沾粉面花含露， 塵染蛾眉柳帶煙。 翠袖低垂籠玉笋。	เหงื่อเปรอะแป้งโฉมพักตร์<u>กุสุมาลย์คลุมเครือแย้มพราย</u> <u>คิ้วโค้งผงคลีดั่งใบหลิวนำควัน</u> แขนเสื้อเขียวขจี<u>กรง</u>หน่อไม้（นิ้วมือ）ย้อยต่ำ

- 「仙風吹下素嬋娟」指仙風吹來了月中仙子，即嫦娥。譯文為 อมราเหาะเหินพัดสาวสวยมางดงาม（仙＋飛＋吹＋美女＋來＋漂亮），應將其譯為 ดั่งวาโยพัดอัปสราจากแขมา（如風吹來了月上的仙子）。

- 「花含露」譯文為 กุสุมาลย์คลุมเครือแย้มพราย（花＋含糊＋展露），應將其譯為 ดั่งน้ำค้างบนกุสุม（如花上露水）。

- 「塵染蛾眉柳帶煙」指塵土粘到了黛眉上，就如柳葉搖曳帶青煙。譯文為 คิ้วโค้งผงคลีดั่งใบหลิวนำควัน（眉彎＋塵土＋如＋柳＋帶＋煙），應將其譯為 ธุลีระคิ้วนางดั่งใบหลิว（塵染蛾眉如柳絮）。

- 「籠」此處指遮住。譯文為 กรง（籠子），應將其譯為 บัง（遮住）。

原文（72：907～908）： 玉體渾如雪。…… 金蓮三寸窄。	譯文（72：1362）： ร่างผุดผ่อง<u>ปะปนดุจหิมะ</u> ... บาทกมลสามนิ้ว<u>คับแคบ</u>

- 「渾如」見第十二回「渾如」之解說。

- 「窄」此處指腳有三寸大小的意思。譯文為 คับแคบ（窄小），應將其譯為 กว้าง（寬）。

原文（72：912）： 牛蜢<u>上下叮</u>。…… <u>翛翛</u>神鬼驚。	譯文（72：1368）： ตั๊กแตนใหญ่<u>โจมตีสูงต่ำ</u> ... <u>ร่อยหรอ</u>ผีสางเทวดาตกใจ

- 「上下叮」指上下咬。譯文為 โจมตีสูงต่ำ（攻擊＋高低），應將其譯為 กัดทั้งบนกัดทั้งล่าง（上下咬）。

- 「翛翛」為蟲羽飛行聲。譯文為 ร่อยหรอ（損耗），應將其譯為 บินหึ่ง（hèung，蟲飛聲）。

第七十三回

原文（73：918）： 三分還要<u>炒</u>。	譯文（73：1375）： สามหุนยังต้อง<u>ทอด</u>

- 「炒」譯文為 ทอด（炸），應將其譯為 คั่ว（炒）。

第七十四回

原文（74：928）：	譯文（74：1389）：
蒲柳先零落。	ต้นลาน-หลิว ร่วงโรยก่อน

- 「蒲柳」為楊柳科柳屬的植物。譯文為 ต้นลาน（蒲葵樹，意譯）＋หลิว（柳，音譯），蒲葵四季常青，樹冠為傘形，其葉如大扇。應將其譯為 ต้นหลิว（柳樹）。

第七十五回

原文（75：946）：	譯文（75：1414）：
祈請雲霞眾位仙， 六丁六甲與諸天。 願保賢徒孫行者。	ขอวิงวอนต่อบรรดาอมราบนเมฆายามรุ่งเมฆินทร์สีสันเบญจวรรณยามเย็น พลเทพติง（รอง）พลเทพเจีย（เอก）เทพยดาทั้งหลาย ปรารถนาปกป้องศิษย์ผู้มีสติปัญญาซุนเห้งเจีย

- 「雲霞」此借指天宮。譯文為 เมฆายามรุ่ง（晨霞）＋เมฆินทร์สีสันเบญจวรรณยามเย็น（彩色＋晚霞），應將其譯為 สวรรค์（仙界）。

- 「六丁六甲」即道教所奉之六丁陰神及六甲陽神，共十二神。譯文為 พลเทพติง（丁神將）（รอง）（副）＋พลเทพเจีย（甲神將）（เอก）（正），應將其譯為 ทวาทศเทพ（十二神）。

- 「願」譯文為 ปรารถนา（想要），應將其譯為 ยินดี（願意）。

原文（75：948）：	譯文（75：1416）：
輝輝掣電雙睛亮， 亮亮鋪霞兩鬢飛。…… 鋸牙似鑿密還齊。…… 腰束龍縧有見機。	รุ่งโรจน์บังคับสายฟ้านัยน์ตาคู่สว่างไสว สว่างไสวฟูเมฆหนวดสองข้างลอยบิน ... ฟันเลื่อยเสมือนสิ่วแน่นยังราบเรียบ... เชือกมังกรรัดเอวเห็นมีโอกาส

- 「掣電」見第三十五回「光掣電」之解說。

- 「鋪霞」即霞鋪，指霞光四射。譯文為 ฟูเมฆ（膨脹＋雲），應將其譯為 เปล่งประกาย（發光）。

- 「齊」此處指牙齒整齊。譯文為 ราบเรียบ（平齊），因為泰語語法使用中，沒有牙齒整齊的用法，只有直跟漂亮的概念，因譯者忠於原文故將其譯為平齊。筆者認為應將其轉譯為 ฟันตรง（牙直）或 ฟันงาม（牙齒漂亮）。

- 「見機」譯文為 เห็นมีโอกาส（看見＋有機會），應將其譯為 เผยออก（露出了）

原文（75：948～949）：	譯文（75：1418）：
周圍挖搭板筋鋪。	ปูไม้ล้อมรอบแขวนเส้นเอ็น

- 「周圍挖搭板筋鋪」此處指孫悟空被獅駝洞的魔主鋪著板子要砍頭，結果孫悟空銅頭敲不碎，周圍的觀看者都雞皮疙瘩嚇一跳。譯文為 ปูไม้ล้อมรอบแขวนเส้นเอ็น（鋪板＋圍＋掛＋筋），應將其譯為 ปูกระดานบั่นไม่ขาดทำขนลุก（鋪板＋砍不斷＋使雞皮疙瘩）。

原文（75：950～951）：	譯文（75：1419～1420）：
棒是九轉鑌鐵煉，……	ตะบองเป็นเหล็กกล้าถลุงเก้ารอบ …
四海八河為定驗。……	สี่ทะเลแปดคงคาได้พิสูจน์แน่นอน …
上造龍紋與鳳篆。……	เบื้องบนสร้างลายมังกรกับตัววิหคหงส์หนังสือโบราณ …
無窮變化多經驗。……	ความชำนาญมากหลาย แปรเปลี่ยนชั่วนิรันดร์ …
降龍伏虎謹隨身，……	ปราบมังกรคว่ำเสือระมัดระวังติดตัว …
掌朝天使盡皆驚，……	ข้าหลวงสวรรค์ควบคุมราชสำนักเทวาล้วนร้อนรน …
回首振開南極院。……	หันหัวกวัดแกว่งสะเทือนลานบ้านหนานจี๋ (ขั้วโลกใต้) …
困苦災危無可辨。	ข้าถูกคุมขังทุกข์ยากภัยพิบัติภยัตรายไม่สามารถจัดการ
整整挨排五百年，……	เต็ม ๆ ถูกเบียดขังอยู่ห้าร้อยปี …
枉死城中度鬼魂，	ภายในเมืองที่มีความอยุติธรรมสวดมนต์แผ่กุศลให้วิญญาณผีข้ามผ่า
靈山會上求經卷。……	นวัฏสงสาร แสวงหาพระคัมภีร์บทหนึ่งบนภูเขาศักดิ์สิทธิ์ …
已知鐵棒世無雙，……	ได้รู้ตะบองบนโลกานี้ไม่มีคู่ …
論萬成千無打算。	พูดหมื่นสำเร็จพันมิคิดคำนวณ เบื้องบนโจมตีพื้นที่วังดาวไก …
上方擊壞斗牛宮，……	แม่ทัพฟ้ากับเทพดาวนพเคราะห์ขับไล่ข้า
天將曾將九曜追。	

- 「九轉」，「九」乃虛數，指多次。謂此棒乃經多次反復煅煉。譯文為 เก้ารอบ（九次）。
- 「四海八河」此處泛指所有江河湖海的統稱。譯文直譯為 สี่ทะเลแปดคงคา（四海＋八河）。
- 「篆」與同句的「紋」對仗，指紋路。譯文為 หนังสือ（書），應將其譯為 ลาย（紋）。
- 「無窮」譯文為 ชั่วนิรันดร์（永恆），應將其譯為 ไม่สิ้นสุด（無極限）。
- 「伏」譯文為 คว่ำ（翻倒），應將其譯為 ล้ม（打倒）。
- 「驚」即驚慌。譯文為 ร้อนรน（心急如焚），應將其譯為 ลนลาน（驚慌失措）。

- 「院」此處指天上的宮院。譯文為 ลานบ้าน（庭院），應將其譯為 วัง（宮）。

- 「辨」譯文為 จัดการ（處置、辦）。應為文字上的訛誤，因「辨」與「辦」字形相近。

- 「挨排」即接連、挨次。〔註72〕譯文為 เบียดขัง（擠＋囚禁），應將其譯為 มาตลอด（一直）。

- 「枉死城」謂陰間枉死鬼魂所住的地方。譯文為 ภายในเมืองที่มีความอยุติธรรม（沒有公道的城市中），應將其譯為 เมืองตายโหง（枉死城）。

- 「靈山」即靈鷲山之簡稱。譯文為 ภูเขาศักดิ์สิทธิ์（神聖的山），應將其譯為 เขาคิชกูฏ（靈鷲山）。

- 「無雙」即獨一無二。譯文為 ไม่มีคู่（沒有雙），應將其譯為 มีเพียงหนึ่งเดียว（唯一）。

- 「論萬成千」即成千論萬，形容數量眾多。譯文為 พูดหมื่นสำเร็จพัน（說＋萬＋成功＋千），應將其譯為 มหาศาล（大量）。

- 「壞」與後句「損」對仗，即損壞。譯文為 พื้นที่（地方，壤），應為字形上的訛誤，因「壞」與「壤」字形相近。

- 「追」此處指追捕。譯文為 ขับไล่ข้า（追趕我），應將其譯為 ตามจับ（追捕）。

第七十七回

原文（77：976）：	譯文（77：1457）：
師來救我脫<u>沉痾</u>。 潛心<u>篤志</u>同參佛，…… 不能保你上<u>婆娑</u>。	พระอาจารย์มาช่วยข้าหลุดรอดจาก<u>ป่วยหนัก</u> ตั้งอกตั้งใจชื่อ<u>สัตย์สุจริต</u> ... ไม่สามารถปกป้องท่านขึ้นสู่<u>ความรุ่งโรจน์</u>

- 「沉痾」本意為久治難癒的疾病。此處比喻為困苦的境地。〔註73〕譯文為 ป่วยหนัก（重病），應將其譯為 ความตกอับ（落魄的境遇）。

- 「篤志」指專心一志。譯文為 ชื่อสัตย์สุจริต（誠實），應將其譯為 จดจ่อ（專一）。

- 「婆娑」來自梵文之音譯 Sahā lokadhātu，即娑婆世界，指釋迦摩尼佛進行教化的世界。譯文為 ความรุ่งโรจน์（盛況），應將其譯為 สหโลกธาตุ（娑婆世界）。

〔註72〕曾上炎編著：《西遊記辭典》，頁 2。
〔註73〕曾上炎編著：《西遊記辭典》，頁 45。

原文（77：978）：	譯文（77：1461）：
滿天<u>縹緲</u>瑞雲分， 我佛慈悲<u>降法門</u>。 <u>明示</u>開天<u>生物理</u>， 細言闢地化身<u>文</u>。	รำไรไกลลิบลับเมฆาสิริมงคลทั่วนภาลัย พระตถาคตทรงเมตตาปรานี<u>ลงสู่ประตูธรรม</u> <u>แสดงแจ่มแจ้งเบิกฟ้าเกิดกายภาพ</u> รสวัจน์ละเอียดลออเปิดปฐพีนิรมิตร่างงดงาม

- 「縹緲」此處指飄揚。譯文為 ลิบลับ（遙遠隱約的樣子），應將其譯為 ลอยล่อง（飄揚）。

- 「降法門」指降下修道的門徑。譯文為 ลงสู่ประตูธรรม（下來＋道＋門），應將其譯為 ประทานวิถีธรรมลงมา（降下法門）。

- 「明示」此處指明白的闡釋。譯文為 แสดงแจ่มแจ้ง（明＋展示），應將其譯為 แจง（闡明）。

- 「生物理」指萬物生成之理。譯文為 เกิดกายภาพ（生＋物理），應將其譯為 หลักการก่อเกิดของสรรพสิ่ง（萬物生成之理）。

- 「文」修飾前面的「細言」，譯文為 งดงาม（漂亮美好）。

第七十八回

原文（78：981）：	譯文（78：1465）：
修持最苦<u>奈他何</u>。…… 行滿飛升上<u>大羅</u>。	รักษาศีลยิ่งยาก<u>ทำเขาอย่างไร</u> ... ดำเนินครบเหินลอย ขึ้นจาก<u>ร่างแหใหญ่</u>

- 「奈他何」即拿他沒辦法。譯文為 ทำเขาอย่างไร（難＋做＋他＋如何），應將其譯為 ควรทำอย่างไร（該如何）。

- 「大羅」即大羅天，道教稱三十六天中最高的一重天。譯文為 ร่างแหใหญ่（大網），此為中國道教文化的專有名詞，筆者認為應將其譯轉譯為 ตรีทิพ（最高的重天）。

原文（78：981）：	譯文（78：1465）：
淡雲飛<u>欲雪</u>， 枯草<u>伏</u>山平。	เมฆบางบิน<u>ต้องการหิมะ</u> ตฤณชาติเฉว่า<u>ง</u>ว่าภูเขาราบ

- 「欲雪」指像要下雪。譯文為 ต้องการหิมะ（需要＋雪），應將其譯為 เหมือนหิมะจะตก（像要下雪）。

- 「伏」此處指鋪蓋。譯文為 คว่ำ（倒），應將其譯為 คลุม（蓋）。

原文（78：982）： 六街三市廣財源。…… 河清海晏太平年。	譯文（78：1467）： <u>หกถนนสามตลาด สมุฏฐานเงินทองกว้างขวาง</u> … แม่น้ำใสทะเลสงบเงียบ ปีอุดมสันติสุข

- 「六街三市」見第六十二回「六街」、「三市」之解說。

- 「廣財源」即財源廣進，生意好。譯文為 สมุฏฐานเงินทองกว้างขวาง（源＋財＋廣），應將其譯為 การค้ารุ่งเรือง（生意興隆）。

- 「河清海晏太平年」指太平盛世。「河清海晏」即黃河水清，海浪平。比喻國內安定、天下太平。譯文為 แม่น้ำใสทะเลสงบเงียบ ปีอุดมสันติสุข（河清＋海靜＋太平＋年），應將其譯為 บ้านเมืองรุ่งเรือง ใต้หล้าสงบสุข（太平盛世＋天下太平）。

原文（78：985）： 官言<u>利害</u><u>不堪聞</u>。	譯文（78：1471）： คำขุนนาง<u>ร้ายกาจ</u><u>มิอาจสดับ</u>

- 「利害」此處指驛丞告訴比丘國國王殺小孩子當藥引的來龍去脈。譯文為 ร้ายกาจ（厲害），應將其譯為 ที่มา（來龍去脈）。

- 「不堪聞」指不忍心聽。形容事情十分淒慘。譯文為 มิอาจสดับ（不可聽聞），應將其譯為 ช่างน่าสังเวช（很淒慘）。

原文（78：986）： 三皈五戒要<u>從和</u>。 比丘一國非君<u>亂</u>， 小子千名是<u>命訛</u>。…… 這場<u>陰騭</u>勝<u>波羅</u>。	譯文（78：1473）： ไตรสรณคมน์ปัญจศีลานิต้อง<u>ตามสมัครสมาน</u> พระสงฆ์หนึ่งประเทศมิใช่ราชัน<u>วุ่นวาย</u> เด็กเล็กพันชื่อคือ<u>ถูกขู่เข็ญ</u> … สนามนี้<u>บุญกุศลปารมิตา</u>

- 「從和」此處指要遵守。譯文為 ตามสมัครสมาน（跟隨＋和睦），應將其譯為 ยึดปฏิบัติ（遵守）。

- 「亂」指昏亂、無道。譯文為 วุ่นวาย（亂），應將其譯為 ไร้คุณธรรม（無道）。

- 「命訛」即命運乖舛。譯文為 ถูกขู่เข็ญ（被威嚇），應將其譯為 ชะตาอาภัพ（命舛）。

- 「陰騭」見第十一回「陰騭」之解說。

- 「波羅」即波羅蜜，指渡人從生死苦海此岸到達解脫彼岸。譯文音譯為 ปารมิตา（波羅蜜），筆者認為應加注釋之。

第七十九回

原文（79：998）：	譯文（79：1493）：
一身如玉簡斑斑，……	ร่างหนึ่งจุดด่างๆ ดั่งแผ่นไม้ไผ่หยก ...
現身珉耳伏塵寰。	ปรากฏร่างใบหูหินหยาบก้มหมอบบนธุลีพิภพ

- 「一身如玉簡斑斑」這首詩為形容南極老仙翁的白鹿精，謂其全身如玉一般的白，有著如竹子上的斑點。譯文為 ร่างหนึ่งจุดด่างๆ ดั่งแผ่นไม้ไผ่หยก（一身＋斑點＋如＋竹簡＋玉），應將其譯為 ตัวขาวดั่งหยกมีจุดด่าง（全身白色有著斑）。

- 「珉耳」指收起雙耳。〔註74〕譯文為 ใบหูหินหยาบ（耳朵＋粗石），應將其譯為 ลู่หู（受耳）。

第八十回

原文（80：1003）：	譯文（80：1500）：
我自天牌傳旨意，	ข้าตั้งแต่ได้รับป้ายฟ้าประกาศิตเจตจำนงพระบรมราชโองการ ณ
錦屛風下領關文。	ใต้ลับแลแพรพรรณวิจิตรรับพระราชสาสน์ผ่านด่าน
觀燈十五離東土，	ชมโคมปีที่ปสิบห้าค่ำแล้วห่างจากดินแดนบูรพา
才與唐王天地分，	เริ่มกับพระเจ้าถางอว๋างแยกฟ้าปฐพี
甫能龍虎風雲會，	กำลังสามารถดั่งพยัคฆ์มังกรวายุเมฆา
卻又師徒拗馬軍。	พระอาจารย์ลูกศิษย์ซ้ำยังถือทิฐิขี่ม้าโลดแล่น
行盡巫山峰十二，	เดินสิ้นภูเขาอาถรรพ์สิบสองสันดอย
何時對子見當今？	ยามใดได้ตอบท่านเห็นปัจจุบัน?

- 「我自天牌」八句，是一首以骨牌術語入詩，闡述了唐僧奉旨取經的艱險歷程及對國君的懷念，應加註釋之。

原文（80：1010）：	譯文（80：1511）：
多年古刹沒人修，	นานปีวัดโบราณ ไร้คนปฏิสังขรณ์ ย่อแย่ทรุดโทรม
狼狼凋零倒更休。	ล้มคว่ำยิ่งทอดทิ้ง
猛風吹裂伽藍面，……	ลมร้ายแรงพัดแตก หน้าพระอาราม ...
更有兩般堪歎處。	ก็คือสองอย่าง สถานที่น่ารำพึงรำพัน

- 「休」此處指慘。譯文為 ทอดทิ้ง（拋棄），應將其譯為 แย่（糟糕）。

- 「伽藍面」指伽藍神的神像面部。伽藍神為佛教寺院護法神。譯文為

〔註74〕〔明〕吳承恩著：《西遊記》，頁998。

หน้าพระอาราม（寺院＋臉），應將其譯為 พักตร์พระวิหารบาลโพธิสัตว์（伽藍神面）。

- 「處」此處指事情。譯文為 สถานที่（處所），應將其譯為 เรื่อง（事）。

第八十一回

原文（81：1015）： 鼓發譙樓趲換更。	譯文（81：1517）： หอคอยกลองดังเปลี่ยนยามรีบเดินทาง

- 「趲」即催促。譯文為 รีบเดินทาง（趕路），應將其譯為 เร่ง（催促）。

原文（81：1016）： 臣僧稽首三頓首，…… 公卿四百共知聞：…… 指望靈山見世尊。…… 何期半路有災迍。…… 啟奏當今別遣人。	譯文（81：1519）： ข้าพระพุทธเจ้าพระสงฆ์โค้งศีรษะทำความเคารพสามครา ... อัครมหาเสนาบดีสี่ร้อยร่วมรับรู้ ... มุ่งหวังภูเขาศักดิ์สิทธิ์ เข้าเฝ้าพระผู้มีพระภาคเจ้า ... ไฉนเวลาครึ่งทางมีภัยพิบัติลำบาก ... ขอกราบทูลปัจจุบันอย่าใช้คน

- 「稽首」指古時一種俯首至地的跪拜禮。譯文為 โค้งศีรษะทำความเคารพ（鞠躬行禮），應將其譯為 นบนอบอภิวาท（跪拜）。
- 「公卿」此處指官員。譯文為 อัครมหาเสนาบดี（宰相），應將其譯為 ขุนนาง（官員）。
- 「靈山」見第七十五回「靈山」之解說。
- 「何期」見第四十六回「何期」之解說。
- 「別遣人」即另遣他人。「別」此處指另外。譯文為 อย่าใช้คน（不要用人），應將其譯為 เปลี่ยนคน（重新換人）。

第八十二回

原文（82：1031）： 身著綠絨花比甲。 一對金蓮剛半折， 十指如同春筍發。 團團粉面若銀盆， 朱唇一似櫻桃滑。…… 月裏嫦娥還喜恰。	譯文（82：1539）： ร่างสวมกำมะหยี่เขียวดอกไม้ใหญ่ เท้าดอกปทุมทองหนึ่งคู่แข็งแกร่งครึ่งหัก สิบนิ้วดั่งผุดหน่อไม้ร่วมฤดูวสันต์ กลมๆ ใบหน้าทาแป้งดั่งถาดเงิน ริมฝีปากแดงลื่นเสมือนดอกเชอรี่ ... ในดวงจันทร์ฉางเอ๋อ（เทพี）ยังพอเหมาะยินดี

- 「花」此處指繡在比甲上的花紋，或精緻、美好的比甲。譯文為 ดอกไม้

（花），應將其譯為 ปักลายงาม（精緻繡）。

- 「比甲」即背心。譯文為 ใหญ่（大），應將其譯為 เสื้อกั๊ก（背心）。

- 「剛」即剛剛。譯文為 แข็งแกร่ง（剛強），應將其譯為 เพิ่ง（剛剛）。

- 「如同」即猶如。譯文將其拆出，分譯為 ดั่ง...ร่วม（如＋共同），應將其譯為 ราว（如）。

- 「銀盆」此處比喻女子臉如圓月般。譯文直譯為 ถาดเงิน（銀盆），應將其譯為 แข（月亮）。

- 「櫻桃」指薔薇科櫻屬的水果。譯文為 ดอกเชอรี่（櫻花），應將其譯為 ผลเชอรี่（櫻桃）。

- 「滑」此處為形容櫻桃紅色的光滑。譯文為 ลื่น（滑），應將其譯為 เงา（光滑、光潤）。

- 「喜恰」即和悅可愛。譯文為 พอเหมาะยินดี（妥洽＋喜悅），應將其譯為 งามจิ้มลิ้ม（漂亮可愛）。

| 原文（82：1032～1033）：
妖怪娉婷實可誇。
淡淡翠眉分柳葉，……
香飄蘭麝滿袈裟。 | 譯文（82：1542）：
แท้จริงปีศาจงามระหงน่าโอ้อวด
จีดจางคิ้วเขียวขจีแบ่งใบหลิว ใบหน้าแดงเปี่ยมหนุนดอกเถา
รองเท้าปักลายตะขอหงส์คู่แย้มพราย
มวยผมเมฆินทร์สูงเสี้ยวลดสองจอนดำ
อมยิ้มจูงมือพระอาจารย์ถึงสถานที่
สุคนธ์กำจรลั่นทมคันธมาทน์เต็มผ้ากาสาวพัสตร์ |

- 「實」此處為修飾「可誇」，譯文將其譯為 แท้จริง（其實）。

- 「誇」此處指讚美。譯文為 โอ้อวด（炫耀），應將其譯為 ชม（讚美）。

- 「蘭麝」即蘭與麝的香味。代指香料的香味。譯文為 ลั่นทมคันธมาทน์（雞蛋花＋喜香山），應將其譯為 สุคนธ์（香氣、香味，香料）。

| 原文（82：1038）：
魚水相和兩意濃。
不料鴛鴦今拆散，
何期鸞鳳又西東！
藍橋水漲難成事，
佛廟煙沉嘉會空。
著意一場今又別。 | 譯文（82：1551）：
ปลาได้น้ำสมัครสมานมโนทั้งสองเข้มข้น
มิคาดนกเป็ดน้ำบัดนี้แตกแยก
ยามนี้ไฉนนกหงส์ก็ไปตะวันตก-ออก
สะพานสีครามน้ำขึ้นเรื่องสำเร็จยาก
พระวิหารควันจมดีงามประสบว่างเปล่า
ถูกใจพักหนึ่งบัดนี้ก็จากกัน |

- 「魚水相和兩意濃」此處指男女之間情意濃濃。中國文化中常用「魚水」來比喻夫妻相得或男女情篤。譯文直譯為 ปลาได้น้ำสมัครสมานมโนทั้งสองเข้มข้น（魚得水＋相和＋兩意＋濃厚），應將其譯為 สองจิตสนิทเคียงคู่ รัญจวนหวนใจทั้งสอง（兩情相悅，兩意相纏）。

- 「鸞鳳」、「鴛鴦」皆比喻夫婦。鴛鴦成雙成對，偶居不離，故在傳統中國文化中以鴛鴦比喻夫婦恩愛、忠貞不渝的象徵。筆者認為應再加注釋之。

- 「拆散」譯文為 แตกแยก（分裂），應將其譯為 ถูกจับแยก（被拆散）。

- 「何期」見第四十六回「何期」之解說。

- 「藍橋水漲」、「佛廟煙沉」即水淹藍橋，火燒祆廟之典故。比喻男女姻緣受阻。「藍橋」為一橋名。有唐・裴航落第，經藍橋驛，遇仙女雲英，後結為仙侶的傳說。「佛廟煙沉」典出火燒祆廟，詳見《淵鑑類函・卷58》。代指男女約會之處。譯文直譯為 สะพานสีครามน้ำขึ้น（藍色的橋＋水漲）及 พระวิหารควันจม（寺院＋煙＋沉沒），應加注釋之。

- 「嘉會」指美好、歡樂的聚會。譯文為 ดีงามประสบ（美好＋遇、遭遇），應將其譯為 การพบพาน（相遇）。

- 「著意」此處指用情至深。譯文為 ถูกใจ（中意），應將其譯為 ทุ่มใจ（投入感情）。

第八十三回

原文（83：1042）：	譯文（83：1556）：
虎皮裙繫明<u>花</u><u>響</u>。…… <u>當天</u>倚力打天王，…… 復來洞內<u>扶</u>三藏。	รัดกระโปรงหนังเสือ<u>กุสุมาลย์</u>กระจ่างดัง ... <u>ต่อฟ้า</u>อาศัยพลังโจมตีเทพบดีสวรรค์ ... กลับมาในถ้ำ<u>ประคอง</u>พระซำจั๋ง

- 「花」即花紋，此處指虎皮上的花紋。譯文為 กุสุมาลย์（花朵），應將其譯為 ลาย（花紋）。

- 「響」此為方言，指清楚，見《二刻拍案驚奇・卷二》。譯文為 ดัง（音響），應將其譯為 ชัด（清楚）。

- 「當天」此處指當時、當年。譯文為 ต่อฟ้า（對天），應將其譯為 ครานั้น（那時）。

- 「扶」此處指救。譯文為 ประคอง（攙扶），應將其譯為 ช่วย（救）。

第八十四回

原文（84：1051）：	譯文（84：1570）：
冉冉綠陰密，…… 新荷翻沼面， 修竹漸扶蘇。…… 溪邊蒲插劍， 榴火壯行圖。	ดุ่มๆ ด่อมๆ สีเขียวร่มไม้แน่นขนัด ... ใบบัวใหม่ผกผันหน้าสระน้ำ กอไผ่ลำต้นสูงค่อยๆ ฟื้นคืนใหม่ ... ริมคลองต้นกกเสียบกระบี่ ผลทับทิมไฟแข็งแรงภาพเดินทาง

- 「冉冉」形容柔弱下垂的樣子。譯文為 ดุ่มๆ ด่อมๆ（埋頭向前），應將其譯 為 ลู่ย้อย（下垂）。
- 「翻」此處指飄動。譯文為 ผกผัน（翻轉），應將其譯為 ลอย（漂浮）。
- 「扶蘇」即扶疏，花木繁茂的樣子。〔註75〕譯文為 ฟื้นคืนใหม่（復生），應將 其譯為 ดก（茂盛）。
- 「插劍」此處比喻溪邊的蒲如劍一般插著。譯文直譯為 เสียบกระบี่（插劍）， 應將其譯為 ดั่งเสียบกระบี่（如插劍）。
- 「榴火」此處形容石榴花艷紅似火。譯文為 ผลทับทิมไฟ（石榴果＋火），應 將其譯為 ดอกทับทิมแดงดั่งไฟ（石榴花紅似火）。
- 「壯行圖」指添加了旅途上絢麗的畫面風景。譯文為 แข็งแรงภาพเดินทาง （強壯＋圖＋旅行），應將其譯為 เสริมทิวทัศน์ให้สดสวย（添加了鮮艷的風 景）。

原文（84：1053）：	譯文（84：1572）：
他便骨頭輕。	เขาคือหัวกระดูกเบา

- 「骨頭」譯文為 หัวกระดูก（骨＋頭），應將其譯為 กระดูก（骨頭）。

原文（84：1062）：	譯文（84：1585）：
法王滅法法無窮，…… 二乘妙相本來同。	กฎหมายราชันทำลายธรรมคุณอนันต์ ... ตุรีณยานานิ รูปวดีธรรมชาติเหมือนกัน

- 「法王」此處指滅法王。譯文為 กฎหมายราชัน（王法），應將其譯為 กษัตริย์กักเมี่ยฝ่า（滅法國國王）。
- 「本來」即原來。譯文為 ธรรมชาติ（大自然），應將其譯為 เดิม（本來）。

〔註75〕〔明〕吳承恩著：《西遊記》，頁1051。

第八十五回

原文（85：1066）：	譯文（85：1591）：
佛在<u>靈山</u>莫遠求，	พระผู้มีพระภาคเจ้าอยู่ที่<u>ภูเขาศักดิ์สิทธิ์</u>อย่าแสวงหาไกล
<u>靈山</u>只在汝心頭。	<u>ภูเขาศักดิ์สิทธิ์</u>เพียงแต่อยู่ในหัวใจท่าน ทุกๆ
人人有個<u>靈山</u>塔，	คนมีองค์พระเจดีย์<u>ภูเขาศักดิ์สิทธิ์</u>องค์หนึ่ง ดีๆ
<u>好</u>向<u>靈山</u>塔下修。	มุ่งสู่<u>ภูเขาศักดิ์สิทธิ์</u>ใต้พระเจดีย์ภาวนา

- 「靈山」見第七十五回「靈山」之解說。
- 「好」此處指認真。譯文為 ดีๆ（好＋好），應將其譯為 มุ（認真）。

原文（85：1067）：	譯文（85：1592）：
鳥聲<u>無處聞</u>。	เสียงวิหค<u>ไร้สถานที่ฟัง</u>
<u>宛然</u>如<u>混沌</u>。	<u>ไร้ประโยชน์</u>ดั่ง<u>โลกแรกเริ่มยุ่งเหยิง</u>

- 「無處聞」指都沒有聽到。譯文為 ไร้สถานที่ฟัง（沒有地方聽），應將其譯為 ทุกแห่งหนไม่ได้ยิน（每處＋沒有聽到）。
- 「宛然」即仿佛。譯文為 ไร้ประโยชน์（沒用），應將其譯為 ราว（仿佛）。
- 「混沌」譯文為 โลกแรกเริ่มยุ่งเหยิง（世界初始＋混亂）。詳見第一回「混沌」之解說。

原文（85：1067）：	譯文（85：1592～1593）：
昂昂雄勢甚<u>抖擻</u>。……	ท่าทีองอาจห้าวหาญ<u>สั่นตัวสะบัดออก</u> ...
噯霧噴風<u>運</u>智謀。	หมอกมืดมนพ่นลม<u>โคจร</u>แผนอุบาย

- 「抖擻」即威風，神氣。譯文為 สั่นตัวสะบัดออก（抖身＋甩開），應將其譯為 องอาจ（氣宇軒昂）。
- 「運」即運用、使用。譯文為 โคจร（運轉），應將其譯為 ใช้（用）。

原文（85：1069）：	譯文（85：1596）：
獠牙觜出<u>賽</u>銀釘。……	เขี้ยววงอกออกปาก<u>ประกวด</u>ตะปูเงิน ...
腦後<u>鬃</u>長<u>排鐵箭</u>。	หลังคอ<u>ผม</u>ยาว<u>เรียงรายลูกเกาทัณฑ์</u>

- 「賽」譯文為 ประกวด（比賽），見第十二回「賽過」之解說。
- 「鬃」指頸上粗長的毛。譯文為 ผม（頭髮），應將其譯為 แผงคอหมู（豬鬃）。
- 「排鐵箭」此處比喻長鬃如鐵箭般。譯文直譯為 เรียงรายลูกเกาทัณฑ์（排鐵箭），應將其譯為 ดั่งเรียงเกาทัณฑ์（如排鐵箭）。

<table>
<tr><td>原文（85：1069～1070）：
那時就把英雄<u>賣</u>。……
命低<u>撞著</u>孫兄到。……
背馬挑包做<u>夯工</u>，
前生<u>少了</u>唐僧債。
鐵腳天蓬<u>本</u>姓豬。</td><td>譯文（85：1596～1597）：
ยามนั้นก็เอายอดบุรุษ<u>ขาย</u> ...
ชะตาต่ำชน<u>ถูก</u>พี่ซุนเข้า ...
หลังม้าหาบห่อ<u>เซ่อเซอะทำงาน</u>
ชาติก่อน<u>ลดแล้ว</u>เป็นหนี้พระสงฆ์ถาง
เท้าเหล็กเทียนเผิง<u>ความจริง</u>แซ่ตือ</td></tr>
</table>

- 「賣」此處指賣弄。譯文為 ขาย（賣），應將其譯為 ทำ（作）。
- 「撞著」即碰巧遇到。譯文為 ชนถูก（撞到），應將其譯為 บังเอิญเจอะกับ（碰巧遇到）。
- 「夯工」即粗活。譯文為 เซ่อเซอะทำงาน（笨頭笨腦工作），應將其譯為 เป็นจับกัง（粗活）。
- 「少了」此處指欠了債。譯文為 ลดแล้ว（降了），應將其譯為 ติดค้าง（欠債）。
- 「本」譯文為 ความจริง（真實）。見第八十四回「本來」之解說。

第八十六回

<table>
<tr><td>原文（86：1081）：
本性自修非<u>小可</u>，
<u>天姿</u>穎悟<u>大丹頭</u>。
官封大聖居<u>雲府</u>，……
智貫乾坤處處留。……
崖前復手捉<u>貔貅</u>。……
管教時下命將休！</td><td>譯文（86：1613～1614）：
ธาตุเดิมถือศีลภาวนา<u>มิใช่เล็กน้อย</u>
สวยงามตามธรรมชาติปัญญาอันเฉียบแหลมรู้แจ้งเป็น<u>หัวหน้าอายุวั</u>
<u>ฒนะใหญ่</u>
ทรงพระราชทานตำแหน่งขุนนางผู้วิเศษยิ่งใหญ่อาศัย<u>วังเมฆมินทร์</u> ...
ปฏิภาณทะลุฟ้าปฐพีเหลืออยู่ทุกหนแห่ง ...
บนหน้าผากลับใช้มือจับ<u>เสือดาวตัวผู้</u>...
<u>ทันทีจะสอนไอ้ชีวิตต่ำต้อยล้วนม้วยมอด!</u></td></tr>
</table>

- 「非小可」即不同小可，指不同尋常。譯文為 มิใช่เล็กน้อย（不是＋少許），應將其譯為 ไม่ธรรมดา（不一般）。
- 「天姿」此處指天賦之質。譯文為 สวยงามตามธรรมชาติ（自然美），應將其譯為 โดยกำเนิด（天生）。
- 「大丹頭」，「丹」代指仙。故此處「大丹頭」指眾仙之首。譯文為 หัวหน้าอายุวัฒนะใหญ่（大首長＋長生丹），應將其譯為 หัวหน้าเซียน（眾仙之首）。
- 「雲府」此處指天宮。譯文直譯為 วังเมฆมินทร์（雲＋宮），應將其譯為 ทิพย์พิมาน（仙宮）。

- 「留」與前句「曉」對仗，指留名。譯文為 เหลือ（剩），應將其譯為 เลื่อง（揚）。

- 「貔貅」為中國古籍記載的一種傳說中的兇猛瑞獸。似乎「貔貅」僅限於典籍、傳說中所記載，泰國有來自潮州音的音譯 ปี่เซียะ。此處譯者將其轉譯為 เสือดาวตัวผู้（雄豹）。

- 「管教時下命將休」此處譯者將其斷句為管教時／下命／將休。譯文為 ทันทีจะสอนไอ้ชีวิตต่ำต้อยล้วนม้วยมอด（立刻＋要教＋下賤的生命＋皆亡），應將其譯為 บัดนี้สั่งสอนเจ้าให้ชีพสิ้น（現下教訓，使你命休）。

原文（86：1083～1084）：	譯文（86：1617）：
力微身小號<u>玄駒</u>， <u>日久藏修</u>有翅飛。…… <u>喜來床下鬥仙機</u>。	แรงน้อยร่างเล็กสมญานาม<u>ลูกอาชาอัศจรรย์</u> นานวันซ่อนตัวตกแต่งมีปีกบิน ... <u>ดีใจ</u>มา<u>ใต้เตียงต่อสู้ชั้นเชิงอมรา</u>

- 「玄駒」指黑螞蟻。亦作「玄蚼」，為蟻別稱。《方言·第 11》：「蚍蜉，齊、魯之間謂之蚼蝼，西南、梁、益之間謂之玄蚼。」《大戴禮記·夏小正》：「玄駒也者，螘也。」《說文解字·虫部》：「螘，蚍蜉也。」《集韻·上聲·尾韻》：「螘，蟲名，蚍蜉也。或作『蟻』。」「玄」此處指黑色。譯文為 ลูกอาชาอัศจรรย์（小馬＋玄妙），應將其譯為 มดดำ（黑螞蟻）。

- 「藏修」此處指隱身起來修煉，譯文為 ซ่อนตัวตกแต่ง（藏身＋修飾），應將其譯為 เก็บตัวบำเพ็ญ（隱身起來認真修煉）。

- 「喜」此處指喜歡。譯文為 ดีใจ（高興），應將其譯為 ชอบ（喜歡）。

- 「床下鬥仙機」即床下牛鬥。典出《晉書·卷 84·殷仲堪傳》。譯文為 ใต้เตียงต่อสู้ชั้นเชิงอมรา（床下＋鬥＋仙法），筆者認為應加注釋之。

原文（86：1087）：	譯文（86：1622）：
<u>柴門</u>篷<u>絡</u>籐花。…… 一林<u>鳥雀</u>喧嘩。…… 地僻<u>雲深</u>之處。	<u>กระท่อมประตู</u>ไม้<u>สัมพันธ์</u>ดอกหวาย ... ดงไม้หนึ่ง<u>วิหคนกขมิ้น</u>จอแจ ... เป็นสถานที่เปล่าเปลี่ยว<u>เมฆาลึก</u>

- 「柴門」指用柴木做的門，亦代指貧寒人的家。譯文直譯為 กระท่อมประตู（柴＋門），應將其譯為 กระท่อม（茅屋）。

- 「絡」此處指纏繞。譯文為 สัมพันธ์（連接），應將其譯為 พัน（纏）。

- 「鳥雀」即小鳥。譯文為 วิหคนกขมิ้น（鳥＋黃鸝鳥）。此處值得注意的是譯者忠於原文地把「鳥雀」直譯，但為何會將「雀」譯為黃鸝鳥？其原因

應來自於「雀」在泰文化中是個貶義的，在泰語會稱「不顧忌到別人＋大聲說話、交談的人群」為 นกกระจอกแตกรัง（散巢的麻雀），故譯者將其轉譯為黃鸝鳥。而為何會將其選擇譯為「黃鸝鳥」，經譯者觀察，在第十回（10：110～111）：「默聽鶯啼。」第九十四回（94：1175）：「黃鸝紫燕啼宮柳。」第九十六回（96：1191）：「鶯老柳枝輕。」的譯文中，譯者將「黃鸝」與「鶯」譯為「นกขมิ้นเหลืองอ่อน（淺黃色的金黃鸝）」。「鶯啼」即鶯鳴。「鶯」屬鶯科，譯文為 นกขมิ้น（黃鸝科鳥）＋เหลืองอ่อน（淺黃色），即淺黃色的金黃鸝。雖同屬雀形亞目（Passeri），而鷹科與黃鸝科屬不同小目，鷹科（Sylviidae）屬雀下目鶯總科；黃鸝科（Oriolidae）屬鴉小目鴉總科。泰語中與鷹科相對應有 นกกระจิบ（扇尾鶯科，學名：Cisticolidae）、นกพง（葦鶯科，學名：Acrocephalidae）以及 นกกระจิ๊ด（柳鶯科，學名：Phylloscopidae）。นกขมิ้นเหลืองอ่อน（淺黃色的金黃鸝）非平時所用之詞，而是受到了泰文學作品的影響。因為一般泰語會稱金黃鸝為 นกขมิ้น（黃鸝科鳥）或 นกขมิ้นเหลือง（黃色的金黃鸝），對於 นกขมิ้นเหลืองอ่อน（淺黃色的金黃鸝）。一詞的來源，經筆者考證其來源或有二：一為 นกขมิ้นเหลืองอ่อน 即 หลวงพลโยธานุโยค（นก）所著中之兒童詩謠名，二則為搖籃曲 เจ้านกขมิ้นเหลืองอ่อนเอย 的歌名與歌詞相同，故筆者認為譯者應是受了以前兒童詩謠或搖籃曲之影響。

- 「雲深」即山高雲深、雲霧繚繞之處，譯文直譯為 เมฆาลึก（雲＋深），應將其譯為 หมอกหนา（霧濃）。

原文（86：1088）：	譯文（86：1624）：
遞遞迢迢去路遙。……	ผลัดเปลี่ยนเหินห่างไปทางไกล ...
心心只為經三藏，	จิตใจเพียงเพื่อพระสูตรพระไตรปิฎก
念念仍求上九霄。	รำลึกคิดถึงคนแสวงหาขึ้นฟ้าสูงสุด

- 「遞遞迢迢」即迢遞，指遙遠的樣子。譯文為 ผลัดเปลี่ยนเหินห่าง（更換＋遙遠），應將其譯為 ยาวไกล（遙遠）。
- 「心心」即每一個心念。譯文為 จิตใจ（心），應將其譯為 ทุกขณะจิต（每一個心念）。
- 「念念」此處指每一個念頭。譯文為 รำลึกคิดถึงคน（懷念＋想念＋人），應將其譯為 ทุกคะนึง（每一的念頭）。
- 「求」此處指祈求。譯文為 แสวงหา（追求），應將其譯為 วอนขอ（祈求）。

- 「上九霄」指天上的仙、佛。「九霄」即天之極高處,此處代指神仙。譯文為 ขึ้นฟ้าสูงสุด(上+最高的天),應將其譯為 ฟ้าเทวดา(天+仙)。

第八十七回

原文(87:1092):	譯文(87:1629):
<u>草子</u>不生絕五穀。	<u>หญ้าเล็ก</u>ไม่เกิดธัญชาติทั้งห้าสูญสิ้น
<u>大小人家</u>買賣難,	<u>ชาวบ้านใหญ่เล็ก</u>ซื้อขายลำบาก
<u>十門九戶</u>俱啼哭。	<u>สิบประตูแปดบ้าน</u>ล้วนร้องไห้สะอึกสะอื้น
三<u>停</u>餓死二<u>停</u>人,	สาม<u>ศาลา</u>คนอดตายสอง<u>ศาลา</u>
一<u>停</u>還似<u>風中燭</u>。……	<u>ศาลา</u>เดียวยังเสมือน<u>เทียน</u>ต้องลม ...
幸遇<u>真僧</u>來我國。……	เดชะบุญประสบ<u>พระสงฆ์จริง</u>มาถึงก๊กข้าพเจ้า ...
<u>願</u>奉千金酬厚德!	ปรารถนาถวายทองคำพันตำลึงตอบแทนพระคุณอันใหญ่หลวง!

- 「草子」即草籽,草本植物果實,此處指五穀。《兩宋名賢小集·卷200·銅嘴》:「不銀眉,不金翅,尋稻粱,搬草子。」譯文為 หญ้าเล็ก(小草),應將其譯為 ต้นข้าว(稻)。

- 「大小人家」即百姓。譯文為 ชาวบ้านใหญ่เล็ก(百姓+大+小),應將其譯為 ชาวบ้าน(百姓)。

- 「十門九戶」即家家戶戶。譯文為 สิบประตูแปดบ้าน(十門+八家)。值得注意的是譯者明明是以直譯法翻譯,但為何又將「九戶」譯為「八家」,應是受到泰國俚語的影響,即 สามบ้านแปดบ้าน(三家+八家),意為很多戶人家。

- 「停」通「亭」。即古代地方行政機構。《漢書·百官公卿表上》:「大率十里一亭,亭有長。」〔註76〕譯文為 ศาลา(涼亭)。應將其轉譯為 หมู่บ้าน(村)。

- 「風中燭」喻在風中燃燒的蠟燭,容易熄滅。用來形容性命垂危,不久於世。譯文為 เทียนต้องลม(蠟燭碰到風),應加注釋之。

- 「真僧」指戒律精嚴、修得很好的和尚。譯文為 พระสงฆ์จริง(真+僧),應將其譯為 สงฆ์ผู้เคร่งในศีล(戒律嚴謹的僧人)或 สงฆ์ผู้ประพฤติดีปฏิบัติชอบ(修得好的僧人)。

- 「願」見第七十五回「願」之解說。

〔註76〕〔漢〕班固撰:〔唐〕顏師古注:《漢書》(臺北:金氏印刷公司,民61年)頁193。

原文（87：1098）：	譯文（87：1638）：
人心生一念，…… 善惡若無報，乾坤必有私。	ใจคนเกิดอสุนีบาต ... กุศลบาปกรรมแม้มิตอบ จักรวาลคงมีลำเอียง

- 「一念」指一個念頭。譯文為 อสุนีบาต（雷），應將其譯為 หนึ่งความคิด（一個念頭）。

- 「報」此處指報應。譯文為 ตอบ（回應），應將其譯為 สนอง（報應）。

- 「乾坤」與「天地」對仗。見第六十四回「乾坤」之解說。

原文（87：1100）：	譯文（87：1641）：
河道經商處處通。…… 五風十雨萬年豐。	ทางคงคาค้าขายทุกแห่งหนราบรื่น ... ลมห้าฝนสิบอุดมสมบูรณ์หมื่นปี

- 「通」此處指暢達。譯文為 ราบรื่น（順利），應將其譯為 คล่อง（暢通）。

- 「五風十雨」即五日刮一風，十日下一雨。比喻風調雨順。語出漢・王充《論衡・是應》：「風不鳴條，雨不破塊，五日一風，十日一雨。」譯文直譯為 ลมห้าฝนสิบ（五風＋十雨），應加注釋之，或意譯為 ฝนฟ้าตกต้องตามฤดู（風調雨順）。

第八十八回

原文（88：1103）：	譯文（88：1645）：
錦城鐵瓮萬年堅。	เมืองงดงามกำแพงเหล็กหมื่นปีแกร่ง

- 「錦城」為城名，即蜀國成都，因產錦故名。此代指繁華的城市。譯文為 เมืองงดงาม（漂亮的城市），筆者認為應加注釋之。

- 「鐵瓮」指堅固的瓮城。「瓮城」中國古代城市主要的防禦設施建築。泰國沒有，故譯者將其轉譯為 กำแพงเหล็ก（鐵壁）。

原文（88：1106）：	譯文（88：1652）：
金木施威盈法界， 刀圭展轉合圓通。 神兵精銳隨時顯， 丹器花生到處崇。	ธาตุทอง-ไม้สำแดงอานุภาพท่วมเขตธรรม ดาบมุมแหลมเวียนวนผสมกลมราบรื่น อาวุธเทพเชี่ยวชาญสำแดงตามกาลเวลา เครื่องอายุวัฒนะเกิดโกสุมทุกหนแห่งบูชา

- 「金木」此處指孫悟空及豬悟能。譯文為 ธาตุทอง-ไม้（金＋木行），應將其加注釋之，或意譯為 หงอคงโป๊ยก่าย（悟空＋八戒）。

- 「刀圭」此處指沙悟淨。譯文為 ดาบมุมแหลม（尖角刀），應將其譯為 ซัวเจ๋ง

（沙僧）。

- 「丹器花生」,「丹器」此處「丹」與「朱門」同一概念,喻貴族,此處指王子;「器」出自《老子》的「大器」,指人才。故「丹器」指王子成器。「花生」指開花結果,三位王子從悟空、悟能、悟淨學而有成。譯文為 เครื่องอายุวัฒนะเกิดโกสุม（長生＋器＋生＋花）,應將其譯為 พระโอรสสำเร็จการวิชา（王子學成）。

原文（88：1106）：	譯文（88：1652）：
見相歸真度眾僧。	เห็นพระรูปนอบน้อมภูตถตา บรรดาพระสงฆ์ผ่านข้าม

- 「度」即普度。譯文為 ผ่านข้าม（度過）,應將其譯為 ปกโปรด（普度）。

原文（88：1108）：	譯文（88：1655）：
眾鳥高樓萬籟沉,	เหล่าวิหคพักสูงเสียงธรรมชาตินานาซึ้ง
詩人下榻罷哦吟。……	ชาวกวีลงเตียงแคบ …
野徑荒涼草更深。	ทางพนาดรหญ้ารกร้างยิ่งล้นหลาม
砧杵叮咚敲別院,	ตำสากตึงดังเคาะดังลานบ้านอื่น
關山杳窵動鄉心。	ด่านภูเขาไกลโพ้นหายเงียบปลุกใจชนบท
寒蛩聲朗知人意,	ตั๊กแตนหนาวเสียงแจ่มใสรู้ใจคน
嚦嚦床頭破夢魂。	เจื้อยแจ้วหัวเตียงทำลายฝันวิญญาณ

- 「沉」此處指萬籟無聲。譯文為 ซึ้ง（深刻）,應將其譯為 สงัด（萬籟無聲）。
- 「下榻」即住宿,此引申為休息。譯文為 ลงเตียงแคบ（下窄床）,應將其譯為 พักผ่อน（休息）。
- 「深」此處指茂盛。譯文為 ล้นหลาม（滿滿）,應將其譯為 ทึบ（茂密）。
- 「院」此處指別人的家,此為部分代全體的修辭方式。譯文為 ลานบ้าน（庭院）,應將其譯為 บ้าน（家）。
- 「鄉心」指思念家鄉的心情。譯文為 ใจชนบท（鄉＋心）,應將其譯為 ความคิดถึงบ้านเกิดเมืองนอน（思念家鄉的心）。
- 「寒蛩」即蟋蟀。譯文為 ตั๊กแตน（蚱蜢）,應將其譯為 จิ้งหรีด（蟋蟀）。
- 「破」譯文為 ทำลาย（破壞）,應將其譯為 ปลุก（叫醒）。
- 「夢魂」即夢。譯文為 ฝันวิญญาณ（夢＋魂）,應將其譯為 ฝัน（夢）。

原文（88：1111）：	譯文（88：1659）：
道不須臾離,……	มรรคมิจำเป็นเหินห่าง …

| 神兵盡落空，
枉費參修者。 | อาวุธเทพล้วน<u>ร่วงสูญ</u>
<u>เสียเวลาถือศีลภาวนา</u> |

- 這首詩是將《中庸》第一章的「道也者，不可須臾離也，可離，非道也。」入詩。指出孫悟空、豬悟能、沙悟淨等三人將兵器放置篷廠，兵器離身，後被黃獅精盜走。

- 「道不須臾離」指片刻都不可背離道。「須臾」即片刻。譯文為 มรรคมิจำเป็นเหินห่าง（道＋不須＋離），應將其譯為 ธรรมอย่าห่างแม้เพียงครู่（片刻都不可背離道）。

- 「落空」此處指消失。譯文為 ร่วงสูญ（落＋失），應將其譯為 สูญหาย（消失）。

- 「枉費」譯文為 เสียเวลา（浪費時間），應將其譯為 เสียที（枉費）。

- 「參修者」譯文為 ถือศีลภาวนา（持戒＋修行），應將其譯為 ผู้บำเพ็ญเพียร（修行者）。

第八十九回

| 原文（89：1117）：
周圍山遶翠，
<u>一脈氣連城</u>。
峭壁<u>扳</u>青蔓，
高崖掛<u>紫荊</u>。
鳥聲<u>深樹匝</u>，……
不亞<u>桃源洞</u>。 | 譯文（89：1666）：
แวดล้อมสิขรเวียนวน<u>หญ้าเขียวขจี</u>
<u>เทือกเขาหนึ่งบรรยากาศต่อเนื่องเขตเมือง</u>
หน้าผาสูงชัน<u>พลิกกลับเถาไม้เลื้อย</u>
ชะโงกเขาสูงแขวน<u>ต้นไม้หนาม</u>
เสียงวิหคดงลึกพฤกษชาติพันรอบ ...
มิด้อยกว่า<u>ถ้ำผลท้ออมรา</u> |

- 「翠」此處指青色的樹木圍繞著山。譯文為 หญ้าเขียวขจี（綠草），應將其譯為 พฤกษ์เขียว（綠樹）。

- 「一脈氣連城」指一整座翠綠的山圍繞著。譯文為 เทือกเขาหนึ่งบรรยากาศต่อเนื่องเขตเมือง（一座山＋氣氛＋連續＋市區），應將其譯為 บรรพตล้อม（山圍繞）。

- 「扳」即攀。譯者將其誤譯為 พลิกกลับ（翻）。應將其譯為 ปีน（爬）。

- 「紫荊」為豆科紫荊屬的植物。泰國未見。譯者將其譯為 ต้นไม้หนาม（有刺的樹），應將其音譯，再加注闡述其樣貌特徵。

- 「深樹匝」指樹林的重圍深處。譯文為 ดงลึกพฤกษชาติพันรอบ（深林＋樹＋千層），應將其譯為 ดงลึก（深林）。

- 「桃源洞」譯文轉譯為 ถ้ำผลท้ออมรา（仙桃洞）。見第七回「武陵源」之解說。

第九十回

原文（90：1124）：	譯文（90：1676）：
<u>蒺藜骨朵</u>四明鏟。……	<u>กระดูกหูโคกกระสุน</u>พลั่วสว่างสี่ด้าน ...
釘鈀<u>晃亮</u>光華<u>慘</u>。	คราดตะปูหน้ากากแสงรุ่งโรจน์โศกศัลย์
前遮後擋各施<u>功</u>，……	หน้าบังหลังสกัดต่างสำแดงผลงาน ...
<u>城頭</u>王子<u>助威風</u>，……	<u>หัวเมือง</u>จ้าวชายช่วยเหลือเสริมอานุภาพ ...
<u>投來搶去弄</u>神通。	ขว้างมาชิงไปยั่วเย้าฤทธิเดชอภินิหาร

- 「蒺藜骨朵」譯文為 กระดูกหูโคกกระสุน（耳骨＋蒺藜），應將其譯為 กระบองช่อหนาม（狼牙棒）。

- 「晃亮」即光亮耀眼。譯文為 หน้ากาก（面罩），應將其譯為 เงาวับจับตา（光亮耀眼）。

- 「慘」此為程度副詞，表示非常。譯文為 โศกศัลย์（悲傷），應將其譯為 นัก（非常）。

- 「功」此處指功夫。譯文為 ผลงาน（成績），應將其譯為 ฝีมือ（功夫）。

- 「城頭」即城墙上。譯文為 หัวเมือง（其他城市），應將其譯為 บนกำแพงเมือง（城墙上）。

- 「助威風」即助威。譯文為 ช่วยเหลือเสริมอานุภาพ（幫忙＋增＋威力），應將其譯為 ส่งแรงใจ（打氣）。

- 「投來搶去」指撲來撞去。譯文為 ขว้างมาชิงไป（扔來搶去），應將其譯為 พุ่งมาชนไป（撲來撞去）。

- 「弄」即賣弄。譯文為 ยั่วเย้า（戲弄），應將其譯為 สำแดง（顯現）。

原文（90：1133）：	譯文（90：1689）：
<u>緣因善慶</u>遇神師，	<u>ด้วยสันนิวาสฉลองบุญ</u>ประสบพระอาจารย์เทวดา
習武<u>何期動</u>怪獅。……	ฝึกหัดวรยุทธ์เวลาใด<u>ปลุก</u>ปีศาจสิงโต ...
九靈數合元陽理，	นวศักดิ์สิทธิ์ชะตาผสมปฐมหยางตามหลักธรรม
<u>四面</u>精通道果之。	<u>สี่ด้าน</u>เชี่ยวชาญเป็นมรรคผล

- 「緣因」即原因。譯文為 ด้วยสันนิวาส（因＋緣），應將其譯為 ด้วยว่า（原因）。

- 「善慶」即有福氣。譯文為 ฉลองบุญ（善＋慶），應將其譯為 โชคดีมีวาสนา（有福報＋幸運）。

- 「何期」見第四十六回「何期」之解說。

- 「動」此處指驚動。譯文為 ปลุก（叫醒），應將其譯為 เรียก（招來）。

- 「合」即合乎。譯文為 ผสม（混合），應將其譯為 สอดคล้อง（符合）。
- 「四面」此處指各方面。譯文為 สี่ด้าน（四面），應將其譯為 ทุกรอบด้าน（各方面）。

第九十一回

原文（91：1138）：	譯文（91：1697～1698）：
<u>錦繡場</u>中唱<u>彩蓮</u>， 太平境內<u>簇人煙</u>。…… 雨順風調<u>大有年</u>。	<u>สถานที่ดิ้นเงินดิ้นทองร้องลวดลายบาทกมล</u> แดนสันติสุขกลุ่มควันทั้งคน ... อากาศดีฝนตกต้องฤดูกาล<u>ปีมหามงคล</u>

- 「錦繡場」即錦繡山河，反映出了社會安定、天下太平的景象。譯文為 สถานที่ดิ้นเงินดิ้นทอง（場地＋金線＋銀線），應將其譯為 เมืองอันงดงาม（漂亮的城市）。
- 「彩蓮」恐為「採蓮」，為同音之假借，指《採蓮曲》，樂府清商曲名。譯文為 ลวดลายบาทกมล（紋路＋腳＋蓮），應將其譯為 เพลงเก็บบัว（《採蓮曲》）。
- 「簇人煙」指人口密集。譯文為（煙＋群＋整個＋人），應將其譯為 ประชากรคับคั่ง（人口密集）。
- 「大有年」即大豐年。譯文為 ปีมหามงคล（吉祥年），應將其譯為 ผลผลิตอุดมสมบูรณ์（大豐收）。

第九十二回

原文（92：1147）：	譯文（92：1710）：
登山涉水苦<u>熬煎</u>。 幸來西域逢<u>佳節</u>， 喜到金平遇<u>上元</u>。 不識燈中假佛相， 概<u>因</u>命裡有災愆。…… 但願英雄展<u>大權</u>。	จากกันครานั้นนครเมืองฉางอานนับสิบปี ขึ้นคีรีท่องธาราทุกข์ยากดั่ง<u>ต้มเคี่ยว</u> เดชะบุญมาเขตแดนทิศประจิมประสบ<u>เทศกาลมงคล</u> ยินดีถึงเมืองจีนผิงพบปฐม<u>เทศกาล</u> มิรู้<u>จัก</u>ในโคมประทีปพระพุทธรูปปลอม <u>สาเหตุ</u>ล้วนในดวงชาตาชีวิตมีภัยพิบัติ ... <u>แต่ทว่า</u>ปรารถนายอดบุรุษสำแดง<u>อำนาจใหญ่</u>

- 「熬煎」指內心折磨、痛苦。譯文為 ต้มเคี่ยว（煎煮），應將其譯為 ทรมาน（折磨）。
- 「佳節」即美好的節日。因泰語習慣中沒有美好節日的概念，故譯者將其轉譯為 เทศกาลมงคล（吉祥的節日）。
- 「上元」即上元節，亦稱元宵節，為中國傳統節慶之一。因於每年第一個

月圓之夜舉行觀燈、慶祝等活動，故名。因重要活動為觀燈，故泰國將其稱為 เทศกาลโคมไฟ（燈節）。譯文直譯為 ปฐมเทศกาล（第一＋節日）。

- 「識」此處指知道、了解，譯文為 รู้จัก（認識），應將其譯為 รู้（知道）。

- 「因」見第七十一回「因」之解說。

- 「但願」即只希望。譯文為 แต่ทว่าปรารถนา（但＋願），應將其譯為 ปรารถนาเพียง（只願）。

- 「大權」此處指大的權謀。〔註77〕譯文為 อำนาจใหญ่（大權），應將其譯為 กลยุทธ์（權謀）。

原文（92：1152~1153）：	譯文（92：1720）：
經云「<u>泰極還生否</u>」，	คัมภีร์ว่า <u>สุดขั้วโลกยังมีชีวิตหรือไม่?</u>
<u>好處</u>逢凶實有之。	<u>สถานที่ดี</u>ประสบเคราะห์ร้ายความจริงมี
<u>愛</u>賞花燈禪性亂，	<u>รับ</u>ชมโคมบุปผชาติธาตุฌานวุ่นวาย
喜遊美景<u>道心漓</u>。	ยินดีเตร็ดเตร่ทัศนียภาพงามวิจิตร<u>อริยะบาง</u>
<u>大丹</u>自古宜長守，	ยาอายุวัฒนะแต่โบราณควรรักษานาน
<u>一失原來到底虧</u>。	<u>พลาดคราหนึ่งลงท้ายที่แท้ผิดหวัง</u>
緊閉牢拴休曠蕩，	ปิดแน่นโยงมัดอย่า<u>บกพร่องเสเพล</u>
須臾懈怠見<u>參差</u>。	ชั่วขณะเกียจคร้านเห็นสับสนเหลื่อมล้ำกัน

- 「泰極還生否」此為中國諺語，指事情發展到了極點，就轉化為相反的一面。既樂極生悲。《西遊記》：「咦！真是個：泰極還生否，樂處又逢悲。」（96：1201）「泰」《易經》卦名，六十四卦之一。象順適如意、安樂之義。「否」《易經》卦名，六十四卦之一。象萬物不通、壞、惡劣之義。譯文為 สุดขั้วโลกยังมีชีวิตหรือไม่（地球極點＋還有生命否），應將其譯為 สถานการณ์เมื่อดีอย่างถึงที่สุดแล้วก็พลิกเป็นร้าย（狀況好到極點時就會反為壞），再加注釋之。

- 「好處」此處指美好的狀況。譯文為 สถานที่ดี（好的地方），應將其譯為 สถานการณ์ดี（好的狀況）。

- 「愛」與後句「喜」對仗，即喜愛。譯文為 รับ（受），應為字形上的訛誤，因「愛」與「受」字形相近。

- 「道心漓」即向道之心淺薄。譯文為 อริยะบาง（聖人＋薄），應將其譯為 ใจธรรมเลือน（道心模糊）。

〔註77〕〔明〕吳承恩原著；徐少知校；周中明、朱彤注：《《西遊記》校注》，頁1621。

- 「大丹」來自道教的煉丹術語,此處指修行的道心。譯文為 ยาอายุวัฒนะ(長生不老丹),應將其譯為 ใจธรรม(道心)。

- 「一失原來到底虧」即一旦片刻的失去了原來的本性、道心,就會功虧一簣。譯文為 พลาดคราหนึ่งลงท้ายที่แท้ผิดหวัง(錯一次+收尾+其實+失望),應將其譯為 สูญซึ่งจิตธรรมแม้เพียงครู่ ย่อมประสบความปราชัย(片刻失了道心,必遭失敗)。

- 「曠蕩」指放蕩、隨心所欲。譯文為 บกพร่องเสเพล(欠缺+放蕩),應將其譯為 ปล่อยใจเสเพล(隨心所欲+放蕩)。

- 「參差」譯文為 สับสนเหลื่อมล้ำกัน(雜亂+懸殊),應將其譯為 ย่อมเกิดปัญหา(出現問題)。

第九十三回

原文(93:1160):	譯文(93:1730):
擁錫袖飄風,	รับพระราชทานมหาศาลลมพัดแขนเสื้อปลิวสะบัด
芒鞋石頭路。	รองเท้าหญ้าคาถนนก้อนหัวศิลา

- 「擁」此處指手持。譯文為 รับ ... มหาศาล(受……巨大),應將其譯為 ถือ(持)。

- 「錫」即錫杖,為僧人所持的禪杖。譯文為 พระราชทาน(賜),應將其譯為 ไม้เท้า(錫杖)。

- 「石頭」即石塊。譯文為 ก้อนหัวศิลา(石+頭+塊),應將其譯為 ก้อนศิลา(石塊)。

原文(93:1162):	譯文(93:1733):
憶昔檀那須達多,	รำลึกเสียดาย(ต้น)จันทน์นั้นคงมากมาย
曾將金寶濟貧痾。	ได้เอาทองคำวิเศษสงเคราะห์คนยากจนเจ็บป่วย
祇園千古留名在,	สวนเชตวันเหลือชื่ออยู่ชั่วนิรันดร
長者何方伴覺羅?	พระคุณเจ้าทิศทางใดได้เพื่อนรวบรวมตรัสรู้

- 「昔」指昔日。譯文為 เสียดาย(可惜),應將其譯為 คราวนั้น(那時)。

- 「檀那須達多」為梵文音譯。「檀那」指施主。「須達多」即古印度憍薩羅國舍衛城富商,因為人樂善好施,故又號「給孤獨」。譯文為(ต้น)จันทน์นั้นคงมากมาย(那檀樹+可能+很多),應將其譯為 อนาถบิณฑิกเศรษฐี(給孤獨富商)。

- 「寶」此處指珍貴之物。譯文為 วิเศษ(神奇),應將其譯為 ของมีค่า(珍物)。

- 「留名」譯文為 เหลือชื่อ（留＋名）。見第八十六回「留」之解說。

- 「何方」即什麼地方。譯文為 ทิศทางใด（什麼方位），應將其譯為 หนใด（何處）。

- 「覺羅」即佛。〔註78〕譯文為 รวบรวมตรัสรู้（收羅＋覺悟），應將其譯為 พุทธะ（佛）。

原文（93：1163）：	譯文（93：1734）：
人靜<u>月沉</u><u>花夢</u><u>悄</u>，	คนเงียบ<u>จันทร์จม</u><u>กุสุมาลย์ฝัน</u><u>เศร้าโศก</u> ลมอบอุ่นเบาๆ
暖風微透<u>壁窗紗</u>。	ผ่านผนังแพรบังหน้าต่าง
<u>銅壺</u>點點看<u>三汲</u>。	<u>ป้านทองแดง</u>หยดๆ ดู<u>สามบากบั่น</u>

- 「月沉」即月亮落山，指天將亮。譯文直譯為 จันทร์จม（月沉），應將其譯為 จันทร์ลับ（月隱）。

- 「花夢」指美夢。譯文為 กุสุมาลย์ฝัน（花＋夢），應將其譯為 ฝัน（夢）。

- 「悄」與「沉」對仗。《字彙‧心部》：「悄，靜也。」引申為停止，譯文為 เศร้าโศก（憂傷），應將其譯為 ฝันสลาย（夢＋消失）。

- 「壁窗紗」指壁上的紗窗。譯文為 ผนังแพรบังหน้าต่าง（紗壁＋遮＋窗），應將其譯為 แกล（窗）。

- 「銅壺」指古代銅制壺形的計時器。譯文為 ป้านทองแดง（銅＋茶壺），應將其直譯為 กาทองแดง（銅壺），再加注釋之。

- 「三汲」即三更。譯文為 สามบากบั่น（三＋刻苦、勤奮）。值得注意的是中泰的古代計時單位相似，區別在於中國傳統文化將夜裡的時間分為五段，以「更」為計時單位，分別為一更天（戌時）19：00～21：00；二更天（亥時）21：00～23：00；三更天（子時）23：00～01：00；四更天（丑時）01：00～03：00；五更天（寅時）03：00～05：00。而泰國分為四段，以「ยาม（yaam）」為計時單位，分別為 ยามหนึ่ง（一更）18：00～21：00；ยามสอง（二更）21：00～24：00；ยามสาม（三更）24：00～03：00；ยามสี่（四更）03：00～06：00。因計算單位不對等，故筆者認為應將其直譯為 ยามสาม（三更），再加注釋之。

原文（93：1163）：	譯文（93：1735）：
<u>虎踞龍蟠</u>形勢高，	<u>พยัคฆ์หมอบมังกรพัน</u>สภาวการณ์สูง
<u>鳳樓麟閣</u>彩光搖。……	<u>นกหงส์พักหอกิเลน</u>ประภัสสรส่าย ...

〔註78〕曾上炎編著：《西遊記辭典》，頁174。

| 福地依山插錦標。
曉日旌旗明輦路，
春風簫鼓遍溪橋。
國王有道衣冠勝，
五穀豐登顯俊豪。 | ปฐพีกุศลอาศัยสิงขรปักธงแพรไหม
ฟ้าแจ้งธงธวัชแจ่มแจ้งทางรถพระที่นั่ง
ลมวสันต์ขลุ่ยกลองดาษดื่นคลองสะพาน
ราชันทรงธรรมสวมมงกุฎฉลองพระองค์พระยศยิ่ง
สัญชาติสมบูรณ์สำแดงยอดบุรุษ |

- 「虎踞龍蟠」形容地勢極峻峭險要。譯文為 พยัคฆ์หมอบมังกรพัน（虎踞＋龍蟠），應將其譯為 ภูมิประเทศสูงชันอันตราย（地勢險峻）。
- 「形勢」此處指地勢。譯文為 สภาวการณ์（狀態），應將其譯為 ภูมิประเทศ（地勢）。
- 「鳳樓麟閣」此處指華麗的樓閣。譯文為 นกหงส์พักหอกิเลน（鳳＋休息＋麒麟閣），應將其譯為 อาคารหอสูงดูวิจิตร（華麗的樓閣）。
- 「福地」指幸福安樂之地，好地方的美稱。譯文為 ปฐพีกุศล（福＋地），應將其譯為 ทำเลดี（好地方）。
- 「依」此處指靠著。譯文為 อาศัย（依靠），應將其譯為 อิง（依）。
- 「輦路」即天子車駕所行的道路。此處指道路。譯文為 ทางรถพระที่นั่ง（路＋輦），應將其譯為 ถนนหนทาง（道路）。
- 「簫鼓」即簫與鼓。此為擬人化的修辭手法，指春風奏樂。譯文為 ขลุ่ยกลอง（簫＋鼓），應將其譯為 บรรเลงดนตรี（奏樂）。
- 「衣冠」即衣和冠。古代士以上戴冠，故指士以上的服裝。此處代指為紳士、士大夫。譯文為 สวมมงกุฎฉลองพระองค์พระยศ（穿衣戴冠＋皇袍＋官銜），應將其譯為 ขุนนาง（官員）。
- 「勝」此處指優秀。譯文為 ยิ่ง（非常），應將其譯為 เยี่ยม（優秀）。
- 「五穀」即五種穀物。譯文為 สัญชาติ（國籍），應將其譯為 ธัญนานา（各類穀物）。
- 「俊豪」此處為動詞，指才智傑出。譯者將其譯為名詞 ยอดบุรุษ（俊傑），應將其譯為 ทรงปรีชา（英明）。

| 原文（93：1167）：
管教解脫得超然。 | 譯文（93：1741）：
คำนึงแต่หลุดพ้นได้เลิศล้ำผ่านไป |

- 「管教」此處指保證。譯文為 คำนึงแต่（只顧慮），應將其譯為 รับรอง 或 รับประกัน（保證）。
- 「超然」此處指超脫、離塵脫俗。譯文為 เลิศล้ำผ่านไป（卓越＋過去），應將

其譯為 พ้นจากความเป็นปุถุชน（脫俗）。

第九十四回

原文（94：1173）：	譯文（94：1749）：
露<u>珠微潤</u>苑花嬌。 <u>山呼舞蹈</u>千官列， 海晏河清<u>一統朝</u>。	ศานิชลมุกนุ่มอุทยานกุสุมาลย์อรชร ร่ายรำถวายพระพรชัยขุนนางลำดับพัน ทะเลสงบคงคาแจ่มใสหนึ่งราชวงศ์ปกครอง

- 「珠」形容圓形顆粒。此處指露珠。譯文為 มุก（珍珠），應將其譯為 หยาด（（露）珠）。
- 「微潤」即滋潤。譯文為 นุ่ม（柔軟），應將其譯為 ชุ่ม（潤）。
- 「山呼舞蹈」指臣民朝見帝王時，起拜叩首，三呼萬歲的祝賀儀式。〔註79〕譯文為 ร่ายรำถวายพระพรชัย（舞蹈＋祝壽），因漢泰參見君王之禮儀習俗不同，故筆者認為應將其轉譯為 ถวายพระพรชัยมงคล（祝壽）。
- 「海晏河清」見第七十八回「河清海晏太平年」之解說。
- 「一統朝」即天下一統。譯文為 หนึ่งราชวงศ์ปกครอง（一朝＋統治），應將其譯為 บ้านเมืองเป็นปึกแผ่น（天下一統）。

原文（94：1174）：	譯文（94：1751）：
峥嶸<u>閶闔</u>曙光生， <u>鳳閣龍樓瑞靄</u>橫。 春色細鋪花草繡， 天光遙射錦袍明。 笙歌繚繞如仙宴， 杯斝飛傳<u>玉液</u>清。 君悅臣歡同玩賞， 華夷永鎮世康寧。	พระทวารสวรรค์งามเลิศอรุโณทัย หอหงส์เหลามังกรเมฆห่างไกลไพศาล วสันต์สีละเอียดบุปผาติณชาติปูลวดลาย ฟ้าสว่างส่องไกลเสื้อคลุมแพรแจ่มแจ้ง เสียงแคนเพลงวนเวียนดั่งเลี้ยงโต๊ะอมรา จอก<u>หยก</u>บินส่งต่อ<u>น้ำทิพย์บริสุทธิ์</u> ราชันสราญขุนนางเบิกบานร่วมชมเล่น สยบฮวนรุ่งโรจน์โลกนิรามัย

- 「閶闔」此處指宮門。譯文為 พระทวารสวรรค์（天門）。見第五十四回「閶闔」之解說。
- 「鳳閣龍樓」此處指華麗的宮殿。譯文直譯為 หอหงส์เหลามังกร（鳳閣＋龍樓），應將其譯為 ปราสาทราชมนเทียรงามวิจิตร（精緻漂亮的宮殿）。
- 「瑞靄橫」指煙霧四處飛散。「瑞靄」為煙霧的美稱，譯文為 เมฆห่างไกลไพศาล（雲＋很遙遠），應將其譯為 หมอกงามฟุ้ง（漂亮的霧＋瀰漫）。

〔註79〕曾上炎編著：《西遊記辭典》，頁349。

- 「春色」指春天的景色。譯文為 วสันต์สี（春＋顏色），應將其譯為 ทิวทัศน์ยามวสันต์（春景）。
- 「天光」即日光。譯文為 ฟ้าสว่าง（天亮），應將其譯為 แสงตะวัน（日光）。
- 「笙歌」即唱歌吹簫，亦可指奏樂唱歌。譯文為 เสียงแคนเพลง（笙聲＋音樂），應將其譯為 คีตบรรเลง（唱歌奏樂）。
- 「玉液」此處指美酒。譯文 หยก（玉，將其為杯的修飾成分）... น้ำทิพย์（甘霖），應將其譯為 สุรารสเลิศ（美酒）。
- 「清」此處指清澈。譯文為 บริสุทธิ์（純潔），應將其譯為 ใส（清澈）。
- 「華夷永鎮」指國內外安定，即天下太平。「華夷」此處指國家的疆域。譯文為 สยบฮวน（收復＋少數民族），應將其譯為 ใต้หล้าสงบร่มเย็น（天下太平）。

原文（94：1174）：	譯文（94：1752）：
<u>周天一氣轉洪鈞</u>， 大地熙熙萬象新。 桃<u>李</u>爭妍花爛熳， 燕來<u>畫棟疊香塵</u>。	<u>บรรยากาศวัฏจักรฟ้ากว้างใหญ่ไพศาล</u> ปฐพีแจ่มจรัสสรรพปรากฏการณ์ในโลกนี้เปลี่ยนแปลง ดอกท้อ- <u>สาลี่</u>กลิ่นงามสล้างระยิบระยับ นกนางแอ่นมา<u>วาดขื่อ</u>ซับซ้อน<u>ละอองหอม</u>

- 「周天一氣轉洪鈞」指天地間之氣轉動了的氣節。譯文為 บรรยากาศวัฏจักรฟ้ากว้างใหญ่ไพศาล（風氣＋循環＋天＋遼闊），應將其譯為 กาลฤดูหมุนเปลี่ยนด้วยจากพลังฟ้าดิน（氣節轉變）。
- 「李」指薔薇科李屬的水果。譯文為 สาลี่（梨），應將其譯為 ลูกไหน 或 ลูกพลัม（Plum，李子）。
- 「爭妍」指花爭相開放。譯文為 กลิ่นงามสล้าง（味道＋美＋高松），應將其譯為 แข่งกันบาน（爭相綻放）。
- 「畫棟」指有彩繪裝飾的棟梁。此處亦可形容華麗的宮殿。譯文為 วาดขื่อ（畫＋梁），應將其譯為 เสาวิจิตร（華麗的棟）。
- 「香塵」此處為部分代全體的修辭手法，指女子步履而起所散發出來的胭脂水粉的芳香之塵。譯為直譯為 ละอองหอม（香＋塵），應將其譯為 แป้งร่ำ（香粉）。

原文（94：1174）：	譯文（94：1752）：
薰風拂拂<u>思</u>遲遲，…… 玉笛音調驚午夢， 芰荷香散到<u>庭幃</u>。	ลมสุคนธชาติสะบัดพัด<u>คำนึง</u>ช้าๆ ... ขลุ่ยหยกเสียงทำนองตระหนกฝันกลางวัน กระจับบัวหอมกระจายถึง<u>ม่านลานบ้าน</u>

- 「思遲遲」指眷念著。譯文為 คำนึงช้าๆ（想念＋慢慢），應將其譯為 แสนคำนึง（非常思念）。
- 「驚」此處指驚擾。譯文為 ตระหนก（驚慌），應將其譯為 สะดุ้งตื่น（驚醒）。
- 「庭幃」此處指內院。譯文為 ม่านลานบ้าน（幃＋庭院），應將其譯為 พระราชฐานชั้นใน（內院）。

原文（94：1175）：	譯文（94：1752）：
<u>金井</u>梧桐一葉黃， 珠簾不捲夜來<u>霜</u>。 燕知<u>社日</u>辭巢去。	<u>บ่อทอง</u>ต้นอู๋ถงเดียวดายใบหนึ่งเหลือง ม่านลี่มุกไม่ม้วนรัดติกาล<u>หิมะ</u>มา นกนางแอ่นรู้<u>วันฤดูร้อน</u>ลาจากรังไป

- 「金井」指有華麗井欄的井。此處指宮庭園林裡的井，再以部分代全體指射為御花園。譯文直譯為 บ่อทอง（金井），應將其譯為 พระราชอุทยาน（御花園）。
- 「梧桐一葉黃」即梧桐的落葉凋零，為入秋的象徵。見《廣群芳譜・木譜六・桐》：「梧桐一葉落，天下盡知秋。」、「金井梧桐一葉黃，珠簾不捲夜來霜。」二句出自唐・王昌齡〈長信秋詞五首其一〉。譯文為 ต้นอู๋ถงเดียวดายใบหนึ่งเหลือง（梧桐＋孤獨＋一葉黃），應將其直譯為 อู๋ถงเหลืองใบหนึ่ง（梧桐一葉黃），再加注釋之。
- 「霜」譯文為 หิมะ（雪）。見第一回「霜」之解說。
- 「社日」即古時有春秋兩次祭祀土神的日子，此處指秋社，借指秋天。此句詩出自唐・皇甫冉〈秋日東郊作〉：「燕知社日辭巢去，菊為重陽冒雨開。」譯文為 วันฤดูร้อน（日子＋夏季），應將其譯為 สารทฤดู（秋季）。

原文（94：1175）：	譯文（94：1752）：
<u>深宮</u>自有紅爐暖， 報道梅開<u>玉</u>滿欄。	<u>วังลึก</u>ย่อมมีเตาแดงผิงอบอุ่น แจ้งว่าดอกเหมยบาน<u>หยก</u>เต็มราวกั้น

- 「深宮」即皇宮。譯文為 วังลึก（深＋宮），應將其譯為 วัง（皇宮）。
- 「玉」即玉雪，指白雪。譯文為 หยก（玉），應將其譯為 หิมะขาว（白雪）。

原文（94：1175）：	譯文（94：1753）：
<u>海晏河清</u>絕俗塵。	ทะเลสงบสุขคงคาบริสุทธิ์ยอดเยี่ยมในโลกีย์

- 「海晏河清」見第七十八回「河清海晏太平年」之解說。
- 「絕」此處指斷絕。譯文為 ยอดเยี่ยม（絕妙），應將其譯為 ตัดขาดซึ่ง（斷絕）。

原文（94：1175）：	譯文（94：1753）：
槐雲榴火鬥光輝。 黃鸝紫燕啼宮柳， 巧轉雙聲入絳幃。	ต้นจามจุรีเมฆินทร์ทับทิมแดงประชันรุ่งเรือง นกขมิ้นเหลืองอ่อนนกนางแอ่นม่วงครวญคร่ำวังหลิว คมคายยุคลเวียนวนเข้าม่านแดง

- 「槐」譯文為 ต้นจามจุรี（雨樹），見第二十八回「槐」之解說。

- 「雲」此為形容槐樹高徹雲天。譯文直譯為 เมฆินทร์（雲），應將其譯為 สูงเสียดฟ้า（高撤天）。

- 「光輝」即光澤。譯文為 รุ่งเรือง（繁榮），應將其譯為 ความสดสวย（鮮艷）。

- 「黃鸝」見第八十六回「鳥雀」之解說。另「黃鸝」與「紫燕」均為迎春鳥，亦為婚姻的象徵，其文化內涵應另行加注釋之。

- 「啼」見第四十四回「啼」之解說。

- 「宮柳」即宮中的柳樹。譯文直譯為 วังหลิว（柳＋宮），應將其譯為 ต้นหลิวในวัง（宮中柳）。

- 「絳幃」與夏景詩「庭幃」對仗，此處指內院。譯文為 ม่านแดง（紅＋幃），應將其譯為 พระราชฐานชั้นใน（內院）。

原文（94：1175）：	譯文（94：1753）：
松柏青青喜降霜。 籬菊半開攢錦繡， 笙歌韻徹水雲鄉。	ต้นสนเขียวชะอุ่มยินดีน้ำแข็งตก รั้วดอกเบญจมาศครึ่งเปิดสะสมแพรปักลวดลาย เสียงเพลงแคนสัมผัสโคลงหมู่บ้านเมฆานที

- 「霜」見第一回「霜」之解說。

- 「半開」指化開了一半。譯文直譯為 ครึ่งเปิด（半開），因泰語中未有花開一半的概念，故筆者認為應將其譯為 กำลังเบ่งบาน（正在開）或 เริ่มเบ่งบาน（開始開）。

- 「攢」見第十六回「攢」之解說。

- 「錦繡」此處形容籬下的菊花美麗鮮艷。譯文直譯為 แพรปักลวดลาย（錦繡），應將其譯為 งามสดสวย（美麗鮮艷）。

- 「笙歌」見第九十四回「笙歌」之解說。

- 「韻」此處指奏樂唱歌的聲音。譯文為 สัมผัสโคลง（押韻），應將其譯為 เสียง（聲音）。

- 「水雲鄉」指水雲瀰漫，風景清幽的地方。譯文為 หมู่บ้านเมฆานที（水＋雲＋鄉），應將其譯為 ทั่วบริเวณ（周遭）。

原文（94：1175）：	譯文（94：1754）：
奇峰巧石<u>玉</u>團山。 <u>爐燒獸炭煨酥酪</u>， <u>袖手高歌</u>倚翠欄。	ดอยอัศจรรย์ศิลาดีมากหยกล้อมสิขร <u>เตาเผาสัตว์ถ่านย่างกรอบๆ</u> ใน<u>แขนเสื้อเพลงไพเราะ</u>อาศัยลูกกรงเขียวขจี

- 「玉」見第九十四回「玉」之解說。

- 「爐燒獸炭煨酥酪」指爐燒著炭火煨鮮奶，譯文為 เตาเผาสัตว์ถ่านย่างกรอบๆ
  （烤獸爐＋烤脆脆）。「獸炭」指做成獸形的炭。「酥酪」指牛羊乳精製成
  的食品。泰國沒有，故筆者認為應將其轉譯為 วุ้นนมสด（鮮奶凍）。此句詩
  應將其譯為 เตาเผาถ่านเคี่ยววุ้นนมสด（爐燒著炭火煨鮮奶凍）。

- 「袖手高歌」此處指揮舞唱歌。譯文為 แขนเสื้อเพลงไพเราะ（衣袖＋歌好聽），
  應將其譯為 ร้องรำทำเพลง（揮舞唱歌）。

- 「倚」即斜靠。譯文為 อาศัย（依靠），應將其譯為 อิง（靠）。

第九十五回

原文（95：1182～1183）：	譯文（95：1754～1755）：
<u>混沌</u>開時吾已得， <u>洪濛判處</u>我當先。 <u>源流</u>非比凡間物，…… 伴我常居<u>桂殿</u>邊。 因為愛花<u>垂</u>世境，…… 你怎欺心破<u>佳偶</u>。	<u>สภาพโลกที่ยุ่งเหยิงเปิดฟ้าเบิกปฐพี</u>ข้าได้รับ <u>น้ำมหาศาลฝนตกพรำๆ สถานที่ตัดสิน</u>เป็นข้าก่อน <u>ต้นน้ำ</u>มิใช่เปรียบกับวัตถุในโลกมนุษย์ ธาตุเดิมเกิดมาอยู่บนฟ้าสูง ... เป็นเพื่อนข้าอาศัยประจำอยู่ข้าง<u>พระราชวังอบเชย</u> สาเหตุด้วยรักกุสุมาลย์<u>ย้อย</u>ลงโลกา ... เจ้าทำไมข่มเหงข้า ทำลาย<u>ยุคล</u>ดีงาม

- 「混沌」見第一回「混沌」之解說。

- 「洪濛判處」即鴻蒙初闢。「鴻濛」即傳說中為天地開闢之前，是一團渾沌
  的元氣。「判處」指開天闢地之時。譯文為 น้ำมหาศาลฝนตกพรำๆ สถานที่ตัดสิน
  （洪水＋下著小雨＋審判之處），詳見第一回「鴻濛」之解說。「洪濛判處」
  可與「混沌開時」合譯。

- 「源流」即本源。譯文為 ต้นน้ำ（水源），應將其譯為 รากเหง้า（本源）。

- 「桂殿」即月宮，因傳說中謂月中有桂樹，故稱「桂殿」。詳見第二十二回
  「梭羅派」之解說。譯文為 พระราชวังอบเชย（肉桂＋殿）。「桂樹」別名多種，
  如桂樹、月橘、七里香、九里香、十里香、千里香、萬里香、九秋香、黃
  金桂、滿山香，筆者建議可將其譯為泰語已有之的 หอมหมื่นลี้（萬里香）、

สารภีฝรั่ง 或 สารภีอ่างกา（Osmanthus fragrans），「萬里香」此稱法很有可能是來自中國，因萬里香之譯名中有「里」之音譯。

- 「垂」此處指下凡。譯文為 ย้อย（下垂），應將其譯為 จุติมา（下凡）。
- 「佳偶」即配偶。譯文為 ยุคลดีงาม（雙＋佳），應將其譯為 คู่รัก（情侶）。

原文（95：1187）：	譯文（95：1772）：
金鐸叮噹風送聲。 杜宇正啼春去半， 落花無路近三更…… 碧落空浮銀漢橫。 三市六街無客走， 一天星斗夜光晴。	กระดิ่งใหญ่ติงดังดังเสียงลมส่ง นกคุกคูกำลังครวญครางไปกึ่งวสันต์ ดอกไม้โรยราไร้ทางใกล้ยามสาม ... สีครามร่วงนภาลัยลอยทางช้างเผือกใหญ่ สามตลาดหกถนนไร้แขกเดิน ดาราดาวไถทั่วฟ้ารัตติกาลสว่างแจ่มแจ้ง

- 「鐸」譯文為 กระดิ่งใหญ่（大鈴）。見第六十六回「鐸」之解說。
- 「啼」見第四十四回「啼」之解說。
- 「三更」見第九十三回「三汲」之解說。
- 「碧落」此處指天空。譯文為 สีครามร่วง（藍色＋落），應將其譯為 นภาลัย（天空）。
- 「橫」指光芒四射。譯文為 ใหญ่（大），應將其譯為 ส่องสกาว（照耀）。
- 「三市六街」見第六十二回「六街」、「三市」之解說。
- 「星斗」此泛指星星。譯文為 ดาราดาวไถ（星星＋斗星），應將其譯為 ดารา（星星）。

原文（95：1188～1189）：	譯文（95：1774）：
虹流千載清河海， 電繞長春賽禹湯…… 野花得潤有餘芳…… 今喜明君降寶堂。	สายรุ้งพันปีคงคาใสทะเลสะอาด สายฟ้าเวียนวนวสันต์ตลอดกาลขันสู้วี่ทาง ... ดอกไม้ป่าได้ชุ่มชื่นหอมหวนมีส่วนเกิน ... บัดนี้ยินดีราชันแจ่มแจ้งลงห้องโถงวิเศษ

- 「虹流」、「電繞」指傳說有星如虹，流於華渚，則少昊生。電繞北斗星則黃帝生。皆為聖賢誕生之時的祥兆。二句典出宋·柳永〈送征衣·過韶陽〉：「過韶陽，璇樞電繞，華渚虹流，運應千載會昌。」譯文直譯為 สายรุ้ง（彩虹）＋สายฟ้าเวียนวน（電繞），應加注釋之。
- 「清河海」見第七十八回「河清海晏太平年」之解說。
- 「長春」即萬古長春，千秋萬代。譯文為 วสันต์ตลอดกาล（永遠＋春天），應

將其譯為 ตลอดกาล（永久）。

- 「餘芳」指香氣彌留。譯文為 หอมหวนมีส่วนเกิน（香＋多餘），應將其譯為 หอมระเรื่อ（淡淡香）。

- 「明君」指賢明的君主。譯文為 ราชันแจ่มแจ้ง（明＋君），應將其譯為 ราชันผู้ปรีชาสามารถ（賢明的君王）。

- 「寶堂」此為寺院之美稱。譯文直譯為 ห้องโถงวิเศษ（廳堂＋寶），應將其譯為 อาราม（寺院）。

第九十六回

原文（96：1191）：	譯文（96：1777～1778）：
梅逐雨餘熟，	ผลเหมยตามฝนสุกกว่า
麥隨風裏成。……	ข้าวสาลีตามลมภายในเป็น ...
鶯老柳枝輕。……	นกขมิ้นเหลืองอ่อนเกาะหลิวแก่กิ่งเบา ...
斗南當日永。	ดาวไถทิศใต้ประจำกลางวันจิรกาล

- 「梅逐雨餘熟，麥隨風裏成」此二句指梅子隨著雨的到來而熟，小麥隨著南風的到來而熟。譯文為 ผลเหมยตามฝนสุกกว่า ข้าวสาลีตามลมภายในเป็น（梅子＋逐雨＋更熟，麥＋隨風＋裡面＋成）。

- 「鶯」見第八十六回「鳥雀」之解說。

- 「老」為「鶯」的修飾成分。譯者將其來修飾「柳」，成 หลิวแก่（老柳樹）。

- 「斗南」指北斗星柄朝南，指夏天來臨。譯文為 ดาวไถทิศใต้（斗星＋南方），應將其譯為 ดาวไถเคลื่อนด้ามทักษิณาทิศ คิมหันต์ประชิดเยือน（北斗星柄朝南，夏天來臨）。

- 「當日永」此處指白天的時間長。譯文為 ประจำกลางวันจิรกาล（當值＋白日＋永久），應將其譯為 ทิวายาว（白日長）。

原文（96：1198）：	譯文（96：1778）：
六街三市人煙靜，	หกถนนสามคนบนตลาดควันไฟเงียบ
萬戶千門燈火昏。……	หมื่นบ้านพันประตูไฟตะเกียงมืดมน ...
子規啼處更深矣。	นกจากพรากครวญคร่ำสถานที่ยามดึกแล้ว

- 「六街三市」見第六十二回「六街」、「三市」之解說。

- 「人煙靜」指沒人。譯文為 ควันไฟเงียบ（煙火＋靜），應將其譯為 ไร้ผู้คน（沒人）。

- 「萬戶千門」譯文直譯為 หมื่นบ้านพันประตู（萬家＋千門），應將其譯為 ทุกบ้าน（每家每戶）。可參考第八十七回「十門九戶」之解說。
- 「子規啼處」見第十一回「子規聲切早回頭」之解說。
- 「啼」見第四十四回「啼」之解說。

第九十七回

原文（97：1207）： 三思行事卻無憂。	譯文（97：1800）： คิดสามตลบดำเนินงานยังไร้กังวล

- 「卻」此處為副詞，指必、一定。譯文為 ยัง（還），應將其譯為 ย่อม（必）。

原文（97：1215）： 地闊能存兇惡事，…… 只到靈山極樂門。	譯文（97：1812）： เบิกปฐพีสามารถเหลือเรื่องโหดเหี้ยมร้ายแรง ... เพียงแต่ถึงภูเขาศักดิ์สิทธิ์ประตูแดนสุขาวดี

- 「闊」里仁本作「闢」，譯文為 เบิก（開闢），應將其譯為 ไพศาล（廣闊）。
- 「存」此處指大肚能容。譯文為 เหลือ（留、剩下），應將其譯為 ใจกว้างรับได้（大肚＋能接受）。
- 「靈山」見第七十五回「靈山」之解說。

第九十八回

原文（98：1217）： 功滿行完宜沐浴， 煉馴本性合天真。…… 魔盡果然登佛地， 災消故得見沙門。 洗塵滌垢全無染， 反本還原不壞身。	譯文（98：1815）： ผลงานครบถ้วนมรรคาสมบูรณ์ควรอาบน้ำ ฝึกฝนอ่อนโยนปกติผสมธรรมชาติ ... สิ้นมารร้ายจริงดั่งว่าขึ้นพื้นที่พระพุทธเจ้า สลายภัยพิบัติสาเหตุได้เห็นประตูวัด ล้างอายตนะสิ่งสกปรกล้วนมิเปรอะเปื้อน ผกผันคืนปฐมร่างมิเสื่อมคลาย

- 「功滿」譯文為 ผลงานครบถ้วน（功勞＋完備），見第二十三回「功完」之解說。
- 「馴」通「訓」。譯文為 อ่อนโยน（溫馴），應將其譯為 ฝึก（訓練）。
- 「本性」譯文為 ปกติ（平常），見第三十九回「本性」之解說。
- 「合」即合乎、符合。譯文為 ผสม（混合），應將其譯為 สอดคล้อง（符合）。
- 「天真」指自然的真理。譯文為 ธรรมชาติ（自然），應將其譯為 สัจธรรม（真理）。

- 「佛地」譯文為 พื้นที่พระพุทธเจ้า（佛的地區），應將其譯為 พุทธภูมิ（佛地）。
- 「沙門」即佛門。譯文為 ประตูวัด（寺門），應將其譯為 ประตูพุทธะ（佛門）。
- 「塵」見第六十四回「塵」之解說。
- 「不壞身」即不壞之身。譯文為 มิเสื่อมคลาย（不＋減少），應將其譯為 ร่างมิเน่าเปื่อย（肉體不腐壞）。

原文（98：1218）：	譯文（98：1816～1817）：
近觀斷水一枯槎。	มองไกลนภาลัยขวางดั่งไม้ขื่อหยก
維河架海還容易，	มองใกล้สายน้ำขาดแพหนึ่งเหี่ยวแห้ง
獨木單樑人怎踏！	ติดต่อคงคาทอดทะเลยังง่ายดาย
萬丈虹霓平臥影，	ไม่โดดเดี่ยวสะพานเดียวคนเหยียบอย่างไร!
千尋白練接天涯。	เงาสายรุ้งหมื่นฟุตนอนราบ เสาะหานับพันไหมขาวติดต่อขอบฟ้า
十分細滑渾難渡，	ลื่นมากอย่างยิ่งคลุมเครือยากข้ามผ่าน
除是神仙步彩霞。	นอกจากเป็นเทพยดาก้าวเท้าเมฆเบญจวรรณ

- 「斷水」即沒有水。譯文為 สายน้ำขาด（水＋斷），應將其譯為 ขาดน้ำ（缺水）。
- 「枯槎」即枯木。譯文為 แพเหี่ยวแห้ง（枯＋木筏），應將其譯為 ไม้เหี่ยว（枯木）。
- 「維河架海」指搭橋過河、過海。譯文為 ติดต่อคงคาทอดทะเล（連接河＋連接連海），應將其譯為 สร้างสะพานข้ามน้ำข้ามทะเล（搭橋過河、過海）。
- 「獨木單樑」即獨木橋。譯文直譯為 ไม้โดดเดี่ยวสะพานเดียว（獨木＋一個橋），應將其譯為 สะพานไม้ท่อนเดียว（獨木橋）
- 「平臥影」為形容影子映在水面上。譯文為 นอนราบ（躺平），應將其譯為 สะท้อนเงา（映影）。
- 「千尋」譯文為 เสาะหานับพัน（尋找＋數千）。見第一回「千尋」之解說。
- 「白練」此處比喻千尋瀑布高撒天如白練。譯文為 ไหมขาว（白絲），ไหมขาว 一詞，ไหม 泰語中指蠶絲，絲綢稱 ผ้าไหม。應將其譯為 แพรขาว（白色絲綢）。
- 「接」即連接。譯文為 ติดต่อ（聯繫），應將其譯為 เชื่อม（連接）。
- 「渾」為副詞，指簡直。譯文為 คลุมเครือ（含糊），應將其譯為 ช่าง（實在）。
- 「步」指行走。譯文為 ก้าวเท้า（跨步），應將其譯為 เดิน（行走）。

原文（98：1219）：	譯文（98：1818）：
鴻蒙初判有聲名，……	บุกเบิกฟ้าดินครั้งแรกเริ่มชี้ขาดมีชื่อเสียง ...
今來古往渡群生。	บัดนี้มาโบราณที่แล้วมวลชีวิตข้ามผ่านไป

- 「鴻蒙初判」即鴻蒙初闢,見第九十五回「洪濛判處」之解說。
- 「今來古往渡群生」指從古至今渡一切眾生。譯文為 บัดนี้มาโบราณที่แล้วมวลชีวิตข้ามผ่านไป(今+來+古+往+群生+渡過去),應將其譯為 พามวลข้ามฟากมาแต่เก่าถึงบัดนี้(從古至今渡眾)。

原文(98:1220):	譯文(98:1819):
脫卻胎胞骨肉身…… 今朝行滿方成佛。	หลุดถอยจากมดลูกครรภ์กระดูกเลือดมังสะ ... วันนี้มรรคาครบกำลังสำเร็จเป็นพระพุทธเจ้า

- 「脫卻」即脫掉。譯文為 หลุดถอยจาก(從+退+脫),應將其譯為 สลัดซึ่ง(甩掉)。
- 「胎胞骨肉身」指凡胎肉身。譯文為 มดลูกครรภ์กระดูกเลือดมังสะ(子宮+胞+骨+血肉),應將其譯為 กายหยาบ(凡胎肉身)。
- 「方」即方能,指才能。譯文為 กำลัง(正在),應將其譯為 จึ่ง(方)。

原文(98:1221):	譯文(98:1821):
當年奮志奉欽差, 領牒辭王出玉階。…… 挑禪遠步三千水, 飛錫長行萬里崖。	ปีนั้นตั้งใจเทิดทูนพระราชบัญชา รับพระราชสาสน์ทูลลาจักรพรรดิออกบันไดหยก ... หามฌานก้าวเท้าไกลสามพันธารา ไม้เท้าบินมรรคายาวหมื่นเหลี่คีรีดอยผา

- 「奉」即奉旨。譯文為 เทิดทูน(讚揚),應將其譯為 รับ(接,接旨)。
- 「出」即走下。譯文為 ออก(出),應將其譯為 ก้าวลง(走下)。
- 「禪」與後句的「錫」對仗,指禪杖。譯文為 ฌาน(禪),應將其譯為 ไม้เท้า(手杖)。
- 「飛錫」為佛教詞彙,指僧人游方。譯文為 ไม้เท้าบิน(飛+錫),應將其譯為 จาริก(游方)。

原文(98:1223):	譯文(98:1823):
寶焰金光映目明,…… 香茶異食得長生。	เปลวเพลิงวิเศษแสงสุวรรณส่องนัยน์ตาแจ่มจรัส ... ใบชาหอมฉันอัศจรรย์ได้อายุวัฒนะ

- 「寶」見第四十三回「寶」之解說。
- 「焰」與「光」對仗,指明亮、閃耀。譯文分別為 เปลวเพลิง(火焰)及 แสง(光),應將其合譯為 ประกายวับ(閃閃發光)。
- 「食」此作名詞,指食物。譯文為 ฉัน(吃,動詞),應將其譯為 อาหาร(食物)。

原文（98：1227）：	譯文（98：1830）：
<u>先次</u>未詳劓<u>古佛</u>。	<u>ก่อนหลัง</u>ไม่รู้ละเอียดโชคดี<u>พระพุทธเจ้าโบราณ</u>

- 「先次」即上一次。譯文為 ก่อนหลัง（前後），應將其譯為 คราก่อน（上一次）。
- 「古佛」為佛教詞彙，指過去的佛。此處指燃燈古佛。譯文為 พระพุทธเจ้าโบราณ（古＋佛），應將其譯為 พระทีปังกรพุทธเจ้า（燃燈古佛）。

第九十九回

原文（99：1232）：	譯文（99：1837）：
<u>九九</u>歸真<u>道行</u>難，	<u>เก้าเก้า</u> นโมภูตถฺตา <u>มรรคผู้ติดตาม</u>ลำบาก
堅持<u>篤志</u>立<u>玄關</u>。……	ยึดมั่นซื่อสัตย์สถิตด่านมหัศจรรย์ ...
莫<u>把</u>經章<u>當</u>容易，	อย่า<u>เอา</u>บทคัมภีร์ราวกับง่ายดาย
聖僧難過許多<u>般</u>。	พระสงฆ์เมธีรจารย์ยากผ่าน<u>วิธี</u>มากมาย
古來妙合<u>參同契</u>，	แต่โบราณมาแยบคาย<u>ผสานสนิทสนมกัน</u>
毫髮差殊不<u>結丹</u>。	ผมอ่อนผิดพลาดมิ<u>ผูกพันทาสีชาด</u>

- 「九九」此處指九之自乘數。喻取經團隊需歷經九九八十一難。譯文將此處直譯為 เก้าเก้า（九九），注釋處將其誤解為九九指冬季中段，約 22 或 23 日，為人間夜晚最漫長的日子，冬至日起，歷八十一日，謂九九，為秋末吉日。應將其解釋為 เก้าเก้าแปดสิบเอ็ดเคราะห์（九九八十一難）。
- 「道行」指行道，即修道。譯文為 มรรคผู้ติดตาม（道＋隨行者），應將其譯為 การบำเพ็ญเพียร（修道）。
- 「篤志」見第七十七回「篤志」之解說。
- 「玄關」見第七十回「玄關」之解說。
- 「把……當」此處指當作。譯文以漢語的語法結構套於譯文上，譯為 เอา...ราวกับ（把……如），應將其譯為 ทำราวกับว่า（當作）。
- 「般」即樣貌。譯文為 วิธี（辦法），應將其譯為 อย่าง（樣）。
- 「參同契」即《周易參同契》又稱《參同契》，東漢·魏伯陽所著，為道家講煉丹術著作，此處引申為修得長生之道，需多種機遇巧聚，缺一不可。譯文為 ผสานสนิทสนมกัน（合併＋契合）。應將其音譯加注釋之。
- 「結丹」此處指丹成，引申為長生之道。譯文為 ผูกพันทาสีชาด（關聯＋塗抹＋赤色），與原意不符，應將其譯為 เป็นยาอายุวัฒนะ（成長生丹）。

原文（99：1233）：	譯文（99：1839）：
<u>不二門</u>中法奧玄，	ธรรมมหัศจรรย์<u>มิได้มีสอง</u>ในสำนัก

諸魔戰退識人天。 本來面目今方見，…… 丹成九轉任周旋。 挑包飛杖通休講。	บรรดามารร้ายรบถอยรู้จักมนุษย์สวรรค์ ความจริงหน้าตาบัดนี้เพิ่งประจักษ์ ... วนวสำเร็จอายุวัฒนะตามแต่หมุนเวียน หาบห่อไม้เท้าบินราบรื่นอย่าเพิ่งพูด

- 「不二門」即不二法門。譯文為 มิได้มีสองในสำนัก（門派中＋沒有＋二），應將其譯為 วิถีธรรมเพียงหนึ่งเดียว（唯一法門）。
- 「戰退」即戰後撤退。譯文直譯為 รบถอย（戰＋退），不符於泰語語法，應將其譯為 ล่าถอย（撤退）。
- 「本來」譯文為 ความจริง（事實），見第八十四回「本來」之解說。
- 「丹成九轉」指經過無數次的歷練最後修成正果，大丹成。見第十九回「九轉大還丹」及第七十五回「九轉」之解說。
- 「飛杖」見第九十八回「飛錫」之解說。

原文（99：1234）： 陰魔不敢逞強梁。 須知水勝真經伏，…… 千古無魔到此方。	譯文（99：1841）： มารลับมิกล้าสำแดงคานไม้แข็งกล้าดี ควรรู้ธาราเหนือกว่าคัมภีร์จริงซุ่มซ่อน ... ชั่วกัปชั่วกัลป์ไร้มารถึงทิศทางนี้

- 「強梁」指強橫凶暴。譯文為 คานไม้แข็งกล้าดี（梁＋挺、好＋堅強），應將其譯為 ใช้อำนาจบาตรใหญ่（作威作福）。
- 「伏」此處指被製伏。譯文為 ซุ่มซ่อน（藏匿），應將其譯為 ราบคาบ（被製伏）。
- 「方」此處指地方。譯文為 ทิศทาง（方向），應將其譯為 ที่（地方）。

第一百回

原文（100：1239）： 當年清宴樂昇平， 文武安然顯俊英。 水陸場中僧演法， 金鑾殿上主差卿。 關文敕賜唐三藏， 經卷原因配五行。 苦煉兇魔種種滅， 功成今喜上朝京。	譯文（100：1848）： ปีนั้นงานเลี้ยงสดชื่นสันติสุข ขุนนางบุ๋นบู๊นิรภัยสำแดงกล้าหาญล้ำเลิศ ในสถานที่ทางน้ำ- บกพระสงฆ์เทศนาธรรม บนพระราชวังหงส์กาญจนาจ้าวนายใช้ขุนนาง พระราชสาสน์ผ่านด่านพระราชทานพระซำจั๋ง สาเหตุคัมภีร์ผสมห้าธาตุ พยายามถลุงมารร้ายนานาพันธุ์ดับสูญ ผลงานสำเร็จบัดนี้ยินดีเข้าราชสำนักราชธานี

- 「清宴」見第七十八回「河清海晏太平年」之解說。
- 「水陸場」指水陸法會。譯文為 สถานที่ทางน้ำ-บก（水＋陸＋場地），應將其譯為 พิธีโปรดดวงวิญญาณ（超度靈魂＋儀式）。
- 「關文」即官方公文，此處指皇帝詔書。譯文為 พระราชสาสน์ผ่านด่าน（通關＋詔書），應將其譯為 พระราชสาสน์（詔書）。
- 「敕賜」即皇帝賞賜。譯文為 พระราชทาน（賜），因泰語中「賞賜」一概念的動詞，一定要有受詞，故筆者認為應將其譯為 พระราชทานรางวัล（賞賜＋獎品）。
- 「經卷原因配五行」此處指佛經因取經團隊的合作而求得。「五行」此處指取經團隊，為不同五行的人所組合而成。譯文為 สาเหตุคัมภีร์ผสมห้าธาตุ（原因＋經＋混合＋五行），應將其譯為 ทั้งห้าร่วมอัญเชิญไตรปิฎก（佛經因五人的合作而取得）。
- 「苦煉」譯文為 พยายามถลุง（努力＋冶煉），應將其譯為 ผ่านการเคี่ยวกรำ（歷經磨煉）。
- 「兜魔」此處非指妖魔鬼怪，而是指重重關卡、阻礙、困難。譯文為 มารร้าย（惡魔），應將其譯為 อุปสรรคความวิบาก（困難、阻礙）。
- 「功成」此處指取經任務大功告成，譯文為 ผลงานสำเร็จ（功勞＋完成）。應將其譯為譯文為 สำเร็จงาน（完工）。

原文（100：1242）：	譯文（100：1852）：
君王<u>嘉會</u>賽唐虞，	ราชันชุมนุมดีงามแขกถางอวี้
取得真經福有<u>餘</u>。	ได้อาราธนาพระไตรปิฎกธรรมบุญกุศล<u>เกิน</u>
千古流傳千古<u>盛</u>。	ชั่วกัปชั่วกัลป์สืบทอดอานุ<u>ภาพ</u>นิรันดร

- 「嘉會」指美好、歡樂的聚會。此處指宴會。譯文直譯為 ชุมนุมดีงาม（美好＋聚會），應將其譯為 งานสมโภช（宴會）。
- 「餘」譯文為 เกิน（多餘），因此處使用 เกิน 會與泰語語法不符，又因略顯貶義，故筆者認為應將其譯為 เปี่ยม（充滿）。
- 「盛」此處指盛傳。譯文為 อานุภาพ（威武），應將其譯為 ไปทั่ว（廣泛，廣泛流傳）。

原文（100：1245）：	譯文（100：1858）：
聖僧努力取經<u>編</u>，	พระสงฆ์ปิฎกเมธีรจารย์บากบั่นอาราธนาพระไตรปิฎกธรรมทั้ง<u>เรียบร้อย</u>

西字周流十四年。	นาครทิศประจิมท่องเที่ยวสิบสี่ปี
苦歷程途遭患難，……	ทุกข์ยากผ่านหนทางประสบเจ็บป่วยอันตราย
功完八九還加九，	ผลงานสมบูรณ์แปดเก้า (๘๑) ยังเพิ่มเก้า
行滿三千及大千。	เดินครบสามพันกับก๊กนานา

- 「編」此處指書籍。譯文為 ทั้งเรียบร้อย（整齊），應將其譯為 คัมภีร์（經典）。
- 「西字」指印度。譯文為 นาครทิศประจิม（西方＋市民），應將其譯為 ชมพูทวีป（南贍部洲，印度）。
- 「患難」指艱難困苦的環境。譯文為 เจ็บป่วยอันตราย（病痛＋危險），應將其譯為 ความทุกข์วิบาก（困苦的環境）。
- 「功完」、「行滿」見第十九回「功圓行滿」之解說。
- 「大千」見第八回「大千」之解說。

原文（100：1246）：	譯文（100：1860）：
五行論色空還寂……	ปัญจธาตุอภิธรรมรูปศูนยตายังสงบ...
完成品職脫沉淪。……	สำเร็จผลลำดับตำแหน่งหลุดพ้นล่มจม...
五聖高居不二門。	ห้าเมธาจารย์อยู่สูงส่งมิสองสำนัก

- 「還」此處指返回。譯文為（仍舊），應將其譯為 กลับคืน（返回）。
- 「沉淪」指輪迴。譯文為 ล่มจม（陷落），應將其譯為 การเวียนว่าย 或 วัฏฏสงสาร（輪迴）。
- 「不二門」見第九十九回「不二門」之解說。

以上為筆者經《西遊記》詩作翻譯比對後指出的誤譯，多達 1200 餘項，其中包含了單字的誤釋，如：鳥啼的「啼」指鳥之鳴叫聲，譯文為 ครวญคร่ำ（呻吟）；詞彙的典故，如：「雞犬不通」，此與「雞犬相聞」相對。指雞犬叫聲都相聽不見，以此來比喻住家都離得很遠，此處代指無鄰居。典出《老子・80 章》與晉・陶淵明〈桃花源記〉，譯文為 ไก่สุนัขมิสัมพันธ์（雞犬＋無關聯）；或對詩句的誤解，如：「花迎寶扇紅雲繞，日照鮮袍翠霧光」為形容雙頰紅暈繞美女手裡拿漂亮、精緻的扇子，燦爛的陽光照映在翠綠鮮艷的袍子。譯文為 บุปผารับพัดวิเศษเมฆแดงเวียนวน ตะวันส่องคลุมฉลองสดใสแสงหมอกเขียวขจี（花＋迎＋寶扇＋紅色雲＋縈繞，日＋照＋袍＋鮮＋光＋綠霧）。從義項、語境、內文、典故等多方面考證。其中的誤譯部分，因篇幅有限，筆者擇要作了簡單地疏釋。對於本節誤譯及因文化移植所造成的誤譯，本文將在下章作較完整之敘述。

第四節　小　結

　　《西遊記》為四大名著中韻文最多的一部小說，目前泰國有兩種全譯本，為 1906 年譯本及 2016 年譯本，而對於韻譯的部分，1906 年譯本多省譯，只有 2016 年泰譯本完整全面地顧及到《西遊記》原文中的所有韻文，但二種譯本皆有共同特點，即將韻文以泰散文的譯文呈現。對於韻文的可譯性，可從語言結構、文體風格及文化內涵的因素與限制來討論。漢泰語言為單音節及多音節的對立，二者之間對韻文格律的要求與種類不同、對於文字趣風格的迴文詩、拆字詩、或頂針等特殊創作方式，也導致譯者很難顧及到，並非否定可能性，只是會有一定的困難與障礙。一文多重義項或詩無達詁的現象，譯文更是難以像原文一樣達到聚多元為一體。對於韻文的可譯性一問題，筆者也嘗試著以泰韻文翻譯，筆者提出，若有著因韻害意的顧慮，或一句漢文詩作無法以泰文中的一句詩完整表達，筆者認為或可將漢語原文中的一句詩作，分譯成兩句泰文詩，直到能完整表達原文概念。

　　從以上韻文可譯性的探討，每一位譯者皆有不同的翻譯策略與想法，1906 年譯者以歸化的翻譯策略為主，而 2016 年譯者則以異化的翻譯策略為主，既然兩位譯者皆有不同的想法，重譯是否必要的問題就會非常凸顯。經分析新版重譯的主要原因或有三：一為泰國人對中國文化的理解加深及二位譯者的翻譯策不同；二為譯者翻譯的目的不同；三為二位譯者對「韻文」翻譯的完整程度有所不同。

　　一部翻譯作品中，因「誤讀」而「誤譯」是在所難免，筆者從義項、語境、內文、典故等多方面考證，經《西遊記》詩作翻譯比對後指出的誤譯，多達 1200 餘項，其中包含了單字、詞彙、典故及詩句的誤譯。接下來根據《西遊記》譯本中所出現的現象，進行增加及調整類型的歸納。從大體上看誤譯或可分為兩大類：一為結構上的誤讀，此又可細分為義項、語法及修辭手法上的誤讀；二為文化上的誤讀；三為因訛字而誤譯；四為譯者有意避諱而誤譯；五為不知其原因的誤譯。除了第四類的譯者有意避諱而誤譯此項之外，其餘多來自譯者對漢語的了解程度及誤讀的因素所致。

第四章 《西遊記》於泰譯本詩作翻譯中之文化移植

在翻譯文學作品中，誤譯是一種經常可以看到的現象，而誤譯的原因經常是誤讀，但在誤讀之外，更重要的可能文化之間的差異，在文化移植過程中造成的錯誤，泰譯本《西遊記》也經常出現這種現象，尤其在詩作中更為常見，本章就從詩作翻譯的兩個方向來做分析，一個是文化移植的現象，另一個是文化移植的妥協與補償。

第一節 文化移植之現象及類型

每個語言都生長在不同文化環境上，而語言的對換時，在有意或無意間都會將一個語言中的文化傳遞給另外一個文化，而這樣的語言活動所帶來的文化傳遞，稱為「文化移植」，文化的移植可以透過多種多樣的媒體，無論是人、事或物，文學翻譯的作品也是一種將一個文化帶入另一文化的媒介之一。在文學翻譯或書籍上，我們可以看到很多的文化移植現象，而文化移植的產生，建立在文化不同的條件上，而文化不同的翻譯，除了音譯之外，其他如直譯或意譯等，皆常處於「誤譯」的險境當中，因為每個語言的用詞都有屬於自己獨一無二的特色，只是當來自直譯或意譯等「誤譯」的詞彙或語法漸漸地融入當地文化，變成「約定俗成」的共同語言之後，「誤譯」就會變成那個語言的另一個部分，而此「誤譯」除了來自誤讀的因素之外，還有譯者受到源語的語法、文化影響，所以文化移植及融合，也屬於誤讀的一部分。

第二章第二節所述之文化上的誤譯，「誤譯」除了來自誤讀的因素之外，文化的差距亦可造成不可譯的現象，而此現象或可略分為二：

一、語法結構上的移植

語法結構上的文化移植，即翻譯方法中的逐詞翻譯（Word-for-word translation），是完全不顧及目標語語法地將源語逐字譯出，雖無法貼切或正確呈現源語，但可完整顯示原文詞彙—句法與結構。這種翻譯方法屬於異化譯策，若出現在泰文譯文，可稱為「泰譯漢化」，對於這一類的移植，泰譯本《西遊記》中數量不少。以下將舉例說明語法結構上的移植例子，如：

1. 原文：嚦嚦床頭破夢魂。（88：1108）

譯文：เจื้อยแจ้วหัวเตียงทำลายฝันวิญญาน（88：1655）

「夢魂」即夢。譯文為 ฝันวิญญาน（夢＋魂），應將其譯為 ฝัน（夢）。

2. 原文：梅逐雨餘熟，麥隨風裏成。（96：1191）

譯文：ผลเหมยตามฝนสุกกว่า ข้าวสาลีตามลมภายในเป็น（96：1777～1778）

「梅逐雨餘熟，麥隨風裏成」此二句指梅子隨著雨的到來而熟，小麥隨著南風到來而熟。譯文為 ผลเหมยตามฝนสุกกว่า ข้าวสาลีตามลมภายในเป็น（梅子＋逐雨＋更熟，麥＋隨風＋裡面＋成）。

3. 原文：一聲咿啞門開處。（49：623）

譯文：เสียงหนึ่งอีเอียสถานที่ประตูเปิด（49：927）

「一聲咿啞門開處」譯文為 เสียงหนึ่งอีเอียสถานที่ประตูเปิด（一聲＋咿呀＋門開處）。「咿啞」此為開門之擬聲詞。譯文為 อีเอีย（咿呀，漢音譯），應依泰語中之門聲擬聲詞譯為 เอี๊ยดอ๊าด（íat-aat）。而「一聲咿啞門開處」此句，應將其按照泰語語法譯為 เสียงเอี๊ยดอ๊าดดังยามประตูเปิด（聲＋íat-aat＋響＋當＋門打開）。

4. 原文：何日相同迎故園（36：465）

譯文：วันใดเหมือนกันนิวัต（36：687）

「何日相同迎故園」此處指何時才能夠回到故鄉，像現在這樣觀賞月亮。譯文完全按照漢語的語法結構譯為 วันใดเหมือนกันนิวัต（何日＋相同＋回歸），應將其按照泰語法譯為 ยามใดจักได้นิวัติได้กลับคืน ได้ชมชื่นจันทราเยี่ยงครานี้（何時才能夠回歸故鄉，像一樣賞月）。

5. 原文：佳文不點唾奇珍。（64：808）

譯文：<u>บทความดีงามไม่แต้มถ่ม</u>ทิ้งของวิเศษ（64：1213～1215）

「佳文不點唾奇珍」指好的文章一氣呵成，它的美妙如珍寶一般。譯文直譯為 บทความดีงามไม่แต้มถ่มทิ้งของวิเศษ（美好＋文章＋不點＋唾＋奇珍），與原文不符，應將其譯為 บทกวีนิพนธ์รื่นร้อยเรียง เอื้อนเอ่ยเสียงรัตนาวจี（好的文章順利寫作＋發出如寶般的言語）。

二、文化上的移植

文化上的移植，指目標語中原無此概念，後經文化之交流，目標語出現了來自外來語的詞彙，或為直譯或為音譯詞彙等「異化策略翻譯法」。對於泰譯本《西遊記》文化移植上則相對的少，但此類移植，可從中觀察漢文外來語在泰國的發展，如：

1. 原文：五鳳高<u>樓</u>晃動根。（3：30）

譯文：วิหคห้าหงส์<u>เหลา</u>สูงรากฐานสะเทือน（3：42）

เหลา 一詞為來自潮州音「樓（酒樓）」之音譯。

2. 原文：<u>麒麟</u>殿內爐煙裊。（54：690）

譯文：<u>กิเลน</u>ในพระที่นั่งควันเตายียวน（54：1031）

「麒麟殿」即漢代宮殿名，後泛指皇宮。譯文為 กิเลนในพระที่นั่ง（宮殿內的＋麒麟，音譯自海南語）〔註1〕，應將其譯為 ท้องพระโรง（大殿）。

3. 原文：<u>桃</u>李爭妍花爛熳，燕來畫棟疊香塵。（94：1174）

譯文：ดอก<u>ท้อ</u>-สาลี่กลิ่นงามสล้างระยิบระยับ（94：1752）

「桃」來白潮州話的音譯。

第二節 文化移植之妥協與補償

除了來自誤讀的因素之外，文化差距亦可造成不可譯的現象。對此，譯者若選擇「以目標語中相近或相等概念進行轉換的方式，這種轉換譯界稱「轉譯」。

翻譯是一門艱深的藝術，即要保留對原文的忠、守住原文的精神，還要顧及譯文的美。不同的語言生長在不同的環境、文化與思維上，而與不同文化的溝通，翻譯是一個不可少的重要環節。語言的翻譯不僅是字面上的轉換，

〔註1〕Pranee Gyarunsutu, *Chinese Loanwords in Modern Thai* (1983), MS thesis, Chulalongkorn University, pp 355-406.

更是將文字背後所承載的文化與思維、模式轉換為另一個語言的語言活動。而每一種語言總會有某一些自己特定或獨有的詞彙、俚語、俗語及成語來表達具體或抽象的概念，而這些表達某種概念的詞彙、俚語、俗語或成語的形成，反映了每個語言中的歷史、思維與文化。而當文化與文化之間的「天塹」太大，作為兩個文化的溝通使者，譯者只能尋找即妥協、又能將源語概念表達給目標語的讀者。而此妥協方案巴爾胡達羅夫在《語言與翻譯》一文指出可以「補償法」來達到等值翻譯，而此「補償法」即為轉譯及增譯法。〔註2〕

「轉譯」指以與源語相近或對等概念來進行對等的語言轉換；「增譯法」指在譯文中增添詞、句或段落，以更好表達原作的思想內容。

而為了作出最好的表達，尤其是對文學作品，譯者除了看上下文之外，亦需顧及聯想的意義（associative meaning），文學作品的賞析是離不開聯想的，朱光潛先生在〈談翻譯〉譯文中提到：

> 每個字在一國語文中都有很長久的歷史，在歷史過程中，它和許多事物情境發生聯想，和那一國的人民生活狀態打成一片，它有一種特殊的情感氛圍。各國各地的事物情境和人民生活狀態不同，同指一事物的字所引起的聯想和所打動的情趣就不同。〔註3〕

文字在歷史河流中漸漸吸收了當地的風土民情，在文字中記載了民族的共鳴與認知。朱先生在此文中稱之為「聯想的意義」，如風、月、梅、菊、燕、隱逸、陰陽等引發漢文化的特殊情感，而外國人無法完全理解等文化詞彙。

一、轉　譯

「轉譯」指將原文的語言單位或結構轉化為目標語中具有類似、對應、異質屬性的語言單位或結構的過程。轉換可涉及拼字法、語音/音韻、詞彙、句法、語篇、修辭、語義、語用、文化各個完全層面。〔註4〕從泰譯本《西遊記》中出現了許多因文化差距而「轉譯」的現象，有著不同程度上的妥協，或直接以目標語有的概念代替、或在源語的概念上稍加泰文學的色彩，筆者將舉例說明如下：

1. 原文：<u>蓬萊分合鎮波濤</u>。（26：327）

〔註2〕陳登、譚瓊琳，〈翻譯中的不可譯性及解決的方式〉，頁70。
〔註3〕羅新璋編：《翻譯論集》，頁450。
〔註4〕熊兵：〈翻譯研究中的概念混淆──以「翻譯策略」、「翻譯方法」和「翻譯技巧」為例〉，頁86。

譯文：<u>เกาะเมืองแมนตั้งมั่นแบ่งรวมลูกคลื่น</u>（26：487）

「蓬萊」即神話傳說中的仙島。由於文化不同的因素，使譯者將其轉譯為 เกาะเมืองแมน（神島）。

2. 原文：<u>混沌</u>未分天地亂，自從盤古破<u>鴻濛</u>。（1：1）

譯文：<u>สภาพโลกแรกเริ่ม</u>มิแบ่งแยก ฟ้าปฐพีวุ่นวายโกลาหล

　　　จำเนียรกาลมาผานกู้ไขความ <u>สภาวะที่คลุกเคล้าธรรมชาติ</u>（1：1）

「混沌」即傳說中天地未形成時元氣未分，模糊不清狀態。為中國上古神話專有名詞，泰語中沒有類似可清楚表達的概念，故譯者取其原義中一概念，譯為 สภาพโลกแรกเริ่ม（地球最初始的狀態）。「鴻濛」即傳說中為天地開闢之前是一團渾沌的元氣。對於「元氣」概念，為中國文化獨有，故譯者將其譯為 สภาวะที่คลุกเคล้าธรรมชาติ（混合自然狀態）。

3. 原文：<u>霜</u>雪全無懼，雷聲永不聞。（1：6）

譯文：หิมะ<u>น้ำแข็ง</u>ทั้งสิ้นมิหวาดกลัว（1：10）

原文：珠簾不捲夜來<u>霜</u>。（94：1175）

譯文：มู่ลี่มุกไม่ม้วนรัดติกาล<u>หิมะ</u>มา（94：1752）

「霜」為水汽在溫度低於零攝氏度時，凝結成白色的冰晶。本應譯為 น้ำค้างแข็ง 或 แม่คะนิ้ง（霜）。值得注意的是，譯者將皆譯為 น้ำแข็ง（冰）（第 1、2、10、13、36、38、40、64、73、94 回）或 หิมะ（雪）（第 23、94 回）。依照泰國地理位置，「霜」較會出現於泰國的北部及東北部地區，冬天若天氣夠冷就會出現結霜。對於為何譯者會將其譯為 น้ำแข็ง（冰），其原因或是因為霜的形狀就像薄薄的冰片。

4. 原文：冬覓<u>黃精</u>度歲華。（1：7）

譯文：เหมันต์เสาะหา<u>รากหญ้า</u>ผ่านปีเรืองรอง（1：11）

「黃精」為一種草藥，學名 Polygonatum sibiricum，在泰國中醫界將其以音譯稱之為 อึ่งเจ็ง，譯者為了讓一般人看懂，故以取根為藥的特徵，將其轉譯為 รากหญ้า（草根）。

5. 原文：聲音響亮如鐘<u>磬</u>。（4：47）

譯文：เสียงดังกังวาลดุจขัน<u>ระฆัง</u>（4：69）

「磬」為古代玉、石或金屬製成的打擊樂器，其狀如曲尺，懸掛於架上。因漢泰之間文化差異因素，無法找到具有對等意詞彙，故譯者將其與「鐘」合譯為 ระฆัง（鐘）。而對於「磬」此樂器，譯者將其與泰國樂器比對，發現

有 กังสดาล（Gang-sà-daan）一樂器與「磬」相似，為金屬片製之打擊樂器，其狀如弦月。筆者建議譯者或可將其譯為 กังสดาลจีน（Gang-sà-daan）（中式 Gang-sà-daan）。

    6. 原文：一林鳥雀喧嘩。（86：1087）
        譯文：ดงไม้หนึ่งวิหคนกขมิ้นจอแจ（86：1622）
        原文：黃鸝紫燕啼宮柳。（94：1175）
        譯文：นกขมิ้นเหลืองอ่อนนกนางแอ่นม่วงครวญคร่ำวังหลิว（94：1753）
        原文：鶯老柳枝輕。（96：1191）
        譯文：นกขมิ้นเหลืองอ่อนเกาะหลิวแก่กิ่งเบา（96：1777～1778）

「鳥雀」即小鳥。譯文為 วิหคนกขมิ้น（鳥＋黃鸝鳥）。此處值得注意的是譯者忠於原文地把「鳥雀」直譯，但為何會將「雀」譯為黃鸝鳥？其原因應來自於「雀」在泰文化中是個貶義的，在泰語會稱「不顧忌到別人＋大聲說話、交談的人群」為 นกกระจอกแตกรัง（散巢的麻雀），故譯者將其轉譯為黃鸝鳥。而為何會將其選擇譯為「黃鸝鳥」，經譯者觀察，在第十回（10：110～111）：「默聽鶯啼。」第九十四回（94：1175）：「黃鸝紫燕啼宮柳。」第九十六回（96：1191）：「鶯老柳枝輕。」的譯文中，譯者將「黃鸝」與「鶯」譯為「นกขมิ้นเหลืองอ่อน（淺黃色的金黃鸝）」。「鶯啼」即鶯鳴。「鶯」屬鶯科，譯文為 นกขมิ้น（黃鸝科鳥）＋เหลืองอ่อน（淺黃色），即淺黃色的金黃鸝。雖同屬雀形亞目（Passeri），而鶯科與黃鸝科屬不同小目，鶯科（Sylviidae）屬雀下目鶯總科；黃鸝科（Oriolidae）屬鴉小目鴉總科。泰語中與鶯科相對應有 นกกระจิบ（扇尾鶯科，學名：Cisticolidae）、นกพง（葦鶯科，學名：Acrocephalidae）以及 นกกระจิ๊ด（柳鶯科，學名：Phylloscopidae）。นกขมิ้นเหลืองอ่อน（淺黃色的金黃鸝）非平時所用之詞，而是受到了泰文學作品的影響。因為一般泰語會稱金黃鸝為 นกขมิ้น（黃鸝科鳥）或 นกขมิ้นเหลือง（黃色的金黃鸝），對於 นกขมิ้นเหลืองอ่อน（淺黃色的金黃鸝）一詞的來源，經筆者考證其來源或有二：一為 นกขมิ้นเหลืองอ่อน 即 หลวงพลโยธานุโยค（นก）所著中之兒童詩謠名，二則為搖籃曲 เจ้านกขมิ้นเหลืองอ่อนเอย 的歌名與歌詞相同，故筆者認為譯者應是受了以前兒童詩謠或搖籃曲之影響。

    7. 原文：子規聲切早回頭。（11：126）
        譯文：เสียงนกจากพรากรีบเร่งหันหัวกลับ（11：190）

「子規聲切早回頭」，莫到杜鵑催歸方想回頭。「子規」即杜鵑的別名，因啼

鳴仿佛「不如歸去」之呼喚，故名，諧「子歸」。此為中國文化特有之概念。值得關注的是譯者將「子規」譯為 นกจากพราก（樹鴨，雁鴨科的一種鳥），泰文學中對此鳥的寄託來自印度文學，此鳥離別對偶後，夜裡會發出思念的呼喚，泰文學中將此鳥寄託「與心愛的女子分離」的象徵，為愛情的寄託，因此鳥通常會分開在不同的河邊覓食，並通宵互相呼喚。而此句譯文為 เสียงนกจากพรากรีบเร่งหันหัวกลับ（樹鴨鳴＋催＋轉頭），應將其模糊化，譯為 เสียงนกร้องเพรียกเรียกกลับตัว（鳥鳴呼喚早回頭）或譯為 นกคัดคู 或 นกกาเหว่า（杜鵑）並加注釋之。

　　8. 原文：響似<u>三春驚蟄</u>雷。（49：623）
　　　　譯文：ดังเสมือนอสุนีบาตเดือนยี่วสันตฤดู（49：927）
「三春驚蟄」即二十四節氣中的第三個節氣。二十四節氣為中國特有，依干支曆特定的節令。譯文巧妙地將其轉譯為 เดือนยี่วสันตฤดู（二月春），筆者認為此處應加注釋之。

　　9. 原文：未曾戴<u>纓絡</u>。（49：628）
　　　　譯文：มิเคยสวยสร้อยสังวาล（49：935）
「纓絡」指用珠玉串成戴的裝飾品，多為頸飾。值得注意的是，譯文並非將其譯為項鏈，而是將其轉譯為 สร้อยสังวาล，是一種受印度文化的裝飾，指一種斜掛於肩膀的鏈子。

　　綜上所舉之例，對於「轉譯」這一技巧，大致上或可分為以下二類：
　　一、源語文化有此概念，而目標語文化中無，此類又可分為以下二類：
　　（一）縮小義項將小的義素擴大，如第 1 例譯者將「蓬萊」轉譯為「神
　　　　　島」，又或第 4 例將「黃精」轉譯為「草根」，此為常見的轉譯手
　　　　　法；
　　（二）以等值概念轉換，如第 8 例譯者將「三春驚蟄」轉譯為「二月春」，
　　　　　二十四節氣為中國文化特有，譯者以對等的季節概念來進行轉換，
　　　　　此類轉譯多為時間、衡量度上的計算轉換；
　　二、源語文化有此概念，而目標語文化也有，但不使用。因譯者受到了目標語本身或目標語中的外來文化或文學之影響，而放棄了在目標語中的對等概念，以相近的概念進行語言轉換，如第 6 例譯者皆將「鳥雀」、「黃鸝」與「鶯」轉譯為「นกขมิ้นเหลืองอ่อน（淺黃色的金黃鸝）」，此為受到了泰文學中的搖籃曲文學之影響；第 7 例譯者受到了外來的印度文學之影響，將「子規」

轉譯為「樹鴨」；又如第 9 例譯者將「纓絡」轉譯為一種受印度文化斜掛於肩膀的鏈子裝飾。

　　以上的轉譯曲折，雖有不同的形成因素，但殊途同歸，都是為了讀者能更方便理解源語中作者所欲表達之概念而產生。

二、增　譯

　　「增譯」為根據目標語詞句、語義、修辭、句法或文體所需，或因受制與目標語中所特定文化範疇，而在譯文中增添詞、句或段落，以更好表達原作思想內容，或更好地實現某種特殊翻譯目的。〔註5〕對於「增譯」的補償法，是來自目標語無法以某一詞彙來對等代替源語中的概念，故需以增譯的翻譯技巧進行簡單的解說，或以異化的音譯方式加注，表達目標語中沒有的概念。對於《西遊記》漢泰譯詩出現此現象，或為道家術語如「精氣神」、煉丹術語等道家理論，或為某種找不到對等概念的成語典故、文化詞彙。「增譯」一補償法或可再細分為二：一為添增譯文，二則為音譯加注。

（一）添增譯文

　　源語中的比喻，常為許多譯者在翻譯上的困擾。若直譯，讀者有時無法了解或誤解源語作者所欲表達的意思，而若意譯，則常出現源語文化中的風格特色。導致譯者陷入保留源語中的文化內涵，或取其概念以意譯的方式翻譯的兩難之間。於此解決方案，或可以添增譯文的方式，即混合直譯及意譯（增譯）的方式，來補償直譯或意譯二者的偏端。以下所舉之例，為筆者認為譯文或可以此方法翻譯，以達到更好的效果，如：

　　1. 原文：河清海晏太平年。（78：982）

　　　　譯文：แม่น้ำใสทะเลสงบเงียบ ปีอุดมสันติสุข（78：1467）

「河清海晏太平年」指太平盛世。「河清海晏」即黃河水清，海浪平。比喻國內安定、天下太平。譯文為 แม่น้ำใสทะเลสงบเงียบ ปีอุดมสันติสุข（河清＋海靜＋太平＋年），若將其意譯則為 บ้านเมืองรุ่งเรือง ใต้หล้าสงบสุข（太平盛世＋天下太平），此處或可將其添增譯文，同時呈現意譯及音譯翻譯法為 แม่น้ำใสทะเลสงบเงียบ บ้านเมืองรุ่งเรือง ใต้หล้าสงบสุข（河清海晏，直譯＋太平盛世、天下太平，意譯）。

〔註5〕熊兵：〈翻譯研究中的概念混淆——以「翻譯策略」、「翻譯方法」和「翻譯技巧」為例〉，頁 86。

2. 原文：只言平坦羊腸路。（66：831）

譯文：เพียงแต่ว่าทางราบเรียบถนนลำไส้แกะ（66：1250）

「羊腸路」喻指狹小曲折的路，多阻礙。譯文直譯為 ถนนลำไส้แกะ（羊＋腸＋路），將其意譯則為 หนทางคดเคี้ยว（路途曲折）。此處或可將其添增譯文，同時呈現意譯及音譯翻譯法，譯為 หนทางคดเคี้ยวดั่งไส้แกะ（路途曲折，意譯＋如羊腸，直譯）。

3. 原文：尋窮天下無名水，歷遍人間不到山。（66：831）

譯文：แสวงหาธาราไร้ชื่อทั่วหล้าใต้ฟ้า เที่ยวผ่านในแดนมนุษย์มิถึงสิงขร（66：1250）

「無名水」、「不到山」即偏僻到不知道名的水、偏遠到一般人走不到的山，此為形容歷經千山萬水。譯文直譯為 ธาราไร้ชื่อ（無名的水）、มิถึงสิงขร（不到山）。此處譯法或有三，一為意譯，二為直譯加注釋之，三為以添增譯文的方式翻譯，同時呈現意譯及音譯翻譯法。

4. 原文：煙凝山紫歸鴉倦。（10：119）

譯文：ควันสุมตัวตามดอกม่วงนกกาเหนื่อยเพลียกลับ（10：179）

「煙凝山紫」源自唐・王勃〈滕王閣序〉中「潦水盡而寒潭清，煙光凝而暮山紫。」指太陽下山之際，山中呈現出一片紫色暮靄。譯文直譯為 ควันสุมตัวตามดอยม่วง（煙＋凝於＋紫山），應將其增譯為 อัสดงลาลับภูผาม่วง（夕陽落下紫山呈）。

5. 原文：桑田滄海任更差。（7：83）

譯文：ไร่หม่อนทะเลสีคราม ปล่อยตามยิ่งผิดพลาด（7：125）

「桑田滄海」一典故處於晉・葛洪《神仙傳・麻姑》，涉及了仙人麻姑，曾三見東海為桑田之典故，喻世事巨變遷。此處譯文直譯為 ไร่หม่อนทะเลสีคราม（桑田藍海），無法將原文之意譯出。或者以意譯法筆者建議此處譯法或可有三種策略，一為意譯，譯為 ต่อให้โลกจะเปลี่ยนแปลงไปมากมายอย่างไรก็ตาม（無論世事有多大的變遷）。二為直譯加注釋之，三則為以添增譯文的方式翻譯，譯為 ต่อให้ทะเลสีครามจะกลายไร่หม่อน โลกจะเปลี่ยนแปลงไปมากมายอย่างไรก็ตาม（無論藍海會變成桑田，或世事有多大的變遷），同時呈現意譯及音譯翻譯法。

6. 原文：前弦之後後弦前。（36：466）

譯文：ด้านหลังของสายคันซอหน้า หน้าของสายคันซอหลัง（36：688）

「前弦之後後弦前」，此處指上弦月的前面與下弦月的後面之間的時段，即月滿之時。譯文為 ด้านหลังของสายคันซอหน้า หน้าของสายคันซอหลัง（前琴弦之後，

後琴弦前），此處或可將其添增譯文，譯為 ก่อนข้างขึ้นหลังข้างแรมคราเต็มดวง（前弦後後弦前月滿時）。

對於添增譯文的技巧，可調和譯文異化或歸化的極端走向，在使目標語讀者了解源語文化的同時，亦可適度保留，使其不失源語的文化樣貌，是為文化翻譯的平衡點。

（二）異化策略的翻譯方法加注

「異化策略的翻譯方法加注」，指以「零翻譯」、「音譯」、「逐詞翻譯」或「直譯」等異化策略的翻譯法，〔註6〕再加注釋說明。對於文化不同的轉換，有時源語跟目標語的文化差異太大，意譯、轉譯或添增譯文等翻譯模式無法表達源語的概念，「異化策略的翻譯法加注」的方式，或為準好的解決辦法。在二文化之間的天塹太大的情況下，譯者往往多以異化策略的翻譯法來表達源語的概念，而此方式就是每個語言中的外來語的起源，比如泰語中的電腦，直接以英文音譯為 คอมพิวเตอร์（computer），或泰語中的遊戲，直接以英文音譯為 เกมส์（game）。又如泰語中的 ก๋วยเตี๋ยว（粿條），是來自客家語或潮州話等閩南語係語言的音譯。此為直接將源語的語言硬加在目標語的異化策略，在剛外來語進入某一語言時，目標語的使用者或許會不習慣，但當此詞彙一旦廣為使用，並約定俗成，就會漸漸地融入，成為當地語言的一部分。如此，翻譯者就成為了引進來自外語中的新概念的人，初期的異化策略翻譯法，或因為目標語中的新概念，所以可能需要加注，但當這一來自異化策略的翻譯法詞彙已經成為了目標語讀者所共同認知之後，加注這一工作就可以省去了。他就是一種異化策略翻譯法的過渡期。眾多文化轉換中，在譯者困於意譯或轉譯時找不到對等概念等種種壓力與條件的顧慮下，譯者往往會以異化策略翻譯法加注的方式處理，此為最保守也最安全的翻譯法，對於初研究外文化的目標語讀者，無疑是一個很好的學習方式。以下所舉之例，為筆者認為譯文或可以此法翻譯，以達到更好的效果，如：

1. 原文：<u>三陽交泰</u>產群生。（1：6）

   譯文：<u>เบิกฤกษ์ตรีกาล</u>กำเนิดกลุ่มมีชีวา（1：11）

「三陽交泰」出自《易經》泰卦，三陽在下，萬物復甦。與前後文相應，道出

〔註6〕詳見第一章，第一節，一、譯策、譯法、譯巧（二）翻譯方法之解說。

「三陽交泰」指陽氣充足、旺盛之時，萬物充滿活力，萬物甦醒。孫悟空由仙石經吸收、醞釀天地靈氣之過程，而後天時、地利、人和等條件具足，化為猴。而此處譯文為 เบิกฤกษ์ตรีกาล（第三時期開始），不妥。因「三陽交泰」為中國文化獨有，筆者建議可將其音譯為 ซันหยางไคไท่，加注釋之。

　　2. 原文：九宮八卦袍披定（42：537）

　　　　譯文：เก้าราศีแปดทำนายเสื้อคลุมห่มประจำ（42：796）

「九宮八卦」為中國文化中之專有名詞。「八卦」即《易經》中八個基本卦名，為乾、兌、離、震、巽、坎、艮、坤。而後演變為「九宮」，即乾、坎、艮、震四陽宮，巽、離、坤、兌四陰宮，加上中宮為九宮。譯文為 เก้าราศีแปดทำนาย（九宮（星座）＋八＋預測），不妥。此為文化上的不可譯，應將其音譯，加注釋之。

　　3. 原文：有客忻憐福壽圖。（64：808）

　　　　譯文：มีแขกยินดีสงสารภาพอายุมงคล（64：1213～1215）

「福壽圖」指繪或書寫有寓意幸福長壽之圖或字，此為中國特有的文化。譯文直譯為 ภาพอายุมงคล（圖＋歲＋吉祥），筆者認為應將其音譯，再加注釋之。

　　4. 原文：山呼舞蹈千官列。（94：1173）

　　　　譯文：ร่ายรำถวายพระพรชัยขุนนางลำดับพัน（94：1749）

「山呼舞蹈」指臣民朝見帝王時，起拜叩首，三呼萬歲的祝賀儀式。〔註7〕譯文為 ร่ายรำถวายพระพรชัย（舞蹈＋祝壽），因漢泰參見君王之禮儀習俗不同，對於「山呼舞蹈」的對等概念，轉換為泰文化詞彙中，只有 ถวายบังคม（參拜）或 ถวายพระพรชัย（祝禱）的概念，沒有直接可將其對應之詞彙，筆者建議或可將其音譯再加注釋之。

　　5. 原文：形似顯靈真太歲。（43：549）

　　　　譯文：รูปเสมือนสำแดงศักดิ์สิทธิ์เทพประจำปีจริง（43：816）

「太歲」此為中華文化特有之術語。譯文為 เทพประจำปี（年神），應將其音譯，再加注釋之。

　　6. 原文：此間隱逸堪誇。（64：805）

　　　　譯文：ที่ตรงนี้ซ่อนสุขสราญสามารถอวดได้（43：1209）

「隱逸」即隱居。譯文為 ซ่อนสุขสราญ（隱＋逸）。此句韻文出現了一個值得關注的文化詞彙，對於「隱居」的概念，漢文化中指「深居鄉野不出仕」，義項

〔註7〕曾上炎編著：《西遊記辭典》，頁349。

偏於不入朝為官的概念。而泰文化中三個較為相近的概念，一為 การปลีกวิเวก（遠離人事，使自己處於安靜、獨處之所），指暫時性的遠離問題與煩惱，讓自己有獨自思考、清淨的空間。二則為 อยู่อย่างสันโดษ（獨居生活），สันโดษ 一詞指安於現狀，而此「獨居生活」義項偏於未婚或退休後的獨居生活。三為 คนบ้านป่า（林中屋之人），此詞在泰文化概念中為處在遠離繁榮與人煙的林中屋之人。此三詞彙皆只佔「隱逸」一詞的部分義素，任何一種都不能將「隱逸」一詞的概念表達到位，即沒有直接能與漢語詞彙中有對等的概念，故筆者認為此處翻譯應將其音譯再加注釋之。

7. 原文：翠筠不染湘娥淚。（64：810）

譯文：ต้นไผ่ผิวเขียวมิเปื้อนน้ำตาเซียงเอ๋อ（แม่น้ำ）（64：1216～1217）

「翠筠不染湘娥淚」指竹精說自己是綠竹不是斑竹。「湘娥淚」指舜帝之二妃，湘夫人，見舜帝駕崩，哭啼間淚濺竹，變成斑點，稱湘妃竹，此處代指斑竹。晉・張華《博物誌・卷八》：「洞庭之山，堯之二女，舜之二妃居之，曰湘夫人。舜崩，二妃啼，以涕揮竹，竹盡斑。」〔註8〕譯文為ต้นไผ่ผิวเขียวมิเปื้อนน้ำตาเซียงเอ๋อ（แม่น้ำ）（綠竹皮＋不沾＋湘江的淚），應將其直譯為 เปลือกเขียวไม่เปรอะน้ำตานาง（綠皮不染女子淚），此處將「湘夫人」一概念放大為一般女子的指射，以表詩所欲表達的大義，之後再另行加注，以釋「湘夫人」這一小指射的典故。

8. 原文：命干華蓋惡星妨。（66：830）

譯文：พระชะวีเกี่ยวข้องดาวร้ายครอบงำเป็นอุปสรรค（66：1249）

《華蓋》為民間信仰，謂命中犯華蓋星，命運就不好。〔註9〕譯文為 ครอบงำ（支配）。此詞彙為中國文化傳統信仰，故譯者只能將其與「惡星」合譯，為保持漢原文的文化價值，筆者認為應將其音譯，再加注釋之。

9. 原文：生前燒了斷頭香。（71：886）

譯文：ชาติก่อนเผาธูปหัวขาดแล้ว（71：1333）

「斷頭香」指折斷的香。民間信仰認為用折斷的香來供佛，來世就會遭到妻離子散的果報。此處比喻沒有誠心積德，使得夫妻分離。此為中國特有的民

〔註8〕〔晉〕張華：《博物誌》（臺北：五南圖書出版股份有限公司，1997年），頁243。

〔註9〕詳見〔明〕萬民英：《三命通會・卷二・論將星華蓋》引《理愚歌》云：「華蓋雖吉亦有妨，或為孽子或孤孀。填房入贅多關口，爐鉗頂笠拔緇黃。」

俗文化，故譯者將其直譯為 ฐูปหัวขาด（斷頭香），筆者認為應將其加注釋之。

  10. 原文：罪犯<u>凌遲</u>殺斬災。（71：892～893）

    譯文：ความผิดคือตัดหัวตัดแขนขาแยกศพประหารชีวิต（71：1340～1341）

「凌遲」即「剮」，為一種古代慢慢削割人體至死之酷刑，俗稱「凌遲」。為中國古代專有之酷刑，故譯文將其轉譯為 ตัดหัวตัดแขนขาแยกศพ（砍頭＋砍手腳＋分屍）。但如此翻譯恐無法完整的表達「慢慢削割人體至死之酷刑」的概念，筆者認為應加注釋之。

  11. 原文：從來信有<u>周公禮</u>。（23：296）

    譯文：แต่ไหนแต่ไรมาเชื่อขนบธรรมเนียมโจวกง（23：444）

「周公禮」即「周公之禮」，指周公制定禮儀之時，為男女婚嫁制定了「婚義七禮」，可詳見《禮記・昏義》。後為中國文化中對男女婚嫁、夫妻同房的一種委婉說法。譯文以直譯方式處理，無法完整地將原文中的文化內涵表達出，故筆者認為應加注釋說明。

  對於異化策略翻譯法加注的方式，或許會對想要更多了解源語文化的目標語讀者提供更大的方便，但從文學美感的角度考慮，此法或許會造成譯文的美感倍減。

第三節 小 結

  接上一章，《西遊記》泰譯本之誤譯的部分，細看之下不難發現，「誤譯」的原因，除了譯者對漢語的了解程度及誤讀的因素所致之外，譯者的翻譯策略也是這一整個譯文風格的主要導向。從 2016 年的譯文分析，文化移植或可分為兩大類：一為語法結構上的移植，為泰譯漢化的現象；二則為文化上的移植，或為直譯或為音譯詞彙等「異化策略翻譯法」的現象。此二種的文化移植的產生，多為異化策略作用所致，為移植源語文化進入目標語的活動。

  所有的翻譯，不論是直譯或意譯皆處於「誤譯」的險境當中，只有以「異化策略翻譯法」的譯文，才是最能保留源語文化的概念。而「異化策略翻譯法」就是文化移植的一種手段與方法。起初「異化策略翻譯法」的譯文或為目標語讀者所不習慣與排斥，但最終當此「異化策略翻譯法」的文化移植譯文已成熟，成為了目標語中約定俗成的詞彙或用語，「異化策略翻譯法」的譯文就會成為目標語的一部分。

　　而對於「異化策略翻譯法」譯文進入目標語的初期，因文化差異太大，需要二者互相溝通的媒介時，就會產生所謂的文化移植的妥協與補償等策略，來輔助二語言轉換的活動。

　　文化移植的妥協，即為轉譯。是一種以目標語中與源語相近或相同的概念進行語言轉換，對於轉譯大致上或可分為以下二類：一為源語文化有此概念，而目標語文化中無，此類又可分為縮小義項將小的義素擴大，及以等值概念轉換；二則為源語文化有此概念，而目標語文化也有，但不使用。因譯者受到了目標語本身或目標語中的外來文化或文學之影響，而放棄了在目標語中的對等概念，以相近的概念進行語言轉換。

　　文化移植的補償，為增譯。在目標語無法以對等或相近的概念來進行對等的語言轉換時，就需要增譯的方式進行簡單的解說，或以異化的音譯方式加注，以表達目標語中沒有的概念。對於《西遊記》漢泰譯詩出現此現象，或為道家術語、煉丹術語等，或為某種找不到對等概念的成語典故、文化詞彙。對於「增譯」一補償法，大致上或可再細分為以下二類：一為添增譯文，二則為音譯加注。

　　以上的種種曲折，雖有不同的形成因素，但殊途同歸，皆為了使讀者能更方便理解源語之概念而產生

　　世界上很多文化的交流與融合，往往依賴文學作品翻譯者，將另一新文化注入原有文化，而二種文化移植上的妥協與補償，就是二文化交叉時出現的火花，亦皆為源語文化進入目標語文化的重要工具。

第五章　結　論

　　本論文的出發點，來自對泰譯版《西遊記》的關注，《西遊記》是一部非常著名的古典小說，除了在中國家喻戶曉外，於泰國也出現了非常多的全譯本、節譯本及漫畫本，向來非常受到泰國人民的喜愛。自筆者來臺讀研究所之後，在閱讀中國古典小說之餘，重新比對《西遊記》與泰譯本的翻譯，發覺出現了一些值得深入研究的問題。主要問題可分為兩個部分，一個是故事情節的失真，另一個就是韻文的翻譯。《西遊記》的故事情節是比較容易翻譯的，而韻文則因具有漢文化的特殊性，由於詩體在格律上的限制，翻譯上就顯得特別困難，若不能把握其正確性的「真」，自然很難得到「達」「雅」，將直接影響到原書的價值，以及讀者對《西遊記》的觀感，於是本論文就針對《西遊記》的詩韻及翻譯兩個大面向展開研究。

一、《西遊記》詩作之用韻研究

　　針對原文詩作的用韻研究部分，筆者也特別注意押韻的規範問題，這是涉及到漢語音韻學知識與韻文學的創作。《西遊記》詩作之類型豐富多樣，從四言至十二言，口語化類似元曲中的「襯字」，以擴充、渲染故事情節。而此現象皆不屬詩之常規，故本文將其排除，僅限於不加襯字之詩作為研究範圍，對於漢語古典詩的押韻，本是有一定的規範，但是筆者發覺《西遊記》詩作與傳統的詩韻規範有所出入。《西遊記》為明代的著作，或許創作時可能受到當時方言或音變的影響，所以會出現一些出韻的現象。經過整體研究及探討後，根據統計，發現《西遊記》詩作的 330 首共 334 韻段，合於一般用韻規範，即符合於《廣韻》「獨用」、「同用」原則僅 146 韻段，佔 43.71%，

而不符於規範的則多達 56.29%。《西遊記》詩作大部分是合於近體詩的平仄格律，但在用韻方面，有一半以上是超越了近體詩的押韻規範，這是極當注意的事，文中將不合近體詩詩韻的韻例，先以「十六攝」進行篩選，發現符合後代歸納的《詩韻集成》之「通」、「轉」者，共 110 韻段，不符合於《詩韻集成》之「通」、「轉」共 49 韻段。其餘的 29 個韻段既不符合《廣韻》的「獨用」、「同用」規範，也不符合《詩韻集成》的「通」「轉」條例。對此 29 韻段，則一一為之探討解釋，發現此現象可分為三類：一、濁上讀去共 9 個韻段；二、「涯」、「娃」通押共 4 韻段；三、通、梗、曾三攝通押共 10 韻段。此三類的詩作，並非始於明詩，唐、宋時期的詩早已出現此現象。因此似乎不能將其直接視為用方音押韻或明代時音押韻，餘下的 6 個韻段則疑為出韻。

「濁上讀去」、「涯」、「娃」通押，乃唐、宋以後非常重要的音變現象，在《西遊記》這一部詩作也可以得到了例證。對於不同韻尾的入聲混押現象，《西遊記》詩作押入聲韻共 10 韻段，其中 7 個韻段-p-t-k 塞音韻尾混押，也是值得注意的。

漢語入聲-p-t-k 塞音韻尾合併的時間點，應該就在明代。《西遊記》詩作四聲分押，而對於入聲混押現象，本文認為其原因或有二：一則為作者當時的明代詩詞入聲已經沒有分得那麼清楚了，因為如果能夠分得清清楚楚，詩作中就不會出現混押的現象。二則為對於入聲混押的現象，唐、宋時的詩就已經有了，到了明代則越發明顯，或為作者沿用。從以上這幾方面的角度來看，本文既指出《西遊記》的詩韻問題，也或可以反應出吳承恩的用韻習慣與方法。

現代學者對古人的出韻，多試圖以受方言之影響來解說；本文所引唐宋詩之韻例，作者皆籍貫不同，卻出現共同的押韻現象，可見方言押韻之說不盡可信。

二、《西遊記》於泰譯本詩作翻譯中之誤譯

《西遊記》為四大名著中韻文最多的一部小說，對於翻譯的部分，經筆者調查，雖泰國有非常多的《西遊記》譯本，但多數為節譯本及漫畫本，對於全譯本的翻譯可謂少之又少。目前泰國有兩種全譯本，為 1906 年譯本及 2016 年譯本，而對於韻譯的部分，1906 年譯本多省譯，只有 2016 年泰譯本

完整全面地顧及到《西遊記》原文中的所有韻文，但二種譯本皆有共同特點，即將韻文以泰散文的譯文呈現。

對於韻文的可譯性，筆者從語言結構、文體風格及文化內涵的因素與限制來討論。漢泰語言為單音節及多音節的對立，二者之間對韻文格律的要求與種類不同、對於文字趣風格的迴文詩、拆字詩、或頂針等特殊創作方式，也導致譯者很難顧及到，並非否定可能性，只是會有一定的困難與障礙。一文多重義項或詩無達詁的現象，譯文更是難以像原文一樣達到聚多元為一體。對於韻文的可譯性一問題，筆者也嘗試著以泰韻文翻譯，筆者提出，若有著因韻害意的顧慮，或一句漢文詩作無法以泰文中的一句詩完整表達，筆者認為或可將漢語原文中的一句詩作，分譯成兩句泰文詩，甚至更多，直到能完整表達原文概念。

從 1906 年第一版譯本出世後，時隔 100 多年間才出現第二版譯本，其中緣由值得探討。對第一版的翻譯，譯文通俗易懂、行文用字已內化外來文化，與原文對照其譯文往往出現略過韻文及文化詞彙的現象，對於想多了解中國文化的人而言，往往是一種缺憾。直到 2016 年，皇天不負有心人，泰國同胞如盼甘霖地等到了百年間第二版泰譯本《西遊記》，新版譯本補缺了舊版的缺失，對大量的文化詞彙及韻語進行翻譯及注釋，實現了泰國同胞對《西遊記》漢詩泰譯的願望。

對於新版譯本的重譯是否必要一問題，經分析新版重譯的主要原因或有三：一為泰國人對中國文化的理解提深，及二位譯者的翻譯策略不同；二則為譯者翻譯的目的不同；三為二位譯者對「韻文」翻譯的完整程度有所不同。

因「韻文」是一種脫離一般生活中常使用的文體，是以有限的文字來表達無限的概念，被要出典、對仗、平仄、節奏、押韻等格律的限制，導致語法用詞的不規律。加上古代漢語的名詞動詞不分的特點，以及典故的引用、隱喻的寄託等等，使譯文不夠精確。但這也卻是詩朦朧之美的魅力所在，使譯詩被稱之為翻譯工作中最高難度的境界。因為中國詩詞韻文往往引經據典，其中意境更是難以體會，譯者願意將其翻譯出來，可謂是泰國同胞的一件幸事。經筆者與原文對照，新版譯文可謂是非常完整，漏譯的部分非常少，因為是一部非常龐大的翻譯工作，漏譯、誤譯的情況也在所難免。

對於韻文的可譯性，筆者從語言結構、文體風格及文化內涵的因素與限制來探討。漢泰語言為單音節及多音節的對立，二者之間對韻文格律的要求

與種類不同、對於文字趣風格的迴文詩、拆字詩、或頂針等特殊創作方式，也導致譯者很難顧及到，一文多重義項或詩無達詁的現象，譯文更是難以像原文一樣達到聚多元為一體。

一部翻譯作品中，因「誤讀」而「誤譯」是在所難免，筆者從義項、語境、內文、典故等多方面考證，經《西遊記》詩作翻譯比對後指出的誤譯，發現多達 1200 餘項的文本誤譯，其中包含了單字、詞彙、典故及詩句的誤譯。接下來根據《西遊記》譯本中所出現的現象，進行增加及調整類型的歸納。從大體上看，誤譯或可分為兩大類：一為結構上的誤讀，此又可細分為義項、語法及修辭手法上的誤讀；二為文化上的誤讀；三為因訛字而誤譯；四為譯者有意避諱而誤譯；五為不知其原因的誤譯。除了第四類的譯者有意避諱而誤譯此項之外，其餘多來自譯者對漢語的了解程度及誤讀的因素所致。

最後筆者發現了有幾處誤譯，是來自訛字，這個問題或許有兩種可能現有版本印刷上的錯誤，亦或者譯者沒有注意到，看錯了，致使譯文跟著誤譯。希望本論文以上所述能為漢泰翻譯經典有所借鏡。

三、《西遊記》於泰譯本詩作翻譯中之文化移植

從「所有的翻譯，不論是直譯或意譯皆處於『誤譯』的險境當中」為切入點，筆者發現只有以「異化策略翻譯法」翻譯的譯文，是最能保留源語文化概念的方法。而「異化策略翻譯法」本身就是文化移植的一種手段與方法。起初譯文或為目標語讀者所不習慣與排斥，但最終當此譯文文化移植階段成熟，成為了目標語中約定俗成的詞彙或用語，譯文就會成為目標語的一部分。

而對於誤譯的現象，本文從其誤譯的原因為切入點，將其分為二類：一、因譯者的誤讀而導致的誤譯；二、因譯者受到了文化移植的影響而誤譯。對於誤譯的分類筆者參考了朱光潛先生在〈談翻譯〉一文中提到的文字意義的觀點，發現譯者對漢語的程度不是很深，經常出現字詞誤讀的情況。

從 2016 年譯本的譯文分析，因文化移植而誤譯的部分，或可分為兩大類：一為語法結構上的移植，筆者發現一整個詩作的譯文幾乎是以漢語語法翻譯，明顯地出現了「泰譯漢化」的現象；二則為文化上的移植，或為直譯或為音譯詞彙等「異化策略翻譯法」的現象。此二種文化移植的產生，多為異化策略作用所致，為移植源語文化進入目標語文化的活動。

對於譯文進入目標語的初期，因文化差異太大，需要建立一個緩和期、過渡期的方案時，就會產生文化移植的妥協與補償等策略，進行輔助二語言之間的轉換活動。

文化移植的妥協，就是「轉譯」，是一種以目標語中與源語相近或相同的概念進行語言轉換，對於「轉譯」大致上或可分為以下二類：一為源語文化有此概念，而目標語文化中無，此類又可分為縮小義項，將小的義素擴大，及以等值概念轉換，如將「蓬萊」或「蓬瀛」轉譯為「仙島」；二則為源語文化有此概念，目標語文化也有，但不使用。筆者還發現譯者偶爾會將泰文學帶入譯文，或將文化詞彙轉譯，出現了內化外來文化的現象。譯者受到了目標語本身或目標語中的外來文化或文學之影響，而放棄了在目標語中的對等概念，以相近的概念進行語言轉換。如將「鳥雀」、「黃鸝」與「鶯」轉譯為「淺黃色的金黃鸝」。

對於文化移植的補償，是以「增譯」技巧進行，在目標語無法以對等或相近的概念來進行對等的語言轉換下，需使用增譯的方式進行簡單的解說，或以異化的音譯方式加注，以表達目標語中沒有的概念。對於《西遊記》漢泰譯詩中，或為道家術語、煉丹術語等，或為某種找不到對等概念的成語典故、文化詞彙。對於「增譯」一補償法，大致上或可再細分為以下二類：一為添增譯文，二則為音譯加注。

以上的種種曲折，雖有不同的形成因素，但殊途同歸，皆為了使讀者能更方便理解源語之概念而產生

世界上很多文化的交流與融合，往往依賴文學作品翻譯者，將另一新文化注入原有文化，而二種文化移植上的妥協與補償，就是二文化交叉、碰撞時出現的火花，亦皆為源語文化進入目標語文化的重要工具。

四、未來的展望

在時間緊湊的寫作過程中，對於未來也產生了期許與展望，筆者觀察自1995年謝玉冰先生之開關研究後，二十餘年間，有關泰譯本《西遊記》仍可謂寥若晨星，相信對於2016年新版譯本的出現，除了可以傳播漢文化給泰國同胞之外，也希望能夠引發更多學者對泰譯本《西遊記》研究的興趣。對於往後的發展，本論文的研究範圍，僅限於《西遊記》詩作的泰譯研究，《西遊記》中尚有許多詞、賦、歌、頌等許多韻文體，及內文的翻譯也出現與本論文

所述類似的問題或現象，因為工程龐大，筆者對於誤譯的分類尚不完整及全面，希望未來能夠做出更完整更全面的研究與探討。

翻譯工作要達到信、達、雅的境界，是一件非常困難的事情，要將原文翻譯成泰文，需經過非常多的障礙，但既然從事這方面的工作，就應該要努力完成自己的使命與任務，給讀者能夠完整而正確地接受原文的信息。至於《西遊記》漢詩韻譯的部分，目前雖尚未出現，可筆者仍期待未來能有譯者將其以韻語呈現，在此間或許會出現非常多的困難，但經過長期不斷地嘗試與努力的重譯後，相信未來《西遊記》全書譯本必能以更親切的面貌呈現在泰國同胞之前。

附　錄

　　《西遊記》有諸多的版本，因異文不顯著，故筆者以聯經出版社的《西遊記》通行本為依據，必要時則並參考里仁出版社校註本。

第一回　靈根育孕源流出　心性修持大道生

1. 混沌未分天地亂（換），茫茫渺渺無人見。（霰）
　　自從盤古破鴻蒙，開闢從茲清濁辨。（獮）
　　覆載群生仰至仁，發明萬物皆成善。（獮）
　　欲知造化會元功，須看西遊釋厄傳。（線）

2. 一派白虹起，千尋雪浪飛；（微）
　　海風吹不斷，江月照還依。（微）
　　冷氣分青嶂，餘流潤翠微；（微）
　　潺湲名瀑布，真似掛簾帷。（脂）

3. 今日芳名顯，時來大運通；（東）
　　有緣居此地，王遣入仙宮。（東）
　　颺風有處躲，下雨好存身。（真）

4. 霜雪全無懼，雷聲永不聞。（文）
　　烟霞常照耀，祥瑞每蒸熏。（文）
　　松竹年年秀，奇花日日新。（真）

5. 三陽交泰產群生（庚），仙石胞含日月精；（清）
　　借卵化猴完大道，假他名姓配丹成。（清）

－229－

　　　內觀不識因無相，外合明知作有形；（青）

　　　歷代人人皆屬此，稱王稱聖任縱橫。（庚）

6. 春採百花為飲食，夏尋諸果作生涯。（佳）

　　秋收芋栗延時節，冬覓黃精度歲華。（麻）

7. 天產仙猴道行隆（東），離山駕柳趁天風。（東）

　　飄洋過海尋仙道，立志潛心建大功。（東）

　　有分有緣休俗願，無憂無慮會元龍。（鍾）

　　料應必遇知音者，說破源流萬法通。（東）

8. 爭名奪利幾時休？（尤）早起遲眠不自由！（尤）

　　騎著驢騾思駿馬，官居宰相望王侯。（侯）

　　只愁衣食耽勞碌，何怕閻君就取勾？（侯）〔註1〕

　　繼子蔭孫圖富貴，更無一個肯回頭！（侯）

9. 鬖髿雙絲縧，寬袍兩袖風。（東）

　　貌和身自別，心與相俱空。（東）

　　物外長年客，山中永壽童。（東）

　　一塵全不染，甲子任翻騰。（登）

10. 大覺金仙沒垢姿（脂），西方妙相祖菩提；（支）

　　不生不滅三三行，全氣全神萬萬慈。（之）

　　空寂自然隨變化，真如本性任為之；（之）

　　與天同壽莊嚴體，歷劫明心大法師。（脂）

第二回　悟徹菩提真妙理　斷魔歸本合元神

11. 月明清露冷，八極迥無塵。（真）

　　深樹幽禽宿，源頭水溜汾。（文）

　　飛螢光散影，過雁字排雲。（文）

　　正直三更候，應該訪道真。（真）

12. 鬱鬱含煙貫四時（之），凌雲直上秀貞姿。（脂）

　　全無一點妖猴像，儘是經霜耐雪枝。（支）

〔註1〕「勾」《廣韻》不錄。《篇海》古侯切，音溝。

13. 去時凡骨凡胎重，得道身輕體亦輕。（清）
　　舉世無人肯立志，立志修玄玄自明。（庚）
　　當時過海波難進，今日回來甚易行。（庚）
　　別語叮嚀還在耳，何期頃刻見東溟。（青）

第三回　四海千山皆拱伏　九幽十類盡除名

14. 砲雲起處蕩乾坤（魂），黑霧陰霾大地昏。（魂）
　　江海波翻魚蟹怕，山林樹折虎狼奔。（魂）
　　諸般買賣無商旅，各樣生涯不見人。（真）
　　殿上君王歸內院，堦前文武轉衙門。（魂）
　　千秋寶座都吹倒，五鳳高樓晃動根。（痕）

第四回　官封弼馬心何足　名注齊天意未寧

15. 身穿金甲亮堂堂，頭戴金冠光映映。（映）
　　手舉金箍棒一根，足踏雲鞋皆相稱。（證）
　　一雙怪眼似明星，兩耳過肩查又硬。（諍）
　　挺挺身才變化多，聲音響喨如鐘磬。（徑）
　　尖嘴咨牙弼馬溫，心高要做齊天聖。（勁）

第五回　亂蟠桃大聖偷丹　反天宮諸神捉怪

16. 一天瑞靄光搖曳，五色祥雲飛不絕。（薛）
　　白鶴聲鳴振九皋，紫芝色秀分千葉。（葉）
　　中間現出一尊仙，相貌天然丰采別。（薛）
　　神舞虹霓晃漢霄，腰懸寶籙無生滅。（薛）
　　名稱赤腳大羅仙，特赴蟠桃添壽節。（屑）

17. 天產猴王變化多（歌），偷丹偷酒樂山窩。（戈）〔註2〕
　　只因攪亂蟠桃會，十萬天兵布網羅。（歌）

第六回　觀音赴會問原因　小聖施威降大聖

18. 儀容清秀貌堂堂（唐），兩耳垂肩目有光。（唐）

〔註2〕「窩」《廣韻》不錄。《正韻》並烏禾切，音倭。

頭戴三山飛鳳帽，身穿一領淡鵝黃。（唐）

縷金靴襯盤龍襪，玉帶團花八寶粧。（陽）

腰挎彈弓新月樣，手執三尖兩刃鎗。（陽）

斧劈桃山曾救母，彈打椶羅雙鳳凰。（唐）

力誅八怪聲名遠，義結梅山七聖行。（唐）

心高不認天家眷，性傲歸神住灌江。（江）

赤城昭惠英靈聖，顯化無邊號二郎。（唐）

第七回　八卦爐中逃大聖　五行山下定心猿

19. 混元體正合先天（先），萬劫千番只自然。（仙）

渺渺無為渾太乙，如如不動號初玄。（先）

爐中久煉非鉛汞，物外長生是本仙。（仙）

變化無窮還變化，三皈五戒總休言。（元）

20. 一點靈光徹太虛（魚），那條拄杖亦如（魚）之：

或長或短隨人用，橫豎橫排任卷舒。（魚）

21. 猿猴道體配人心（侵），心即猿猴意思深。（侵）

大聖齊天非假論，官封弼馬豈知音？（侵）

馬猿合作心和意，緊縛拴牢莫外尋。（侵）

萬相歸真從一理，如來同契住雙林。（侵）

22. 天地生成靈混仙（仙），花果山中一老猿。（元）

水簾洞裡為家業，拜友尋師悟太玄。（先）

煉就長生多少法，學來變化廣無邊。（先）

在因凡間嫌地窄，立心端要住瑤天。（先）

靈霄寶殿非他久，歷代人王有分傳。（仙）

強者為尊該讓我，英雄只此敢爭先。（先）

23. 當年卵化學為人（真），立志修行果道真。（真）

萬劫無移居勝境，一朝有變散精神。（真）

欺天罔上思高位，凌聖偷丹亂大倫。（諄）

惡貫滿盈今有報，不知何日得翻身。（真）

24. 宴設蟠桃猴攪亂，安天大會勝蟠桃。（豪）

龍旗鸞輅祥光藹，寶節幢幡瑞氣飄。（宵）
仙樂玄歌音韻美，鳳簫玉管響聲高。（豪）
瓊香繚繞群仙集，宇宙清平賀聖朝。（宵）

25. 半紅半綠噴甘香（陽），艷麗仙根萬載長。（陽）
堪笑武陵源上種，爭如天府更奇強！（陽）
紫紋嬌嫩寰中少，細核清甜世莫雙。（江）
延壽延年能易體，有緣食者自非常。（陽）

26. 一陣異香來鼻嗅（宥），驚動滿堂星與宿。（宥）
天仙佛祖把杯停，各各擡頭迎目候。（候）
霄漢中間現老人，手捧靈芝飛藹繡。（宥）
葫蘆藏蓄萬年丹，寶籙名書千紀壽。（宥）
洞裏乾坤任自由，壺中日月隨成就。（宥）
遨遊四海樂清閑，散淡十洲容輻輳。（候）
曾赴蟠桃醉幾遭，醒時明月還依舊。（宥）
長頭大耳短身軀，南極之方稱老壽。（宥）

27. 碧藕金丹奉釋迦（麻），如來萬壽若恆沙。（麻）
清平永樂三乘錦，康泰長生九品花。（麻）
無相門中真法主，色空天上是仙家。（麻）
乾坤大地皆稱祖，丈六金身福壽賒。（麻）

28. 大仙赤腳棗梨香（陽），敬獻彌陀壽算長。（陽）
七寶蓮臺山樣穩，千金花座錦般粧。（陽）
壽同天地言非謬，福比洪波話豈狂。（陽）
福壽如期真個是，清閑極樂那西方。（陽）

29. 妖猴大膽反天宮，卻被如來伏手降。（江）
渴飲溶銅捱歲月，飢餐鐵彈度時光。（唐）
天災苦困遭磨折，人事淒涼喜命長。（陽）
若得英雄重展掙，他年奉佛上西方。（陽）

30. 伏逞豪強大勢興（蒸），降龍伏虎弄乖能。（登）
偷桃偷酒遊天府，受籙承恩在玉京。（庚）
惡貫滿盈身受困，善根不絕氣還昇。（蒸）

果然脫得如來手，且待唐朝出聖僧。（登）

第八回　我佛造經傳極樂　觀音奉旨上長安

31. 去來自在任優遊（尤），也無恐怖也無愁。（尤）
極樂場中俱坦蕩，大千之處沒春秋。（尤）

32. 福星光耀世尊前（先），福納彌深遠更綿。（仙）
福德無疆同地久，福緣有慶與天連。（仙）
福田廣種年年盛，福海洪深歲歲堅。（先）
福滿乾坤多福蔭，福增無量永周全。（仙）

33. 祿重如山彩鳳鳴（庚），祿隨時泰祝長庚。（庚）
祿添萬斛身康健，祿享千鍾世太平。（庚）
祿俸齊天還永固，祿名似海更澄清。（清）
祿思遠繼多瞻仰，祿爵無邊萬國榮。（庚）

34. 壽星獻彩對如來（哈），壽域光華自此開。（哈）
壽果滿盤生瑞靄，壽花新採插蓮臺。（哈）
壽詩清雅多奇妙，壽曲調音按美才。（哈）
壽命延長同日月，壽如山海更悠哉。（哈）

35. 萬里相尋自不言（元），卻云誰得意難全？（仙）
求人忽若渾如此，是我平生豈偶然？（仙）
傳道有方成妄語，說明無信也虛傳。（仙）
願傾肝膽尋相識，料想前頭必有緣。（仙）

36. 捲臟蓮蓬吊搭嘴，耳如蒲扇顯金睛。（清）
獠牙鋒利如鋼剉，長嘴張開似火盆。（魂）
金盔緊繫腮邊帶，勒甲絲條蟒退鱗。（真）
手執釘鈀龍探爪，腰挎彎弓月半輪。（諄）
糾糾威風欺太歲，昂昂志氣壓天神。（真）

37. 堪嘆妖猴不奉公（東），當年狂妄逞英雄。（東）
欺心攪亂蟠桃會，大膽私行兜率宮。（東）
十萬軍中無敵手，九重天上有威風。（東）
自遭我佛如來困，何日舒身再顯功！（東）

38. 人心生一念，天地盡皆知。（支）
　　善惡若無報，乾坤必有私。（脂）

第九回　陳光蕊赴任逢災　江流僧復讎報本

（無）

第十回　老龍王拙計犯天條　魏丞相遺書託冥吏

39. 閑看天邊白鶴飛（微），停舟溪畔掩蒼扉。（微）
　　倚篷教子搓釣線，罷棹同妻曬網圍。（微）
　　性定果然知浪靜，身安自是覺風微。（微）
　　綠蓑青笠隨時著，勝掛朝中紫綬衣。（微）

40. 閑觀縹緲白雲飛（微），獨坐茅庵掩竹扉。（微）
　　無事訓兒開卷讀，有時對客把棋圍。（微）
　　喜來策杖歌芳徑，興到攜琴上翠微。（微）
　　草履麻縧粗布被，心寬強似著羅衣。（微）

41. 舟停綠水煙波內，家住深山曠野中。（東）
　　偏愛溪橋春水漲，最憐岩岫曉雲濛。（東）
　　龍門鮮鯉時烹煮，蟲蛀乾柴日燎烘。（東）
　　釣網多般堪贍老，擔繩二事可容終。（東）
　　小舟仰臥觀飛雁，草徑斜欹聽唳鴻。（東）
　　口舌場中無我分，是非海內少吾踪。（鍾）
　　溪邊掛晒繪如錦，石上重磨斧似鋒。（鍾）
　　秋月暉暉常獨釣，春山寂寂沒人逢。（鍾）
　　魚多換酒同妻飲，柴剩沽壺共子叢。（東）
　　自唱自斟隨放蕩，長歌長嘆任顛風。（東）
　　呼兄喚弟邀船夥，挈友攜朋聚野翁。（東）
　　行令猜拳頻遞盞，拆牌道字漫傳鍾。（鍾）
　　烹蝦煮蟹朝朝樂，炒鴨爐雞日日豐。（東）
　　愚婦煎茶情散淡，山妻造飯意從容。（鍾）
　　曉來舉杖淘輕浪，日出擔柴過大衝。（鍾）
　　雨後披蓑擒活鯉，風前弄斧伐枯松。（鍾）

潛踪避世妝癡蠢，隱姓埋名作啞聾。（東）

42. 風月佯狂山野漢，江湖寄傲老餘丁。（青）
清閑有分隨瀟灑，口舌無聞喜太平。（庚）
月夜身眠茅屋穩，天昏體蓋箬蓑輕。（清）
忘情結識松梅友，樂意相交鷗鷺盟。（庚）
名利心頭無算計，干戈耳畔不聞聲。（清）
隨時一酌香醪酒，度日三餐野菜羹。（庚）
兩束柴薪為活計，一竿釣線是營生。（庚）
閑呼稚子磨鋼斧，靜喚憨兒補舊繒。（蒸）
春到愛觀楊柳綠，時融喜看荻蘆青。（青）
夏天避暑修新竹，六月乘涼摘嫩菱。（蒸）
霜降雞肥常日宰，重陽蟹壯及時烹。（庚）
冬來日上還沉睡，數九天高自不蒸。（蒸）
八節山中隨放性，四時湖裡任陶情。（清）
採薪自有仙家興，垂釣全無世俗形。（青）
門外野花香艷艷，船頭綠水浪平平。（庚）
身安不說三公位，性定強如十里城。（清）
十里城高防閫令，三公位顯聽宣聲。（清）
樂山樂水真是罕，謝天謝地謝神明。（庚）

43. 敕命八河總，驅雷掣電行；（庚）
明朝施雨澤，普濟長安城。（清）

44. 棋盤為地子為天（先），色按陰陽造化全；（仙）
下到玄微通變處，笑誇當日爛柯仙。（仙）

第十一回　遊地府太宗還魂　進瓜果劉全續配

45. 百歲光陰似水流（尤），一生事業等浮漚。（侯）
昨朝面上桃花色，今日頭邊雪片浮。（尤）
白蟻陣殘方是幻，子規聲切早回頭。（侯）
古來陰騭能延壽，善不求憐天自周。（尤）

46. 飄飄萬疊彩霞堆，隱隱千條紅霧現。（霰）
耿耿簷飛怪獸頭，輝輝五疊鴛鴦片。（霰）

門鑽幾路赤金釘，檻設一橫白玉段。（換）

腮膚近光放曉煙，簾櫳晃亮穿紅電。（霰）

樓臺高聳接青霄，廊廡平排連寶院。（線）

獸鼎香雲襲御衣，絳紗燈火明宮扇。（線）

左邊猛烈擺牛頭，右下崢嶸羅馬面。（線）

接亡送鬼轉金牌，引魄招魂垂素練。（霰）

喚作陰司總會門，下方閻老森羅殿。（霰）

47. 時聞鬼哭要神號（豪），血水渾波萬丈高。（豪）

無數牛頭並馬面，猙獰把守奈河橋。（宵）

48. 善哉真善哉（咍）！作善果無災。（咍）

善心常切切，善道大開開。（咍）

莫教興惡念，是必少习乖。（皆）

休言不報應，神鬼有安排。（皆）

49. 萬古江山幾變更（庚），歷來數代敗和成。（清）

周秦漢晉多奇事，誰似唐王死復生？（庚）

50. 大國唐王恩德洪（東），道過堯舜萬民豐。（東）

死囚四白皆離獄，怨女三千放出宮。（東）

天下多官稱上壽，朝中眾宰賀元龍。（鍾）

善心一念天應佑，福蔭應傳十七宗。（冬）

第十二回　唐王秉誠修大會　觀音顯聖化金蟬

51. 人生人死是前緣（仙），短短長長各有年。（先）

劉全進瓜回陽世，借屍還魂李翠蓮。（先）

52. 靈通本諱號金蟬：只為無心聽佛講。（講）

轉托塵凡苦受磨，降生世俗遭羅網。（養）

投胎落地就逢兇，未出之前臨惡黨。（蕩）

父是海州陳狀元，外公總管當朝長。（養）

出身命犯落江星，順水隨波逐浪泱。（蕩）

海島金山有大緣，遷安和尚將他養。（養）

年方十八認親娘，特赴京都求外長。（養）

總管開山調大軍，洪州剿寇誅兇黨。（蕩）

狀元光蕊脫天羅，子父相逢堪賀獎。（養）

復謁當今受主恩，凌煙閣上賢名響。（養）

恩官不受願為僧，洪福沙門將道訪。（養）〔註3〕

小字江流古佛兒，法名喚做陳玄奘。（蕩）

53. 龍集貞觀正十三（談），王宣大眾把經談。（談）

道場開演無量法，雲霧光乘大願龕。（覃）

御勅垂恩修上剎，金蟬脫殼化西涵。（覃）

普施善果超沉疫，秉教宣揚前後三。（談）

54. 一鑪永壽香，幾卷超生籙。（燭）

無邊妙法宣，無際天恩沐。（屋）

冤孽盡消除，孤魂皆出獄。（燭）

願保我邦家，清平萬咸福。（屋）

55. 萬里長空淡落暉（微），歸鴉數點下棲遲。（脂）

滿城燈火人煙靜，正是禪僧入定時。（之）

56. 三寶巍巍道可尊（魂），四生六道盡評論。（魂）

明心解養人天法，見性能傳智慧燈。（登）

護體莊嚴金世界，身心清淨玉壺冰。（蒸）

自從佛製袈裟後，萬劫誰能敢斷僧？（登）

57. 銅鑲鐵造九連環（刪），九節仙藤永駐顏。（刪）

入手厭看青骨瘦，下山輕帶白雲還。（刪）

摩呵五祖遊天闕，蘿蔔尋娘破地關。（刪）

不染紅塵些子穢，喜伴神僧上玉山。（山）

58. 凜凜威顏多雅秀（宥），佛衣可體如裁就。（宥）

暉光豔豔滿乾坤，結綵紛紛凝宇宙。（宥）

朗朗明珠上下排，層層金線穿前後。（候）

兜羅四面錦沿邊，萬樣稀奇鋪綺繡。（宥）

〔註3〕「訪」《廣韻》僅錄去聲漾韻之音讀。《正字通》妃罔切，芳上聲。《中原音韻》
　　　為上聲，與倣同音。

八寶妝花縛紐絲，金環束領攀絨扣。（候）

佛天大小列高低，星象尊卑分左右。（宥）

玄奘法師大有緣，現前此物堪承受。（有）

渾如極樂活阿羅，賽過西方真覺秀。（宥）

錫杖叮噹鬥九環，毘盧帽映多豐厚。（候）

誠為佛子不虛傳，勝似菩提無詐謬。（幼）

59. 萬象澄明絕點埃（咍），大典玄奘坐高臺。（咍）

超生孤魂暗中到，聽法高流市上來。（咍）

施物應機心路遠，出生隨意藏門開。（咍）

對看講出無量法，老幼人人放喜懷。（皆）

60. 因遊法界講堂中（東），逢見相知不俗同。（東）

盡說目前千萬事，又談塵劫許多功。（東）

法雲容曳舒群岳，教網張羅滿太空。（東）

檢點人生歸善念，紛紛天雨落花紅。（東）

第十三回　陷虎穴金星解厄　雙叉嶺伯欽留僧

61. 大有唐王降敕封（鍾），欽差玄奘問禪宗。（冬）

堅心磨琢尋龍穴，著意修持上鷲峰。（鍾）

邊界遠遊多少國，雲山前度萬千重。（鍾）

自今別駕投西去，秉教迦持悟大空。（東）

62. 影動星河近，月明無點塵。（真）

鴈聲鳴遠漢，砧韻響西鄰。（真）

歸鳥棲枯樹，禪僧講梵音。（侵）

蒲團一榻上，坐到夜將分。（文）

63. 雄威身凜凜，猛氣貌堂堂。（唐）

電目飛光艷，雷聲振四方。（陽）

鋸牙舒口外，鑿齒露腮旁。（唐）

錦繡圍身體，文斑裹脊梁。（陽）

鋼鬚稀見肉，鈎爪利如霜。（陽）

東海黃公懼，南山白額王。（陽）

64. 雄豪多膽量，輕健夯身軀。（虞）
　　涉水惟兇力，跑林逞怒威。（微）
　　向來符吉夢，今獨露英姿。（脂）
　　綠樹能攀折，知寒善諭時。（之）
　　准靈惟顯處，故此號山君。（文）

65. 嵯峨雙角冠，端肅聳肩背。（隊）
　　性服青衣穩，蹄步多遲滯。（祭）
　　宗名父作牯，原號母稱牸。（志）
　　能為田者功，因名特處士。（止）

第十四回　心猿歸正　六賊無踪

（無）

第十五回　蛇盤山諸神暗佑　鷹愁澗意馬收韁

66. 涓涓寒脈穿雲過，湛湛清波映日紅。（東）
　　聲搖夜雨聞幽谷，彩發朝霞眩太空。（東）
　　千仞浪飛噴碎玉，一泓水響吼清風。（東）
　　流歸萬頃煙波去，鷗鷺相忘沒釣逢。（鍾）

67. 佛說蜜多三藏經（青），菩薩揚善滿長城。（清）
　　摩訶妙語通天地，般若真言救鬼靈。（青）
　　致使金蟬重脫殼，故令玄奘再修行。（庚）
　　只因路阻鷹愁澗，龍子歸真化馬形。（青）

68. 雕鞍彩晃柬銀星（青），寶凳光飛金線明。（庚）
　　襯屜幾層絨苫疊，牽韁三股紫絲繩。（蒸）
　　彎頭皮箚團花粲，雲扇描金舞獸形。（青）
　　環嚼叩成磨煉鐵，兩垂蘸水結毛纓。（清）

第十六回　觀音院僧謀寶貝　黑風山怪竊袈裟

69. 上剎祇園隱翠窩（戈）〔註4〕，招提勝景賽娑婆。（戈）

〔註4〕「窩」《廣韻》不錄。《正韻》並烏禾切，音倭。

果然淨土人間少，天下名山僧占多。（歌）

70. 頭戴左笄帽，身穿無垢衣。（微）
　　銅環雙墜耳，絹帶束腰圍。（微）
　　草履行來穩，木魚手內提。（齊）
　　口中常作唸，般若總皈依。（微）

71. 千般巧妙明珠墜，萬樣稀奇佛寶攢。（寒）〔註5〕
　　上下龍鬚鋪綵綺，兜羅四面錦沿邊。（先）
　　體掛魈魈從此滅，身披魑魅入黃泉。（仙）
　　托化天仙親手製，不是真僧不敢穿。（仙）

72. 堪嘆老衲性愚蒙（東），枉作人間一壽翁。（東）
　　欲得袈裟傳遠世，豈知佛寶不凡同！（東）
　　但將容易為長久，定是蕭條取敗功，（東）
　　廣智廣謀成甚用？損人利己一場空！（東）

73. 金禪求正出京畿（微），仗錫投西沙翠微。（微）
　　虎豹狼蟲行處有，工商士客見時稀。（微）
　　路逢異國愚僧妒，全仗齊天大聖威。（微）
　　火發風生禪院廢，黑熊夜盜錦襴衣。（微）

第十七回　孫行者大鬧黑風山　觀世音收伏熊羆怪

74. 碗子鐵盔火漆光（唐），烏金鎧甲亮輝煌。（唐）
　　皂羅袍罩風兜袖，黑綠絲絛軃穗長。（陽）
　　手執黑櫻鎗一桿，足踏烏皮靴一雙。（江）
　　眼晃金睛如掣電，正是山中黑風王。（陽）

75. 鶴氅仙風颯，飄飖欲步虛。（魚）
　　蒼顏松柏老，秀色古今無。（虞）
　　去去還無住，如如自有殊。（虞）
　　總來歸一法，只是隔邪軀。（虞）

〔註5〕「攢」《廣韻》不錄。「攢」為「攢」之異體。《廣韻》未錄平聲韻。《正韻》
　　　徂官切，並音巑。屬桓韻。《韻補》寒韻古轉先韻，子全切，音鐫。寒桓皆
　　　通。

76. 走盤無不定，圓明末有方。（陽）
　　三三勾漏合，六六少翁商。（陽）
　　瓦鑠黃金焰，牟尼白晝光。（唐）
　　外邊鉛與汞，未許易論量。（陽）

77. 祥光靄靄凝金像，萬道繽紛實可誇。（麻）
　　普濟世人垂憫恤，徧觀法界現金蓮。（先）
　　今來多為傳經意，此去原無落點瑕。（麻）
　　降怪成真歸大海，空門復得錦袈裟。（麻）

第十八回　觀音院唐僧脫難　高老莊行者降魔

78. 微微蕩蕩乾坤大（泰），渺渺茫茫無阻礙。（代）
　　凋花折柳勝揠麻，倒樹摧林如拔菜。（代）
　　翻江攪海鬼神愁，裂石崩山天地怪。（怪）
　　唧花麋鹿失來踪，摘果猿猴迷在外。（泰）
　　七層鐵塔侵佛頭，八面幢幡傷寶蓋。（泰）
　　金樑玉柱起根搖，房上瓦飛如燕塊。（隊）
　　舉棹梢公許願心，開船忙把豬羊賽。（代）
　　當坊土地棄祠堂，四海龍王朝上拜。（怪）
　　海邊撞損夜叉船，長城刮倒半邊塞。（代）

第十九回　雲棧洞悟空收八戒　浮屠山玄奘受心經

79. 自小生來心性拙（薛），貪閑愛懶無休歇。（月）
　　不曾養性與修真，混沌迷心熬日月。（月）
　　忽然閑裡遇真仙，就把寒溫坐下說。（薛）
　　勸我回心莫墮凡，傷生造下無邊孽。（薛）
　　有朝大限命終時，八難三途悔不喋。（怗）
　　聽言意轉要修行，聞語心回求妙訣。（屑）
　　有緣立地拜為師，指示天關並地闕。（月）
　　得傳九轉大還丹，工夫晝夜無時輟。（薛）
　　上至頂門泥丸宮，下至腳板湧泉穴。（屑）
　　周流腎水入華池，丹田補得溫溫熱。（薛）

嬰兒奼女配陰陽，鉛汞相投分日月。（月）

離龍坎虎用調和，靈龜吸盡金烏血。（屑）

三花聚頂得歸根，五氣朝元通透徹。（薛）

功圓行滿卻飛昇，天仙對對來迎接。（葉）

朗然足下彩雲生，身輕體健朝金闕。（月）

玉皇設宴會群仙，各分品級排班列。（薛）

勅封元帥管天河，總督水兵稱憲節。（屑）

只因王母會蟠桃，開宴瑤池邀眾客。（陌）

那時酒醉意昏沉，東倒西歪亂撒潑。（末）〔註6〕

逞雄撞入廣寒宮，風流仙子來相接。（葉）

見他容貌挾人魂，舊日凡心難得滅。（薛）

全無上下失尊卑，扯住嫦娥要陪歇。（月）

再三再四不依從，東躲西藏心不悅。（薛）

色膽如天叫似雷，險些震倒天關闕。（月）

糾察靈官奏玉皇，那日吾當命運拙。（薛）

廣寒圍困不通風，進退無門難得脫。（末）

卻被諸神拿住我，酒在心頭還不怯。（業）

押赴靈霄見玉皇，依律問成該處決。（屑）

多虧太白李金星，出班俯顙親言說。（薛）

改刑重責二千鎚，肉綻皮開骨將折。（薛）

放生遭貶出天關，福陵山下圖家業。（業）

我因有罪錯投胎，俗名喚做豬剛鬣。（葉）

80. 金性剛強能尅木，心猿降得木龍歸。（微）

　　金從木順皆為一，木戀金仁總發揮。（微）

　　一主一賓無間隔，三交二合有玄微。（微）

　　性情並喜貞元聚，同證西方話不違。（微）

81. 滿地煙霞樹色高（豪），唐朝佛子苦勞勞。（豪）

　　饑餐一鉢千家飯，寒著千針一衲袍。（豪）

〔註6〕「潑」《廣韻》不錄。《集韻》普活切，入末，滂。

－243－

意馬胸頭休放蕩，心猿乖劣莫教嚎。（豪）〔註7〕
情和性定諸緣合，月滿金華是伐毛。（豪）

82. 道路不難行，試聽我吩咐：（？）〔註8〕
千山千水深，多瘴多魔處；（御）
若遇接天崖，放心休恐怖。（暮）
行來摩耳巖，側著腳蹤步。（暮）
仔細黑松林，妖狐多截路，（暮）
精靈滿國城，魔主盈出住。（遇）
老虎坐琴堂，蒼狼為主簿。（姥）
獅象盡稱王，虎豹皆作御。（御）
野豬挑擔子，水怪前頭遇，（遇）
多年老石猴，那裡懷嗔怒。（暮）
你問那相識，他知西去路。（暮）

第二十回　黃風嶺唐僧有難　半山中八戒爭先

83. 法本從心生，還是從心滅。（薛）
生滅盡由誰，請君自辨別。（薛）
既然皆己心，何用別人說？（薛）
只須下苦功，扭出鐵中血。（屑）
絨繩著鼻穿，挽定虛空結。（屑）
拴在無為樹，不使他顛劣。（薛）
莫認賊為子，心法都忘絕。（薛）
休教他瞞我，一拳先打徹。（薛）
現心亦無心，現法法也輟。（薛）
人牛不見時，碧天光皎潔。（屑）
秋月一般圓，彼此難分別。（薛）

84. 巍巍蕩蕩颯飄飄（宵），渺渺茫茫出碧霄。（宵）
過嶺只聞千樹吼，入林但見萬竿搖。（宵）

〔註7〕「嚎」《廣韻》不錄。《字彙補》壺高切，音豪。故將「嚎」歸豪韻。
〔註8〕「咐」，《廣韻》不錄。現代的《漢語大詞典》、《教育部國語辭典》均錄去聲
　　　音讀。「咐」為後起字，於此處恐已讀為去聲。

－244－

岸邊擺柳連根動，園內吹花帶葉飄。（宵）

收網漁舟皆緊攬，落蓬客艇盡拋錨。（宵）〔註9〕

途半征夫迷失路，山中樵子擔難挑。（蕭）

仙果林間猴子散，奇花叢內鹿兒逃。（豪）

崖前檜柏顆顆倒，澗下松篁葉葉凋。（蕭）

播土揚塵沙迸迸，翻江攪海浪濤濤。（豪）

85. 血津津的赤剝身軀，紅媸媸的彎環腿足。（遇）〔註10〕

火燄燄的兩鬢蓬鬆，硬搠搠的雙眉直豎。（麌）

白森森的四個鋼牙，光耀耀的一雙金眼。（產）

氣昂昂的努力大哮，雄赳赳的厲聲高喊。（敢）

86. 那怪是個真鵝卵，悟空是個鵝卵石。（昔）

赤銅刀架美猴王，渾如壘卵來擊石。（昔）

鳥鵲怎與鳳凰爭？鵓鴿敢和鷹鵰敵？（錫）

那怪噴風灰滿山，悟空吐霧雲迷日。（質）

來往不禁三五回，先鋒腰軟全無力。（職）

轉身敗了要逃生，卻被悟空抵死逼。（職）

87. 三五年前歸正宗（冬），持齋把素悟真空。（東）

誠心要保唐三藏，初秉沙門立此功。（東）

第二十一回　護法設莊留大聖　須彌靈吉定風魔

（無）

第二十二回　八戒大戰流沙河　木叉奉法收悟淨

88. 八百流沙界，三千弱水深。（侵）

鵝毛飄不起，蘆花定底沉。（侵）

89. 一頭紅燄髮蓬鬆（冬），兩隻圓睛亮似燈。（登）

不黑不青藍靛臉，如雷如鼓老龍聲。（清）

〔註9〕 「錨」《廣韻》不錄。《玉篇》為眉遼切。《五音集韻》武瀌切，音苗。「苗」屬
　　　　宵韻，故將「錨」歸宵韻。

〔註10〕 「足」依字義當讀為燭韻，此處與麌韻押。「足」於《廣韻》中也有遇韻一讀，
　　　　字義為「添物也。」因為符合押韻，故改讀為遇韻。

　　身披一領鵝黃氅，腰束雙攢露白藤。（登）

　　項下骷髏懸九個，手持寶杖甚崢嶸。（耕）〔註11〕

90. 自小生來神氣壯（漾），乾坤萬里曾遊蕩。（蕩）

　　英雄天下顯威名，豪傑人家做模樣。（漾）〔註12〕

　　萬國九州任我行，五湖四海從吾撞。（絳）

　　皆因學道蕩天涯，只為尋師遊地曠。（宕）

　　常年衣鉢謹隨身，每日心神不可放。（漾）

　　沿地雲遊數十遭，到處閑行百餘趟。（映）〔註13〕

　　因此纔得遇真人，引開大道金光亮。（漾）

　　先將嬰兒妊女收，後把木母金公放。（漾）

　　明堂腎水入華池，重樓肝火投心臟。（漾）〔註14〕

　　三千功滿拜天顏，志心朝禮明華向。（漾）

　　玉皇大帝便加陞，親口封為捲簾將。（漾）

　　南天門裡我為尊，靈霄殿前吾稱上。（漾）

　　腰間懸掛虎頭牌，手中執定降妖杖。（養）

　　頭頂金盔晃日光，身披鎧甲明霞亮。（漾）

　　往來護駕我當先，出入隨朝予在上。（漾）

　　只因王母降蟠桃，設宴瑤池邀眾將。（漾）

　　失手打破玉玻璃，天神個個魂飛喪。（宕）

　　玉皇即便怒生嗔，卻令掌朝左輔相。（漾）

　　卸冠脫甲摘官銜，將身推在殺場上。（漾）

　　多虧赤腳大天仙，越班啟奏將吾放。（漾）

　　饒死回生不點刑，遭貶流沙東岸上。（漾）

　　飽時困臥此河中，餓去翻波尋食餉。（漾）

〔註11〕「嶸」為連綿詞，即「崢嶸」。「嶸」有庚韻、耕韻二種音讀，由於連綿詞多
　　　　為同韻，故從「崢」在《廣韻》排序上推論，「崢」於庚韻傖小韻的最後一字，
　　　　同時亦為耕韻的崢小韻。此處說明了「崢」普遍為耕韻音讀，亦可為庚韻。
　　　　故此處筆者將「嶸」之音讀歸為耕韻。
〔註12〕「樣」《重修廣韻》本失收。《原本廣韻》屬去聲漾韻。
〔註13〕「趟」，《廣韻》為映韻。《廣韻》及其他韻書未收去尢ˋ音，現代《漢語大字
　　　　典》及《教育部國語辭典》皆讀為去尢ˋ，為量詞，此音讀或起得比較晚。
〔註14〕「臟」《廣韻》失收。《洪武正韻》歸去聲漾韻。

樵子逢吾命不存，漁翁見我身皆喪。（宕）
來來往往喫人多，翻翻覆覆傷生瘴。（漾）
你敢行兇到我門，今日肚皮有所望。（漾）
莫言粗糙不堪嘗，拿住消停剁鮓醬！（漾）

91. 寶杖原來名譽大（泰），本是月裡梭羅派。（卦）
　　吳剛伐下一枝來，魯班製造工夫蓋。（泰）
　　裡邊一條金趁心，外邊萬道珠絲玠。（怪）
　　名稱寶杖善降妖，永鎮靈霄能伏怪。（怪）
　　只因官拜大將軍，玉皇賜我隨身帶。（泰）
　　或長或短任吾心，要細要粗憑意態。（代）
　　也曾護駕宴蟠桃，也曾隨朝居上界。（怪）
　　值殿曾經眾聖參，捲簾曾見諸仙拜。（怪）
　　養成靈性一神兵，不是人間凡器械。（怪）
　　自從遭貶下天門，任意縱橫遊海外。（泰）
　　不當大膽自稱誇，天下鎗刀難比賽。（代）
　　看你那個銹釘鈀，只好鋤田與築菜！（代）

92. 五行匹配合天真（真），認得從前舊主人。（真）
　　煉己立基為妙用，辨明邪正見原因。（真）
　　金來歸性還同類，木去求情共復淪。（諄）
　　二土全功成寂寞，調和水火沒纖塵。（真）

第二十三回　三藏不忘本　四聖試禪心

93. 奉法西來道路賒（麻），秋風漸漸落霜花。（麻）
　　乖猿牢鎖繩休解，劣馬勤兜鞭莫加。（麻）
　　木母金公原自合，黃婆赤子本無差。（麻）
　　咬開鐵彈真消息，般若波羅到彼家。（麻）

94. 楓葉滿山紅（東），黃花耐晚風。（東）
　　老蟬吟漸懶，愁蟋思無窮。（東）
　　荷破青紈扇，橙香金彈叢。（東）
　　可憐數行雁，點點遠排空。（東）

95. 春裁方勝著新羅（歌），夏換輕紗賞綠荷；（歌）
　　秋有新蒭香糯酒，冬來暖閣醉顏酡。（歌）
　　四時受用般般有，八節珍羞件件多；（歌）
　　襯錦鋪綾花燭夜，強如行腳禮彌陀。（歌）

96. 出家立志本非常（陽），推倒從前恩愛堂。（唐）
　　外物不生閑口舌，身中自有好陰陽。（陽）
　　功完行滿朝金闕，見性明心返故鄉。（陽）
　　勝似在家貪血食，老來墜落臭皮囊。（唐）

97. 癡愚不識本原由（尤），色劍傷身暗自休。（尤）
　　從來信有周公禮，今日新郎頂蓋頭。（侯）

第二十四回　萬壽山大仙留故友　五莊觀行者竊人參

　　（無）

第二十五回　鎮元仙趕捉取經僧　孫行者大鬧五莊觀

98. 三藏西臨萬壽山（山），悟空斷送草還丹。（寒）
　　枒開葉落仙根露，明月清風心膽寒。（寒）

99. 悟空不識鎮元仙（仙），與世同君妙更玄。（先）
　　三件神兵施猛烈，一根塵尾自飄然。（仙）
　　左遮右攔隨來往，後架前迎任轉旋。（仙）
　　夜去朝來難脫體，淹留何日到西天！（先）

第二十六回　孫悟空三島求方　觀世音甘泉活樹

100. 處世須存心上刃，修身切記寸邊而。（之）
　　　常言刃字為生意，但要三思戒怒欺。（之）
　　　上士無爭傳亙古，聖人懷德繼當時。（之）
　　　剛強更有剛強輩，究竟終成空與非。（微）

101. 大地仙鄉列聖曹（豪），蓬萊分合鎮波濤。（豪）
　　　瑤臺影蘸天心冷，巨闕光浮海面高。（豪）
　　　五色烟霞含玉籟，九霄星月射金鰲。（豪）
　　　西池王母常來此，奉祝三仙幾次桃。（豪）

102. 方丈巍峨別是天（先），太元宮府會神仙。（仙）
　　紫臺光照三清路，花木香浮五色煙。（先）
　　金鳳自多棲蕊闕，玉膏誰逼灌芝田？（先）
　　碧桃紫李新成熟，又換仙人信萬年。（先）

103. 盈空萬道霞光現（霰），彩霧飄颻光不斷。（換）
　　丹鳳啣花色更鮮，青鸞飛舞聲嬌豔。（豔）
　　福如東海壽如山，貌似小童身體健。（願）
　　壺隱洞天不老丹，腰懸與日長生篆。（獮）
　　人間數次降禎祥，世上幾番消厄願。（願）
　　武帝曾宣加壽齡，瑤池每赴蟠桃宴。（霰）
　　教化眾僧脫俗緣，指開大道明如電。（霰）
　　也曾跨海祝千秋，常去靈山參佛面。（線）
　　聖號東華大帝君，煙霞第一神仙眷。（線）

104. 珠樹玲瓏照紫烟（先），瀛洲宮闕接諸天。（先）
　　青山綠水琪花艷，玉液錕鋙鐵石堅。（先）
　　五色碧雞啼海日，千年丹鳳吸朱烟。（先）
　　世人罔究壺中景，象外春光億萬年。（先）

105. 人參果樹靈根折（薛），大聖訪仙求妙訣。（屑）
　　繚繞丹霞出寶林，瀛洲九老來相接。（葉）

106. 海主城高瑞氣濃（鍾），更觀奇異事無窮。（東）
　　須知隱約千般外，盡出稀微一品中。（東）
　　四聖授時成正果，六凡聽後脫樊籠。（鍾）
　　少林別有真滋味，花果馨香滿樹紅。（東）

107. 玉毫金象世難論（魂），正是慈悲救苦尊。（魂）
　　過去劫逢無垢佛，至今成得有為身。（真）
　　幾生慾海澄清浪，一片心田絕點塵。（真）
　　甘露久經真妙法，管教寶樹永長春。（諄）

108. 萬壽山中古洞天（先），人參一熟九千年。（先）
　　靈根現出芽枝損，甘露滋生果葉全。（仙）

三老喜逢皆舊契，四僧幸遇是前緣。（仙）
自今會服人參果，儘是長生不老仙。（仙）

第二十七回　屍魔三戲唐三藏　聖僧恨逐美猴王

109. 聖僧歇馬在山巖（銜），忽見裙釵女近前。（先）
翠袖輕搖籠玉筍，湘裙斜拽顯金蓮。（先）
汗流粉面花含露，塵拂峨眉柳帶煙。（先）
仔細定睛觀看處，看看行至到身邊。（先）

110. 白髮如彭祖，蒼髯賽壽星。（青）
耳中鳴玉磬，眼裡幌金星。（青）
手拄龍頭拐，身穿鶴氅輕。（清）
數珠招在手，口誦南無經。（青）

111. 噙淚叩頭辭長老，含悲留意囑沙僧。（登）
一頭拭迸坡前草，兩腳蹬翻地上藤。（登）
上天下地如輪轉，跨海飛山第一能。（登）
頃刻之間不見影，霎時疾返舊途程。（清）

第二十八回　花果山群妖聚義　黑松林三藏逢魔

112. 回顧仙山兩淚垂（支），對山淒慘更傷悲。（脂）
當時只道山無損，今日方知地有虧。（支）
可恨二郎將我滅，堪嗔小聖把人欺。（之）
行兇掘你先靈墓，無干破爾祖墳基。（之）
滿天霞霧皆消蕩，遍地風雲盡散稀。（微）
東嶺不聞斑虎嘯，西山那見白猿啼。（齊）
北谿狐兔無蹤跡，南谷獐犰沒影遺。（脂）
青石燒成千塊土，碧砂化作一堆泥。（齊）
洞外喬松皆倚倒（晧），崖前翠柏盡稀少。（小）
椿杉槐檜栗檀焦，桃杏李梅梨棗了。（篠）
柘絕桑無怎養蠶？柳稀竹少難棲鳥。（篠）
峰頭巧石化為塵，澗底泉乾都是草。（晧）
崖前土黑沒芝蘭（寒），路畔泥紅藤薜攀。（刪）

往日飛禽飛那處？當時走獸走何山？（山）

豹嫌蟒惡傾頹所，鶴避蛇回敗壞間。（山）

想是日前行惡念，致令目下受艱難。（寒）

113. 狐皮蓋肩頂，錦綺裹腰胸。（鍾）

袋插狼牙箭，胯掛寶雕弓。（東）

人似搜山虎，馬如跳澗龍。（鍾）

成群引着犬，滿膀架其鷹。（蒸）

荊筐擡火砲，帶定海東青。（青）

粘竿百十擔，兔叉有千根。（痕）

牛頭攔路網，閻王扣子繩，（蒸）

一齊亂吆喝，散撒滿天星。（青）

114. 人亡馬死怎歸家（麻）？野鬼孤魂亂似麻。（麻）

可憐抖擻英雄將，不辨賢愚血染沙。（麻）

115. 龍游淺水遭蝦戲，虎落平原被犬欺。（之）

縱然好事多磨障，誰像唐僧西向時？（之）

116. 青臉紅鬚赤髮飄（宵），黃金鎧甲亮光饒。（宵）

裹肚襯腰碌石帶，攀胸勒甲步雲絛。（豪）

閑立山前風吼吼，悶游海外浪滔滔。（豪）

一雙藍靛焦觔手，執定追魂取命刀。（豪）

要知此物名和姓，聲揚二字喚黃袍。（豪）

第二十九回　脫難江流來國土　承恩八戒轉山林

117. 狠毒險遭青面鬼，慇懃幸有百花羞。（尤）

鰲魚脫卻金鉤釣，擺尾搖頭逐浪遊。（尤）

118. 氍氀祥光辭國界，氤氳瑞氣出京城。（清）

領王旨意來山洞，努力齊心捉怪靈。（青）

第三十回　邪魔侵正法　意馬憶心猿

119. 托天托地成夫婦，無媒無證配婚姻。（真）

前世赤繩曾繫足，今將老虎做媒人。（真）

120. 三藏西來拜世尊（魂），途中偏有惡妖氛；（文）
　　　今宵化虎災難脫，白馬垂韁救主人。（真）

121. 意馬心猿都失散，金公木母盡凋零。（青）
　　　黃婆傷損通分別，道義消疏怎得成！（清）

第三十一回　豬八戒義激猴王　孫行者智降妖怪

　　（無）

第三十二回　平頂山功曹傳信　蓮花洞木母逢災

122. 當年奉旨出長安（寒），只憶西來拜佛顏。（刪）
　　　舍利國中金象彩，浮屠塔裡玉毫斑。（刪）
　　　尋窮天下無名水，歷遍人間不到山。（山）
　　　逐逐煙波重疊疊，幾時能殼此身閑？（山）

123. 正在坡前伐朽柴（佳），忽逢長老自東來。（哈）
　　　停柯住斧出林外，趨步將身上石崖。（佳）

124. 巨齒鑄來如龍爪，滲金妝就似虎形。（青）
　　　若逢對敵寒風洒，但遇相持火焰生。（庚）
　　　能替唐僧消障礙，西天路上捉妖精。（清）
　　　輪動烟霞遮日月，使起昏雲暗斗星。（青）
　　　築倒泰山老虎怕，掀翻大海老龍驚。（庚）
　　　饒你這妖有手段，一鈀九個血窟窿！（東）

第三十三回　外道迷真性　元神助本心

125. 頭挽雙髽髻，身穿百衲衣。（微）〔註15〕
　　　手敲漁鼓簡，腰繫呂公縧。（豪）
　　　斜倚大路下，專候小魔妖。（宵）
　　　頃刻妖來到，猴王暗放刁。（蕭）

〔註15〕「衣」在此處韻文中或有兩種可能，一恐為出韻，一為「袍」字之誤。

第三十四回　魔王巧算困心猿　大聖騰挪騙寶貝

126. 頭戴鳳盔欺臘雪（薛），身披戰甲晃鑌鐵。（屑）
　　　腰間帶是蟒龍觔，粉皮靴靭梅花摺。（葉）
　　　顏如灌口活真君，貌比巨靈無二別。（薛）
　　　七星寶劍手中擎，怒氣沖霄威烈烈。（薛）

第三十五回　外道施威欺正性　心猿獲寶伏邪魔

127. 本性圓明道自通（東），翻身跳出網羅中。（東）
　　　修成變化非容易，煉就長生豈俗同？（東）
　　　清濁幾番隨運轉，關開數劫任西東。（東）
　　　逍遙萬億年無計，一點神光永注空。（東）

128. 家居花果山，祖貫水簾洞。（送）
　　　只為鬧天宮，多時罷爭競。（映）
　　　如今幸脫災，棄道從僧用，（用）
　　　秉教上雷音，求經歸覺正。（勁）
　　　相逢野潑魔，卻把神通弄。（送）
　　　還我大唐僧，上西參佛聖。（勁）
　　　兩家罷戰爭，各守平安境。（梗）〔註16〕
　　　休惹老孫焦，傷殘老性命！（映）

129. 頭上盔纓光燄燄，腰間帶束彩霞鮮。（仙）
　　　身穿鎧甲龍鱗砌，上罩紅袍烈火然。（仙）
　　　圓眼睜開光掣電，鋼鬚飄起亂飛烟。（先）
　　　七星寶劍輕提手，芭蕉扇子半遮肩。（先）
　　　行似流雲離海岳，聲如霹靂震山川。（仙）
　　　威風凜凜欺天將，怒帥群妖出洞前。（先）

130. 可恨猿乖馬劣頑（刪），靈胎轉托降塵凡。（凡）
　　　只因錯念離天闕，致使忘形落此山。（山）
　　　鴻雁失群情切切，妖兵絕族淚潺潺。（山）
　　　何時孽滿開愆鎖，返本還原上御關？（刪）

〔註16〕「境」《廣韻》僅錄上聲韻，未錄去聲韻。《正字通》又敬韻，音鏡。

第三十六回　心猿正處諸緣伏　劈破旁門見月明

131. 自從益智登山盟（庚），王不留行送出城。（清）
　　　路上相逢三稜子，途中催趲馬兜鈴。（青）
　　　尋坡轉澗求荊芥，邁嶺登山拜茯苓。（青）
　　　防己一身如竹瀝，茴香何日拜朝廷？（青）

132. 十里長亭無客走，九重天上現星辰。（真）
　　　八河船隻皆收港，七千州縣盡關門。（魂）
　　　六宮五府回官宰，四海三江罷釣綸。（諄）
　　　兩座樓頭鐘鼓響，一輪明月滿乾坤。（魂）

133. 皓魄當空寶鏡懸（先），山河搖影十分全。（仙）
　　　瓊樓玉宇清光滿，冰鑒銀盤爽氣旋。（仙）
　　　萬里此時同皎潔，一年今夜最明鮮。（仙）
　　　渾如霜餅離滄海，卻似冰輪掛碧天。（先）
　　　別館寒窗孤客悶，山村野店老翁眠。（先）
　　　乍臨漢苑驚秋鬢，纔到秦樓促晚奩。（鹽）〔註17〕
　　　庾亮有詩傳晉史，袁宏不寐泛江船。（仙）
　　　光浮杯面寒無力，清映庭中健有仙。（仙）
　　　處處窗軒吟白雪，家家院宇弄冰絃。（先）
　　　今霄靜玩來山寺，何日相同迎故園？（元）

134. 前弦之後後弦前（先），藥味平平氣象全。（仙）
　　　採得歸來爐裡煉，志心功果即西天。（先）

135. 水火相攙各有緣（仙），全憑土母配如然。（仙）
　　　三家同會無爭競，水在長江月在天。（先）

第三十七回　鬼王夜謁唐三藏　悟空神化引嬰兒

136. 若是真王登寶座，自有祥光五色雲；（文）
　　　只因妖怪侵龍位，騰騰黑氣鎖金門。（魂）

137. 隱隱君王像，昂昂帝主容。（鍾）
　　　規模非小輩，行動顯真龍。（鍾）

〔註17〕「奩」《說文》作籢。通作匲。「匲」《廣韻》歸鹽韻。

第三十八回　嬰兒問母知邪正　金木參玄見假真

138. 逢君只說受生因（真），便作如來會上人。（真）
　　　一念靜觀塵世佛，十方同看降威神。（真）
　　　欲知今日真明主，須問當年嫡母身。（真）
　　　別有世間曾未見，一行一步一花新。（真）

139. 一種靈苗秀，天生體性空。（東）
　　　枝枝抽片紙，葉葉捲芳叢。（東）
　　　翠縷千條細，丹心一點紅。（東）
　　　淒涼愁夜雨，憔悴怯秋風。（東）
　　　長養元丁力，栽培造化工。（東）
　　　緘書成妙用，揮洒有奇功。（東）
　　　鳳翎寧得似，鷥尾迴相同。（東）
　　　薄露瀼瀼滴，輕煙淡淡籠。（東）
　　　青陰遮戶牖，碧影上簾櫳。（東）
　　　不許棲鴻鴈，何堪繫玉驄。（東）
　　　霜天形槁悴，月夜色朦朧。（東）
　　　僅可消炎暑，猶宜避日烘。（東）
　　　愧無桃李色，冷落粉牆東。（東）

第三十九回　一粒金丹天上得　三年故主世間生

140. 西方有訣好尋真（真），金木和同卻煉神。（真）
　　　丹母空懷懞懂夢，嬰兒長恨杌樗身。（真）
　　　必須井底求明主，還要天堂拜老君。（文）
　　　悟得色空還本性，誠為佛度有緣人。（真）

141. 海外宮樓如上邦（江），人間歌舞若前唐。（唐）
　　　花迎寶扇紅雲繞，日照鮮袍翠霧光。（唐）
　　　孔雀展開香靄出，珍珠簾捲彩旗張。（陽）
　　　太平景象真堪賀，靜列多官沒奏章。（陽）

第四十回　嬰兒戲化禪心亂　猿馬刀歸木母空

142. 霜凋紅葉林林瘦，雨熟黃粱處處盈。（清）

日暖嶺梅開曉色，風搖山竹動寒聲。（清）

143. 道德高隆魔障高（豪），禪機本靜靜生妖。（宵）
　　　心君正直行中道，木母癡頑躧外趨。（宵）
　　　意馬不言懷愛慾，黃婆無語自憂焦。（宵）
　　　客邪得志空歡喜，畢竟還從正處消。（宵）

144. 淘淘怒捲水雲腥（青），黑氣騰騰閉日明。（庚）
　　　嶺樹連根通拔盡，野梅帶幹悉皆平。（庚）
　　　黃沙迷目人難走，怪石傷殘路怎平。（庚）
　　　滾滾團團平地暗，遍山禽獸發哮聲。（清）

第四十一回　心猿遭火敗　木母被魔擒

145. 迴鑾古道幽還靜（靜），風月也聽玄鶴弄。（送）
　　　白雲透出滿川光，流水過橋仙意興。（證）
　　　猿嘯鳥啼花木奇，藤蘿石蹬芝蘭勝。（證）
　　　蒼搖崖壑散煙霞，翠染松篁招彩鳳。（送）
　　　遠列巔峰似插屏，山朝澗繞真仙洞。（送）
　　　崑崙地脈發來龍，有分有緣方受用。（用）

146. 面如傅粉三分白，唇若塗朱一表才。（咍）
　　　鬢挽青雲欺靛染，眉分新月似刀裁。（咍）
　　　戰裙巧繡盤龍鳳，形比哪吒更富胎。（咍）
　　　雙手綽鎗威凜冽，祥光護體出門來。（咍）
　　　哏聲響若春雷吼，暴眼明如掣電乖。（皆）
　　　要識此魔真姓氏，名揚千古喚紅孩。（咍）

147. 鯊魚驍勇為前部，鱔癡口大作先鋒。（鍾）
　　　鯉元帥翻波跳浪，鯿提督吐霧噴風。（東）
　　　鯖太尉東方打哨，鮊都司西路催征。（清）
　　　紅眼馬郎南面舞，黑甲將軍北下衝。（鍾）
　　　鱒把總中軍掌號，五方兵處處英雄。（東）
　　　縱橫機巧鼉樞密，妙算玄微龜相公。（東）
　　　有謀有智鼊丞相，多變多能鱉總戎。（東）

橫行蟹士輪長劍，直跳蝦婆扯硬弓。（東）

鮎外郎查明文簿，點龍兵出離波中。（東）

148. 四海龍王喜助功（東），齊天大聖請相從。（鍾）

只因三藏途中難，借水前來滅火紅。（東）

149. 憶昔當年出大唐（唐），巖前救我脫災殃。（陽）

三山六水遭魔障，萬苦千辛割寸腸。（陽）

托鉢朝餐隨厚薄，參禪暮宿或林莊。（陽）

一心指望成功果，今日安知痛受傷！（陽）

150. 大展齊天無量法，滿山潑怪等時擒！（侵）

解開皮袋放我出，築你千鈀方趁心！（侵）

第四十二回　大聖慇懃拜南海　觀音慈善縛紅孩

151. 根源出處號幫泥（齊），水底增光獨顯威。（微）

世隱能知天地性，安藏偏曉鬼神機。（微）

藏身一縮無頭尾，展足能行快似飛。（微）

文王畫卦曾元卜，常納庭臺伴伏羲。（支）

雲龍透出千般俏，號水推波把浪吹。（支）

條條金線穿成甲，點點裝成彩玕瑞。（隊）

九宮八卦袍披定，散碎鋪遮綠燦衣。（微）

生前好勇龍王幸，死後還馱佛祖碑。（支）

要知此物名和姓，興風作浪惡烏龜。（脂）

152. 逍遙欣喜下蓮臺（咍），雲步香飄上石崖。（佳）

只為聖僧遭障害，要降妖怪救回來。（咍）

第四十三回　黑河妖孽擒僧去　西洋龍子捉鼉回

153. 一自當年別聖君（文），奔波晝夜甚慇懃。（欣）

芒鞋踏破山頭霧，竹笠沖開嶺上雲。（文）

夜靜猿啼殊可歎，月明鳥噪不堪聞。（文）

何時滿足三三行，得取如來妙法文！（文）

154. 當空一片砲雲起，中溜千層黑浪高。（豪）

兩岸飛沙迷日色，四邊樹倒震天號。（豪）

翻江攪海龍神怕，播土揚塵花木凋。（蕭）

呼呼響若春雷吼，陣陣兇如餓虎哮。（肴）

蟹鱉魚蝦朝上拜，飛禽走獸失窩巢。（肴）

五湖船戶皆遭難，四海人家命不牢。（豪）

溪內漁翁難把鉤，河間梢子怎撐篙？（豪）

揭瓦翻磚房屋倒，驚天動地泰山搖。（宵）

155. 方面圓睛霞彩亮，捲唇巨口血盆紅。（東）

幾根鐵線稀髯擺，兩鬢硃砂亂髮蓬。（東）

形似顯靈真太歲，貌如發怒狠雷公。（東）

身披鐵甲團花燦，頭戴金盔嵌寶濃。（鍾）

竹節鋼鞭提手內，行時滾滾拽狂風。（東）

生來本是波中物，脫去原流變化兇。（鍾）

要問妖邪真姓字，前身喚做小鼉龍。（鍾）

156. 征旗飄繡帶，畫戟列明霞。（麻）

寶劍凝光彩，長鎗縷繞花。（麻）

弓彎如月小，箭插似狼牙。（麻）

大刀光燦燦，短棍硬沙沙。（麻）

鯨鰲並蛤蚌，蟹鱉共魚蝦。（麻）

大小齊齊擺，干戈似密麻。（麻）

不是元戎令，誰敢亂爬喳！（麻）〔註18〕

第四十四回　法身元運逢車力　心正妖邪度脊關

157. 求經脫障向西遊（尤），無數名山不盡休。（尤）

兔走烏飛催晝夜，鳥啼花落自春秋。（尤）

微塵眼底三千界，錫杖頭邊四百州。（尤）

宿水餐風登紫陌，未期何日是回頭。（侯）

第四十五回　三清觀大聖留名　車遲國猴王顯法

（無）

〔註18〕「喳」此為後起字，《廣韻》及其他韻書未錄。

第四十六回　外道弄強欺正法　心猿顯聖滅諸邪

158. 砍下頭來能說話，剎了臂膊打得人。（真）
　　　斬去腿腳會走路，剖腹還平妙絕倫。（諄）
　　　就似人家包匾食，一捻一個就囫圇。（諄）〔註19〕
　　　油鍋洗澡更容易，只當溫湯滌垢塵。（真）

159. 自從受戒拜禪林（侵），護我西來恩愛深。（侵）
　　　指望同時成大道，何期今日你歸陰。（侵）
　　　生前只為求經意，死後還存念佛心。（侵）
　　　萬里英魂須等候，幽冥做鬼上雷音！（侵）

第四十七回　聖僧夜阻通天水　金木垂慈救小童

160. 洋洋光浸月，浩浩影浮天。（先）
　　　靈派吞華岳，長流貫百川。（仙）
　　　千層洶浪滾，萬疊峻波顛。（先）
　　　岸口無漁火，沙頭有鷺眠。（先）
　　　茫然渾似海，一望更無邊。（先）

161. 觀看外來人，嘴長耳朵大。（家麻）〔註20〕
　　　身粗背膊寬，聲響如雷咋。（禡）〔註21〕
　　　行者與沙僧，容貌更醜陋。（候）〔註22〕
　　　廳堂幾眾僧，無人不害怕。（禡）
　　　闍黎還唸經，班首教行罷。（家麻）〔註23〕
　　　難顧磬和鈴，佛像且丟下。（禡）
　　　一齊吹息燈，驚散光乍乍。（禡）
　　　跌跌與爬爬，門限何曾跨！（禡）
　　　你頭撞我頭，似倒葫蘆架。（禡）

〔註19〕「囫」《廣韻》不錄。《篇海》音倫。《字彙》龍春切，音倫。
〔註20〕按：「大」，《廣韻》為泰韻，無禡韻音。周德清《中原音韻》收入「家麻」韻
　　　　去聲。故可與其他韻字押。
〔註21〕「咋」《廣韻》不錄禡韻音。《集韻・禡》《類篇》並助駕切，音乍。
〔註22〕「陋」為候韻不與禡韻押，不詳其故。
〔註23〕按：「罷」，《廣韻》為蟹韻，不錄禡韻音。周德清《中原音韻》收入「家麻」
　　　　韻去聲。故可與其他韻字押。

清清好道場，翻成大笑話。（家麻）〔註24〕

162. 感應一方興廟宇，威靈千里祐黎民。（真）

年年莊上施甘露，歲歲村中落慶雲。（文）

163. 雖則恩多還有怨，縱然慈惠卻傷人。（真）

只因要喫童男女，不是昭彰正直神。（真）

第四十八回　魔弄寒風飄大雪　僧思拜佛履層冰

164. 金甲金盔燦爛新（真），腰纏寶帶繞紅雲。（文）

眼如晚出明星皎，牙似重排鋸齒分。（文）

足下煙霞飄蕩蕩，身邊霧靄暖薰薰。（文）

行時陣陣陰風冷，立處層層煞氣溫。（魂）

卻似捲簾扶駕將，猶如鎮寺大門神。（真）

第四十九回　三藏有災沉水宅　觀音救難現魚籃

165. 自恨江流命有愆（仙），生時多少水災纏。（仙）

出娘胎腹淘波浪，拜佛西天墮渺淵。（先）

前遇黑河身有難，今逢冰解命歸泉。（仙）

不知徒弟能來否，可得真經返故園？（元）

166. 頭戴金盔晃且輝（微），身披金甲掣虹霓。（齊）

腰圍寶帶團珠翠，足踏煙黃靴樣奇。（支）

鼻準高隆如嶠聳，天庭廣闊若龍儀。（支）

眼光閃灼圓還暴，牙齒鋼鋒尖又齊。（齊）

短髮蓬鬆飄火焰，長鬚瀟灑挺金錐。（脂）

口咬一枝青嫩藻，手拿九瓣赤銅鎚。（支）

一聲咿啞門開處，響似三春驚蟄雷。（灰）

這等形容人世少，敢稱靈顯大王威。（微）

167. 巨齒鑄就如龍爪，遜金裝來似蟒形。（青）

若逢對敵寒風洒，但遇相持火焰生。（庚）

能與聖僧除怪物，西方路上捉妖精。（清）

〔註24〕按：「話」，《廣韻》為夬韻，不錄禍韻音。《集韻》胡化切，華去聲。周德清
《中原音韻》收入「家麻」韻去聲。故可與其他韻字押。

輪動烟雲遮日月，使開霞彩照分明。（庚）

築倒太山千虎怕，掀翻大海萬龍驚。（庚）

饒你威靈有手段，一築須教九窟窿！（東）

168. 九瓣攢成花骨朵，一竿虛孔萬年青。（青）

原來不比凡間物，出處還從仙苑名。（清）

綠房紫葯瑤池老，素質清香碧沼生。（庚）

因我用功搏鍊過，堅如鋼銳徹通靈。（青）

鎗刀劍戟渾難賽，鉞斧戈矛莫敢經。（青）

縱讓他鈀能利刃，湯著吾鎚迸折釘！（青）

169. 這般兵器人間少，故此難知寶杖名。（清）

出自月宮無影處，梭羅仙木琢磨成。（清）

外邊嵌寶霞光耀，內裡鑽金瑞氣凝。（蒸）

先口也曾陪御宴，今朝秉正保唐僧。（登）

西方路上無知識，上界宮中有大名。（清）

喚做降妖真寶杖，管教一下碎天靈！（青）

170. 這個美猴王，性急能鵲薄。（鐸）

諸天留不住，要往裡邊蹃。（鐸）〔註25〕

拽步入深林，睜眼偷覷著。（藥）

遠觀救苦尊，盤坐襯殘箬。（藥）

懶散怕梳妝，容顏多綽約。（藥）

散挽一窩絲，未曾戴纓絡。（鐸）

不掛素藍袍，貼身小襖縛。（藥）

漫腰束錦裙，赤了一雙腳。（藥）

披肩繡帶無，精光兩臂膊。（鐸）

玉手執鋼刀，正把竹皮削。（藥）

171. 方頭神物非凡品，九助靈機號水仙。（仙）

曳尾能延千紀壽，潛身靜隱百川淵。（先）

翻波跳浪衝江岸，向日朝風臥海邊。（先）

養氣含靈真有道，多年粉蓋癩頭黿。（元）

〔註25〕「蹃」《廣韻》不錄。《字彙》達各切，音鐸。

172. 聖僧奉旨拜彌陀（歌），水遠山遙災難多。（歌）
　　 意志心誠不懼死，白黿馱渡過天河。（歌）

第五十回　情亂性從因愛慾　神昏心動遇魔頭

173. 那代那朝元帥體，何邦何國大將軍。（文）
　　 當時豪傑爭強勝，今日淒涼露骨筋。（欣）
　　 不見妻兒來侍奉，那逢士卒把香焚？（文）
　　 謾觀這等真堪嘆，可惜興王霸業人。（真）

174. 道高一尺魔高丈，性亂情昏錯認家。（麻）
　　 可恨法身無坐位，當時行動念頭差。（麻）

第五十一回　心猿空用千般計　水火無功難煉魔

175. 佛恩有德有和融（東），同幼同生意莫窮。（東）
　　 同住同修同解脫，同慈同念顯靈功。（東）
　　 同緣同相心真契，同見同知道轉通。（東）
　　 豈料如今無主杖，空拳赤腳怎興隆！（東）

176. 風清雲霽樂昇平（清），神靜星明顯瑞禎。（清）
　　 河漢安寧天地泰，五方八極偃戈旌。（清）

177. 玉面嬌容如滿月，朱唇方口露銀牙。（麻）
　　 眼光掣電晴珠暴，額闊凝霞髮鬢鬖。（麻）
　　 繡帶舞風飛彩焰，錦袍映日放金花。（麻）
　　 環絛灼灼攀心鏡，寶甲輝輝襯戰靴。（戈）
　　 身小聲洪多壯麗，三天護教惡哪吒。（麻）〔註26〕

第五十二回　悟空大鬧金峴洞　如來暗示主人公

　　（無）

第五十三回　禪主吞湌懷鬼孕　黃婆運水解邪胎

178. 小橋通活水，茅舍倚青山。（山）
　　 村犬汪籬落，幽人自往還。（刪）

〔註26〕「吒」《廣韻》僅錄禡韻，不錄麻韻。《玉篇》知加切。《集韻》陟加切，並音奓。

179. 頭戴星冠飛彩艷，身穿金縷法衣紅。（東）
　　　足下雲鞋堆錦繡，腰間寶帶繞玲瓏。（東）
　　　一雙納錦凌波襪，半露裙襴閃繡絨。（東）
　　　手拿如意金鉤子，鏨利杵長若蟒龍。（鍾）
　　　鳳眼光明眉蒟豎，鋼牙尖利口翻紅。（東）
　　　額下髯飄如烈火，鬢邊赤髮短蓬鬆。（冬）
　　　形容惡似溫元帥，爭奈衣冠不一同。（東）

180. 真鉛若煉須真水，真水調和真汞乾。（寒）
　　　真汞真鉛無母氣，靈砂靈藥是仙丹。（寒）
　　　嬰兒枉結成胎象，土母施功不費難。（寒）
　　　推倒旁門宗正教，心君得意笑容還。（刪）

第五十四回　法性西來逢女國　心猿定計脫煙花

181. 聖僧拜佛到西梁（陽），國內衙陰世少陽。（陽）
　　　農士工商皆女輩，漁樵耕牧盡紅妝。（陽）
　　　嬌娥滿路呼人種，幼婦盈街接粉郎。（唐）
　　　不是悟能施醜相，煙花圍困苦難當！（唐）

182. 風飄仙樂下樓臺（咍），閶闔中間翠輦來。（咍）
　　　鳳闕大開光藹藹，皇宮不閉錦排排。（皆）
　　　麒麟殿內爐煙裊，孔雀屏邊房影回。（灰）
　　　亭閣崢嶸如上國，玉堂金馬更奇哉。（咍）

第五十五回　色邪淫戲唐三藏　性正修持不壞身

183. 翅薄隨風軟，腰輕映日纖。（鹽）
　　　嘴甜曾覓蕊，尾利善降蟾。（鹽）
　　　釀蜜功何淺，投衙禮自謙。（添）
　　　如今施巧計，飛舞入門簷。（鹽）

184. 冠簪五岳金光彩，笏執山河玉色瓊。（清）
　　　袍掛七星雲靉靆，腰圍八極寶環明。（庚）
　　　叮噹珮響如敲韻，迅速風聲似擺鈴。（青）
　　　翠羽扇開來昴宿，天香飄襲滿門庭。（青）

185. 花冠繡頸若團纓（清），爪硬距長目怒晴。（清）
踢躍雄威全五德，崢嶸壯勢羨三鳴。（庚）
豈如凡鳥啼茅屋，本是天星顯聖名。（清）
毒蝎枉修人道行，還原反本見真形。（青）

第五十六回　神狂誅草寇　道迷放心猿

186. 熏風時送野蘭香（陽），濯雨纔晴新竹涼。（陽）
艾葉滿山無客采，蒲花盈澗自爭芳。（陽）
海榴嬌艷遊蜂喜，溪柳陰濃黃雀狂。（陽）
長路那能包角黍，龍舟應弔汨羅江。（江）

第五十七回　真行者落伽山訴苦　假猴王水簾洞謄文

187. 保神養氣謂之精（清），情性原來一稟形。（青）
心亂神昏諸病作，形衰精敗道元傾。（清）
三花不就空勞碌，四大蕭條枉費爭。（耕）
土木無功金水絕，法身疏懶幾時成！（清）

188. 身在神飛不守舍，有爐無火怎燒丹。（寒）
黃婆別主求金老，木母延師奈病顏。（刪）
此去不知何日返，這回難量幾時還。（刪）
五行生剋情無順，只待心猿復進關。（刪）

第五十八回　二心攪亂大乾坤　一體難修真寂滅

189. 人有二心生禍災（咍），天涯海角致疑猜。（咍）
欲思寶馬三公位，又憶金鑾一品臺。（咍）
南征北討無休歇，東攮西除未定哉。（咍）
禪門須學無心訣，靜養嬰兒結聖胎。（咍）

190. 中道分離亂五行（庚），降妖聚會合元明。（庚）
神歸心舍禪方定，六識祛降丹自成。（清）

第五十九回　唐三藏路阻火焰山　孫行者一調芭蕉扇

191. 雲際依依認舊林（侵），斷崖荒草路難尋。（侵）

西山望見朝來雨，南澗歸時渡處深。（侵）

第六十回　牛魔王罷戰赴華筵　孫行者二調芭蕉扇

（無）

第六十一回　豬八戒助力敗魔王　孫行者三調芭蕉扇

192. 道高一尺魔千丈，奇巧心猿用力降。（江）
　　若得火山無烈燄，必須寶扇有清涼。（陽）
　　黃婆矢志扶元老，木母留情掃蕩妖。（宵）
　　和睦五行歸正果，煉魔滌垢上西方。（陽）

193. 火燄山遙八百程（清），火光大地有聲名。（清）
　　火煎五漏丹難熟，火燎三關道不清。（清）
　　時借芭蕉施雨露，幸蒙天將助神功。（東）
　　牽牛歸佛休顛劣，水火相聯性自平。（庚）

第六十二回　滌垢洗心惟掃塔　縛魔歸主乃修身

194. 四壁寒風起，萬家燈火明。（庚）
　　六街關戶牖，三市閉門庭。（青）
　　釣艇歸深樹，耕犁罷短繩。（蒸）
　　樵夫柯斧歇，學子誦書聲。（清）

第六十三回　二僧蕩怪鬧龍宮　群聖除邪獲寶貝

195. 木母遭逢水怪擒（侵），心猿不捨苦相尋。（侵）
　　暗施巧計偷開鎖，大顯神威怒恨深。（侵）

第六十四回　荊棘嶺悟能努力　木仙菴三藏談詩

196. 巖前古廟枕寒流（尤），落日荒烟鎖廢丘。（尤）
　　白鶴叢中深歲月，綠蕪臺下自春秋。（尤）
　　竹搖青珮疑聞語，鳥弄餘音似訴愁。（尤）
　　雞犬不通人跡少，閑花野蔓遶牆頭。（侯）

197. 漠漠烟雲去所，清清仙境人家。（麻）
　　正好潔身修煉，堪宜種竹栽花。（麻）

每見翠巖來鶴，時聞青沼鳴蛙。（麻）
更賽天台丹竈，仍期華岳明霞。（麻）
說甚耕雲釣月，此間隱逸堪誇。（麻）
坐久幽懷如海，朦朧月上窗紗。（麻）

198. 我歲今經千歲古，撐天葉茂四時春。（諄）
香枝鬱鬱龍蛇狀，碎影重重霜雪身。（真）
自幼堅剛能耐老，從今正直喜修真。（真）
烏棲鳳宿非凡輩，落落森森遠俗塵。（真）

199. 吾年千載傲風霜（陽），高幹靈枝力自剛。（唐）
夜靜有聲如雨滴，秋晴蔭影似雲張。（陽）
盤根已得長生訣，受命尤宜不老方。（陽）
留鶴化龍非俗輩，蒼蒼爽爽近仙鄉。（陽）

200. 歲寒虛度有千秋（尤），老景瀟然清更幽。（幽）
不雜囂塵終冷淡，飽經霜雪自風流。（尤）
七賢作侶同談道，六逸為朋共唱酬。（尤）
戛玉敲金非瑣瑣，天然情性與仙遊。（尤）

201. 我亦千年約有餘（魚），蒼然貞秀自如如。（魚）
堪憐雨露生成力，借得乾坤造化機。（微）〔註27〕
萬壑風煙惟我盛，四時洒落讓吾疏。（魚）
蓋張翠影留仙客，博弈調琴講道書。（魚）

202. 四十年前出母胎（咍），未產之時命已災。（咍）
逃生落水隨波滾，幸遇金山脫本骸。（皆）
養性看經無懈怠，誠心拜佛敢俄捱？（佳）〔註28〕
今蒙皇上差西去，路遇仙翁下愛來。（咍）

203. 水自石邊流出，香從花裡飄來。（咍）
滿座清虛雅致，全無半點塵埃。（咍）

204. 禪心似月迥無塵（真）。詩興如天青更新。（真）
好句漫裁搏錦繡。佳文不點唾奇珍。（真）

〔註27〕 《詩韻集成》錄有虞韻、微韻兩種音讀，依此處押韻應將其歸為虞韻。
〔註28〕 「捱」《廣韻》不錄。《集韻》宜佳切，音厓。

六朝一洗繁華盡，四始重刪雅頌分。（文）
半枕松風茶未熟，吟懷瀟洒滿腔春。（諄）

205. 春不榮華冬不枯（模），雲來霧往只如無。（虞）
無風搖拽婆娑影，有客欣憐福壽圖。（模）
圖似西山堅節老，清如南國沒心夫。（虞）
夫因側葉稱梁棟，臺為橫柯作憲烏。（模）

206. 杖錫西來拜法王（陽），願求妙典遠傳揚。（陽）
金芝三秀詩壇瑞，寶樹千花蓮蕊香。（陽）
百尺竿頭須進步，十方世界立行藏。（唐）
修成玉像莊嚴體，極樂門前是道場。（陽）

207. 勁節孤高笑木王（陽），靈椿不似我名揚。（陽）
山空百丈龍蛇影。泉汲千年琥珀香。（陽）
解與乾坤生氣概，喜因風雨化行藏。（唐）
衰殘自愧無仙骨，惟有苓膏結壽場。（陽）

208. 霜姿常喜宿禽王（陽），四絕堂前大器揚。（陽）
露重珠纓蒙翠蓋，風輕石齒碎寒香。（陽）
長廊夜靜吟聲細，古殿秋陰淡影藏。（唐）
元日迎春曾獻壽，老來寄傲在山場。（陽）

209. 梁棟之材近帝王（陽），太清宮外有聲揚。（陽）
晴軒恍若來青氣，暗壁尋常度翠香。（陽）
壯節凜然千古秀，深根結矣九泉藏。（唐）
凌雲勢蓋婆娑影，不在群芳艷麗場。（陽）

210. 淇澳園中樂聖王（陽），渭川千畝任分揚。（陽）
翠筠不染湘娥淚，班籜堪傳漢史香。（陽）
霜葉自來顏不改，烟梢從此色何藏？（唐）
子猷去世知音少，亘古留名翰墨場。（陽）

211. 上蓋留名漢武王（陽），周時孔子立壇揚。（陽）
董仙愛我成林積，孫楚曾憐寒食香。（陽）
雨潤紅姿嬌且嫩，烟蒸翠色顯還藏。（唐）
自知過熟微酸意，落處年年伴麥場。（陽）

第六十五回　妖邪假設小雷音　四眾皆逢大厄難

212. 碧眼猢兒識假真（真），禪機見像拜金身。（真）
　　　黃婆盲目同參禮，木母癡心共話論。（魂）
　　　邪怪生強欺本性，魔頭懷惡詐天人。（真）
　　　誠為道小魔頭大，錯入旁門枉費身。（真）〔註29〕

213. 自恨當時不聽伊（脂），致令今日受災危。（支）
　　　金鐃之內傷了你，麻繩綑我有誰知。（支）
　　　四眾遭逢緣命苦，三千功行盡傾頹。（灰）
　　　何由解得迍遭難，坦蕩西方去復歸！（微）

214. 頭尖還似鼠，眼亮亦如之。（之）
　　　有翅黃昏出，無光白晝居。（之）〔註30〕
　　　藏身穿瓦穴，覓食撲蚊兒。（支）
　　　偏喜晴明月，飛騰最識時。（之）

第六十六回　諸神遭毒手　彌勒縛妖魔

215. 幼而勇猛，長而神靈。（青）
　　　不統王位，惟務修行。（庚）
　　　父母難禁，棄舍皇宮。（東）
　　　參玄入定，在此山中。（東）
　　　功完行滿，白日飛昇。（蒸）
　　　玉皇勅號，真武之名。（清）
　　　玄虛上應，龜蛇合形。（青）
　　　周天六合，皆稱萬靈。（青）
　　　無幽不察，無顯不成。（清）
　　　劫終劫始，剪伐魔精。（清）

216. 插雲倚漢高千丈，仰視金瓶透碧空。（東）
　　　上下有光凝宇宙，東西無影映簾櫳。（東）

〔註29〕此處聯經本作「心」，應為訛誤。里仁本作「身」。
〔註30〕「居」依字義當讀為魚韻，意為「當也，處也，安也」，此處與之韻相押。「居」
　　　　於《廣韻》中也有之韻一讀，字義為「語助見禮。」因為符合押韻，故改讀
　　　　為之韻。

風吹寶鐸聞天樂，日映冰虬對梵宮。（東）

飛宿靈禽時訴語，遙瞻淮水渺無窮。（東）

217. 祖居西土流沙國，我父原為沙國王。（陽）

自幼一身多疾苦，命干華蓋惡星妨。（陽）

因師遠慕長生訣，有分相逢捨藥方。（陽）

半粒丹砂祛病退，願從修行不為王。（陽）

學成不老同天壽，容顏永似少年郎。（唐）

也曾趕赴龍華會，也曾騰雲到佛堂。（唐）

捉霧拿風收水怪，擒龍伏虎鎮山場。（陽）

撫民高立浮屠塔，靜海深明舍利光。（唐）

楮白鎗尖能縛怪，淡緇衣袖把妖降。（江）

如今靜樂蟆城內，大地揚名說小張。（陽）

218. 自從秉教入禪林（侵），感荷菩薩脫難深。（侵）

保你西來求大道，相同輔助上雷音。（侵）

只言平坦羊腸路，豈料崔巍怪物侵。（侵）

百計千方難救你，東求西告枉勞心！（侵）

219. 大耳橫頤方面相（漾），肩查腹滿身軀胖。（換）

一腔春意喜盈盈，兩眼秋波光蕩蕩。（蕩）

敞袖飄然福氣多，芒鞋灑落精神壯。（漾）

極樂場中第一尊，南無彌勒笑和尚。（漾）

第六十七回　拯救駝羅禪性穩　脫離穢污道心清

220. 倒樹摧林狼虎憂（尤），播江攪海鬼神愁。（尤）

掀翻華岳三峰石，提起乾坤四部洲。（尤）

村舍人家皆閉戶，滿莊兒女盡藏頭。（侯）

黑雲漠漠遮星漢，燈火無光遍地幽。（幽）

221. 嘴長毛短半脂膘（宵），自幼山中食藥苗。（宵）

黑面環睛如日月，圓頭大耳似芭蕉。（宵）

修成堅骨同天壽，煉就粗皮比鐵牢。（豪）

鼺鼺鼻音呱詁叫，〔註31〕喳喳喉響噴喝哮。（肴）

白蹄四隻高千尺，劍鬣長身百丈饒。（宵）

從見人間肥豕豲，未觀今日老豬魈。（宵）

唐僧等眾齊稱讚，羨美天蓬法力高。（豪）

222. 駝羅莊客回家去，八戒開山過衙來。（咍）

三藏心誠神力擁，悟空法顯怪魔衰。（灰）〔註32〕

千年稀柿今朝淨，七絕衕衕此日開。（咍）

六慾塵情皆剪絕，平安無阻拜蓮臺。（咍）

第六十八回　朱紫國唐僧論前世　孫行者施為三折肱

223. 醫門理法至微玄（先），大要心中有轉旋。（仙）

望聞問切四般事，缺一之時不備全：（仙）

第一望他神氣色，潤枯肥瘦起和眠；（先）

第二聞聲清與濁，聽他真語及狂言；（元）

三問病原經幾日，如何飲食怎生便；（仙）

四纔切脈明經絡，浮沉表裡是何般。（刪）

我不望聞並問切，今生莫想得安然。（仙）

第六十九回　心主夜間修藥物　君王筵上論妖邪

224. 兜鈴味苦寒無毒，定喘消痰大有功。（東）

通氣最能除血蠱，補虛寧嗽又寬中。（東）

225. 九尺長身多惡獰（庚），一雙環眼閃金燈。（登）

兩輪查耳如撐扇，四個鋼牙似插釘。（青）

鬢繞紅毛眉豎焰，鼻垂精準孔開明，（庚）

髭髯幾縷硃砂線，顴骨崚嶒滿面青。（青）

兩臂紅觔藍靛手，十條尖爪把鎗擎。（庚）

豹皮裙子腰間繫，赤腳蓬頭若鬼形。（青）

〔註31〕「鼺鼻音呱詁叫」漏一字。里仁本作「鼺鼺鼻音呱詁吼」。

〔註32〕「衰」《廣韻》僅錄支、脂韻。《正韻》歸灰韻。

第七十回　妖魔寶放煙沙火　悟空計盜紫金鈴

226. 我身雖是猿猴數（遇），自幼打開生死路。（暮）
　　　偏訪明師把道傳，山前修煉無朝暮。（暮）
　　　倚天為頂地為爐，兩般藥物團烏兔。（暮）
　　　採取陰陽水火交，時間頓把玄關悟。（暮）
　　　全仗天罡搬運功，也憑斗柄遷移步。（暮）
　　　退爐進火最依時，抽鉛添汞相交顧。（暮）
　　　攢簇五行造化生，合和四象分時度。（暮）
　　　二氣歸於黃道間，三家會在金丹路。（暮）
　　　悟通法律歸四肢，本來勦斗如神助。（御）
　　　一縱縱過太行山，一打打過凌雲渡。（暮）
　　　何愁峻嶺幾千重，不怕長江百十數。（遇）
　　　只因變化沒遮攔，一打十萬八千路！（暮）

227. 紛紛絲絲偏天涯（佳），鄧鄧渾渾大地遮。（麻）
　　　細塵到處迷人目，粗灰滿谷滾芝麻。（麻）
　　　採藥仙童迷失伴，打柴樵子沒尋家。（麻）
　　　手中就有明珠現，時間颳得眼生花。（麻）

228. 頭挽雙丫髻，身穿百衲衣。（微）
　　　手敲魚鼓簡，口唱道情詞。（之）

229. 當年佳節慶朱明（庚），太歲兇妖發喊聲。（清）
　　　強奪御妻為壓寨，寡人獻出為蒼生。（庚）
　　　更無會話並離話，那有長亭共短亭！（青）
　　　表記香囊全沒影，至今撇我苦伶仃！（青）

230. 晃晃霞光生頂上，威威殺氣迸胸前。（先）
　　　口外獠牙排利刃，鬢邊焦髮放紅煙。（先）
　　　嘴上髭鬚如插箭，遍體昂毛似疊氈。（仙）
　　　眼突銅鈴欺太歲，手持鐵杵若摩天。（先）

第七十一回　行者假名降怪犼　觀音現像伏妖王

231. 生前燒了斷頭香（陽），今世遭逢潑怪王。（陽）

拆鳳三年何日會？分鴛兩處致悲傷。（陽）

差來長老纔通信，驚散佳姻一命亡。（陽）

只為金鈴難解識，相思又比舊時狂。（陽）

232. 菡萏蕊頭釘黑豆，牡丹花上歇遊蜂；（鍾）

綉球心裡葡萄落，百合枝邊黑點濃。（鍾）

233. 生身父母是天地，日月精華結聖胎。（咍）

仙石懷抱無歲數，靈根孕育甚奇哉。（咍）

當年產我三陽泰，今日歸真萬會諧。（皆）

曾聚眾妖稱帥首，能降眾怪拜丹崖。（佳）

玉皇大帝傳宣旨，太白金星捧詔來。（咍）

請我上天承職裔，官封弼馬不開懷。（皆）

初心造反謀山洞，大膽興兵鬧御階。（皆）

托塔天王並太子，交鋒一陣盡猥衰。（灰）〔註23〕

金星復奏玄穹帝，再降招安勑旨來。（咍）

封做齊天真大聖，那時方稱棟梁材。（咍）

又因攪亂蟠桃會，仗酒偷丹惹下災。（咍）

太上老君親奏駕，西池王母拜瑤臺。（咍）

情知是我欺王法，即點天兵發火牌。（皆）

十萬兇星並惡曜，干戈劍戟密排排。（皆）

天羅地網漫山布，齊舉刀兵大會垓。（咍）

惡鬥一場無勝敗，觀音推薦二郎來。（咍）

兩家對敵分高下，他有梅山兄弟儕。（皆）

各逞英雄施變化，天門三聖撥雲開。（咍）

老君丟了金鋼套，眾神擒我到金階。（皆）

不須詳允書供狀，罪犯凌遲殺斬災。（咍）

斧剁鎚敲難損命，刀輪劍砍怎傷懷！（皆）

火燒雷打只如此，無計摧殘長壽胎。（咍）

押赴太清兜率院，爐中煅煉儘安排。（皆）

日期滿足才開鼎，我向當中跳出來。（咍）

〔註23〕見第六十七回「衰」之解說。

手挺這條如意棒，翻身打上玉龍臺。（咍）

各星各象皆潛躲，大鬧天宮任我歪。（皆）〔註24〕

巡視靈官忙請佛，釋伽與我逞英才。（咍）

手心之內翻觔斗，遊遍周天去復來。（咍）

佛使先知賺哄法，被他壓住在天崖。（佳）

到今五百餘年矣，解脫微軀又弄乖。（皆）

特保唐僧西域去，悟空行者甚明白。（皆來）〔註25〕

西方路上降妖怪，那個妖邪不懼哉！（咍）

234. 太清仙君道源深（侵），八卦爐中久煉金。（侵）

結就鈴兒稱至寶，老君留下到如今。（侵）

235. 道祖燒丹兜率宮（東），金鈴搏煉在爐中。（東）

二三如六循環寶，我的雌來你的雄。（東）

第七十二回　盤絲洞七情迷本　濯垢泉八戒忘形

236. 閨心堅似石，蘭性喜如春。（諄）

嬌臉紅霞襯，朱唇絳脂勻。（諄）

娥眉橫月小，蟬鬢疊雲新。（真）

若到花間立，遊蜂錯認真。（真）

237. 蹴踘當場三月天（先），仙風吹下素嬋娟。（仙）

汗沾粉面花含露，塵染娥眉柳帶煙。（先）

翠袖低垂籠玉笋，緗裙斜拽露金蓮。（先）

幾回踢罷嬌無力，雲鬢蓬鬆寶髻偏。（仙）

238. 褪放紐扣兒，解開羅帶結。（屑）

酥胸白似銀，玉體渾如雪。（薛）

肘膊賽冰鋪，香肩疑粉捏。（屑）

肚皮軟又綿，脊背光還潔。（屑）

膝腕半圍團，金蓮三寸窄。（陌）

中間一段情，露出風流穴。（屑）

〔註24〕「歪」《廣韻》不錄。《字彙》烏乖切，音崴。
〔註25〕「白」《廣韻》為陌韻，《中原音韻》歸皆來韻，入聲作平聲。

239. 滿天飛抹蛸，遍地舞蜻蜓。（青）

蜜螞追頭額，蠦蜂扎眼睛。（清）

班毛前後咬，牛蝱上下叮。（青）

撲面漫漫黑，翛翛神鬼驚。（庚）

第七十三回　情因舊恨生災毒　心主遭魔幸破光

240. 山中百鳥糞，掃積上千斤。（欣）

是用銅鍋煮，煎熬火候勻。（諄）

千斤熬一杓，一杓煉三分。（文）

三分還要炒，再煅再重薰。（文）

製成此毒藥，貴似寶和珍。（真）

如若嘗它味，入口見閻君！（文）

241. 當年秉教出山中（東），共往西來苦用工。（東）

大海洪波無恐懼，陽溝之內卻遭風！（東）

242. 頭戴五花納錦帽，身穿一領織金袍。（豪）

腳踏雲尖鳳頭履，腰繫攢絲雙穗縧。（豪）〔註26〕

面似秋容霜後老，聲如春燕社前嬌。（宵）

腹中久諳三乘法，心上常修四諦饒。（宵）

悟出空空真正果，煉成了了自逍遙。（宵）

正是千花洞裡佛，毘藍菩薩姓名高。（豪）

第七十四回　長庚傳報魔頭狠　行者施為變化能

243. 急雨收殘暑，梧桐一葉驚。（庚）

螢飛莎徑晚，蛩語月華明。（庚）

黃葵開映露，紅蓼遍沙汀。（青）

蒲柳先零落，寒蟬應律鳴。（庚）

第七十五回　心猿鑽透陰陽竅　魔主還歸大道真

244. 祈請雲霞眾位仙（仙），六丁六甲與諸天。（先）

願保賢徒孫行者，神通廣大法無邊。（先）

〔註26〕「縧」為絛之異體。《玉篇》它刀切。

245. 鐵額銅頭戴寶盔（灰），盔纓飄舞甚光輝。（微）

　　輝輝掣電雙睛亮，亮亮鋪霞兩鬢飛。（微）

　　勾爪如銀尖且利，鋸牙似鑿密還齊。（齊）

　　身披金甲無絲縫，腰束龍縧有見機。（微）

　　手執鋼刀明晃晃，英雄威武世間稀。（微）

　　一聲吆喝如雷震，問道敲門者是誰？（脂）

246. 生就銅頭鐵腦蓋，天地乾坤世上無。（虞）

　　斧砍鎚敲不得碎，幼年曾入老君爐。（模）

　　四斗星官監臨造，二十八宿用工夫。（虞）

　　水浸幾番不得壞，周圍挖搭板筋鋪。（虞）

　　唐僧還恐不堅固，預先又上紫金箍。（模）

247. 棒是九轉鑌鐵煉（霰），〔註27〕老君親手爐中煅。（換）〔註28〕

　　禹王求得號神珍，四海八河為定驗。（豔）

　　中間星斗暗鋪陳，兩頭箝裹黃金片。（霰）

　　花紋密佈鬼神驚，上造龍紋與鳳篆。（獮）

　　名號靈陽棒一條，深藏海藏人難見。（霰）

　　成形變化要飛騰，飄飄五色霞光現。（霰）

　　老孫得道取歸山，無窮變化多經驗。（豔）

　　時間要大甕來粗，或小些微如鐵線。（線）

　　粗如南岳細如針，長短隨吾心意變。（線）

　　輕輕舉動彩雲生，亮亮飛騰如閃電。（霰）

　　攸攸冷氣逼人寒，條條殺霧空中現。（霰）

　　降龍伏虎謹隨身，天涯海角都遊遍。（霰）

　　曾將此棍鬧天宮，威風打散蟠桃宴。（霰）

　　天王賭鬥未曾贏，哪吒對敵難交戰。（線）

　　棍打諸神沒躲藏，天兵十萬都逃竄。（換）

　　雷霆眾將護靈霄，飛身打上通明殿。（霰）

　　掌朝天使盡皆驚，護駕仙卿俱攪亂。（換）

〔註27〕「煉」《廣韻》不錄。《集韻》郎甸切，去霰。

〔註28〕「煅」《廣韻》不錄。「煅」為「鍛」之異體。《經典文字辨證書·金部》：「鍛
　　　　正，煅俗。」《廣韻》「鍛」丁貫切。

舉棒掀翻北斗宮，回首振開南極院。（線）

金闕天皇見棍兇，特請如來與我見。（霰）

兵家勝負自如然，困苦災危無可辨。（獮）

整整挨排五百年，虧了南海菩薩勸。（願）

大唐有個出家僧，對天發下洪誓願。（願）

枉死城中度鬼魂，靈山會上求經卷。（線）

西方一路有妖魔，行動甚是不方便。（線）

已知鐵棒世無雙，央我途中為侶伴。（換）

邪魔蕩著赴幽冥，肉化紅塵骨化面。（線）

處處妖精棒下亡，論萬成千無打算。（換）〔註29〕

上方擊壞斗牛宮，下方壓損森羅殿。（霰）

天將曾將九曜追，地府打傷催命判。（換）

半空丟下振山川，勝如太歲新華劍。（梵）

全憑此棍保唐僧，天下妖魔都打遍！（霰）

第七十六回　心神居舍魔歸性　木母同降怪體真

248. 攢攢簇簇妖魔怪，四門都是狼精靈。（青）

斑斕老虎為都管，白面雄彪作總兵。（庚）

丫叉角鹿傳文引，伶俐狐狸當道行。（庚）

千尺大蟒圍城走，萬丈長蛇佔路程。（清）

樓下蒼狼呼令使，亭前花豹作人聲。（清）

搖旗擂鼓皆妖怪，巡更坐鋪盡山精。（清）

狡兔開門弄買賣，野豬挑擔幹營生。（庚）

先年原是天朝國，如今翻作虎狼城。（清）

第七十七回　群魔欺本性　一體拜真如

249. 恨我欺天困網羅（歌），師來救我脫沈疴。（歌）〔註30〕

潛心篤志同參佛，努力修身共煉魔。（戈）

〔註29〕「算」《廣韻》僅收上聲。「筭」為「算」之異體。「筭」《廣韻》換韻，蘇貫切。

〔註30〕「疴」《廣韻》禡韻，枯駕切。「疴」《廣韻》亦作疴病也。歌韻，烏何切。

豈料今朝遭蜇害，不能保你上婆娑。（歌）
西方勝境無緣到，氣散魂消怎奈何！（歌）

250. 滿天縹緲瑞雲分（文），我佛慈悲降法門。（魂）
明示開天生物理，細言闢地化身文。（文）
面前五百阿羅漢，腦後三千揭諦神。（真）
迦葉阿難隨左右，普文菩薩殄妖氛。（文）

第七十八回　比丘憐子遣陰神　金殿識魔談道德

251. 一念纔生動百魔（戈），修持最苦奈他何。（歌）
但憑洗滌無塵垢，也用收拴有琢磨。（戈）
掃退萬緣歸寂滅，蕩除千怪莫蹉跎。（歌）
管教跳出樊籠套，行滿飛昇上大羅。（歌）

252. 嶺梅將破玉，池水漸成冰。（蒸）
紅葉俱飄落，青松色更新。（真）
淡雲飛欲雪，枯草伏山平。（庚）
滿目寒光迥，陰陰誘骨泠。（青）

253. 酒樓歌館語聲喧（元），綵鋪茶房高掛帘。（鹽）
萬戶千門生意好，六街三市廣財源。（元）
買金販錦人如蟻，奪利爭名只為錢。（仙）
禮貌莊嚴風景盛，河清海晏太平年。（先）

254. 邪主無知失正真（真），貪歡不省暗傷身。（真）
因求永壽戕童命，為解天災殺小民。（真）
僧發慈悲難割捨，官言利害不堪聞。（文）
燈前洒淚長吁嘆，痛倒參禪向佛人。（真）

255. 釋門慈憫古來多（歌），正善成功說摩訶。（歌）
萬聖千真皆積德，三皈五戒要從和。（戈）
比丘一國非君亂，少子千名是命訛。（戈）
行者因師同救護，這場陰騭勝波羅。（歌）

第七十九回　尋洞擒妖逢老壽　當朝正主救嬰兒

256. 一身如玉簡斑斑（刪），兩角參差七汊灣。（刪）
幾度饑時尋藥圃，有朝渴處飲雲潺。（山）
年深學得飛騰法，日久修成變化顏。（刪）
今見主人呼喚處，現身珉耳伏塵寰。（刪）

第八十回　姹女育陽求配偶　心猿護主識妖邪

257. 我自天牌傳旨意，錦屏風下領關文。（文）
觀燈十五離東土，纔與唐王天地分，（文）
甫能龍虎風雲會，卻又師徒拗馬軍。（文）
行盡巫山峰十二，何時對子見當今？（侵）

258. 多年古剎沒人修（尤），狼狽凋零倒更休。（尤）
猛風吹裂伽藍面，大雨澆殘佛像頭。（侯）
金剛跌損隨淋洒，土地無房夜不收。（尤）
更有兩般堪嘆處，銅鐘著地沒懸樓。（侯）

第八十一回　鎮海寺心猿知怪　黑松林三眾尋師

259. 玉兔高升萬籟寧（青），天街寂靜斷人行。（庚）
銀河耿耿星光燦，鼓發譙樓趲換更。（庚）

260. 臣僧稽首三頓首，萬歲山呼拜聖君；（文）
文武兩班同入目，公卿四百共知聞：（文）
當年奉旨離東土，指望靈山見世尊。（魂）
不料途中遭厄難，何期半路有災迍。（諄）
僧病沉痾難進步，佛門深遠接天門。（魂）
有經無命空勞碌，啟奏當今別遣人。（真）

261. 不是公婆趕逐，不因抵熟偷生。（庚）
奈我前生命薄，投配男子年輕。（清）
不會洞房花燭，避夫逃走之情。（清）

第八十二回　姹女求陽　元神護道

262. 髮盤雲髻似堆鴉，身著綠絨花比甲。（狎）

一對金蓮剛半折，十指如同春笋發。（月）

團團粉面若銀盆，朱唇一似櫻桃滑。（點）

端端正正美人姿，月裡嫦娥還喜恰。（洽）

今朝拿住取經僧，便要歡娛同枕榻。（盍）

263. 真僧魔苦遇嬌娃（佳），妖怪娉婷實可誇。（麻）

淡淡翠眉分柳葉，盈盈丹臉襯桃花。（麻）

繡鞋微露雙鉤鳳，雲髻高盤兩鬢鴉。（麻）

含笑與師攜手處，香飄蘭麝滿袈裟。（麻）

264. 夙世前緣繫赤繩（蒸），魚水相和兩意濃。（鍾）

不料鴛鴦今拆散，何期鸞鳳又西東！（東）

藍橋水漲難成事，佛廟煙沉嘉會空。（東）

著意一場今又別，何年與你再相逢！（鍾）

第八十三回　心猿識得丹頭　姹女還歸本性

265. 古怪別腮心裡強，自小為怪神力壯。（漾）

高低面賽馬鞍鞽，眼放金光如火亮。（漾）

渾身毛硬似鋼針，虎皮裙繫明花響。（養）

上天撞散萬雲飛，下海混起千層浪。（宕）

當天倚力打天王，攛退十萬八千將。（漾）

官封大聖美猴精，手中慣使金箍棒。（講）

今日西天任顯能，復來洞內扶三藏。（宕）

第八十四回　難滅伽持圓大覺　法王成正體天然

266. 冉冉綠陰密，風輕燕引雛。（虞）

新荷翻沼面，修竹漸扶蘇。（模）

芳草連天碧，山花遍地鋪。（模）

溪邊蒲插劍，榴火壯行圖。（模）

267. 上面無繩扯，下頭沒棍撐，（庚）〔註31〕

一般同父母，他便骨頭輕。（清）

〔註31〕「撐」《廣韻》不錄。《集韻》抽庚切。

268. 法王滅法法無窮（東），法貫乾坤大道通。（東）
    萬法原因歸一體，三乘妙相本來同。（東）
    鑽開玉櫃明消息，佈散金毫破蔽蒙。（東）
    管取法王成正果，不生不滅去來空。（東）

第八十五回　心猿妒木母　魔主計吞禪

269. 佛在靈山莫遠求（尤），靈山只在汝心頭。（侯）
    人人有個靈山塔，好向靈山塔下修。（尤）

270. 漠漠遮天暗，濛濛匝地昏。（魂）
    日色全無影，鳥聲無處聞。（文）
    宛然如混沌，彷彿似飛塵。（真）
    不見山頭樹，那逢採藥人？（真）

271. 偉偉身軀多采艷，昂昂雄勢甚抖擻。（厚）
    獠牙出口如鋼鑽，鼻子居中似玉鉤。（侯）
    金眼圓睛禽獸怕，銀鬚倒豎鬼神愁。（尤）
    端居岩邊施威猛，噯霧噴風運智謀。（尤）

272. 礁嘴初長三尺零（青），獠牙觜出賽銀釘。（青）
    一雙圓眼光如電，兩耳搧風唿唿聲。（清）
    腦後鬃長排鐵箭，渾身皮糙癩還青。（青）
    手中使件蹊蹺物，九齒釘鈀個個驚。（庚）

273. 巨口獠牙神力大（泰），玉皇陞我天蓬帥。（皆來）〔註32〕
    掌管天河八萬兵，天宮快樂多自在。（代）
    只因酒醉戲宮娥，那時就把英雄賣。（卦）
    一嘴拱倒斗牛宮，喫了王母靈芝菜。（代）
    玉皇親打二千鎚，把吾貶下三天界。（怪）
    教吾立志養元神，下方卻又為妖怪。（怪）
    正在高莊喜結親，命低撞著孫兄在。（代）
    金箍棒下受他降，低頭纔把沙門拜。（怪）

〔註32〕「帥」《廣韻》僅收至、質韻。《中原音韻》屬皆來韻去聲。

背馬挑包做夯工，前生少了唐僧債。（皆來）〔註33〕

鐵腳天蓬本姓豬，法名改作豬八戒。（怪）

第八十六回　木母助威征怪物　金公施法滅妖邪

274. 祖居東勝大神洲（尤），天地包含幾萬秋。（尤）

　　花果山頭仙石卵，卵開產化我根苗。（宵）

　　生來不比凡胎類，聖體原從日月儔。（尤）

　　本性自修非小可，天姿穎悟大丹頭。（侯）

　　官封大聖居雲府，倚勢行兇鬥斗牛。（尤）

　　十萬神兵難近我，滿天星宿易為收。（尤）

　　名揚宇宙方方曉，智貫乾坤處處留。（尤）

　　今幸皈依從釋教，扶持長老向西遊。（尤）

　　逢山開路無人阻，遇水支橋有怪愁。（尤）

　　林內施威擒虎豹，崖前復手捉貔貅。（尤）

　　東方果正來西域，那個妖邪敢出頭！（侯）

　　孽畜傷師真可恨，管教時下命將休！（尤）

275. 力微身小號玄駒（虞），日久藏修有翅飛。（微）

　　閑渡橋邊排陣勢，喜來牀下鬥仙機。（微）

　　善知雨至常封穴，壘積塵多遂作灰。（灰）

　　巧巧輕輕能爽利，幾番不覺過柴扉。（微）

276. 石徑重漫苔蘚，柴門篷絡籐花。（麻）

　　四面山光連接，一林鳥雀諠譁。（麻）

　　密密松篁交翠，紛紛異卉奇葩。（麻）

　　地僻雲深之處，竹籬茅舍人家。（麻）

277. 自從別主來西域，遞遞迢迢去路遙。（宵）

　　水水山山災不脫，妖妖怪怪命難逃。（豪）

　　心心只為經三藏，念念仍求上九霄。（宵）

　　碌碌勞勞何日了，幾時行滿轉唐朝！（宵）

〔註33〕「債」《廣韻》僅收卦、麥韻。《中原音韻》屬皆來韻去聲。

第八十七回　鳳仙郡冒天止雨　孫大聖勸善施霖

278. 敝地大邦天竺國（德），鳳仙外郡吾司牧。（屋）
　　　一連三載遇乾荒，草子不生絕五穀。（屋）
　　　大小人家買賣難，十門九戶俱啼哭。（屋）
　　　三停餓死二停人，一停還似風中燭。（燭）
　　　下官出榜遍求賢，幸遇真僧來我國。（德）
　　　若施寸雨濟黎民，願奉千金酬厚德！（德）

279. 人心生一念，天地悉皆知，（支）
　　　善惡若無報，乾坤必有私。（脂）

280. 田疇久旱逢甘雨，河道經商處處通。（東）
　　　深感神僧來郡界，多蒙大聖上天宮。（東）
　　　解除三事從前惡，一念皈依善果弘。（登）
　　　此後願如堯舜世，五風十雨萬年豐。（東）

第八十八回　禪到玉華施法會　心猿木母授門人

281. 錦城鐵瓮萬年堅（先），臨水依山色色鮮。（仙）
　　　百貨通湖船入市，千家沽酒店垂帘。（鹽）
　　　樓臺處處人煙廣，巷陌朝朝客賈喧。（元）
　　　不亞長安風景好，雞鳴犬吠亦般般。（桓）

282. 真禪景象不凡同（東），大道緣由滿太空。（東）
　　　金木施威盈法界，刀圭展轉合圓通。（東）
　　　神兵精銳隨時顯，丹器花生到處崇。（東）
　　　天竺雖高還戒性，玉華王子總歸中。（東）

283. 見像歸真度眾僧（登），人間作福享清平。（庚）
　　　從今果正菩提路，盡是參禪拜佛人。（真）

284. 眾鳥高棲萬籟沉（侵），詩人下榻罷哦吟。（侵）
　　　銀河光顯天彌亮，野徑荒涼草更深。（侵）
　　　砧杵叮咚敲別院，關山杳窵動鄉心。（侵）
　　　寒蛩聲朗知人意，唧唧牀頭破夢魂。（魂）

285. 道不須臾離，可離非道也。（馬）
　　 神兵盡落空，枉費參修者。（馬）

第八十九回　黃獅精虛設釘鈀宴　金木土計鬧豹頭山

286. 周圍山遠翠，一脈氣連城。（清）
　　 峭壁扳青蔓，高崖掛紫荊。（庚）
　　 鳥聲深樹匝，花影洞門迎。（庚）
　　 不亞桃源洞，堪宜避世情。（清）

第九十回　師獅授受同歸一　盜道纏禪靜九靈

287. 棍鎚鎗斧三楞簡（產），蒺藜骨朵四明鏟。（產）
　　 七獅七器甚鋒芒，圍戰三僧齊吶喊。（敢）
　　 大聖金箍鐵棒兇，沙僧寶杖人間罕。（旱）
　　 八戒顛風騁勢雄，釘鈀晃亮光華慘。（感）
　　 前遮後攩各施功，左架右迎都勇敢。（敢）
　　 城頭王子助威風，擂鼓篩鑼齊壯膽。（敢）
　　 投來搶去弄神通，殺得昏濛天地反。（阮）

288. 緣因善慶遇神師（脂），習武何期動怪獅。（脂）
　　 掃蕩群邪安社稷，皈依一體定邊夷。（脂）
　　 九靈數合元陽理，四面精通道果之。（之）
　　 授受心明遺萬古，玉華永樂太平時。（之）

第九十一回　金平府元夜觀燈　玄英洞唐僧供狀

289. 修禪何處用工夫（虞）？馬劣猿顛速剪除。（魚）
　　 牢捉牢拴生五彩，暫停暫住墮三途。（模）
　　 若教自在神丹漏，纔放從容土性枯。（模）
　　 喜怒憂思須掃淨，得玄得妙恰如無。（虞）

290. 錦繡場中唱彩蓮（先），太平境內簇人煙。（先）
　　 燈明月皎元宵夜，雨順風調大有年。（先）

第九十二回　三僧大戰青龍山　四星挾提犀牛怪

291. 一別長安十數年（先），登山涉水苦熬煎。（仙）
　　　幸來西域逢佳節，喜到金平遇上元。（元）
　　　不識燈中假佛像，皆因命裡有災愆。（仙）
　　　賢徒追襲施威武，但願英雄展大權。（仙）

292. 經云泰極還生否，好處逢凶實有之。（之）
　　　愛賞花燈禪性亂，喜遊美景道心漓。（支）
　　　大丹自古宜長守，一失原來到底虧。（支）
　　　緊閉牢拴休曠蕩，須臾懈怠見參差。（支）

第九十三回　給孤園問古談因　天竺國朝王遇偶

293. 面如滿月光，身似菩提樹。（遇）
　　　擁錫袖飄風，芒鞋石頭路。（暮）

294. 憶昔檀那須達多（歌），曾將金寶濟貧疴。（歌）〔註34〕
　　　祇園千古留名在，長者何方伴覺羅？（歌）

295. 人靜月沉花夢悄，暖風微透壁窗紗。（麻）
　　　銅壺點點看三汲，銀漢明明照九華。（麻）

296. 虎踞龍蟠形勢高（豪），鳳樓麟閣彩光搖。（宵）
　　　御溝流水如環帶，福地依山插錦標。（宵）
　　　曉日旌旗明輦路，春風簫鼓徧溪橋。（宵）
　　　國王有道衣冠勝，五穀豐登顯俊豪。（豪）

297. 大丹不漏要三全（仙），苦行難成恨惡緣。（仙）
　　　道在聖傳修在己，善由人積福由天。（先）
　　　休逞六根多貪慾，頓開一性本來原。（元）
　　　無愛無思自清淨，管教解脫得超然。（仙）

第九十四回　四僧宴樂御花園　一怪空懷情慾喜

298. 宮殿開軒紫氣高（豪），風吹御樂透青霄。（宵）
　　　雲移豹尾旌旗動，日射螭頭玉佩搖。（宵）

〔註34〕「疴」見第七十八回「疴」之解說。

香霧細添宮柳綠，露珠微潤苑花嬌。（宵）
山呼舞蹈千官列，海晏河清一統朝。（宵）

299. 崢嶸閶闔曙光生（庚），鳳閣龍樓瑞靄橫。（庚）
春色細鋪花草綉，天光遙射錦袍明。（庚）
笙歌繚繞如仙宴，杯斝飛傳玉液清。（清）
君悅臣歡同玩賞，華夷永鎮世康寧。（青）

300. 周天一氣轉洪鈞（諄），大地熙熙萬象新。（真）
桃李爭妍花爛熳，燕來畫棟疊香塵。（真）

301. 薰風拂拂思遲遲（脂），宮院榴葵映日輝。（微）
玉笛音調驚午夢，芰荷香散到庭幃。（微）

302. 金井梧桐一葉黃（陽），珠簾不捲夜來霜。（陽）
燕知社日辭巢去，鴈折蘆花過別鄉。（陽）

303. 天雨飛雲暗淡寒（寒），朔風吹雪積千山。（山）
深宮自有紅爐暖，報道梅開玉滿欄。（寒）

304. 日暖冰消大地鈞（諄），御園花卉又更新。（真）
和風膏雨民沾澤，海晏河清絕俗塵。（真）

305. 斗‧指南方白晝遲（脂），槐雲榴火鬥光輝。（微）
黃鸝紫燕啼宮柳，巧轉雙聲入絳幃。（微）

306. 香飄橘綠與橙黃（唐），松柏青青喜降霜。（陽）
籬菊半開攢錦繡，笙歌韻徹水雲鄉。（陽）

307. 瑞雪初晴氣味寒（寒），奇峰巧石玉團山。（山）
爐燒獸炭煨酥酪，袖手高歌倚翠欄。（寒）

第九十五回　假合形骸擒玉兔　真陰歸正會靈元

308. 仙根是段羊脂玉，磨琢成形個計年。（先）
混沌開時吾已得，洪濛判處我當先。（先）
源流非比凡間物，本性生來在上天。（先）
一體金光和四相，五行瑞氣合三元。（元）
隨吾久住蟾宮內，伴我常居桂殿邊。（先）
因為愛花垂世境，故來天竺假嬋娟。（仙）

　　　　與君共樂無他意，欲配唐僧了宿緣。（仙）

　　　　你怎欺心破佳偶，死尋趕戰逞兇頑！（刪）

　　　　這般器械名頭大，在你金箍棒子前。（先）

　　　　廣寒宮裡搗藥杵，打人一下命歸泉。（仙）

309. 銅壺滴漏月華明（庚），金鐸叮噹風送聲。（清）

　　　　杜宇正啼春去半，落花無路近三更。（庚）

　　　　御園寂寞鞦韆影，碧落空浮銀漢橫。（庚）

　　　　三市六街無客走，一天星斗夜光晴。（清）

310. 繽紛瑞靄滿天香（陽），一座荒山倏被祥。（陽）

　　　　虹流千載清河海，電繞長春賽禹湯。（陽）

　　　　草木沾恩添秀色，野花得潤有餘芳。（陽）

　　　　古來長者留遺跡，今喜明君降寶堂。（唐）

第九十六回　寇員外喜待高僧　唐長老不貪富貴

311. 清和天氣爽，池沼芰荷生。（庚）

　　　　梅逐雨餘熟，麥隨風裡成。（清）

　　　　草香花落處，鶯老柳枝輕。（清）

　　　　江燕攜雛習，山雞哺子鳴。（庚）

　　　　斗南當日永，萬物顯光明。（庚）

312. 幾點歸鴉過別村（魂），樓頭鐘鼓遠相聞。（文）

　　　　六街三市人烟靜，萬戶千門燈火昏。（魂）

　　　　月皎風清花弄影，銀河慘淡映星辰。（真）

　　　　子規啼處更深矣，天籟無聲大地鈞。（諄）

第九十七回　金酬外護遭魔毒　聖顯幽魂救本原

313. 恩將恩報人間少，反把恩慈變作仇。（尤）

　　　　下水救人終有失，三思行事卻無憂。（尤）

314. 巧妙明珠綴，稀奇佛寶攢，（寒）〔註35〕

　　　　盤龍鋪繡結，飛鳳錦沿邊。（先）

────────────

〔註35〕「攢」見第十七回「攢」之解說。

315. 地闊能存凶惡事，天高不負善心人。（真）

　　　逍遙穩步如來徑，只到靈山極樂門。（魂）

第九十八回　猿熟馬馴方脫殼　功成行滿見真如

316. 功滿行完宜沐浴，煉馴本性合天真。（真）

　　　千辛萬苦今方息，九戒三皈始自新。（真）

　　　魔盡果然登佛地，災消故得見沙門。（魂）

　　　洗塵滌垢全無染，反本還原不壞身。（真）

317. 遠看橫空如玉棟，近觀斷水一枯槎。（麻）

　　　維河架海還容易，獨木單梁人怎踏！（麻）〔註36〕

　　　萬丈虹霓平臥影，千尋白練接天涯。（佳）

　　　十分細滑渾難渡，除是神仙步彩霞。（麻）

318. 鴻濛初判有聲名（清），幸我撐來不變更。（庚）

　　　有浪有風還自穩，無終無始樂昇平。（庚）

　　　六塵不染能歸一，萬劫安然自在行。（庚）

　　　無底船兒難過海，今來古往渡群生。（庚）

319. 脫卻胎胞骨肉身（真），相親相愛是元神。（真）

　　　今朝行滿方成佛，洗淨當年六六塵。（真）

320. 當年奮志奉欽差（皆），領牒辭王出玉階。（皆）

　　　清曉登山迎霧露，黃昏枕石臥雲霾。（皆）

　　　挑禪遠步三千水，飛錫長行萬里崖。（佳）

　　　念念在心求正果，今朝始得見如來。（咍）

321. 寶燄金光映目明（庚），異香奇品更微精。（清）

　　　千層金閣無窮麗，一派仙音入耳清。（清）

　　　素味仙花人罕見，香茶異食得長生。（庚）

　　　向來受盡千般苦，今日榮華喜道成。（清）

322. 大藏真經滋味甜（添），如來造就甚精嚴。（嚴）

　　　須知玄奘登山苦，可笑阿儺卻愛錢。（仙）

〔註36〕「踏」《廣韻》不錄。《中原音韻》歸家麻韻。

先次未詳虧古佛，後來真實始安然。（仙）

至今得意傳東土，大眾均將雨露沾。（鹽）

第九十九回　九九數完魔滅盡　三三行滿道歸根

323. 九九歸真道行難（寒），堅持篤志立玄關。（刪）

必須苦練邪魔退，定要修持正法還。（刪）

莫把經章當容易，聖僧難過許多般。（刪）

古來妙合參同契，毫髮差殊不結丹。（寒）

324. 不二門中法奧玄（先），諸魔戰退識人天。（先）

本來面目今方見，一體原因始得全。（仙）

秉證三乘隨出入，丹成九轉任周旋。（仙）

挑包飛杖通休講，幸喜還元遇老鼉。（元）

325. 一體純陽喜向陽（陽），陰魔不敢逞強梁。（陽）

須知水勝真經伏，不怕風雷烱霧光。（唐）

自此清平歸正覺，從今安泰到仙鄉。（陽）

曬經石上留踪跡，千古無魔到此方。（陽）

第一百回　逕回東土　五聖成真

326. 當年清宴樂昇平（庚），文武安然顯俊英。（庚）

水陸場中僧演法，金鑾殿上主差卿。（庚）

關文敕賜唐三藏，經卷原因配五行。（庚）

苦煉兇魔種種滅，功成今喜上朝京。（庚）

327. 君王嘉會賽唐虞（虞），取得真經福有餘。（魚）

千古流傳千古盛，佛光普照帝王居。（魚）〔註37〕

328. 聖僧努力取經編（仙），西宇周流十四年。（先）

苦歷程途遭患難，多經山水受迍邅。（仙）

功完八九還加九，行滿三千及大千。（先）

大覺妙文回上國，至今東土永留傳。（仙）

〔註37〕此處聯經本作「君」，應為版本刊誤。里仁本作「居」。

329. 一體真如轉落塵（真），合和四相復修身。（真）
　　　五行論色空還寂，百怪虛名總莫論。（魂）
　　　正果旃檀皈大覺，完成品職脫沉淪。（諄）
　　　經傳天下恩光闊，五聖高居不二門。（魂）

330. 願以此功德，莊嚴佛淨土。（姥）
　　　上報四重恩，下濟三途苦。（姥）
　　　若有見聞者，悉發菩提心。（侵）
　　　同生極樂國，盡報此一身。（真）

參考文獻

一、古籍及專書之屬

1. ดร.ก่องกานดา ชยามฤต. (2548). ลักษณะประจำวงศ์พรรณไม้1,กรุงเทพฯ: กรมอุทยานแห่งชาติ สัตว์ป่า และพันธุ์พืช.

2. ดร.ก่องกานดา ชยามฤต. (2549). ลักษณะประจำวงศ์พรรณไม้2,กรุงเทพฯ: กรมอุทยานแห่งชาติ สัตว์ป่า และพันธุ์พืช.

3. ดร.ก่องกานดา ชยามฤต. (2551). ลักษณะประจำวงศ์พรรณไม้3,กรุงเทพฯ: กรมอุทยานแห่งชาติ สัตว์ป่า และพันธุ์พืช.

4. วิวัฒน์ ประชาเรืองวิทย์ แปล. (2016).เทพนิยายไซอิ๋ว (บันทึกทัศนาจรชมพูทวีป), กรุงเทพ: สำนักพิมพ์ต้นไม้.

5. โหงวเส็งอึง.แปลโดย นายดิ่น.(2547).ไซอิ๋ว, นนทบุรี: สำนักพิมพ์ศรีปัญญา.

6. อู๋เฉิงเอิน. (2547).ไซอิ๋ว ฉบับสมบูรณ์. (พิมพ์ครั้งที่4),กรุงเทพฯ: สำนักพิมพ์โฆษิต

7. 〔漢〕司馬遷:《史記》(臺北:七略出版社,民 92 年)。

8. 〔宋〕陳彭年:《新校宋本廣韻》(臺北:洪葉文化事業有限公司,2010 年)。

9. 〔宋〕丁度等撰:《集韻》(臺北:臺灣商務印書館,民 57 年)。

10. 〔宋〕蘇軾:《蘇東坡全集》(臺北:河洛圖書出版社,民 64 年)。

11. 〔元〕周德清著:《中原音韻》(臺北:藝文出版社,民 68 年)。

12. 〔明〕佚名:《繪圖三教源流搜神大全》(上海:上海古籍出版社,1990 年)。

13. 〔明〕吳承恩原著；徐少知校；周中明、朱彤注：《《西遊記》校注》（臺北：里仁，民85年）。

14. 〔明〕吳承恩著、繆天華校訂：《西遊記》（臺北：三民書局1976年）。

15. 〔明〕吳承恩著：《西遊記》（臺北：聯經出版事業公司，2000年）。

16. 〔明〕吳承恩著：《西遊記》（臺北市：華正，民67年）。

17. 〔明〕吳承恩撰；王雲五主編：《西遊記》（臺北：臺灣商務印書館，民57年）。

18. 〔明〕李時珍：《本草綱目》（臺北：臺灣商務印書館，民57年）。

19. 〔清〕段玉裁注：《說文解字注》（臺北：洪葉文化事業有限公司，2005年）。

20. 〔清〕余照輯：《詩韻集成》（臺北：華聯，民53年）。

21. 藝文印書館編輯：《等韻五種》（臺北：藝文印書館，民63年）。

22. 吳淑美撰：《《洪武正韻》的聲類與音類》（臺北：文津出版社，民65年）。

23. 余國藩著；李奭學譯：《余國藩西遊記論集》（臺北：聯經出版事業公司，民78年）。

24. 湯文璐編：《詩韻合璧》（臺北：學海出版社，民78年）。

25. 劉世德等主編：《古本小說叢刊·第三十六輯·西遊記》（北京：中華書局。1991年）。

26. 劉靖之主編：《翻譯論集》（臺北：書林，1993年）。

27. 歐陽健著：《古代小說版本漫畫》（瀋陽：遼寧教育出版社，1993年）。

28. 蕭兵著：《古代小說與神話》（瀋陽：遼寧教育出版社，1993年）。

29. 鍾嬰著：《西遊記新話》（瀋陽：遼寧教育出版社，1993年）。

30. 白化文、孫欣著：《古代小說與宗教》（瀋陽：遼寧教育出版社，1993年）。

31. 張兵著：《話本小說史話》（瀋陽：遼寧教育出版社，1993年）。

32. 《古本小說集成》編委會編：《《古本小說集成》·西遊記》（上海：上海古籍出版社，1994年）。

33. 傅成馨、鍾幼苓、許貴運譯，《泰國》（臺北：台灣英文雜誌社有限公司，民84年）。

34. 中華書局編輯部點校：《《全唐詩》增訂本》（北京：中華書局，2013年）。

35. 北京大學古文獻研究所著作：《全宋詩》（北京：北京大學，1999年）。

36. 葉寶奎著:《明清官話音系》（廈門:廈門大學出版社，2001 年）。

37. 黃忠廉:《變譯理論》（北京:中國對外翻譯出版公司，2002 年）。

38. 朱一玄、劉毓忱編:《西遊記資料彙編》（天津:南開大學，2002 年）。

39. 思果著:《翻譯研究》（臺北:大地出版社，民 92 年）。

40. 呂樹坤:《四大名著詩詞賞析》（吉林:吉林文史出版社，2003 年）

41. 甯忌浮著:《《洪武正韻》研究》（上海:上海辭書出版社，2003 年）。

42. 董同龢著:《漢語音韻學》（北京:中華書局 2004 年）。

43. 楊曉榮著:《翻譯批評導論》（北京市:中國對外翻譯出版公司;新華書店北京發行所經銷，2005 年）。

44. 劉宓慶著:《文化翻譯論綱》（武漢:湖北教育出版社，2005 年）。

45. 劉宓慶著:《新編當代翻譯理論》（北京:中國對外翻譯出版社，2005 年）。

46. 韓復智註譯:《論衡今註今譯》（臺北:國立編譯館，民 94 年）。

47. 馬紅軍:《從文學翻譯到翻譯文學:許淵沖的譯學理論與實踐》（上海:上海譯文出版社，2006 年）。

48. 羅新璋、陳應年編:《翻譯論集·修訂本》（北京:商務印書館，2009 年）。

49. 蔡鐵鷹編:《西遊記資料彙編》（北京:中華書局，2010 年）。

50. 李時人:《《西遊記》鑒賞辭典》（上海:上海辭書出版社，2013 年）。

51. 馬重奇著:《漢語音韻與方言史論集》（臺北:萬卷樓圖書有限公司，2015 年）。

52. 田禾、周方冶編著:《泰國 Thailand》（北京:社會科學文獻出版社，2016 年）。

53. 謝玉冰:《神猴:印度「哈奴曼」和中國「孫悟空」的故事在泰國的傳播》，（北京:社會科學文獻出版社，2017 年）。

二、學位論文

1. 崔玲愛:《洪武正韻研究》，國立臺灣大學中國文學研究所碩士學位論文，民 64 年。

2. 許麗芳:《《西遊記》中韻文的運用》，國立台灣大學中國文學研究所碩士學位論文，民 82 年。

3. 謝玉冰：《《西遊記》在泰國》，中國文化大學中國文學研究所碩士學位論文，1995 年。

4. 王曉新：《中國古典小說的翻譯對泰國文學發展的影響》，北京語言文化大學比較文學與世界文學碩士學位論文，2002 年。

5. 高金嶺：《論朱光潛對西方美學的翻譯與引進》，山東大學文藝學，博士學位論文，2005 年。

6. 柯曉蕾：《《西遊記》賦體語言初探》，中國海洋大學外國語言學及應用語言學系碩士論文，2006 年。

7. 黃漢坤：《中國古代小說在泰國的傳播與影響》，浙江大學中國古代文學博士學位論文，2007 年。

8. พาสนินทร์　วงศ์วุฒิสาโรช.　(2011).　การศึกษาเปรียบเทียบสำนวนจีนใน　ซีโหยวจี้　กับฉบับแปลภาษาไทย ไซอิ๋ว. (วิทยานิพนธ์ปริญญามหาบัณฑิต,จุฬาลงกรณ์มหาวิทยาลัย)

9. 李紅：《走上泰國佛壇的中國歷史人物——玄奘、大峰祖師、鄭和在泰形象演變略論》，山東大學中國古典文獻學碩士學位論文，2013 年。

10. 張充：《泰國大眾文化下的《西遊記》》，天津師範大學比較文學與世界文學博士學位論文，2014 年。

11. 溫英英：《《西遊記》泰譯本的變譯研究》，北京外國語大學亞非語言文學碩士學位論文，2014 年。

12. 張小雪：《文化翻譯策略研究》，黑龍江大學外國語及應用語言學系碩士學位論文，2015 年。

13. 王琪：《《西遊記》泰文譯本《ไซอิ๋ว》佛教詞匯翻譯研究》，雲南大學語言學及應用語言學碩士學位論文，2015 年。

14. 王澤穎：《《西遊記》中的詩詞研究》，安徽大學漢語言文學碩士學位論文，2015 年。

15. 柏雪：《宋代西北地區詩韻研究》，西南大學漢語言文字學碩士學位論文，2016 年。

16. 陳婷婷：《論 1990 年代以來中國小說在泰國的傳播及影響》，雲南大學中國現當代文學碩士學位論文，2017 年。

17. 劉鳳君：《魏了翁詩歌用韻研究》，華中師範大學漢語言文字學碩士學位論文，2019 年。

三、期刊論文

1. 應裕康：〈洪武正韻韻母音值之擬訂〉《許詩英先生六秩誕辰論文集》，
   （臺北：驚聲文物供應公司，淡江文理學院中文研究室主編），1970 年，
   頁 275～322。

2. 顏景常：〈《西遊記》詩歌韻類和作者問題〉《明清小說研究》，1988 年，
   03 期，頁 81～91。

3. 戚盛中：〈中國文學在泰國〉《東南亞》，1990 年，02 期，頁 43～47。

4. 戚盛中：〈中國古代通俗小說在泰國〉《國外文學》，1990 年，01 期，頁
   69～77。

5. 楊載武：〈《西遊記》韻文的用韻〉《四川師范學院學報（哲學社會科學
   版）》，1992 年，02 期，頁 40～44。

6. 屠國元：〈翻譯中的文化移植———妥協與補償〉《中國翻譯》，1996 年，
   02 期，頁 9～12。

7. 李安綱：〈論《西遊記》詩詞韻文的金丹學主旨〉《晉陽學刊》，1996 年，
   03 期，頁 81～86。

8. 郭明志：〈刀圭與《西遊記》人物的別名代稱〉《求是學刊》，1997 年，
   02 期，頁 64～69。

9. 曹明倫：〈誤譯、誤譯、故意——有感於當今之中國譯壇〉《中國翻譯》，
   1998 年 06 期，頁 35～40。

10. 公孫樹：〈《西遊記》詩詞破解〉《中國氣功科學》，1999 年，01 期，頁
    1999。

11. 唐作藩：〈蘇軾詩韻考〉《漢語史學習與研究》（北京：商務印書館，2001
    年），第 102～126 頁。

12. 康金聲：〈《西遊記》中詩詞的使用〉《運城高等專科學校學報》，2001 年，
    02 期，頁 8～9。

13. 雷華：〈論中國古典文學對泰國文學的影響〉《東南亞縱橫》，2002 年，
    06 期，頁 46～48。

14. 陳可培：〈翻譯策略與文化交流〉，《廣西梧州師範高等專科學校學報》，
    2003 年，01 期，頁 35～38。

15. 陳永國，〈翻譯的不確定性問題〉《中國翻譯》，2003 年，04 期，頁 9～14。

16. 黃漢坤：〈《西遊記》在泰國的傳播與影響〉《古典文學知識》，2004 年，
04 期，頁 53～56。

17. 杜文曦；徐瑛：〈天機織云錦，奇韻構佳篇——《西遊記》韻文探析〉《江
西廣播電視大學學報》，2004 年，02 期，頁 50～52。

18. 馬小麒，〈文化的不可譯性〉《蘭州交通大學學報（社會科學版）》，2005
年，5 期，頁 10。

19. 金周生：〈詞韻與方言——以山東詞人用韻與山東方言為例〉《輔仁國文
學報增刊》，2006 年，頁 403～414。

20. 裴曉睿：〈印度詩學對泰國詩學和文學的影響〉《南亞研究》，2007 年，
02 期，頁 73～78。

21. 任建民：〈明朝小說啟發泰國文學〉《決策與信息》，2007 年，04 期，頁
44。

22. 裴曉睿：〈漢文學的介入與泰國古小說的生成〉《解放軍外國語學院學
報》，2007 年，04 期，頁 114～118。

23. 周志鋒：〈《西遊記辭典》訂正〉，《辭書研究》，2008 年，第 2 期，頁 102
～110。

24. 高巍、武曉娜、張松：〈《西遊記》文化內容的翻譯〉《攀枝花學院學報》，
2009 年，02 期，頁 79～81。

25. กนกพร นุ่มทอง. (2009). การศึกษาการแปลวรรณกรรมจีนเรื่องไซ่ฮั่นในสมัยรัชกาลที่ 1.
วารสารมนุษยศาสตร์ มหาวิทยาลัยเกษตรศาสตร์. 16(2). 86~98.

26. วินัย สุกใส. (2010).วิวัฒนาการวรรณกรรมจีนในภาษาไทย ตั้งแต่ พ.ศ. 2411~2475
(ตอนที่ 1). วารสารจีนศึกษา.มหาวิทยาลัยเกษตรศาสตร์. 3(3). 212~240.

27. วินัย สุกใส .(2011).วิวัฒนาการวรรณกรรมจีนในภาษาไทย ตั้งแต่ พ.ศ .2411~2475
(ตอนที่ 2). วารสารจีนศึกษา.มหาวิทยาลัยเกษตรศาสตร์. 4(4). 131~176.

28. 王思齊：〈《西遊記》近體詩、詞「-m」「-n」韻尾考〉《長春理工大學學
報（社會科學版）》，2011 年，02 期，頁 31～33。

29. 邢曉姿：〈論中國傳統文化對泰國社會之影響〉《中國石油大學學報（社
會科學版）》，2011 年，03 期，頁 68～72。

30. 閔曄：〈中國文化對泰國文學的影響〉《文學教育（中）》，2011 年，07 期，
頁 57～58。

31. 陳可培：〈誤讀、誤譯、再創造——讀霍克思譯《紅樓夢》札記〉《湛江師範學院學報》，2011 年，04 期，頁 146～150。

32. 楊麗周、鄧雲川：〈淺析《三國演義》在泰國廣泛傳播的原因〉《東南亞縱橫》，2011 年，01 期，頁 57～59。

33. 徐佩玲：〈中國文學在泰國傳播與發展概況〉《大眾文藝》，2012 年，01 期，頁 122～123。

34. 許玉敏：〈面向 21 世紀的泰國中國古代通俗小說研究〉《陝西理工學院學報（會科學版）社》，2014 年，01 期，頁 6～9。

35. 陳引馳：〈《大唐三藏取經詩話》時代性再議：以韻文體制的考察為中心〉《復旦學報（社會科學版）》，2014 年，05 期，頁 69～80。

36. 楊麗周：〈泰國諺語中的佛教哲學思想研究〉《雲南民族大學學報（哲學社會科學版）》，2014 年，05 期，頁 67～72。

37. 楊麗周：〈佛教因果業報思想在泰國諺語中的體現〉《東南亞縱橫》，2014 年，07 期，頁 55～58。

38. 和躍、包珊珊：〈淺論印度宗教文學對泰國宗教文學的影響〉《才智》，2014 年，18 期，頁 281。

39. CHEN JIE, ดร.พัชรินทร์ อนันต์ศิริวัฒน์. (2015). ซีโหยวจี้–ไซอิ๋ว : วิเคราะห์กลวิธีการแปลคำศัพท์ทางวัฒนธรรม. สักทอง : วารสารมนุษยศาสตร์และสังคมศาสตร์ มหาวิทยาลัยราชภัฏกำแพงเพชร. 21(2).

40. 溫軍超：〈華人《道德經》重譯：「誤讀」還是「進化」〉《阜陽師范學院學報（社會科學版）》，2016 年，06 期，頁 26～30。

41. 付雲玥：〈論宗教神話是泰國民間文學不可或缺的部分〉《文學教育（下）》，2017 年，06 期，頁 40～41。

42. 周風琴：〈接受美學視角下《西遊記》英譯本研究〉《漯河職業技術學院學報》，04 期，2018 年，頁 83～85。

43. 謝玉冰：〈《西遊記》在泰國的傳播、再現與衍生〉《國際漢學》，2018 年，02 期，頁 74～82。

44. 房日晰、房向莉：〈《西遊記》中的韻文平議〉《安康學院學報》，2019 年，05 期，頁 1～6。

四、電子資料庫

1. พจนานุกรม ฉบับราชบัณฑิตยสถาน พ.ศ.๒๕๕๔（泰文字典）（http://www.royin.go.th/dictionary/）

2. Birds of Thailand: Siam Avifauna（http://www.birdsofthailand.org/）

3. FRPS《中國植物誌》全文電子版網站（http://frps.iplant.cn/）

4. 國家教育研究院雙語詞彙、學術名詞暨辭書資訊網
（http://terms.naer.edu.tw/）

5. 漢語大詞典繁體 2.0 版。

6. 教育部異體字字典（http://dict.variants.moe.edu.tw/）

7. 教育部重編國語辭典修訂本（http://dict.revised.moe.edu.tw/cbdic/）

8. 台灣生物多樣性資訊入口網（http://taibif.tw/zh）

9. 植物網路資源——認識植物（http://kplant.biodiv.tw/index.htm）

五、工具書

1. 〔清〕張玉書編纂；王雲五主編：《康熙字典》（臺北：臺灣商務印書館，民 57 年）。

2. 廣州外國語學院主編：《泰漢字典》（泰國南美有限公司、香港商務印書館聯合出版：1987 年）。

3. 曾上炎編：《西遊記辭典》（鄭州：河南人民出版社，1994 年）。

4. 楊漢川編譯：《現代漢泰辭典‧增補本》（曼谷：Ruam Sarn 出版社，2011 年）。